Du même auteur

Déjà paru

Chez ILV Editions

La Légende des Maîtres (saisons 1 à 3)

NOTE DE L'AUTEUR

Ce volume contient les saisons 4 et 5 de cette série. Afin de les suivre, voici un résumé du volume précédent :

Lorsque l'un des chefs de la communauté druidique fait acte de trahison, un groupe de jeunes héros est chargé de le traquer ainsi que ses disciples. Ces « *treitours* » ont choisi de défier l'autorité en usant de la magie pour soumettre les humains. Le conflit s'étend à toute la Terre mais c'est à Brest puis à Lorient, que se concentrent tous les combats. Les rebelles sont prêts à tout pour anéantir le Sanctuaire, sol sacré où résident les druides et leurs dirigeants. Y compris libérer les plus dangereuses créatures de l'Autre Monde, lieu où vivent les dieux et les êtres surnaturels. Mais il devient difficile d'effacer les traces des meurtres et des barbaries commises sur les mortels. Au péril de leurs vies, et pour sauver le Monde, les Maîtres-Druides vont entrer dans la Légende… (SAISON 1)

Après la perte d'une amie chère à leur cœur, l'équipe se renforce avec un nouveau venu. Une immense fête tourne au cauchemar, car la *Fête de Samain* est l'occasion pour tous les êtres issus du Monde Surnaturel de venir rendre visite aux humains le temps d'une nuit… (SAISON 2)

Il faut effacer les traces laissées par le raz-de-marée. Les survivants doivent affronter un nouvel ennemi libéré par le chef des *treitours* (traîtres), Méduse... Des ninjas aux pouvoirs spéciaux retrouvent la trace de Tao en France, et l'affrontent… L'équipe doit venir en aide à une Muse divine dont la vie, ainsi que celle de Bron, est en danger. Si elle venait à mourir, ce sont tous les bardes du Monde qui perdraient leurs pouvoirs… Eric est-il le père du bébé d'Elora ? (SAISON 3)

Les Maîtres Druides vont devoir entrer dans la Légende.

Bonne lecture

Philippe SAMIER

1

SAISON 4
EPISODE 1

AWEN
(Partie 2)

13

« Dure chose est de regimber

contre aiguillon. »

SOUVENEZ-VOUS...

Dans les épisodes précédents de « **La Légende Des Maîtres** » : Tao a voulu s'éloigner du *Sanctuaire* et de ses obligations, poussé par le poids de celles-ci et désireux de s'adonner à son amour : Iguilt. La jeune elfe a beaucoup changé...

De son côté, Bron a découvert une évolution de son pouvoir en ayant une vision au travers d'une boule de cristal. Le jeune druide sort alors un jeu de tarot. Les cartes lui révèlent cette prophétie : « *Dans l'avenir s'établiront équilibre et échange, s'uniront rêves et visions, enfin, la Dame lui fera don de l'abondance, Bron passant dans une phase de passion.* » Toujours selon elle : « *s'ouvrant au pouvoir nourricier d'Awen, celle-ci l'emplira de passion et de créativité.* »...

Au palais divin de *Tréhoranteuk*, une parodie de procès a condamné le Gorsedd à perdre son autorité sur les druides, cette charge étant transmise à l'Ollav Suprême des Filids...

Bron reçoit le Consul au Musée où il est surveillé par une *Sentinelle*, s'assurant que, privé de ses pouvoirs, donc vulnérable, Bron ne court aucun danger. Hélas, celle-ci est assassinée par Rhys. Bron est ensuite blessé d'une flèche empoisonnée à l'épaule. Contraint de faire venir Awen, la Muse des bardes, il expose ses pouvoirs au virus R.O.M.A.N...

Ed, devenu Mage, répond aux attaques graves et répétées de l'un de ses camarades d'études : Matt...

Le fils d'Elora et de Gaël, Ronan, demeure toujours dans la *Chambre Souterraine* où Gwenc'Phel prend soin de lui à la place de son père...

Méduse tue un professeur de l'Université devant trois témoins, et un inspecteur de police est égorgé par Rhys qui prend le Doyen en otage dans son bureau avant de le torturer pour se venger de lui...

Awen dépose Bron au *Sanctuaire* et Tara l'y trouve...

Calie est tuée en sauvant le Doyen, Ludovic Bassan et Bouzave deviennent plus suspicieux encore. Il rapproche les méfaits de Rhys de ses enquêtes, celui-ci devenant le suspect numéro un...

Gaël prive Awen de ses pouvoirs et de son immortalité...
Gwyon'Bach leur suggère de trouver un remède au virus R.O.M.A.N. en se rendant sur les terres de l'Autre Monde...

La fée Ailen vient porter un message à Tim et Tara : tous deux doivent préparer la fête de Beltaine afin de ressusciter les fées décédées durant la *Fête de Samain*...

Un vieillard vient du futur et prévient Ed de refuser la charge des Enfers quand cela lui sera demandé, avant d'être éliminé par Gwyon'Bach...

Éric, Élora et Tao se rendent sur les terres des elfes où ils apprennent des Tisseurs de Sorts que le remède qu'ils recherchent se trouve sur les Terres du Sud. Ailen, Tim et Tara, quant à eux, prennent la direction du territoire des fées...

Gaël et Méduse suivent le groupe et accèdent à l'Autre Monde...

Suite...

138

AEDRINIS

« Un jour tu me demanderas de te dire la vérité. Toute la vérité sur le miracle de ta naissance. Tu me demanderas de t'expliquer les sombres circonstances de ta conception et si ce jour-là j'hésite ou bien j'échoue, je veux que tu saches que la réponse existe, mon fils. C'est une vérité impérissable que tu n'as aucune chance de trouver par toi-même. Alors, prend le risque de rencontrer ton parfait alter ego et ton contraire. Celui qui te mettra en danger et qui te protègera. S'il t'arrive de combattre les forces de l'ombre, sache, mon fils, que même loin de moi, je pense à toi. J'ignore quand il nous sera possible de nous retrouver, mais je sais de source sûre que ta croissance sera rapide, au-delà de ma compréhension. C'est pour cela que j'écris ces lignes, dans l'espoir de te les faire lire si je ne trouve pas la force de te les dire de vive voix. Sonde les abîmes de ton propre cœur et tu trouveras une image de mon visage. Imprime-la dans ta mémoire et tu pourras y trouver une prière apaisante. J'ai résisté à mon envie de te contacter par télépathie pour des raisons de sécurité que tu comprendras plus tard. Certains évènements inattendus de ma vie sont en train de saper toutes les résolutions que j'avais prises. Je me sens seule. Je ne suis pas certaine de pouvoir vivre sans toi. Si loin de toi. Quelque part en moi pourtant, je ressens un soulagement du poids que prenaient ces mots dans mon cœur. Mais les écrire ne suffit pas. Il me faut te retrouver Ronan. Sache que je t'aime. Je n'ai vécu qu'un court instant à tes côtés mais il m'a emplie d'un bonheur que je veux retrouver. Je vois le ciel s'assombrir et l'horizon se boucher, annonçant le terme d'un voyage commencé il n'y a pas si longtemps. Un voyage entrepris avec ma foi et mes convictions. Cette foi en un monde meilleur, un monde capable de se mêler avec un autre, me donne aujourd'hui la force de continuer, d'avancer vers les prochaines épreuves que me réserve ce périple. Dieux, faites que ton voyage croise le mien. Il me reste à espérer que tu voudras bien me pardonner de ne pas abattre les montagnes qui nous séparent tout de suite. De grands enjeux m'en empêchent. Je te les expliquerai si je le peux. Pendant mes études au Sanctuaire, j'ai appris que des maladies magiques existaient. Je ne me doutais pas un seul instant des dégâts que le virus R.O.M.A.N. était capable de générer. Il entre dans les pouvoirs dès que ceux-ci entrent en contacts. Bron va vraiment mal et je ne le supporte plus. Nous devons le sauver. Je prie pour que jamais tu n'aies à supporter de telles souffrances. Notre éloignement est suffisamment douloureux comme cela. A bientôt mon fils. Si je survis à cette aventure. »

ELORA,
DRUIDESSE.

Sanctuaire,
Cour intérieure,
6 mai 2002.

De jeunes adolescents jouaient au *soule*, un ancien jeu de rugby très violent, adapté à l'usage de la magie. Nul ne devait toucher le sol des pieds, y compris pour marquer un essai. Tous lévitaient à un mètre du sol en se frappant les uns les autres dans de terribles chocs les envoyant valser au-dessus du Temple ou de la Tour d'Or, à des dizaines de mètres de hauteur. Goff était toujours un peu inquiet lorsque les jeunes voulaient participer à ce jeu. Certains en avaient d'ailleurs perdu la vie. Aujourd'hui, les Mages affrontaient les bardes et ces derniers trichaient régulièrement, utilisant leurs dons de voyance pour prévoir les attaques et les esquiver. Mais un jeune Mage trouva une réplique en usant de vitesse afin de les déconcentrer. Impossible alors de fixer leur attention sur une vision, sans arrêt attaqués de tous côtés.

- Ne triche pas ! Je ne t'en laisserai pas le temps.
- Essaye pour voir, répondit Sam à Tacha. Sam venait de l'esquiver et lui vola le ballon des mains. Il prit ses distances et fonça vers l'essai. Mais Tacha fit appel à son double pour qu'il lui bloque le passage. A l'apparition du clone surnaturel, le choc fut inouï. Le double de Tacha explosa dans des gerbes d'énergies, tandis que Sam était propulsé cinquante mètres plus loin, se brisant nuques et os contre un arbre. A ce spectacle cauchemardesque, tous les adversaires se posèrent au sol, abasourdis. Des jeunes druidesses non loin hurlèrent, attirant l'attention des Sentinelles. L'alerte sonna et Goff, suivi de près par Othon, le Gorsedd et l'Ollav Suprême arrivèrent sur les lieux.

- Par les dieux ! Qui a autorisé ce match ? Êtes-vous devenu fou ? Dois-je vous rappeler qu'ici l'un des nôtres est infecté par un virus qui se nourrit de toute magie par simple contact ? Imaginez un seul instant que ce virus mute et change de mode de transmission ! Prendriez-vous un tel risque ? A compter de ce jour, je ne veux plus que quiconque utilise la magie sous toutes formes. Vous vous contenterez de la théorie pour le moment, s'emporta Morwenna, Grande Druidesse de l'Ollav avant que tous les jeunes se dispersent.

- Le virus peut-il muter ? demanda Ness à sa consœur.
- Non, mais eux l'ignorent. Nous ne devons prendre aucun risque désormais. Je sais que vous avez autorisé une mission sur l'Autre Monde et je trouve cela très dangereux pour vos protégés. Eningann profitera certainement de cette occasion pour leur nuire.

- Vous inquièteriez-vous pour eux par hasard ?
- Ollav ou Gorsedd, nos deux instances n'ont qu'un but je crois : le bien être des druides. Nous ne sommes pas ennemis ! Il s'avère juste que votre mode de gouvernance déplait aux dieux et est inefficace. Laissez-nous y remettre bon ordre, répondit Iwan d'un sourire narquois. Pestant une nouvelle fois contre celle qui avait pris sa place, Ness laissa échapper une insulte en celte que nul n'entendit.

Une douce brise souffla sur le cromlec'h du bosquet par lequel l'équipe avait accédé à l'Autre Monde, accompagnés de Tara et Tim.

Autre Monde,
Tir Na Nog,
Terre des Fées.

Tim avançait sur un chemin de terre recouvert de poussière. Il faisait chaud et sec. Le jeune garçon ne reconnaissait pas les bruits d'animaux raisonnant autour de lui et s'arrêta souvent par surprise. Ravi de se retrouver dans une si incroyable aventure, Tim ne boudait pas son plaisir. Il gambadait devant Tara et Ailén, à quelques mètres d'elles, prenant de l'avance sur le chemin. La fée le réprimanda à plusieurs reprises considérant que le garçon prenait trop de risques. Les Terres de l'Autre Monde sont peu accueillantes, habitées par de sombres créatures, parsemées de dieux souvent tyranniques et les quelques peuples défendant les forces du Bien étaient contraints de vivre cachés ou d'élever des défenses gigantesques autour de leurs territoires.

Tim approchait du bout du chemin. Il s'arrêta, ne savant que faire. Plus aucune direction ne s'offrait à lui. Là où se terminait la route se trouvait une flaque d'eau. Tim se retourna et attendit qu'Ailén et Tara le rejoignent.

- Où faut-il aller ? Le chemin s'arrête ici.
- Mon garçon, il faut savoir qu'ici les choses sont très différentes de la Terre. Là où tu vois une simple flaque d'eau, moi j'y vois une porte. Comment crois-tu que nous échappons à nos ennemis depuis des siècles ?
- Par la ruse, tenta Tara.
- Exact. Nous avons utilisé notre magie pour créer des passages secrets menant directement chez nous. Bien sûr, nos adversaires ne sont pas dupe longtemps et percent nos défenses, mais, nous créons des « *portes* » tous les jours et fermons les autres afin de ne pas nous faire repérer. Donc, il suffit de plonger dans cette flaque. Elle conduit aux premiers avant-postes. De là, je contacterai mon peuple pour qu'ils nous laissent entrer.
- C'est fascinant !
- Oui, se renfrogna Tim déçu de ne pas avoir trouvé ça tout seul.
- En route !

Tim, Tara et Ailén accédèrent au territoire des fées. Accueillis au cœur de *Tir Na Nog*, les fées restèrent méfiantes envers leurs invités. Les regards suspicieux ne se cachèrent pas. Les humains étaient responsables de leur emprisonnement dans l'Autre Monde. Des siècles plus tôt, face à la défection des fidèles des dieux, ceux-ci décidèrent de se retirer sur un monde où leurs pouvoirs seraient protégés. Sans cela, plus les hommes cessaient de les vénérer, plus les dieux perdaient leurs pouvoirs et le monde magique tout entier risquait de disparaître à jamais. Mais une fois installés sur ces nouvelles terres plutôt hostiles, les êtres issus du monde surnaturel ne cessèrent de vouloir revenir sur la Terre et de reprendre le contrôle de l'humanité. Heureusement, les Éternels décidèrent de fermer tous les accès à la Terre pour un « *certain temps* ». Mais les dieux voulaient connaître la durée de ce « *certain temps* ».

Ailén avança parmi la foule qui ne l'acclama pas vraiment. La fée se dirigea vers l'entrée d'une grotte si petite que Tim et Tara ne pouvaient y pénétrer. Une élégante fée en sortit et tous les sujets de cette reine s'agenouillèrent en signe de respect.

- Bienvenue à *Tir Na Nog*, humains. Cette formule m'est douloureuse à prononcer. Je me nomme Glovinna et je suis la reine des fées. J'ai un certain nombre de choses à vous dire, ambassadeurs.

- Regarde Tara, elle est transparente, chuchota Tim.

- Oui jeune humain, les fées n'ont pas de corps matériel, mais revêtent une forme éthérée et translucide. Votre main peut nous traverser. Nous ne sommes visibles que près d'une source de lumière ou lorsque nous le décidons. Nous mettons nos pouvoirs au service du Bien depuis des siècles. Les fées sont les gardiennes de l'application des lois de la morale et de la justice. Nous protégeons tous ceux qui ont une âme bonne et généreuse. Nous ne tolérons pas la malhonnêteté, la cupidité et la paresse. Nous n'intervenons dans le monde des humains qu'à des moments charnière de leurs vies, situés à la frontière de deux espace-temps. Nous veillons aux naissances et aux décès et pouvons exaucer des vœux. Nous intercédons toujours en faveur des humains. Ceci te renseigne-t-il davantage sur nous, Ambassadeur Tim ?

- Excusez-le majesté, intervint Tara, lui lançant un coup de coude dans les côtes. Le garçon se plia en deux sous les rires moqueurs des fées. La reine sourit avant de reprendre.

- Vous êtes convoqués, Ambassadeurs, car nous avons besoin de vous. En souvenir des services que nous vous avons rendu par le passé, les fées demandent votre aide à la préparation, et à veiller sur le bon déroulement, de la fête de Beltaine. Si moi, la reine, venais à subir une quelconque offense lors de cette cérémonie, sachez que les Ambassadeurs en paieraient les conséquences. Vous êtes responsable de toute l'organisation et de notre protection. La résurrection de certaines fées en dépend.

- Nous en sommes honorés. C'est quoi cette fiesta au fait ? demanda Tim, provoquant la consternation générale. La reine, agacée, repris son discours.

- La fête de Beltaine, jeune ignorant, célèbre le dieu Bélen ou Bélénos prononcé selon les régions du vaste *Tir Na Nog*. Dieu du soleil, jeune, beau, lumineux...

- Prétentieux, coupa Tim sans que la reine ne l'entende cette fois.

- Né dans les contrées hyperboréennes, il est connu pour des figurations sur le chaudron de Gundestrüp. Son emblème est le corbeau et le Temple de Stonehenge lui est consacré. Maintenant que *les choses sont claires* (elle appuya sur ces mots en fixant Tim), je vais me reposer. La reine se retira dans ses quartiers, laissant Tim et Tara profiter de l'hospitalité des fées qui avaient préparé une collation.

Autre Monde,
Territoire du clan elfe des Terres du Sud,
6 mai 2002.

En route pour les terres du Sud, Eric éternua.

- Tu vas bien Eric ? demanda Elora inquiète.
- Oui, ça va. Ce n'est qu'un rhume. Rien d'inquiétant. C'est fatiguant, c'est tout.
- Oui, en parlant de fatigue, on devrait plutôt se concentrer à trouver un cromlec'h, s'impatienta Gwyon'Bach.
- Nous sommes partis pour ça, mais Elora a senti des signes de vie, alors on va d'abord fouiller les environs. Les règles l'imposent.
- Depuis quand on... commença Gwyon'Bach coupé dans son élan.
- Oh, ça suffit les gars !
- Notre boulot est aussi d'identifier les cromlec'hs afin de compléter la carte du réseau de cromlec'hs. C'est l'objectif que nous nous sommes fixés et non pas de fouiller un trou perdu en suivant les intuitions d'Elora.
- Aurais-tu hâte de retourner sur Terre, Gwyon ?
- Il ne s'agit pas que de moi. Je parle d'un moyen plus pratique pour se déplacer de la Terre à l'Autre Monde et au sein même de ce Monde en toute sécurité, c'est tout.
- Comment ça marche déjà ? demanda Eric intéressé.
- Une fois que nous aurons identifié assez de cromlec'hs sécurisés sur Terre et sur ce Monde, selon Othon, nous pourrons nous déplacer plus vite d'un point à un autre sans passer par des intermédiaires. Comme cela, nous ne nous épuiserons pas en rassemblant trop d'énergies telluriques et nous serons moins dépendants de la Grande Incantation.
- Je trouve ça très futé, réagit Elora.
- Oui, Othon a de bonnes idées parfois.

Eric, Roc'h, Elora et Gwyon'Bach arrivèrent dans un petit village appartenant au clan elfe des Terres du Sud.

- Soyez les bienvenues ! Que votre journée soit radieuse ! leur lança une femelle elfe.
- On dit bonjour, on achète un souvenir et on repart vite fait. Bron ne peut pas nous attendre longtemps, chuchota Gwyon'Bach.
- Merci, se contenta de répondre Eric.

***

139

FACE A FACE

Roc'h arrêta sa marche près d'un arbre et s'y accouda, perturbé.

- Un problème Roc'h ? s'enquit Eric en bon chef d'expédition.
- De mauvais pressentiments.
- Moi aussi, j'en ai toujours. Comme si quelque chose d'horrible allait se produire, réagit aussitôt Gwyon'Bach.
- Comment fais-tu pour vivre avec ça ? demanda Elora.
- Je m'y suis habitué. Sauf que quand un mortel a la même sensation, la mienne a tendance à empirer.
- Cet endroit t'es-t-il familier, Roc'h ? questionna Eric, feignant d'ignorer ce que venait de dire l'Éternel.
- M'en souviens pas. Les elfes évitent de s'aventurer sur cette partie des Terres du Sud, même si elle nous appartient... enfin, sur une carte.
- Tu as dû visiter beaucoup de territoires en tant que Traqueur ?
- J'ai pas tenu les comptes. Aucun n'est différent pour moi. Tous hostiles, sur ces terres.

Sur un chemin enneigé, ils avancèrent au cœur d'une forêt.

- Et ben voilà ! Vous voyez ! Y'a pas de quoi s'inquiéter. Ça m'a l'air d'un gentil petit village. Exactement comme les douzaines d'autres que l'on a traversés pour arriver jusque chez les elfes, fit remarquer Eric.
- Je ne constate aucun comportement menaçant, aucune sorte de danger, continua Elora.
- Enchanté ! Salut à tous !
- C'est un Traqueur ! hurla soudain un habitant qui sema la panique. Dès lors, tous les villageois abandonnèrent leur tâche pour trouver un refuge.
- Çà, c'est pas cool, s'inquiéta Eric.
- Vous n'avez rien à craindre ! lança Elora afin de les rassurer.
- Je crois qu'il faut qu'on se tire tout de suite d'ici, proposa Roc'h.
- Pourquoi ai-je la sensation que c'est de toi qu'il parle ? demanda Gwyon'Bach à Roc'h, lequel fut désigné par le villageois. Une douzaine d'elfes surgirent, arcs à la main. Une flèche siffla et fendit l'air avant de s'enfoncer dans la chair de Gwyon'Bach qui hurla en se tenant la fesse droite.
- Qu'est-ce qu'il leur prend ? Tir de défiance !

Eric et Elora tirèrent des jets d'énergies en l'air à l'aide de leurs sceptres tandis que Roc'h lançait des flèches sur des arbres tout proches. Gwyon'Bach observa sa fesse blessée.

- On fonce ! hurla Eric. Roc'h et Elora le couvrirent ainsi que Gwyon'Bach qui prirent la fuite.
- Bon sang ! Je ne sens plus ma jambe ! Je vous avais dit que je n'avais pas de pouvoirs sur ce sol.
- Mais qu'as-tu fait à ces gens Roc'h ? Tu aurais dû reconnaître l'empreinte des énergies telluriques du cromlec'h ! Elles sont toutes différentes.
- Tu connais toutes les empreintes des cromlec'hs que l'on a traversés ? demanda Eric à Gwyon'Bach.
- Oui, justement. Je les connais moi ! Je vous avais averti de partir, vous n'avez pas décodé mes avertissements.

Ils fuirent vers le cromlec'h. L'Éternel rassembla les énergies telluriques pendant qu'Eric retournait chercher Roc'h et Elora. Mais la druidesse prit une fléchette hypodermique dans l'épaule qu'elle retira avant de s'écrouler. Roc'h subit le même sort. Au cromlec'h, le passage s'ouvrit sous les tirs nourris. L'Éternel traversa alors qu'Eric recevait aussi une fléchette.

Au clan elfe, Tao se précipita vers Gwyon'Bach et alerta les soigneurs elfes.

- Gwyon ! Où sont les autres ?
- Derrière moi sûrement. Mais le passage se referma, libérant les énergies.

Eric fut enfermé dans une cage en bois avec Roc'h et Elora.

- Soyons positifs. Ça pourrait être pire non ? Elora sourit à l'optimisme de son compagnon, assise dans un coin de la cellule.
- Roc'h, je parie que tu penses que c'est de ta faute.
- Il ne veut rien entendre. J'ai déjà essayé. Il reste immobile.
- Tôt ou tard, nous étions forcés de tomber sur un territoire où les Traqueurs ne sont pas aimés.

Un vieillard approcha des captifs et s'adressa à Roc'h.

- Il y a des gens que l'on n'oublie pas chez nous. On t'a offert le gîte et le couvert ! Tu n'as pas reconnu notre village ? Ce n'est plus le même que celui que tu as connu ! Nous l'avons reconstruit parce que les sbires d'Enningan l'ont saccagé. Plusieurs des nôtres ont péri. Ce jour-là il ne s'agissait pas d'un simple passage de ses forces. C'est pour toi qu'ils étaient venus.
- Je suis désolé.

- Désolé ! J'en doute. Je refuse que la mort et la destruction s'abattent à nouveau sur nous.

- Écoutez, on ne dit pas que les *treitours* ne reviendront pas ici, mais je peux vous promettre qu'ils ne reviendront pas exprès pour cet elfe, tenta Eric.

- Non, pas après avoir sacrifié ce maudit Traqueur aux ténèbres.

- Ce Traqueur s'appelle Roc'h et je pense qu'il ne préfèrerait pas être sacrifié aux *treitours*.

- Il est lui aussi victime des *treitours*. Comme nous tous ! rajouta Elora.

- Nous devons les aviser de son retour. En échange de sa capture, ils ont promis de nous épargner lors des prochains passages sur les Terres du Sud. Jusque-là nous étions tranquilles.

- Ils ont promis... vous dites ! Ce sont des *treitours* ! Je ne pense pas que tuer Roc'h vous sauvera ou vous garantira une protection à l'avenir ! J'en doute !

- Je ne vous ai jamais dit que nous le tuerions.

- Mais le sacrifice revient au même, non ?

- Je ne sais pas ce qu'ils lui feront subir quand nous le remettrons entre leurs mains.

- Vous comptez le remettre aux *treitours* ?

- Grâce à ce médaillon, nous les avons prévenus.

Un pendentif brillait d'une lueur sombre entre les mains du chef du village.

- Un traceur ! Il l'a déjà activé, remarqua Elora terrifiée.

- Ils vont tous nous éliminer ! Nous et vous compris ! Vous êtes inconscients ! s'insurgea Eric tandis que le chef du village s'éloignait de la cage et que Roc'h culpabilisait.

Campement elfe.

Gwyon'Bach fut allongé sur une table en pierre recouverte de feuilles et de lierres. Un elfe lui administra une potion qu'il s'évertua à lui faire avaler malgré les réticences de son patient.

- Ah... Tellement de couleurs. Je vois de belles créatures.

- De quoi parle-t-il ? demanda Tao.

- Je lui ai donné l'équivalent de votre morphine. Tant que ses pouvoirs seront neutralisés, il en aura besoin, répondit le Soigneur. Un Traqueur l'interrogea.

- Combien y a-t-il de villageois ? Le campement est-il éloigné du cromlec'h ? Comment sont armés les ennemis ?

- Avez-vous vu un elfe dans le coin ? Un lascar dans votre genre à part qu'il a moins de cheveux ? Je crois qu'il est resté quelque part avec une jeune femme charmante et un homme des cavernes, continua de délirer l'Éternel.

- Il a bu toute la tasse d'une mixture dans mon dos.

- Réveillez-vous Éternel ! C'est important ! Faites un petit effort ! Quels genres d'armes ont-ils ?

- Je vous ai extrait une flèche de votre... derrière, continua le Soigneur sans prêter attention à l'interrogatoire.

- Mon cul ! Çà doit faire drôlement mal.

Depuis la cage, Roc'h sortit de son mutisme.

- J'ai à parler. Où est le chef du village ?

- Pourquoi ? questionna le gardien pour garder son autorité, et non obéir à la volonté d'un prisonnier, qui plus est celle d'un Traqueur.

- Faut que je lui parle.

- C'est trop tard. Les *treitours* seront bientôt ici et... S'approchant trop près de la cage, Roc'h prit le gardien en otage. Il menaça de lui trancher la gorge et les villageois armés encerclèrent la cage. Le chef du village choisit ce moment pour se montrer à nouveau.

- Ce que tu fais ne sert à rien. Je ne te relâcherai pas pour autant et mes hommes tueront tes amis avant.

- Ce ne sera pas nécessaire. Baissez vos armes et..., tenta Eric.

- Laissez-les s'en aller. C'est moi qu'Eningann veut. Eux n'ont rien à voir avec ce qui s'est passé ici, le coupa Roc'h, une grimace de colère sur le visage.

- Roc'h..., essaya de le calmer Elora.

- Attendez ! réagit Eric comprenant que la situation lui échappait, les gardiens prêt à débander leurs arcs.

- Ils ne me tueront pas parce qu'ils savent que le dieu me veut vivant.

- J'ai plutôt cru comprendre que c'est sur nous qu'ils allaient tirer, expliqua Eric agacé. Roc'h, devant l'impasse, lâcha l'otage et menaça de se suicider, couteau contre la gorge.

- Tu es dingue ! Qu'est-ce que tu fais ?

- N'approche pas Eric !

- Lâche ce couteau !

- Je n'ai jamais voulu ramener les *treitours* ici. Mais c'était ma faute !

- Non, implora Elora, ne voulant y croire.

- Je n'aurais jamais dû venir par là. J'aurai jamais dû rester. Et je suis désolé des malheurs qu'a subis votre village. Mais si vous pensez que me livrer aux *treitours* assurera votre sécurité, parfait ! C'est vous que ça regarde. Et je suis prêt à payer le prix pour ce qui s'est passé. Mais ne les punissez pas eux pour mes erreurs. Ce sont de bonnes personnes. Laissez-les partir ou bien je serai mort avant que les *treitours* soient là. Je ne plaisante pas ! Sous la défiance, le chef du village céda.

Campement elfe.

Le cromlec'h se mit à vibrer. Les Sentinelles et les Traqueurs elfes se mirent en position de défense. Les silhouettes d'Éric et Elora apparurent.

- Renforcez l'énergie de nos sceptres ! ordonna le chef de l'expédition en arrivant.

- Où est Roc'h ? demanda Tao resté au campement.

- Il est prisonnier.

- Que s'est-il passé ?

- Roc'h a négocié notre liberté...

- ...en menaçant de se trancher la gorge. Il faut absolument qu'on reparte.

- Rassemblez les énergies telluriques ! ordonna Tao.

Terres du Sud,
Campement des traîtres.

Roc'h fut encerclé, prisonnier des *treitours*. Il fut trainé jusqu'à... Gaël. De sa forme d'aigle, il se changea en humain.

Terres du Sud,
Ancien village elfe.

Le village fut dévasté. Feu, sang, corps et fumée. Tout ne fut que chaos.

- On est partis il y a seulement une demi-heure ! s'étonna Eric devant la vitesse du massacre.

- Il leur faut peu de temps pour... commença Elora avant de trouver le corps du chef du village.

- Comme on le soupçonnait, les *treitours* n'ont pas tenu leur parole. On doit retrouver Roc'h.

Campement des traîtres.

Roc'h fut allongé sur une table en pierre.

- Un elfe ! On dit que tu es le chef de ceux que l'on nomme les Traqueurs. J'ai déjà assouvi mes désirs en décimant ceux de ton monde dans un village, il y a quelques temps. Et c'est là-bas que je veux te regarder agoniser, précisa Gaël. Malgré ses efforts pour se libérer, Roc'h n'arriva à rien.

Ruines d'une forêt elfique.

Roc'h apparut au centre d'un cromlec'h. Il se souvint des combats qui avaient eu lieu dans ce village, il y a plusieurs années. Il se hâta de se mettre à l'abri avant l'arrivée de Gaël, tel un Traqueur traqué. Vêtu d'un long par-dessus noir, Gaël modifia la forme de ses yeux pour adopter celle d'un rapace afin de mieux le chasser.

De retour au campement elfe, Eric s'inquiéta.

- Il est en vie.
- Moi aussi je l'espère, mais je doute qu'il le soit, répondit un Soigneur elfe.
- Il est coriace.
- Ils le savent dangereux et puissant. Les *treitours* n'auront aucune pitié envers lui, continua Tao.
- Nous avons peu de temps.
- Où est-il à ton avis ?
- Les *treitours* ont dû l'asperger de sang. Ils s'en servent pour pister ceux qu'ils veulent éliminer. Ils en ont rarement usage mais pour le chef des Traqueurs..., soupçonna Elora.
- Une proie de choix, termina Gwyon'Bach.
- Peux-tu le retrouver ? lui demanda Eric.
- Ah ! Je vois. Dès que les choses paraissent impossibles, on s'adresse à moi ! Oui ! Je vais, bien sûr, utiliser ma connaissance d'Eternel. Mes pouvoirs me sont revenus et j'ai trouvé un moyen d'annuler la magie qui neutralise les Éternels. Plus rien ne peut nous atteindre maintenant.

Ruines d'une forêt elfique.

Roc'h trouva un vieux couteau elfe, une arme dont il pourrait avoir utilité. Des souvenirs envahirent son esprit. Une femme avec laquelle il venait de s'accoupler le rattrapait alors qu'il sortait de la chambre.

- Roc'h !

La fenêtre explosa alors et le feu envahit la pièce. La jeune elfe fut carbonisé sous ses yeux et lui-même fut projeté à plusieurs mètres par le souffle.

La vision terminée, il se calma et chercha d'autres armes pour se défendre lorsque Gaël entra dans le Temple en ruine et dévasté dans lequel il avait trouvé refuge. Le traître descendit des escaliers, fixant des yeux les alentours et repéra des traces de sang. Roc'h choisit cet instant pour l'attaquer par derrière. Gaël retrouva des yeux humains et se défendit. Le *Traqueur elfe* sortit vainqueur du combat, enrageant son adversaire. Roc'h sortit par une porte à moitié sectionnée en son milieu.

Eric rejoignit Gwyon'Bach dans une sorte de laboratoire elfe.

- On n'apprécie jamais les choses toutes simples de la vie telles que... s'asseoir, dit Gwyon'Bach.
- Oui. Ça me ferait mal où je pense d'en être privé, répondit Eric, pensant aux fesses endolories de son ami.
- Tu trouves çà drôle ?
- Il faut savoir dédramatiser. Alors, tu arrives à le localiser ?

- Oui, j'y suis presque. Enningan ne me facilite pas les choses. Roc'h doit se trouver à Aedrinis, un village elfe très ancien, enfoncé dans une très vieille forêt en piteux état, qui porte le nom du mois de septembre en celte. C'était son village de naissance. Il a été dévasté il y a quelques temps.

- On doit aller là-bas, répondit Eric lorsque Tao entra avec Elora.

-On ne peut pas utiliser le cromlec'h d'Aedrinis.

- Les *treitours* l'ont sûrement détruit, continua la druidesse après le moine chinois.

- S'ils pourchassent Roc'h, il y a des chances pour qu'un campement de *treitours* se trouve à proximité d'Aedrinis. Les équipes de Traqueurs ont subi de lourdes pertes ces derniers mois, ajouta Iguilt.

- Il suffit juste de m'escorter près d'Aedrinis. Ensuite, je le transférerai près de moi.

- Nous ne pouvons pas approcher le village sans être repéré, Gwyon. J'ai vraiment envie de vous aider mais nous ne mettrons pas des équipes de Traqueurs en danger pour sauver un seul elfe. Fusse-t-il notre chef, fusse-t-il mon frère, finit Iguilt en baissant la voix de tristesse.

- C'est un membre de mon équipe ! Je ne le laisserais pas tomber ! s'insurgea Eric.

- Nous n'abandonnons pas les nôtres s'il y a une chance de les sauver, expliqua Tao calmement.

- La situation est risquée.

- Parfait Iguilt ! Amenez-nous au plus près. On fera le reste seuls. Gwyon nous occultera autant qu'il le pourra.

Roc'h marcha sur un chemin bordé de squelettes dont il reconnut l'identité. Il s'appropria l'arc et le carquois d'un de ses « *frères* » et sa rage grandit, se souvenant d'un combat passé auprès d'eux. Celui après lequel il s'était juré de s'engager chez les Traqueurs, au grand dam de sa sœur. Après le coude d'un couloir, Roc'h acheva un traître au passage. Tel un écho, l'elfe se souvint du discours de son oncle à l'époque.

- Aedrinis ne s'inclinera pas devant l'envahisseur. L'heure est venue pour nous de montrer notre courage et notre détermination. Nous ne plierons pas. Nous défendrons notre peuple.

Roc'h revit dans sa tête la scène dans laquelle il tentait de convaincre sa compagne de partir.

- Lania, part ! Rejoint le cromlec'h tant qu'il reste intact. Les druides nous aident à quitter les Terres du Sud.

- Les blessés auront besoin de moi.

- Dans quelques heures, il n'y aura plus de blessés. Des trolls arrivent en renfort. Les *treitours* blessent, les trolls tuent et dévorent. Il n'y aura personne à soigner !

- Alors pourquoi tu restes, toi ?

- Je n'ai pas d'autre choix.

- Si, au contraire ! Tu y crois en ce combat. Tu sais bien qu'ils finiront par tous nous retrouver où que l'on aille. Notre seul espoir est de leur résister. Il faut les décourager d'attaquer les autres villages. Roc'h ! Tu ne peux pas courir toute ta vie ! L'elfe ouvrit les yeux comme pour effacer ce souvenir douloureux. Il se mit en position pour attaquer seul les traîtres envoyés par Gaël. Il prépara ses flèches et usa d'une telle force qu'elles leur transpercèrent le cœur avant de ressortir de leurs dos. Sept ennemis tombèrent en une seule rafale. Roc'h se souvint de ses « *frères* » tombés lors de la chute d'Aedrinis. Roc'h continua d'avancer, passant dans des lieux qu'il reconnut, telle que l'ancienne hutte des soigneurs elfe d'Aedrinis, elle aussi dévastée. Il remarqua alors une blessure à sa jambe qu'il n'avait jusqu'alors pas remarquée et se mit en quête d'un désinfectant. Il trouva un flacon parmi les débris. Il poussa un hurlement sous la douleur. C'est ici que son ancienne compagne trouva la mort lors de l'explosion de cette immense hutte servant d'hôpital durant la *Bataille de Mag Tuired*.

Eric et Elora arrivèrent à Aedrinis quelques heures plus tard et retrouvèrent Roc'h.

- Ça va ? lui demanda Elora inquiète. Mais il ne lui répondit pas.

- Debout ! Viens avec nous. Gwyon'Bach nous attend dans la prairie près d'un cromlec'h qu'il a créé. Maintenant on sait que ce sont les Éternels qui ont érigés ces pierres. Et cette révélation va lui coûter cher. Mais, pour sauver un ami...

- Allez-vous-en ! rugit Roc'h pointant une flèche vers eux.

- Oh là ! Attend ! Tu nous remercieras un peu plus tard mais...

- J'ai pas l'intention de partir, Eric.

Prairie d'Aedrinis

- *Bon alors, qu'est-ce que vous fabriquez ? Il y a au moins vingt-cinq treitours qui avancent vers votre position !* les avertit Gwyon'Bach par télépathie.

- *Roc'h n'a pas envie de partir*, répondit Elora, agacée, usant du même pouvoir.

- *Non mais sans blague ! Vous allez dire à cette espèce d'individu ingrat et sous développé que je risque de froisser mes pairs pour sauver ces fesses !*

- Je peux pas partir. Le chef d'*Aedrinis* et les siens ont conclu un marché. Ils m'ont échangé contre leur liberté.

- Alors tu fais ça pour eux ? Des gens pitoyables qui n'ont pas hésités à te remettre aux *treitours* !

- C'est de ma faute si les *treitours* sont passés par ce village.

- Roc'h ! Les *treitours* n'ont pas honoré leur contrat. Le chef du village et les autres ont été massacrés. Ils sont tous morts ! lui révéla Elora.

- Bon. On peut y aller maintenant ? demanda Eric.

- Non.

- Pourquoi ?

- Parce que je vais tuer le *treitour* responsable de ce carnage.

- Je suppose qu'il n'est pas parmi ceux qui arrivent ?

- Non. Il est probablement dans les parages, plus loin.

- On n'a pas le temps d'aller l'attaquer, ni les moyens, continua Elora.

- Il se déplacera si on extermine ses hommes.

Dès lors commença un combat sans merci. Les flèches de Roc'h volèrent en tous sens et les traîtres tombèrent un à un. Spectateur à distance, Gaël s'énerva. Quand le vingt-cinquième traître perdit la vie, Gaël se métamorphosa en aigle et vola vers Roc'h. Face à face, le duel s'engagea.

- Gaël ! Que fais-tu ici, vermine ? se révolta Eric. Fou de rage, la fureur de Roc'h se déchaîna aussi. Eric craignit un instant qu'il se changea en elfe noir à cause de cette colère, interdite aux elfes. Roc'h courut vers Gaël mais celui-ci l'envoya valser à plusieurs mètres. Il le saisit par ses longs cheveux mais Roc'h parvint à se dégager. Un autre coup le fit voler encore plus loin. L'elfe se releva très difficilement, le souffle court, des douleurs partout, du sang au coin des lèvres. Il n'avait toujours pas l'avantage. Roc'h rampa, vaincu. Mais il trouva un vieux sceptre au sol et transperça le bras gauche de Gaël. Le traître à la communauté des druides se changea alors en aigle et fuit. Eric et Elora ramassèrent Roc'h et l'emmenèrent au cromlec'h. Gwyon'Bach rassembla vite les énergies telluriques et tous quatre quittèrent cette partie des terres du Sud, laissant Aedrinis derrière eux.

Campement Elfe

Deux jours plus tard, remis de leur escapade à Aedrinis, Eric, Elora, Tao et Roc'h furent convoqués par le chef du clan qui les accueillit.

- Vous verrez, ce n'est pas un méchant bougre. Il est juste, droit et un bon hôte.

- Bienvenus ! J'ai entendu parler de vos exploits contre les sbires d'Eningann. Mais je suis convaincu que ces récits ne vous rendent pas justice. Ils sont trop peu pourvus de louanges. Des remerciements dont vous êtes sûrement dignes. C'est pour cela que j'ai accepté de vous aider à atteindre un lieu plus que sacré, interdit au mortels depuis longtemps. Un lieu qui abrite un objet unique dont vous avez je crois besoin. Je parle d'un endroit nommé *Carboneck*, abritant un château qui lui-même protège le *Graal*. C'est cette relique qui contient le breuvage qui annihilera le virus dont est victime l'un des vôtres et qui sauvera l'Autre Monde de la destruction, car il est lui-même composé entièrement de magie, l'essence dont se nourrit ce virus. Je ne me doutais pas de voir ce jour de mon vivant. Ni de me voir contraint de révéler le secret dont les elfes ont toujours eu la garde exclusive et qui plus est à des êtres ne vivant même pas sur nos terres. Mais n'y voyez aucun regret de ma part car c'est en récompense d'avoir sauvé Roc'h que je vous accorde ce cadeau. Pour atteindre votre but, vous devez passer par les Montagnes de Glace. Un territoire des plus hostiles de ce Monde. Je vous souhaite bonne chance car même les Traqueurs n'y sont jamais allés.

    - Tu parles d'un cadeau, marmonna Eric à Elora qui étouffa un rire. Une heure plus tard, le groupe s'installa au centre du cromlec'h pour affronter les dangers qui les attendaient.

***

140

ENSEVELIS

**Autre Monde,
Territoire du Campement Elfe des Terres du Sud,
9 mai 2002.**

Le cromlec'h s'activa alors que les elfes l'encerclaient par mesure de protection. Selon eux, aucun retour n'était prévu ce jour-là. La sécurité étant garantie, les elfes autorisèrent l'arrivée inattendue en reconnaissant la trace énergétique de l'équipe d'Éric.

- Le cromlec'h dégage deux fois plus d'énergies telluriques que la normale ! annonça un Elfe Gardien.
- Ça augmente encore ! Dispositif de sécurité ! ordonna un autre. Tao fut éjecté avec violence de l'ouverture, aux pieds du Chef du Clan, posté devant le cromlec'h. Puis, ce fut autour de Roc'h d'être éjecté.
- Il y a surcharge chef ! hurla un Gardien Elfe avant que les pierres vibrent davantage encore, au point que des éclats se détachèrent et volèrent en tous sens, l'un d'eux se fichant dans le crâne du pauvre elfe qui tomba genoux à terre avant de rendre son dernier souffle. Le passage se referma.
- Allez chercher les Soigneurs tout de suite ! ordonna le Chef.
- Roc'h ! Est-ce que tout va bien ?
- Oui. Je n'ai rien Chef.
- Où sont Eric et Elora ? demanda le Chef, les cherchant autour de lui, devant la désorganisation provoquée par cet incident.
- Je ne comprends pas. Ils étaient derrière nous. Ils devraient être là.

Un cromlec'h enfoncé dans la neige était faiblement éclairé de rayons de lumières malgré la pénombre. Autour, des falaises semblaient perforées, arborant de profondes cicatrices, comme si des foudres les avaient attaquées, sans les faire fondre pour autant. A dix mètres environ, Eric était allongé dans la neige ainsi qu'Elora, à côté de leurs sceptres. La jeune druidesse reprit connaissance la première.

Dans le campement des Soigneurs elfes, Tao fut allongé sur un couchage peu confortable. Le Chef du Clan questionna Roc'h, tous d'eux à son chevet.

- Tao est toujours inconscient mais le Soigneur a dit qu'il n'a rien de grave. Je dois savoir ce qui s'est exactement passé, Roc'h.

- Nous avons essuyé une attaque ennemie. Des tirs lointains. Nous n'avons pas pu identifier ces armes. Elles étaient peut être d'origine Troll mais rien n'est certain.

- Est-il possible qu'Eric et Elora aient été abattus ?

- Je suis pratiquement sûr que non. Ils se trouvaient à l'intérieur du cercle de pierres. Ils ont traversés la *dor* (porte, en breton).

- Combien d'ennemis y avait-il ?

- Ils étaient tous postés loin de nous. Mais nous étions apparemment encerclés. Nous sommes restés très peu de temps. Eric a ordonné le repli immédiat et Tao a réuni les énergies telluriques nécessaire à l'activation du cromlec'h, Chef. Normalement, ils auraient dû être transférés avec nous. Je ne comprends pas ce qui les en a empêchés. Un elfe entra et présenta les explications de l'incident ayant au préalable fait l'objet d'une enquête.

- Un incident ? réagit Roc'h.

- Il y a eu une surcharge d'énergies telluriques. On ne sait pas pourquoi.

- Je repars là-bas immédiatement.

- Pas avec cette armée qui t'attend là-bas. *Diskoñfort* (désolé, en breton)

A l'intérieur d'une caverne de glace, Eric reprit connaissance.

- Ah ! Non d'un *treitour* !

- Eric ! Merci les Éternels. Essaye de ne pas bouger. Je crois que ta jambe est cassée.

- Elle est cassée ! Elle est en compote oui ! Je peux savoir où on est ? Parce que sauf s'ils ont refait la déco en notre absence au campement elfe, j'ai l'impression qu'on n'est pas rentrés.

- Tao a dû mal concentrer les énergies telluriques.

- Ah... Mal concentrer ? Alors il a dû se connecter au mauvais cromlec'h. Il manquait plus que ça. Où est-ce qu'il est ?

- Pas ici en tout cas. Pas plus que Roc'h.

- Mais si, c'est obligé !

- Non, j'ai déjà essayé de les contacter par télépathie. Tu es resté inconscient pendant deux heures. On est seuls ici. Et je n'ai pas la moindre idée de l'endroit où nous sommes.

- La glace. C'est de la glace ?

- Oui. Je crois que l'on est au fond d'une crevasse dans un glacier. Le cromlec'h est pris dans la glace et peut-être qu'on est déjà arrivés aux Montagnes de Glaces. Sur le chemin de *Carboneck*. Regarde, on aperçoit de la lumière là-haut. Il y a aussi quelques fissures là-bas mais elles sont trop petites pour pouvoir s'y faufiler. On a un gros problème.

- Ah oui ! Tu crois ? On a juste à reprendre le cromlec'h et on sera tirés d'affaire. As-tu senti les énergies telluriques ?

- Il...n'y en pas ici.

- Oh. Alors on a un problème.

- C'est bien ce que je disais.

Les elfes doués de dons de magie s'affairèrent à la réparation des pierres endommagées.

- Il nous faudra des heures pour réparer les dégâts.
- Je vous en accorde cinq, répliqua le Chef.

Dans la crevasse, Eric souffrait toujours de sa jambe cassée.

- Je crois que c'est prêt.
- Ah oui !
- Je pose une attelle dessus et tu seras comme neuf.
- Vas-y doucement.
- Au cas où tu ne le saurais pas, se faire manipuler une jambe cassée, ça fait mal.
- Je suis désolée, mais c'est la première fois que je fais ça. Tu as violemment percuté le sol gelé et...
- Ils vécurent heureux et eurent beaucoup de bambins.
- J'ai presque terminé !
- Non ! Ça fait mal ! Ce sera très bien comme cela ! Arrête ! Ah ! hurla-t-il.
- On a des vivres ? demanda Eric une demi-heure plus tard, la douleur faiblissant un peu.
- Oui, on a trois jours de rations et... de l'eau à profusion avec toute cette glace. Et des couvertures chauffantes.
- Excellent. On va s'en sortir, Elora. Mets-moi debout, je commence à me geler les fesses. Aide-moi.
- Oui.

Un bras sur l'épaule d'Elora, à cloche-pied, Eric contempla l'énorme crevasse dont ils étaient prisonniers. Tao se réveilla, le visage de Roc'h sous ses yeux.

- Roc'h ?
- Le cromlec'h a mal fonctionné. Nous avons été rejetés violemment par les énergies telluriques qui se sont dispersés à vitesse inouïe.
- Eric et Elora ?
- Ils n'ont pas suivis.
- Je suis sûr que oui. J'en suis persuadé. Ils sont entrés dans le cercle. Cela n'a aucun sens.
- Je suis d'accord. Dans quelques heures nous enverrons un espion là-bas. Certains elfes peuvent se projeter astralement d'un cromlec'h à un autre. Ils peuvent « *voir* » ce qui s'y passe. On espère découvrir ce qu'ils sont devenus.

Dans la crevasse, le couple cherchait des moyens pour s'en sortir.

- On arrivera peut-être à grimper là-haut. Enfin... toi tu pourras, dit Eric en regardant vers la surface, à des dizaines de mètres.

- Eric, je les sens. Elles sont faibles mais elles sont là, les énergies telluriques, dit-elle en commençant à se concentrer pour les réunir mais constata qu'Eric souffrait aussi de la poitrine.

- Je crois que j'ai aussi une côte cassée.

- Pourquoi tu ne m'en as pas parlé ?

- J'ai eu peur que tu essayes d'y mettre une attelle, répondit-il en souriant. Mais Elora le fusilla du regard.

- J'ai pensé aux endroits où Roc'h et Tao peuvent se trouver. Il y a deux explications possibles. Un : Tao a bien réunit les énergies telluriques et ils se trouvent ici, quelque part dans les Montagnes de Glace, car un autre cromlec'h s'y trouve. Nous avons donc été séparés en deux groupes car le lien entre les deux cercles de pierres s'est rompu pour deux d'entre nous, les envoyant vers le cromlec'h le plus proche. Ne me demande pas comment cela est possible car je l'ignore. Ou deux : on a été envoyés ici et eux, n'importe où ailleurs sur l'Autre Monde.

- Et trois ?

- Il n'y a pas de trois.

- Si, cherche bien.

- J'ai cherché Eric.

- Oh. D'accord.

- On présumera qu'ils sont retournés au campement elfe et qu'ils ont commencé à nous chercher.

- Mais où ?

- Ici ! Il faut l'espérer.

- Mais comment ils pourraient nous trouver. Ils ne savent même pas où nous sommes. Les Montagnes de Glaces s'étendent sur des kilomètres carrés. Rechercher la trace des énergies telluriques leur prendra des années !

- Pas s'ils viennent ici en premier, répondit Elora.

- Oui, je sais. Il faut rester positif.

Tao se présenta devant le cromlec'h et commença le test en le chargeant d'énergies à 20 %. A 100 %, les pierres vibrèrent à nouveau mais de façon normale. Tao se concentra alors totalement et la *dor* s'ouvrit. Un grand elfe blond s'avança et ferma les yeux. Une connexion mentale s'établit avec tous ceux qui étaient présents près du cromlec'h dont Tao et Roc'h. Dans leur vision commune de ce qu'il y avait de l'autre côté, tous virent des pierres dressées, des dolmens alignés sur des kilomètres partant du cromlec'h et s'alignant vers tous les points cardinaux en « *étoile* ».

- Aucun signe d'Éric et Elora, regretta Tao. Puis des tirs d'énergies vinrent en direction de la projection astrale, l'ennemi croyant qu'il se trouvait *physiquement* au centre du cercle de pierres.

- Les *treitours* nous y attendaient. Coupez la connexion mentale, la projection astrale et dispersez les énergies telluriques ! ordonna le Chef du Clan. Je regrette mais la mission est annulée. Tao en fut consterné.

Eric prit un bol dans un sac et concentra de la chaleur dans ses mains. La glace fondit et de l'eau l'y remplaça.

- La soupe est prête Elora !
- Oui, j'arrive. J'ai presque fini.
- Je ne veux pas le savoir. Viens, sinon ça va refroidir.
- Laisse-moi regarder Eric.
- Non. Ça va. Mange.
- Je me suis demandé ce qui avait pu causer ce dysfonctionnement. En fait, nous ne savons pas totalement comment fonctionne le réseau de cromlec'h. Nous l'utilisons, c'est tout. Mais notre théorie c'est qu'il créé un passage artificiel capable de transférer des énergies dans une direction le long d'un conduit extra dimensionnel. Je crois que le faisceau d'énergie a dévié sa route à un moment donné. Un peu comme la foudre attiré par un paratonnerre. A mon avis, c'est dû à l'attaque que l'on a subi à l'approche du cromlec'h des Montagnes de glaces. La *dor* a peut-être reçu plus d'énergies durant la bataille qu'elle n'aurait dû en recevoir et cela a induit le changement de trajectoire avant que l'on atteigne l'autre côté. Ma conclusion est qu'il existe plusieurs cromlec'h dispersés dans ces montagnes. Mais pour les secours, cela complique beaucoup leurs recherches d'autant plus que ce territoire de l'Autre Monde est très hostile.

- Bon, alors, s'ils ne se trouvent pas là, et qu'ils ne sont pas ici... montra Tao sur une carte.

- Il est possible qu'ils aient péris pendant le transfert, supputa Roc'h.

- Oui, auquel cas nous perdons notre temps et vos ressources à les chercher. J'y ai pensa aussi... Mais si jamais ils sont encore en vie... S'il existe la moindre petite possibilité que ce problème les aient expédiés vers un cromlec'h différent ? insista Tao.

- Vous oubliez que sur l'Autre Monde nous ignorons le nombre de *dor* actives. Il y en a peut-être des milliers.

- Je sais. Il faut réduire notre champ de recherche.

Elora et Eric continuaient de casser la glace emprisonnant le cromlec'h qui s'était développée peu après leur arrivée. Fatigués, gelés, ils poursuivaient leur effort.

- Eric ! Un *treitour* ! dit-elle en trouvant un cadavre congelé portant la marque dans le cou : une croix celte dans un cercle, symbole qui permet de les identifier, tous ici, à la solde d'Enningan.

Dans la salle de Conseil du Clan, tous étaient réunis pour reprendre les recherches en reprenant les évènements survenus depuis le début. Un détail ayant pu leur échapper.

- Les cromlec'h ont cessés leur communication entre eux mais qu'en est-il du rayon d'énergie lui-même ? A-t-il pu disparaître ? demanda Tao.

- Non, il fallait bien qu'il se décharge quelque part, répondit un elfe.

- Par exemple dans un autre cercle de pierres dressées.

- C'est possible. Mais... Chef, tout cela reste théorique. Nous croyons que ces cromlec'h sont d'énormes conducteurs chargés de la magie et des énergies telluriques qui se complètent.

- Mais cette énergie a pu être déviée et seulement vers le cromlec'h le plus proche ce qui réduit notre champ de recherche dans une zone plus réduite.

- Si vous avez raison, pourquoi n'ont-ils pas utilisé leurs pouvoirs pour revenir ? demanda le Chef.

- Roc'h et moi avons été éjectés si violemment de ce côté que je ne me rappelle absolument rien. Il se peut fort bien qu'ils soient blessés, auquel cas ils n'ont pas pu beaucoup s'éloigner du cromlec'h. Je crois que l'on peut au moins essayer de les retrouver vénérable Chef.

Eric et Elora parvinrent à dégager les pierres prises dans la glace.

- On doit se dépêcher avant qu'elle ne se reforme.

- Oui, c'est le moment. Eric toussa du sang sur la glace et s'essuya la bouche. Elora comprit qu'il fallait se hâter. Elle rassembla toutes ses forces pour lutter contre le froid et se lever. Tous deux s'installèrent au centre du cercle de pierres et Elora prononça la *Grande Incantation*.

En ce moment et en cette heure,
En moi la Grande Incantation demeure.
En ce lieu, j'invoque les dieux.
Que ces pierres sacrées ouvrent le réseau sous nos pieds !

Les énergies telluriques commencèrent à se rassembler autour d'eux. Mais les pierres ne vibrèrent pas.

- Non des dieux ! C'est pas vrai ! se désespéra Elora qui se débarrassa des énergies concentrées dans ses mains.

- Pourquoi...

- La magie ici est... étrange. Elle est plus difficile à concentrer. Il faut recommencer.

- Non. On n'a pas dormi depuis un bout de temps. On en a besoin.

- Tu pourras tenir ?

- Je t'ai dit qu'on allait s'en sortir. Ce sera juste un peu plus long que prévu.

- Oui. Tu as raison. Nous sommes épuisés.

Sur une table en rondins de bois trônait une carte avec des points représentant les cromlec'h visités par les Traqueurs à la recherche d'Éric et Elora. Tao la contemplait, de plus en plus inquiet.

Après quelques heures de sommeil, le couple se réveilla. Au même instant, une autre équipe Traqueurs rentrait au campement sans les deux disparus. Elora s'énerva après un nouvel échec d'activer le réseau.

- Eric, ton hémorragie interne m'inquiète et ta jambe cassée commence à geler.
- Passons aux mauvaises nouvelles. Aide-moi à me lever.
- Non, non. Reste allongé et bois. J'aurais dû nous sortir de là depuis longtemps. Je suis désolée.
- Tu y arriveras. Insiste.
- Ça fait douze heures que j'essaye ! Et je ne comprends pas pourquoi ça ne marche pas. Quelque chose m'échappe.
- Elora. Il faut passer au plan B.
- Mais quel plan B ?
- Tu prends le reste de nos vivres et tu grimpes là-haut ! Tâche de survivre dans ces montagnes. C'est la seule solution.
- S'y j'arrive à faire fonctionner le cromlec'h, nous pourrons partir tous les deux.
- Oui. Ça paraît évident.
- D'accord. Essaye une dernière fois.

Campement elfe.

Le cromlec'h vibra, annonçant une arrivée imminente.

- Quelqu'un arrive ! Sentinelles ! En position ! ordonna Tao. Roc'h portait un des Traqueurs sur ses épaules. Il avait besoin d'assistance médicale.
Le Chef arriva en trombe, tandis que les abords du cromlec'h étaient sécurisés.
- Que se passe-t-il ?
-Nous explorions une grotte non loin du cromlec'h. Le Traqueur est tombé dans une petite crevasse. Il n'y avait nulle trace d'Éric ou d'Elora.
- Et vous ? Comment ça va ?
- Je suis prêt à repartir tout de suite.
- On abandonne les recherches.
- Quoi ? réagit Tao.
- Il s'agissait de la dernière *dor* (porte) se trouvant à proximité, ou dans la zone de recherche.
- Ça fait seulement deux jours que nous cherchons ! Vous ne pouvez pas... Il faut continuer encore un peu vénérable Chef !
- Je n'ai pas d'autres choix.
- Ah les elfes ! enragea le moine chinois.

Elora prononça la formule avec toutes les forces qu'elle pouvait rassembler en cet instant. Les pierres vibrèrent enfin, faisant trembler la crevasse mais aussi le sol du campement elfe, mais sans que le transport soit possible. Tao se rendit compte du phénomène.

- Roc'h ! Tu as vu ça ? Je crois... Il y a une *dor* à laquelle nous n'avons pas pensé.

Quelques minutes plus tard, Elora fut consternée que sa dernière tentative n'eut abouti... à rien.

- Ça a échoué ?
- Je suis désolée.
- Ce n'est pas de ta faute.
- Je ne comprends pas pourquoi ça ne marche pas.
- Elora, plan B. Vas-y.
- Pas question.
- Chérie. Il ne faut pas se voiler la face, je vais mourir. Fais-le !
- Non !
- S'il te plaît.
- Je ne peux pas.
- Pour Bron, pour ton fils. Il le faut ! insista Eric. La jeune femme pleura mais accepta à contre cœur d'escalader la falaise de glace. Elle ne pouvait pas user de ses pouvoirs en invoquant la maîtrise de son élément sans risquer de faire s'effondrer la structure fragile de glace les menaçant de les ensevelir avant d'atteindre la seule sortie.

Toujours dans ses réflexions, Tao approfondit une idée qu'il venait d'avoir.

- Et si le cromlec'h du sommet existait encore ?
- Impossible ! Il a été enseveli depuis... si longtemps qu'on l'ignore, répondit le Chef.
- Pourtant, c'est la seule qui laisse cette signature énergétique. Ils sont donc au sommet, à *Carboneck*. Par tous les dieux ! Ils y sont arrivés ! Ils sont sous le château ! Ils ont le *Graal* à portée de main !

***

141

LE FAERIM

Autre Monde,
Territoire du Campement Elfe des Terres du Sud,
9 mai 2002,
Coucher du soleil.

En soirée, Tao profita de sa visite pour revoir sa tendre Iguilt. Il la chercha partout sans la trouver. Les elfes semblaient tous ignorer où elle se trouvait. Le jeune moine chinois choisit alors une autre approche. Souhaitant l'attirer vers lui et ne sachant pas comment dénicher sa cachette, il fit appel à ses connaissances en magie. Il prit un pot en terre cuite qu'il remplit de terre. Il se procura des graines de basilic en cuisine. A un kilomètre du campement, sous la lune croissante, il planta ses graines dans le pot. Il passa ensuite une main au-dessus de l'objet et soudain, la croissance de la graine de basilic s'accéléra au point de faire naître une jeune pousse, puis seulement au bout d'une minute, elle se changea en plante. La germination arrivée à terme, Tao prononça une formule à l'effet stupéfiant :

Sono innamorata

La plante se souleva toute seule, arrachant ses racines plantées dans la terre, puis elle s'éloigna du pot, à quelques dizaines de centimètres au-dessus du sol. Elle se figea ensuite, tournant sur elle-même. Tao observa ce ballet avec amusement. Il se souvint qu'en Chine, il y a quelques années, il avait utilisé ce même procédé pour retrouver un animal qu'il adorait et qu'il avait perdu. La plante accéléra son tourbillon jusqu'à ce qu'il ne puisse distinguer ses contours. Un nuage mêlé de terre et de poussière le remplaça et il entendit une toux résonner avant qu'une jeune femme en sorte, couverte de terre et de poussière. Iguilt se tenait debout face à lui, n'en revenant pas de cette surprise.

- Jeune moine idiot ! J'étais en train de chasser ! Tu m'as fait louper ma proie !
- Mais je veux bien devenir cette proie mon elfe.
- Tao ! Tu m'as tellement manquée, lui sauta-t-elle au cou. S'en suivit un long et tendre baiser.

Terre,
Parc de Brest Nord,
10 mai 2002.

Un cirque venait de s'installer dans le parc où Ed a entrepris de se promener. Il eut une sensation de liberté après s'être éloigné du Sanctuaire pour quelques heures. Il passa devant des cages d'animaux sauvages, de singes, et s'arrêta net à l'approche d'un enclos occupé par des lamas. Une jeune femme, svelte, de taille moyenne, d'origine gitane à en juger par ses vêtements, ses bijoux et son collier de perles, les nourrissait. Ed fut subjugué par sa beauté et succomba à la tentation de l'aborder. Maladroitement il faut dire. A peine eut-il approché la belle jeune femme que le lama lui cracha dessus. Cela l'amusa beaucoup et elle éclata d'un rire qui entraîna le sien.

- Je suis désolée. Il fait souvent ça quand quelqu'un qu'il ne connaît pas s'approche de moi. Ce lama me protège. Excusez-le. Je m'appelle Theresa.
- Ed, enchanté. Cet animal m'attaquera-t-il si je me permets un baiser ?
- Jeune présomptueux ! Nous ne nous connaissons pas ! dit-elle imitant un air surpris. Sous le charme d'Ed, elle proposa de faire connaissance d'une manière assez particulière.
- Croyez-vous en la magie ?
- Oui, absolument. Je suis moi-même un Mage. J'appartiens à une communauté de druides.
- C'est... surprenant. Je possède un don qui me permet de lire dans le passé des gens. Je peux connaître une personne en l'espace d'une seule vision comme si je la connaissais depuis quelques années. Me permets-tu de sonder ton passé ?
- Essaye, tu seras surprise.

Après un sourire qui le fit craquer, Theresa posa ses mains des deux côtés de sa tête. Elle ferma lentement les yeux, puis se concentra de tout son être. Des images troubles envahirent son esprit et Ed profita de l'occasion pour l'embrasser. La vision s'effaça aussitôt et la gitane se laissa enlacer. Entraîné dans sa caravane, Ed coucha toute la nuit avec cette adorable merveille de la nature.

Au petit matin, Ed se leva en silence. Il laissa dormir Theresa et passa une main au-dessus de son visage et de tout son corps nu pour la détendre à l'aide de la magie. La jeune femme, alors sur le point de se réveiller, s'endormit profondément. Une heure plus tard, elle se leva et se rendit compte de la situation. Ed avait abusé d'elle en usant de la magie pour la forcer à faire l'amour, inconsciemment. En effet, Ed ne s'aperçut pas que lorsqu'il était en état d'excitation sexuelle, il ne maîtrisait plus ses pouvoirs. Theresa se leva en hurlant, se rhabilla, sortit de sa caravane et partit à la recherche d'Ed. Elle le trouva assez rapidement, en train de nourrir le lama qui curieusement était devenu moins agressif.

- Ed ! Ordure ! Tu vas le payer !
- Quoi ? Theresa, qu'y-a-t-il ?
- Tu oses le demander ? Tu oublies que je connais les arcanes de la magie. Tu t'es servi de tes pouvoirs pour me détendre et influencer mon comportement.

J'avais envie de toi... mais pas si rapidement ! C'est comme si tu m'avais... violée. Par les dieux ! Tu m'as violée, Ed !

Soudain, une dizaine de jeunes gitans encerclèrent Ed. Il s'agissait des frères de Theresa, bien décidés à lui faire payer son crime.

- Ils vont te tuer Ed. C'est tout ce que tu mérites !
- Non ! Theresa ! Je n'ai pas... Je suis désolé. Je ne me suis pas rendu compte... Le contact de nos pouvoirs m'a mis en transe. Je ne maîtrisais plus ce que je faisais !
- « C'est cela oui ! C'est pas ta faute ? C'est celle de tes pouvoirs ? Hermanos (frères en espagnol). » Sur cet ordre, ses frères avancèrent en ligne. Devant la menace, Ed leva une main et quatre d'entre eux volèrent pour atterrir dans un enclos à sangliers. Il profita de cette brèche pour fuir loin, très loin. Theresa lui lança une menace qui lui glaça le sang.
- Je te tuerai ! Tu es un homme-animal, tu mourras des crocs d'un homme-animal ! *Faerim ! Draconomos ! Viens à moi* !

Theresa avait pu invoquer un être de l'Autre Monde, un loup-garou nommé Draco. Elle le lança à la poursuite d'Ed et lui ordonna de le mettre à mort. Draco prit forme humaine et partit à sa recherche. Si Theresa put invoquer une créature venue de l'Autre Monde alors que normalement seuls les druides en sont capables, c'était sûrement dû à leur lien particulier, sembla-t-il penser. Draco, lié par le sang à Theresa, victime d'une malédiction qu'elle lui avait jeté des années auparavant, était contraint de venir à son secours chaque fois que celle-ci l'exigeait. Comme aujourd'hui. Elle le regarda s'éloigner avec un regard dans lequel on pouvait lire toute sa fureur.

Sanctuaire.

L'Ollav Suprême insista auprès de Ness pour contrôler les agissements de Goff. Certes Superviseur, l'Ollav venait de décider qu'il devait être... inspecté, ce qui n'était pas du tout du goût de la Grande Druidesse.

- Il n'en n'est pas question une seule minute ! s'insurgea-t-elle avec véhémence.
- Vous n'avez pas le choix très chère ! C'est un ordre ! Nous contrôlerons aujourd'hui Goff afin d'évaluer son respect des consignes d'enseignements destinées à l'apprentissage de nos plus jeunes, répondit Aël qui monta sur ses grands chevaux.
- Suivez-moi, concéda-t-elle à voix basse, vexée. Tandis que Goff enseignait les leçons du jour, les dirigeants s'installèrent discrètement au fond de la salle mais cela n'échappa guère au professeur.
- Tiens donc ! Voilà de la visite ! Sur ces mots, tous les élèves se retournèrent afin d'assouvir leur curiosité. Non déstabilisé pour autant, Goff poursuivit :

- Passons au *Neter*. Il s'agit d'une énergie divine opérative égyptienne. Le ou les *Neter* sont des réalités. Un Neter n'est jamais fixe. Il est toujours en création. C'est à nous de le développer comme le Neter personnel. On le cherche, on le trouve et c'est sublime. Mais après, il faut le nourrir. Ce qui nous donne les grands rites ou les petits rituels privés. On traduit généralement le mot Neter par : dieu ou puissance créatrice. Le Neter peut être classé. Les *Neterous* sont nombreux car un même dieu peut avoir plusieurs visages. Nous retrouvons-là plusieurs genèses ou cosmogonies. Moi, je préfère le dieu *Khnoum* qui modèle les formes de vies.

A cet instant, Goff transforma une araignée en mouche. Ce qui amusa l'assistance, mais pas Aël.

- Le Neter cosmique est le devenir, la loi des cycles de la création. Afin de connaître son Neter personnel et le percevoir, prenez l'image du dieu ou de la déesse que vous sentez le plus en concordance avec votre don personnel. Ce peut être une gravure ou une statuette. Placez-la devant vous, allez ! Je vous avais dit hier de vous en procurer une pour ce cours. Il est temps de vous en servir. Prenez maintenant le morceau de charbon posé sur votre tablette. Faites-le brûler devant votre relique. Jetez maintenant une pincée d'encens et ajoutez une pincée de lavande séchée. Bien... Maintenant suivez attentivement les étapes que je vais vous indiquer et suivez ces consignes une à une dans l'ordre, sans m'interrompre. Soyez concentrés. Allumez les deux bougies de couleur bleu pâle ou blanche placées de chaque côté de la représentation du dieu ou de la déesse que vous avez choisi. Tracez devant vous, dans l'air, comme si vous écriviez quelque chose, un cercle dans le sens des aiguilles d'une montre au moyen de votre index droit, pointé en avant. Dès que vous aurez fini de tracer votre cercle, pointez votre index gauche au milieu de celui-ci. Dites alors, en vous concentrant avec le plus grand respect, le « *Mantra* » du dieu ou de la déesse, trois fois et lentement.

« *Sekhem-em-Khnoum* »

Dès lors, l'image du dieu prit vie. Un dieu égyptien apparut au centre de la classe avant de très vite disparaître. A côté des eubages, des dieux prirent forme de manière indistincte car leur maîtrise de la magie était insuffisante.

- Ces mots ont un immense pouvoir. Vous vous débrouillez bien... Le premier « *champs* » appelle l'énergie nécessaire à son apparition. Le deuxième, « *Sekhem-em-Khnoum* », déclenche la descente de la *Force Bienveillante* que vous invoquez. Enfin, dites un texte que vous aurez écrit pour l'honorer et que j'aurais au préalable consulté. Passons maintenant à quelques symboles de la religion des anciens égyptiens. Je vous rappelle que vous devez apprendre à mieux connaître toutes les mythologies des civilisations humaines car toutes leurs créatures magiques et leurs dieux se trouvent dans l'Autre Monde. « *L'Ankh* » est la vie dans l'éternité et le souffle divin. Elle donne la vie, aide à maîtriser toutes choses, peut-être même votre destin. « *Tit* » ou « *Nœud d'Isis* » est le corps de la déesse Isis, représentation du nœud de sang. Le nœud était souvent placé sur le thorax des défunts. Il était le symbole des vertus universelles : force spirituelle et physique. « *L'œil Ouadjat* » est le symbole du dieu *Thot*, porteur de lumière. « *Le Pilier Djed* » ou « *la Colonne d'Osiris* » assure au porteur la canalisation de l'énergie vitale. Sur le haut du symbole sont représentées les quatre vertèbres cervicales. Ouvrez votre livre à la page d'introduction pour pratiquer la Magie des Égyptiens. « *Pour faire l'art, il faut obligatoirement connaître les manipulations d'énergies. Vous pouvez manipuler des sources variées comme le Neter personnel, les énergies de la Nature et une pratique assez répandue dans les temples en ancienne Égypte, l'énergie divine. Il faut connaître sur le bout des doigts le Neter d'un dieu. Il vous faut donc maîtriser les techniques de base, sans quoi, rien n'est possible.* » Il en va de même avec nos dieux. Comprenez que, sans les principes de base, vous ne pourrez user de la Magie sans vous attirer des problèmes.

- Superviseur, pouvez-vous conclure ce cours ? Nous avons à vous parler.

- Aël, dans cette enceinte, je suis le Maître et nul n'a d'autorité sur moi. Comprenez qu'il va falloir que vous respectiez ici les règles de base sans quoi vous vous attireriez des problèmes. N'est-ce pas ce que je disais à l'instant à mes élèves ?

- Nous vous attendons dehors, Goff, cracha-t-il irrité.

Un instant plus tard, Goff se présenta devant un Aël, furieux.

- Comment osez-vous... commença le Superviseur au visage rouge pivoine, coupé par Aël.

- Vous prenez des libertés Goff, ce qui nous déplaît. Vous devez cesser vos cours sur la civilisation égyptienne ! Ils n'ont rien à faire ici, en territoire celte ! Conformez-vous aux lois ! C'est la première, et dernière fois, que je tolère votre... écart, sans vous sanctionner. Disons que désormais, vous devrez appliquer nos directives et non celles, libérales, de nos prédécesseurs. Me suis-je bien fait comprendre ?

- Ness...

- Je suis désolée Goff, je ne peux rien faire. Ils ont le pouvoir... pour l'instant.

- C'est exact ! L'Ollav a l'autorité. Goff ?

- Oui, j'ai compris. Aël, souvenez-vous tout de même de mes avertissements. Les lois me donnent raison. Vous n'avez pas le droit d'entrer dans ma classe. Il y a des conséquences auxquelles vous vous exposeriez si vous faisiez l'erreur de transgresser une nouvelle fois cet interdit. Me suis-je bien fait comprendre ?

- Quel culot ! termina Aël, mouché.

Autre Monde,
Territoire des Fées.

Tim et Tara, lors d'une promenade loin du tumulte causé par les préparatifs de la *fête de Beltaine*, trouvèrent une colline avec un grand arbre à son sommet.

Une voix les appela à l'aide et leur curiosité les poussa à y répondre. A mi-chemin du sommet, Ailen les arrêta dans leur élan.

- Où allez-vous ainsi ? Vous ne devez pas approcher de cet endroit.
- Maintenant que tu viens de le dire, ça me donne encore plus envie d'y aller, répondit Tim d'un air malicieux.
- Pourquoi ?
- Tara, tout en haut, il y a le cimetière de Robert Kirk.
- Qui est-ce ?
- Un pasteur qui vivait sur Terre au XVIIème siècle. Après sa mort, nous avons emporté son corps et piégé son esprit dans cet arbre, au sommet la Colline des Fées. Nous l'avons puni pour avoir révélé dans son livre un trop grand nombre de nos secrets. Une légende humaine prétend qu'il existe des moments dans l'année où ils peuvent nous contacter ainsi que les esprits. Cette tradition ancienne affirme que nous vivons sur *Tir Na Nog*, le pays de la jeunesse éternelle. Celui qui fait courir cette rumeur est un idiot doublé d'un imbécile. Il n'a pas mis un pied sur l'Autre Monde. *Tir Na Nog* n'est pas notre île !
- Il est enfermé ici depuis des siècles ? Même avec le décalage horaire entre les deux Mondes, ça fait...
- Longtemps, oui. Tara, nous ne pouvons pas le laisser partir. Il sait trop de choses sur nous. Et en ce moment, les informations à notre sujet sont des préoccupations essentielles. Entre les mains d'Eningann, nos secrets causeront notre perte.
- Vous n'avez pas le droit de garder captif un esprit !
- Il est dangereux Tara.
- Libère-le !
- Non.
- Dans ce cas, tu peux t'asseoir sur notre aide. Je suis certaine qu'on peut le raisonner. Il ne dira rien.
- Après ce qu'on lui a fait subir ? Il n'y a aucune chance pour qu'il pardonne un tel acte et nous sommes loin de le lui demander. Il nous a causé du tort durant très longtemps sur Terre.
- Libère-le ou nous ne vous aidons pas pour Beltaine.
- Tu es certaine de ton choix ? Tu prends la responsabilité de ses actes après sa libération et tu me garantis que cet esprit ira en lieu sûr afin qu'il ne puisse nous causer aucun préjudice ? Dans ce cas et, seulement à ces conditions, notre reine lui accordera sa grâce et il quittera notre colline après votre retour sur Terre.
- Tu es dure. Cela implique de lui trouver un refuge... éternel.
- Ou une protection éternelle. Je connais un moyen de lui obtenir, la coupa Tim.
- Marché conclu. Méfiez-vous des pactes avec les fées. Soyez certain de vos choix.
- Nous le sommes.
- Très bien. Quittons le Palais souterrain. Nous allons bientôt célébrer Bellenos.

Les fées quittèrent leur territoire, emportant avec elles la baguette d'intelligence, l'arbre de la Connaissance et le chaudron d'abondance, les reliques indispensables à l'accomplissement de leur rituel. Partant de leur Palais Souterrain et cheminant vers le Temple de Bellenos, les Feux de Bel furent allumés au fur et à mesure sur le chemin de leur pèlerinage. Début de la saison claire, Beltaine est la fête de Lug sous son aspect de lumière. C'est à cette occasion que sont allumés les grands feux cérémoniels. Mais l'inconvénient est que ces Feux sont visibles depuis des kilomètres, marquant ainsi leur position à leurs ennemis. Tim et Tara assurèrent leur protection.

Montagne de Glace,
Château des Carboneck,
Catacombes.

Une journée s'écoula durant le périple de Tao pour rejoindre Eric et Elora. Accompagné d'Iguilt, nouvelle recrue au sein des Traqueurs elfes, ils escaladèrent les falaises de glace, suivirent le chemin des nains avant de croiser des Trolls agressifs, au pied du *Château Carboneck*.

- On va devoir les affronter. C'est le seul accès aux catacombes du *Château*.

Devant eux s'élevait une bâtisse gigantesque dont le sommet transperçait les nuages. Impossible de voir le toit, ni même les donjons les plus haut. Ce *Château* était baigné d'une lumière éclatante. Tao avança vers les Trolls d'un pas assuré, pointa une main vers l'un d'entre eux et ferma son poing. Au même instant, un craquement d'os se fit entendre et le Troll tomba à genoux, la nuque brisée. Surpris, les autres reculèrent par réflexe, se regardant ensuite et chargèrent ensemble ne laissant pas le temps au moine de réitérer sa première attaque.

- Iguilt ! Là, tout de suite, je n'ai pas de plan B !
- Ah c'est commode ! C'est encore aux femelles de faire le sale boulot !

L'elfe décocha ses flèches par dizaines, faisant pleuvoir des traits se fichant directement dans la chair des molosses. Leurs poids lourds tombèrent au sol un à un mais le dernier agresseur parvint à frapper Tao qui vola dix mètres plus loin. Il retomba sur de la glace sans trop de mal si ce n'est quelques bleus.

- Et voilà l'travail ! dit Iguilt, satisfaite. Tous deux avancèrent vers l'entrée des catacombes.

***

142

Vers
L'appotheose

Terre,
Université de Brest,
10 mai 2002,
9 h 27.

Ed fut attaqué par Draco dès son arrivée à l'Université où il avait bien l'intention de demander de l'aide à Hélène. Il se demanda pourquoi dans les situations difficiles, il faisait toujours appel à son assistance, au lieu de se comporter en homme et affronter seul les dangers. Peut-être un soupçon de sagesse, préféra-t-il penser.

Tandis que les étudiants arrivaient pour passer leurs examens en vue de valider leurs unités de valeur, Ed observa des yeux inhumains le fixer. Quelque chose d'animal se dégageait de ce regard mais il ne sût l'identifier. En tout cas, rien d'amical selon lui. Il se sentit menacé comme jamais. Cette présence le dérangea au plus haut point. Cet homme aux yeux si étrange vint lui serrer la main.

- Recevez les amitiés de Theresa. Avant la fin de cette matinée, mes crocs finiront de vous achever. Elle tenait particulièrement à ce que vous sachiez qu'il ne vous reste plus que quelques heures à vivre. Et surtout, que vous ne puissiez jouir de ces derniers instants. Réglons cela à l'écart, voulez-vous ? lui intima Draconomos.
- Sans façon, dit Ed parvenant à se dérober. Il dévala les marches quatre à quatre et entra en trombe dans le bureau d'Hélène qu'il trouva occupée à feuilleter des livres.
- Comme je suis content de te trouver ici ! Saurais-tu par hasard comment on se débarrasse d'un homme aux yeux de fauve et d'une gitane qui veut ta peau ?
- Toi, tu as un service à me demander !
- On peut dire ça comme ça. Disons pour être bref, que j'ai succombé à la tentation et plus ou moins abusé d'une situation. Cette fois, je suis tombé sur un os.
- Traduction : tu as ressenti un besoin irrépressible de coucher avec une nana, tes pouvoirs sont devenus incontrôlables et la belle a trouvé un moyen de se venger.
- Pourquoi tu me connais si bien ?
- J'en ai marre de tes âneries Ed ! Je croyais que l'on commençait quelque chose tous les deux. Je me suis encore trompée.
- Non ! Je... J'ai vraiment un gros problème là. Et d'ailleurs, ce problème ne tardera pas de frapper à cette porte.

- Tu as ramené un démon ici ?

- Pas un démon. Je ne sais pas ce que c'est !

- Oh non. Pas ça ! Un homme avec des yeux d'animal tu as dit ? C'est un loup garou, imbécile ! Putain ! Tu as ramené un loup garou ici !

- C'est Theresa, une gitane, qui l'a invoqué.

- Bravo ! En plus, il s'agit d'une malédiction ! Tu as tiré le gros lot cette fois-ci ! Ed sourit à cette dernière phrase.

- Oh, esprit tordu !

- Comment je m'en débarrasse ?

- Toutes les légendes s'accordent sur une solution. Introduire de l'argent directement dans le cœur de la créature sous sa forme animale. Mais ce sont des légendes. Il n'y a rien de très fiable dans ces dires. Et puis surtout, il n'est pas normal qu'un loup garou parvienne à transformer ses yeux en plein jour. C'est une bête nocturne avant tout.

- Je sais ce que j'ai vu. Dépêche-toi, il arrivera d'un instant à l'autre.

A cet instant quelqu'un frappa à la porte avant de l'enfoncer. Hélène sursauta et cria de peur. Nul ne l'entendit, elle et Ed étant les seuls présents dans le bâtiment. Étudiants et professeurs étaient occupés par les examens dans les amphithéâtres. Draco prit sa forme de loup et fondit sur Ed.

- Hélène! Vite ! Trouve une solution !

- Mais... Je ne sais pas ! Je dois consulter les livres !

- Pas le temps ! hurla Ed, occupé à éloigner la gueule de l'animal de son cou. Hélène paniqua et donna des coups de pieds à la bête.

- Très efficace. T'en a d'autres comme ça ? grogna Ed sous l'effort.

- Je fais ce que je peux !

- C'est à dire pas grand-chose ! A ce rythme-là, tu m'offriras une belle couronne à mon enterrement.

- Ed ! Ferme-la et laisse-moi réfléchir !

- Je veux bien mais vite alors !

Hélène se concentra et enflamma le loup garou à l'aide de son pouvoir. Immolé, il se débattit et lâcha Ed qui s'éloigna.

- Ah, c'est mieux. Mais le molosse se retourna vers elle, prêt à la brûler avec lui. Ses hurlements de douleurs étaient terrifiants. La jeune femme saisit le premier objet à sa portée : une longue lame en argent massif. Elle l'attrapa en hâte et l'enfonça profondément dans la chair en soufflant sur la bête. A la suite du souffle, les flammes faiblirent et disparurent. La lame en argent pénétra le cœur qui cessa de battre aussitôt. L'énorme animal prit une forme humaine cadavérique. Sauvés, Ed prit Hélène dans ses bras mais elle se dégagea.

- Ed. Il t'a griffé.

- Saurait pu être pire.

- C'est PIRE ! Il t'a contaminé Ed !
- Quoi ?

Autre Monde,
Montagne de Glaces,
Château de Carboneck.

Tao et Iguilt retrouvèrent Eric et Elora dans les catacombes auprès du cromlec'h, prisonnier des glaces. Elora n'avait pas réussi à rejoindre la surface car il n'y avait pas de surface. Il s'agissait d'un sortilège lancé des siècles plus tôt pour permettre aux âmes des défunts reposant ici de rejoindre le ciel. Tao leur expliqua qu'il existait une sortie qui leur permit d'échapper à la mort. Iguilt soigna la jambe d'Éric et celui-ci fut aussitôt en état de marcher et de se battre au besoin. Le groupe sortit des catacombes pour rejoindre l'entrée du *Château*. Ils y pénétrèrent sans s'apercevoir qu'ils étaient suivis de deux connaissances : Gaël et Méduse en personne.

Au même moment, sur Terre, à l'Université de Brest, le Conseil d'administration se réunissait sur la demande du Doyen.

- Mesdames et Messieurs, j'ai demandé de façon inhabituelle de nous réunir.
- En effet. Pouvons-nous savoir pour quelle raison ? demanda le Président de l'Université.
- Votre révocation Monsieur le Président. Je souhaite me porter candidat à votre succession et ne souhaite pas attendre l'année prochaine. Avant de nous retrouver ici, la décision a déjà été prise. J'ai longuement discuté avec chacun des membres de ce Conseil et obtenu leur soutien.
- Pourquoi ?
- J'ai découvert que vous avez détourné plusieurs milliers d'euros de la trésorerie.
- Quoi ? C'est... faux !
- J'ai apporté les preuves. Des officiers de police vous attendent en bas pour leur fournir des... explications, dit-il avec un sourire narquois.
- J'ignorais que vous étiez capable d'une telle ignominie. Tout ceci n'est que mensonge.
- Comprenez qu'en attendant que vous puissiez le démontrer, si vous le pouvez, nous devons prendre cette mesure. Je vais donc prendre votre poste pour les quelques derniers jours de ce semestre. Au revoir.

La nouvelle se répandit comme une traînée de poudre. Tous furent consternés.

Au *Château de Carboneck*, à peine passé la porte, Eric, Elora, Kéra, Tao et Iguilt furent accueillis par des Trolls.

- Ce n'est pas normal que ces Trolls soient parvenus jusqu'ici, réagit Elora.

- J'ai appris qu'Eningann a mis d'énormes moyens en œuvre pour les aider à atteindre le *Château*. Ils ont reçus pour ordre de faire obstacle à notre progression. Je le soupçonne de tenter de convaincre en haut lieu les protecteurs de cet endroit de nous interdire l'accès au *Graal*. Il sait certainement que notre objectif est de nous en emparer pour sauver Bron, ce qui est vrai. C'est le seul objet capable d'anéantir le virus R.O.M.A.N. qui sévit sur Terre. Nous devons avancer très vite. Le temps presse maintenant.

Tim et Tara avançaient, sur le qui-vive, devant le cortège de fées festoyant. Elles ne semblaient absolument pas se préoccuper des dangers qui pouvaient les menacer à cet instant. Les deux jeunes druides allumèrent méticuleusement tous les feux protecteurs sur leur chemin. Curieusement, ils ne rencontrèrent aucun obstacle majeur.

Terre,
Sanctuaire.

Goff trouva Othon dans l'une des cuisines, toujours en train de se goinfrer de sucreries.

- Tu ne perds pas tes vieilles habitudes mon ami.
- Oh tu sais, à mon âge.
- Je viens de recevoir une visite fort désagréable d'Aël.
- Je suis au courant. Rien ne peut se produire ici sans que je ne le sache. Je m'attendais à ce que tu viennes me voir. Je suppose que tu as une idée derrière la tête ?
- Il faut faire quelque chose ! Ca ne peut plus durer ! Ils ne sont pas là depuis longtemps mais ils sont déjà insupportables.
- Je te comprends mais je ne vois pas ce que nous pouvons faire. Quel est ce bruit ? dit Othon coupé dans sa réflexion. Les deux hommes sortirent et en cherchèrent l'origine. Ils arrivèrent dans la cour centrale où l'Ollav et le Gorsedd était déjà réunis. Ed, Hélène à ses côtés, se trouvait face à Theresa. Celle-ci, furieuse, était là pour accomplir se vengeance.
- Tu as tué mon père !
- Quoi ?
- Draconomos était mon père !
- Oh, arrête de jouer la fille choquée. J'ai fait des recherches sur toi ma jolie. J'ai découvert que tu as jeté une malédiction sur ton propre père. Tu l'as transformé en loup-garou.
- Il a tué ma mère ! C'était un animal ! Il la battait tous les jours ! Il n'a eu que ce qu'il méritait ! Il est devenu un homme-animal. Après-tout, c'est déjà ce qu'il était.
- Tu n'avais pas le droit ! Une malédiction gitane ne cesse qu'après la mort de celui ou de celle qui l'a jetée. La seule alternative, c'est que tu lèves ce sortilège. Ed

a été profondément griffé par Draco. Il va devenir aussi garou que lui si tu ne fais rien.

- Tu es un animal Ed ! C'est tout ce que tu mérites.

Theresa se jeta sur lui, une lueur animale dans les yeux. Ed comprit que Theresa était devenue un loup-garou elle-même. Sa haine envers les hommes mélangée à son trop puissant sortilège avait fini par la transformer elle aussi. Le corps de la jeune femme se métamorphosa sous le regard surpris de tous.

- Il suffit ! Ed ! Vous avez ramené un *den bleiz* (loup-garou) au Sanctuaire ! Faites intervenir les Sentinelles !
- Non Aël. Débrouillez-vous. Je trouve cela plutôt amusant. Voyons comment un Mage se débrouille face à un *den bleiz*, répondit Othon. Theresa tendit les crocs vers le cou d'Ed, occupé par ailleurs à éloigner ses griffes. Il sentit une chaleur monter en lui et sa peau se déchirer par endroit. Il comprit que très vite il allait se transformer à son tour. Hélène écarquilla les yeux lorsqu'elle saisit la gravité de la situation. Elle détestait cet endroit et encore davantage utiliser ses pouvoirs. Mais elle n'avait pas le choix. Elle tendit ses deux bras vers les pointes des lances en argent des Sentinelles. Elle les arracha et les dirigea vers Theresa. Celle-ci se retourna à la première piqûre dans l'épaule et grogna méchamment. Ed profita de l'occasion pour percer sa défense. Sa transformation fut totale et il lui sectionna une patte qu'il dévora. Theresa s'éloigna, hurlant de douleur en regardant les restes de son membre déchiré avant de revenir à la charge. Une pointe argentée se planta dans sa poitrine sans atteindre le cœur. Hélas, Hélène ne vit aucune autre arme taillée dans l'argent et n'eut pas le temps de réagir avant de sentir la bave de Theresa lui couler le long de son cou. La pointe de ses crocs commença à percer sa chair.

143

LES ARMES
DE LA VICTOIRE

**Autre Monde,
Montagnes de Glaces,
Château de Carboneck.**

L'équipe arriva près des Trolls obstruant l'entrée. Mais ceux-ci se figèrent soudain. De gigantesques silhouettes s'élevèrent de chaque côté d'un pont. Sous celui-ci, un abîme sans fond les intrigua. Les Géants des Montagnes de Glaces se présentèrent après avoir plongé les Trolls dans le vide des ténèbres.

- Bienvenue, héros de la Terre. Nous attendions votre visite. Il va vous falloir faire vite car vos ennemis tentent de percer les défenses de ce lieu. L'un des Créateurs a décidé de violer l'interdit. Nous sommes connus sous le nom de Géants des Montagnes de Glace. Nous sommes les forces de la Nature. Après une longue consultation, nous avons conclu de vous confier un certain nombre d'objets. Vous ignorez que votre ennemie se trouve non loin d'ici, cherchant un moyen d'entrer. Celle-ci a dans un très lointain passé causé du tort et changé certains d'entre nous en pierre.

- Méduse ! Ryanna est ici ? le coupa Eric fou de rage.

- Hélas oui. Ceci vous sera utile pour l'affronter. Je sais que vos tentatives répétées n'ont pas abouties. Il vous faut des armes différentes cette fois-ci pour espérer la vaincre. La *Dame aux Cheveux de Serpents* sera paralysée par *Lia Fáil* (pierre de Fal). *Sleg* (la lance) enflammera ses serpents et le contenu du *cóiri* (chaudron) annulera le pouvoir de ses yeux. Enfin, *claidiub*(le glaive) vous permettra de la décapiter. Si cela est cependant possible. Sachez aussi que même vaincue, son sang reste dangereux.

- Je veux bien le glaive moi, réagit Elora en souriant.

- Vous trouverez le remède qui sauvera vos amis dans le troisième donjon. C'est le plus élevé de ce château. Certaines personnes vous y attendent. J'annonce officiellement qu'est ouverte la quête du *Graal*.

La fête de Bellenos battait son plein. Arrivés au Temple sans encombre majeur, les fées déposèrent les pichets de cervoise sur l'autel et les tables. Du cidre et de l'hydromel vinrent s'ajouter au choix des boissons. Tim fut ravi de s'essayer au tir à l'arc, tandis que Tara préféra affronter Ailen au lancer de sac. Les autres fées jouèrent aux quilles, aux palets ou aux flèches. L'amusement fut total. Voilà au moins des êtres qui étaient loin du tumulte qui se préparait.

Terre,
Sanctuaire.

Ed vit Hélène en danger de mort et aucun druide de l'assistance n'intervint. Il bondit alors et enfonça une patte entière dans le dos du monstre, lui brisant net la colonne vertébrale. Il lui saisit ensuite le museau de l'autre patte et vida sa carotide de son sang. Le tout avec une violence inouïe et nul ne douta qu'Ed ne s'en remettrait pas avant longtemps. Theresa tomba lourdement au sol avant d'être achevée d'une flèche en argent plantée droit dans le cœur. Les plus sensibles détournèrent le regard face à ce carnage et Othon regretta sa remarque. Il ne s'amusa plus du tout. Les *Sentinelles* emportèrent le cadavre et tinrent Ed à distance avant de l'enchaîner.

Université de Brest.

Le Doyen organisa une réunion du personnel à laquelle manquaient Éric, Hélène et Bron. Agacé du retard, il décida de distribuer un blâme collectif. Leurs absences répétées et leurs arrêts de travail trop nombreux finirent par leur porter préjudice. Suffirait-il d'expliquer au Doyen que sauver l'humanité pourrait constituer une bonne excuse ? Hélas, ceci était impossible dans la mesure où ils ne pouvaient révéler leur secret.

Sanctuaire.

L'Ollav, furieux des dégâts causés par la lutte bestiale, imposa à Othon de réparer la casse. D'un geste de la main, toutes les traces disparurent : sang, empreintes de pattes dans la terre, morceaux de peux déchiquetées s'effacèrent.

Autre Monde,
Montagnes de Glace,
Château de Carboneck.

Eric, Elora, Iguilt et Tao traversèrent le pont, puis poussèrent une porte aussi grande que les Géants. De l'autre côté, des kérions par centaines déboulèrent pour les attaquer. Eric, Elora et Tao se regardèrent et comprirent ce qu'il fallait faire d'un simple regard. Ils utilisèrent la *Grande Incantation.*

> *En ce moment et en cette heure,*
> *En nous la Grande Incantation demeure.*
> *En ce lieu nous invoquons les dieux,*
> *Que ces kérions se changent en potirons.*

Elora et Tao regardèrent Eric en riant avant de répéter la formule à trois. Tous les kérions furent instantanément transformés en citrouilles.

- En potirons ? demanda Elora.

- Oh, ça va ! Tu aurais trouvé mieux toi en si peu de temps ?

- Ils portent la marque d'Eningann, interrompit Iguilt.

- C'est quoi cette salle ?

- C'est ici que se trouvent les escaliers qui mènent directement au donjon. Je crois qu'elle est gardée par les anges et les fantômes.

- L'elfe a raison. Elle est gardée par les fantômes. Bonjour Elora. Bonjour Eric, intervint une voix féminine qu'ils reconnurent. Elora pleura aussitôt de bonheur. Son amie depuis toujours qui l'avait quittée trop tôt pour sauver l'humanité en sacrifiant son âme pour sceller une porte reliant l'Autre Monde à la Terre, apparut devant eux, transparente mais aussi belle que de son vivant. Kéra, membre de l'équipe décédée quelques années plus tôt se tenait devant eux, ravie de les revoir. Elora ne put la serrer dans ses bras, ce qui lui déchira le cœur.

- Kéra. Kéra. J'en reviens pas ! Que fais-tu ici ma belle ? demanda Eric très ému lui aussi.

- Je viens vous aider. La situation est très grave. Ce Château est protégé par de nombreuses créatures du Bien. Eningann essaye d'influencer les autres dieux pour qu'ils lui apportent leur soutien. Il souhaite vous empêcher d'accéder au *Graal* parce que vous êtes humains et mortels. Mais il veut en profiter pour venir lui-même, en personne, dans ce château, ce qui est formellement interdit par les Éternels depuis la création de ce lieu. C'est un territoire neutre auquel aucun dieu n'a le droit d'accéder. Thésauriseur ! appela-t-elle. Un petit moine descendit des marches à leur rencontre.

- Je suis un *Thésauriseur* du clan Monnaciello, originaire de Naples de mon vivant. J'ai la garde directe du *Graal*. Vous venez d'atteindre votre objectif final. Mais une intervention extérieure ne me permet pas de vous le céder.

- Thésauriseur ! fut indignée Kéra.

- Je suis désolé *Dame blanche*. Eningann a...

- Encore lui ! Il commence à me courir celui-là, s'énerva Eric. Elora eut une idée lumineuse. Elle vola le couvre-chef rouge du petit moine.

- Quelles manières ! Voleuse ! Rendez mon chapeau. Que... Que désirez-vous en échange ? Je dois bien avoir quelque chose dans mon trésor... J'en ai assez de cette légende ! Ah, peut-être... s'insurgea-t-il avant d'hésiter.

- Elora ! Non merci, nous ne voulons rien de...

- La *Larme de Dagda*. Merveilleuse, magnifique. Mais je ne puis... Mon couvre-chef a plus de valeur pour moi ! Je vous l'échange. La Larme de Dagda contre mon couvre-chef !

- Marché conclu, lâcha Elora ravie de son stratagème. Le petit moine lui offrit donc une pierre bleue à la luminosité aveuglante.

- Il faudra que tu m'expliques, chuchota Eric en fronçant les sourcils. Le Thésauriseur quitta la pièce, offusqué d'avoir dû se séparer d'un tel trésor contre son bien. Une explication s'imposa dès qu'il eut gravi les escaliers.

- Elora ?

- Oh, ça va. J'ai appris une histoire sur ces créatures. Elles échangent n'importe quel trésor contre leur couvre-chef. C'est pour cela que je le lui ai d'abord volé. Savez-vous ce que c'est ? Cette pierre, la Larme de Dagda est issue de la nuit des temps. Elle a le pouvoir de régénérer ce qui a été perdu. Cela pourrait nous être utile.

- C'est juste. Cette relique vous sauvera la vie sous peu. Je ne peux rien vous dire de plus.

- Mais le *Graal* ? Bron ? paniqua Tao.

- Je suis aussi surprise que vous. J'étais certaine que le moine pourrait vous le donner. Ou au moins, l'emprunter. Une force puissante l'en empêche. Je suis tellement heureuse d'avoir pu vous revoir. Ce fut très court mais... Je dois vous laisser. Je ne peux que vous souhaiter bonne chance. Tu me manques.

- Toi aussi, lâcha Elora entre deux sanglots.

- Merci pour tout Kéra. Je m'en veux. C'est moi qui aurais dû me sacrifier à ta place, pour sceller le portail.

- Non, il y avait une raison à cela et je l'ai comprise. Sans mon sacrifice, Ronan n'aurait pas vu le jour. Ni toi, ni Elora ne pouviez prendre ma place. Je dois vous laisser.

Kéra s'effaça sous leurs yeux noyés de larmes. Au sommet du donjon, dans une petite pièce, le Thésauriseur posa son couvre-chef et son sac rempli de trésors sur une table. A l'extrémité de celle-ci, Gwyon'Bach se tenait debout et le salua.

- Tout se passe comme prévu, maître Éternel. Ils n'ont pas eu le *Graal*. Selon vos directives, je ne l'ai pas cédé.

- Bien. Tu seras récompensé. Je dois te laisser maintenant. J'ai beaucoup à faire.

- Est-il vrai que le *changement* est pour bientôt, maître Éternel ?

- C'est... possible.

Terre,
Sanctuaire.

L'état d'Ed empira. Enfermé dans une cellule sous haute sécurité, Hélène l'observa se débattre et tourner en rond dans sa cage, sous sa forme de lycanthrope. Bouleversée, elle ne savait que faire pour l'aider.

Déçus d'avoir échoué dans leur mission, l'équipe quitta le *Château de Carboneck* en sachant qu'il faudrait annoncer à Bron qu'il ne pourrait survivre. Iguilt et Tao se consolèrent et finirent par passer une nuit torride avant de culpabiliser d'avoir pris du bon temps en ces temps si durs pour tous.

***

144

L'affrontement
Final

**Autre Monde,
Montagnes de Glace.**

Elora, Eric, Tao et Iguilt descendirent la *Gwen Menez* (montagne blanche). Au bout du chemin, à la frontière du territoire des elfes, Méduse et Gaël leur tendirent une embuscade.

- Ronan te passe le bonjour, maman, commença Gaël, au milieu de la grande route, à côté de Méduse.
- Vous deux ! hurla Elora le visage pourpre déformé par la rage.
- Je crois qu'il est temps de régler quelques comptes. Ryanna ou Méduse ou quel que soit ton nom, tu as assassiné de nombreux humains.
- T'as pas idée combien mon chou.
- Il va falloir maintenant en payer le prix. Quant à toi Gaël, je laisse le soin à Elora de te donner une leçon que tu n'oublieras pas de sitôt, menaça Eric. Gaël n'attendit pas une minute et fondit sur Tao sous la forme d'un vautour.
- Pourquoi moi ? J'ai rien dit ?

Iguilt saisit une flèche et le rapace évita le trait de justesse. Amusée, Méduse n'intervint pas. Gaël prit l'apparence d'un ours et Elora s'accroupit pour échapper à ses griffes.

- Combien de formes peux-tu prendre avant de t'épuiser ? demanda la druidesse qui repoussa la tête d'un serpent gigantesque dont le venin coulait déjà des deux crocs. Le druide redevint humain, visiblement exténué.
- Méduse, dit-il avant qu'elle ne comprit d'un simple regard l'ordre qu'il venait de lui donner.
- Volontiers.

Tao choisit ce moment pour sortir la pierre de Fal de sa poche intérieure. Il la tendit devant lui et prononça la formule apprise auprès du Géant des Montagnes de Glace.

Lia Fáil !

Méduse vit ses membres se paralyser les uns après les autres. Ses yeux se voilèrent légèrement, confirmant qu'ils ne pouvaient plus changer les êtres vivant en pierre, le pouvoir qu'ils ont habituellement. Gaël, pris de panique, se changea en Maître Troll et tenta d'attirer vers lui ses sujets. Mais Iguilt l'en dissuada, le menaçant d'une flèche. Il s'immobilisa. Eric sortit la lance Slog de son étui et elle brilla. Aussitôt, la chevelure de serpent de Méduse s'enflamma jusqu'à la rendre chauve et lui bruler tout le crâne. Elora l'aspergea du contenu du chaudron en prononçant le mot magique « *Cóiri* ! » ce qui eut pour effet immédiat de la priver du pouvoir de ses yeux, qui devinrent humains. Tandis que sa paralysie temporaire s'estompa trop tôt, Elora lui sourit en lui présentant son superbe glaive.

- Que crois-tu me faire avec tes quelques tours ma belle ?
- Juste prendre ta tête. *Claidiub* ! déclara-t-elle avant de la décapiter. Ce qui se produisit ensuite entra dans les mémoires de toutes les créatures vivant dans l'Autre-Monde et dans celles de tous les druides de la Terre. L'évènement fut si exceptionnel que les Éternels eux-mêmes en furent stupéfaits. Méduse explosa telle une bombe nucléaire. Le champignon atomique fut visible d'un hémisphère à l'autre. Les Montagnes de Glaces s'écroulèrent et le *Château de Carboneck* fut soufflé par la déflagration. Même la Sorcière de l'Apocalypse en aurait été verte de jalousie. Eric, Elora, Tao et Iguilt auraient dû être terrassés. La Larme de Dagda les protégea en les entourant d'une bulle indestructible. Gaël avait compris ce qui allait se produire au moment où Elora avait présenté le glaive. Il était parvenu à atteindre l'enveloppe protectrice à temps pour survivre mais, il ne se rendit compte que trop tard qu'une moitié de son visage avait été exposé au feu dévastateur. Il survécut mais fut défiguré. Furieuse, Elora commença à lancer un sort sur lui pour le contraindre à quitter le bouclier.

Laër evel un Leonardd,
Treitour evel un Treywergadd,
Sod evel un Gwennedadd,
Brusk evel un Kernevadd.

———————

Voleur comme un Léonard,
Traitre comme un Trégorrois,
Sot comme un Vannetais,
Brutal comme un Cornouaillais,
Par ce sort je t'épargne la mort.
De ce globe prisonnier
Tu résideras à...

La druidesse pensa aussitôt à son fils. Elle ne pouvait pas tuer son père et le faire prisonnier attirerait ses reproches. Dès que les flammes de l'explosion se dispersèrent, elle le laissa prendre la fuite.

Terre,
Université de Brest,

10 mai 2002,
16 h 14.

Une vieille Citroën verte cabossée s'arrêta sur le parking. Deux femmes en descendirent et prirent la direction du parc. Ness et Hélène y trouvèrent Rhys qui déambulait parmi ses prochaines victimes.

- L'inspecteur ne va tarder à arriver. Ton plan est ambitieux et risqué.
- Mais si tout se passe bien, Ness, Rhys finira ses jours en prison, privé de ses pouvoirs. Nul ne pourra les lui rendre.
- Et l'équipe d'Éric sera blanchie de tous ces soupçons. Nous l'offrons en pâture ?
- Avec plaisir.

Le piège se referma sur le Maître druide Assassin. Ignorant la défaite de son acolyte Gaël, Rhys cherchait une victime. A quelques mètres seulement, il surprit le Doyen prenant une pause. Il s'approcha, un poignard à la main. Dès lors, Hélène hurla, attirant l'attention de l'inspecteur Bouzave enfin sur les lieux. Des policiers braquèrent Rhys qui lâcha son arme mais s'apprêta à prononcer une formule. Ness et Hélène se hâtèrent de refermer le piège.

- A nous, proposa Ness.
- Comme au bon vieux temps.

Après avoir récité l'incantation, Rhys cria de rage, son visage se déformant sous sa folie.

- Inspecteur !
- Hélène ! Vous permettez que je vous appelle par votre prénom ? Après tout, flic et suspect, nous devenons proche, n'est-ce pas ?
- Je vais vous décevoir inspecteur. J'ai des preuves pour vous.
- Que j'aime ce mot.
- Cet homme menace le Doyen depuis longtemps. Il a tué bien d'autres personnes hélas. De plus, il est responsable de toutes les disparitions mystérieuses qui se sont déroulées sur ce campus ces deux dernières années. Toutes vos enquêtes non classées. Il était à la source de tous vos problèmes. Félicitation ! Vous venez de rendre un immense service à cette ville.
- Mademoiselle Trombe. Je ne sais comment vous remercier. Cet individu me traque depuis... C'est enfin fini. Quel soulagement, intervint le Doyen pour soutenir son employée.
- Alors... Monsieur Salvi, Mademoiselle Bonti, Monsieur Delorme et vous... Vous n'avez rien à voir là-dedans ?
- Depuis le temps que l'on tente de vous l'expliquer ! Mieux vaut tard que jamais, n'est-ce pas ?

- Oui. Enfin...

- Ness va faire une déposition en tant que témoin.

- Bien sûr. Venez. Témoin. J'aime ce mot, termina-t-il en s'éloignant. Ness permit de faire enfermer Rhys à vie tout en le privant de ses pouvoirs. Cette arrestation effaça d'un trait les soupçons pesant sur les druides. Enfin libérés du harcèlement de cet inspecteur, Hélène souffla.

Autre Monde,
Temple de Bellenos.

Tim et Tara achevèrent de festoyer et assistèrent à une bien étrange cérémonie. Ailen présenta des créatures à l'Assemblée des Fées.

- Mes amis ! Je vous annonce que le secret peut être divulgué. Il y a peu, le Panthéon s'est réuni pour commencer un procès contre les druides.

A ces mots, tous se révoltèrent dans un brouhaha retentissant.

- Le Gorsedd a été déchu de ses prérogatives et l'Ollav Suprême, que nous savons à la solde d'Eningann, a été nommé pour le remplacer. Ceci est d'une gravité sans précédent. En effet, les Ambassadeurs des Terres du Sud n'ont pas été convoqués à ce procès. Il s'est donc déroulé sans la présence des principaux défenseurs des druides. Plus grave encore, vous savez qu'ils ont eu connaissance de cette trahison par l'intermédiaire des espions. Les Ambassadeurs ont donc été chassés du Palais Divin et menacés de mort. Des Trolls par millions se sont déployés sur les frontières de tous les territoires afin d'empêcher les ambassadeurs de se rendre au Palais par la force. C'est pourquoi les elfes ont contactés les druides en secret afin de choisir deux enfants qui permettraient aux fées d'être protégées durant cette fête. Nous pensions que cet inoffensif pèlerinage détournerait l'attention d'Eningann. Nous avons eu raison. Tim et Tara nous ont portés assistance au cas où l'inverse se serait produit. Enfin en sécurité dans ce Temple, le plus proche du Palais, et le seul pourvu d'un passage secret menant à la salle du Panthéon, nous pouvons nous y rendre. Voici Belphégor, ambassadeur des Trolls non renégats, Bélial représente les lutins, Hutgin pour les nains, Mammon pour les Leprechauns, Martinet pour les Korrigans, Rimmon pour les elfes et Thamuz pour les Gnomes. J'ai moi-même été nommée par notre reine des fées. Nos vies sont menacées mais nous sommes parvenus à défier Eningann. Rendons-nous au Panthéon sans plus tarder !

Tout le monde sauta de joie et remercia les fées pour leur stratagème. Les Ambassadeurs, Tim et Tara se rendirent au Palais où ils y retrouvèrent le Gorsedd au complet, Ness les ayant rejoint au dernier moment.

- Que se passe-t-il ? D'où venez-vous ? hurla Eningann furieux.

- Il semble que les Ambassadeurs aient pu se libérer finalement. Pour cette raison, en leur présence, le Gorsedd demande un nouveau vote, répondit Bann. Les dents serrées de frustration, le dieu accepta.

- Soit.

A main levée, le rapport de force, bien différent, ne suffit cependant pas. Le Gorsedd obtint la vie sauve, mais resta privé de ses fonctions pour un temps indéterminé. L'Ollav conserva sa tutelle provisoire sur les Druides. Le procès prit fin et les Ambassadeurs retrouvèrent leur sécurité. Pour l'instant. Réunis au vieux cromlec'h du Palais, le Gorsedd attendit l'arrivée d'Éric, Elora, Tao et Iguilt. Clandestinement, Gaël les suivit, transformé en insecte, dans l'espoir de retourner sur Terre.

- Eningann se vengera pour ce qui s'est produit aujourd'hui et les fées seront les premières à en souffrir. Nous comptons sur vous Tim et Tara.

- Tu peux, Ailen. Appelez-nous dès que ce sera nécessaire.

A l'aide de la Grande Incantation, le cromlec'h vibra avec réticence et un passage menant sur Terre s'ouvrit. Gaël n'eut pas la force de conserver son apparence discrète et redevint humain. Ness le saisit par le cou et commença à l'étouffer.

- *Treitour* !

- Tue-le Ness ! cria Pat.

- NON ! hurla un visage qui apparut dans le ciel. C'était celui d'Enningan en personne. D'un nuage tomba une forme monstrueuse. Une plante vivante et gigantesque protégea Gaël en projetant des ronces sur Ness qui finit par le relâcher malgré sa résistance.

- Pars sur Terre mon garçon. Maintenant ! ordonna le Créateur. Gaël s'exécuta et sauta dans le passage ouvert. La plante rétrécit alors et devint à moitié humaine et nue. A son tour, elle emprunta la porte, sous les regards stupéfaits de tous. Enningan disparut, un sourire aux lèvres.

- Pourquoi ce sourire ? demanda Elora.

- Par tous les dieux ! Il a osé ! Il a libéré la créature des ténèbres la plus ancienne et très puissante aussi : *Mandragoria*. Nul ne sait comment la vaincre. A côté d'elle, Méduse était une enfant, expliqua Ness les yeux exorbités de peur.

- Vous ne pourrez pas l'affronter. Il faut être un dieu pour ne serait-ce que la défier. Nous-mêmes n'en avons pas les pouvoirs. Hélas, l'Ollav va entraver nos tentatives. Retournons vite sur Terre. La situation va rapidement devenir désespérée, continua Gwenc'Ron.

- Eh bien, vous êtes de joyeux lurons vous ! plaisanta Tim. De retour au Sanctuaire, l'Ollav s'inquiéta malgré tout en apprenant cette nouvelle. Eric, Elora et Tao se précipitèrent voir Bron. Dans le coma, livide, son souffle était presque imperceptible. Elora pleura d'arriver sans solution pour le sauver.

- Tout ce voyage pour rien. On ne peut faire quoi que ce soit. Je voulais tellement te sauver.

- Mais vous pouvez ! Vous n'avez pas le *Graal* mais la Larme de Dagda est tout ce dont vous avez besoin, informa Gwyon'Bach, un large sourire aux lèvres.

- Qu'est-ce que tu racontes ? demanda Eric les larmes coulant sur le visage avant de comprendre. Délicatement, le jeune druide sortit la précieuse relique de sa poche. La Larme se mit à briller intensément dans toute la pièce. Puis, le Sanctuaire tout entier fut enveloppé, baigné d'une étrange lumière. Le phénomène prit beaucoup plus d'ampleur. Lorient et les communes alentours connurent le même mystère. Toutes les radios, les journaux, les télévisions ne purent expliquer l'évènement. La Larme de Dagda produisit des résultats stupéfiants. Les miracles se succédèrent durant une heure entière. Les hôpitaux se vidèrent, les patients guéris ou en rémission. Ed, recroquevillé sur lui-même dans sa geôle redevint humain. Gaël, effondré devant son miroir retrouva un visage intact. Bron vit sa blessure cicatriser et le virus quitta son corps sous la forme d'une fumée mauve s'échappant de sa bouche. Sur les conseils de Gwyon'Bach, Bron utilisa ses pouvoirs avec abus afin de propager le vaccin. Toutes les victimes du virus R.O.M.A.N. se précipitèrent près des cromlec'h à travers lesquels la lumière bleue voyagea, guérissant tous sur son passage. Toute la Magie qui avait été dévorée fut libérée et régénérée. Satisfait du résultat, l'Éternel Gwyon'Bach claqua dans ses mains et la Larme de Dagda disparut. Le lendemain, les hôpitaux reprirent du service avec de nouveaux patients cette fois.

Iguilt s'éloigna de cette frénésie et de cette joie, une importante décision pesant sur son esprit. Après une réflexion nourrie de conversations avec Tao, elle invoqua Brigantia dans le bosquet. La déesse de l'intelligence, bien que ne pouvant pas se rendre physiquement sur Terre, répondit à son appel.

- Brigantia, j'ai besoin de toi. Tu es la gardienne du *Feu Sacré*. Je souhaite perdre mon immortalité et pour cela je dois entrer dans un cercle tracé avec ce Feu.

- Es-tu consciente de l'enjeu ? Si tu entres dans un tel cercle, tu ne pourras pas revenir en arrière. En règle générale, il n'est utilisé que pour punir un immortel suite à une faute commise par lui. Cela n'est pas ton cas. Quelle motivation peut te pousser à une telle requête mon enfant ?

- L'amour. Une union est impossible avec un mortel.

- Qui te dit qu'il le restera longtemps ?

- Que veux-tu dire ma déesse ?

- Je ne peux rien te révéler. Pour l'instant. Je refuse ta demande. Tu resteras immortelle aussi longtemps que le voudra mon désir.

- Non ! Ma déesse, non !

- Je n'ai pas pour habitude de me répéter.

-Dans ce cas je commettrai une faute !

- Je te l'interdit ! Ne me défie pas ! Aie confiance en moi mon enfant. L'avenir répondra à tes questions. Il te faut juste de la patience et de la chance. Au terme de cette phrase, l'apparition de la déesse s'estompa et disparut, laissant Iguilt à sa tristesse.

Ed embrassa fougueusement Hélène, promettant fidélité. La jeune femme ne prêta pas attention à cette promesse, sachant qu'il ne pourrait la tenir. Mais elle fut heureuse de le retrouver humain et choisit de profiter de cet instant et tous les autres que les dieux pourraient leur accorder.

Sur la sellette, Bron, Eric et Hélène reprirent leur travail plus sérieusement afin de revenir dans les bonnes grâces du Doyen T-Rex devenu Président.

Elora et Hélène se rendirent sur la tombe de Kéra, un an et demi après son décès. Ce moment fut empreint d'une grande émotion pour les deux femmes. Un sourire illumina malgré tout leur visage en lisant l'inscription sur la pierre tombale :

« Je ne suis pas là, revenez plus tard. »

Dans l'antre des *treitours*, *Mandragoria* fit alliance avec Gwenc'Phel et berça Ronan dans ses bras.

« Tout se finit bien cette fois. Mais, comme depuis un certain temps, les évènements tournent vite au cauchemar. Bron est vivant et franchement, c'est tout ce qui compte pour moi. Je sais que Mandragoria représente une menace qui surpasse de loin Méduse, déjà redoutable. Mais pour l'instant, j'ai décidé de me réjouir de notre victoire. Nous sommes tout de même parvenus à menacer Enningan, qui a été forcé de se déplacer, en personne, jusqu'à nous. Les malheurs viendront en leur temps et j'espère que ce sera le plus tard possible. Gaël a reçu une leçon dont il se souviendra longtemps. Et les *treitours* se feront oublier un certain temps. Nous sommes devenus plus difficiles à vaincre et ils réfléchiront à deux fois avant de nous affronter. Je suis déçu que le Gorsedd n'ait pas repris ses fonctions. Je ne les apprécie pas plus maintenant qu'il y a quelques mois, mais ils sont moins dangereux que l'Ollav. A toi qui liras les lignes de ce journal, je te souhaite de n'avoir jamais à subir les épreuves que nous vivons. Et je souhaite que tu fasses bon usage de toutes les connaissances qu'il contient. »

**ERIC SALVI,
ARCHI-DRUIDE.**

Derrière une silhouette assise dans un immense fauteuil en or, des étagères regroupaient tous les volumes des journaux écrits par tous les druides du Monde. La silhouette referma cet exemplaire et le déposa à côté des autres. Cette main appartenait à Gwyon'Bach et il vous adresse un clin d'œil plein, de sous-entendus.

A SUIVRE...

SAISON 4
EPISODE 2

SOUPÇONS

14

« Les gens sans bruits sont dangereux. »

JEAN DE LA FONTAINE

Souvenez-Vous...

Dans les épisodes précédent de la collection « La Légende Des Maîtres » : Un vieillard venu du futur prévient Ed de refuser la charge des Enfers quand cela lui sera demandé, avant d'être éliminé par Gwyon'Bach...

Tim et Tara viennent en aide aux fées en les aidant à organiser et à sécuriser leur *fête de Beltaine*. A cette occasion, Tim apprend une ruse que les fées ont utilisée pour échapper bien souvent à leur ennemi. *Glovinna*, leur reine, leur donne le titre d'ambassadeurs...

Eric, Roc'h, Elora et Gwyon'Bach partent en expédition sur l'Autre monde afin de trouver un remède permettant de sauver Bron, victime du virus R.O.M.A.N. Arrivés dans un village elfe, ils sont faits prisonniers par des villageois elfes ayant des comptes à régler avec Roc'h. Mais ils font l'erreur d'avertir les *treitours* de la présence des humains et du Traqueur...

Roc'h est emmené vers Gaël tandis qu'Eric et Elora négocient leur liberté. A leur retour, en mission de sauvetage, ils retrouvent le village dévasté. Gaël libère Roc'h à *Aedrinis*, son village natal, où il le chasse... A cette occasion, des souvenirs douloureux envahissent Roc'h, notamment les circonstances de la mort de *Lania*, sa défunte compagne...

Gwyon'Bach révèle que ce sont les Éternels qui ont érigés les pierres dressées. Roc'h parvient à mettre Gaël en fuite et l'équipe quitte *Aedrinis* la vie sauve, mais de justesse. Un chef de clan elfe indique à Eric et Elora comment se rendre au *Château de Carboneck* où ils trouveront le *Graal*, solution pour annihiler le virus. L'équipe est séparée lors du voyage dans les terres du Sud, à l'approche des *Montagnes de Glaces*. Eric et Elora sont expédiés directement à *Carboneck*, mais dans une crevasse de glaces, piégés, tandis que Tao et Roc'h retournent au campement elfe après surcharge d'énergies autour des pierres. Les tentatives pour les retrouver sont vaines au point d'abandonner. Iguilt et Tao se retrouvent le temps de l'incursion sur ce territoire...

Ed viole une gitane qui lui fait payer son crime en le changeant en loup-garou. L'Ollav Suprême montre son intransigeance tandis que Tim et Tara assurent la protection des fées durant leur fête...

Tao fini par comprendre où se trouvent Eric et Elora, avant de venir à leur secours. Les *Géants des Montagnes de Glaces* fournissent à l'équipe les objets nécessaire à la destruction de Méduse...

Elora est ravie de revoir Kéra...

Le *Graal* leur échappe et Gwyon'Bach semble avoir comploté contre eux. A sa merci, Elora laisse pourtant Gaël lui échapper, tandis que Méduse est enfin détruite pour toujours...

Ness et Hélène élaborent un plan pour se débarrasser à la fois de l'inspecteur Bouzave mais aussi de Rhys, Maitre druide assassin, qui, tous deux, agacent les druides depuis un certain temps...

Au Palais Divin, le procès des druides s'achève sur une défaite. Le Gorsedd est privé de ses droits sur les druides, remplacé par l'Ollav Suprême, à la solde d'Enningan...

Pour avoir permis aux ambassadeurs de se rendre clandestinement au Palais divin, les fées risquent le courroux d'Enningan qui se souviendra de cette ruse à l'avenir. Dépassé par la situation, le *Créateur* réagit vite, tant qu'un passage vers la Terre est ouvert. Il libère une créature ignoble, bien pire que Méduse, crainte depuis la nuit des temps : *Mandragoria*...

La *Larme de Dagda* produit des miracles, sauvant des vies, guérissant toutes les maladies, et surtout, annihile le virus R.O.M.A.N. Bron est sain et sauf et Ed redevient humain...

Suite...

145

Invasion

« Méduse n'est plus. Elle provoquait chez tous une peur ineffable, une peur qui souvent nous incite non pas à comprendre mais à tromper, leurrer et aveugler pour cacher la vérité aux autres. Si nous voulons désarmer les monstres, il nous faut d'abord les comprendre. Mais Méduse avait usé de ce stratagème pour m'approcher et ainsi mieux me duper. Parfois il me semble rêver. A ma façon, j'ai traversé la vie avec philosophie. J'ai emprunté des sentiers familiers. La vie n'a pas totalement été obscurcie malgré les épreuves que j'ai affrontées. Ma route est semée de débris. Je ressens comme une pulsation cardiaque dans ma poitrine. Les secondes battant comme un compte à rebours. Les mystères qui semblaient hier encore si épais, si insondables, se dissolvent peu à peu dans la clarté de la vérité comme une brume matinale aux premiers rayons du soleil. A mesure que j'écris ces mots je suis soulagé de leur poids. Hélas, je vois approcher une menace venue de la nuit des temps. Si vaincre une ennemie comme Méduse fut compliquée, qu'en sera-t-il d'un adversaire plus redoutable encore ? Ce qui m'inquiète est l'alliance qu'il a fallu tisser avec les Géants, peuple des Montagne des Glaces, pour obtenir les armes nécessaires à sa destruction. Pour la première fois, je n'ai pas pu compter que sur moi-même. Où trouverai-je les outils qui me permettront de venir à bout de Mandragoria ? Ces pulsations que je sens s'accélèrent quand j'y pense. Mais au moins c'est un signe que je suis en vie mais également que ceci n'est pas un rêve. »

**ERIC,
ARCHI-DRUIDE.**

**Sanctuaire,
1ᵉʳ février 2003.**

Aël s'évertuait à enseigner aux eubages un cours malgré le tumulte de la classe. A la menace d'une privation de dîner, les jeunes druides cessèrent leur rébellion.

- Connaissez-vous ce label ?

A la vue de la couronne de gui avec un bâton de bois en son centre, nul ne réagissait dans l'assemblée.

- C'est désarmant. Mais qu'a donc fait de vous Goff ? Il s'agit du label de l'Union des ordres et mouvements conformes à la tradition qui est la nôtre. En voici le préambule et les buts. Tim, veux-tu lire ?
- Pas vraiment mais puisque vous le demandez avec tant d'amour.

-Tim, le tançait le professeur avant qu'il ne commence la lecture du document.

- Cette convention propose de protéger par un label d'agrément la Tradition Druidique des convoitises et dénaturations trop nombreuses qu'elle subit. Elle se propose de réunir dans une structure tous les tenants de bonnes volontés de la Pensée Druidique Traditionnelle se réclamant de la Philosophie Occidentale Primordiale, à l'exclusion de toute obédience sectaire, mondialiste, dominatrice et intolérante. Ainsi, tout ordre demandant l'agrément O.C.C.T.D. se doit d'être tolérant et respectueux envers les opinions et croyances des autres Ordres, chacun ayant une parcelle de vérité et se devant d'écouter les opinions des autres, sous réserve qu'elles ne se réfèrent, ni ne s'allient à des doctrines intolérantes et hostiles à la Pensée Druidique et Celtique. Ladite convention est une association à caractère uniquement spirituel et éthique. Les Ordres adhérents se refusent à cautionner toute action ou doctrine qui serait exclusive, laissant à chacun la responsabilité de sa manière de voir *l'Incréé* (Dieu) et ses différentes *hypostases* (principes divins), émanations et manifestations selon son degré de conscience. La Convention examine toute candidature et doit motiver et justifier ses décisions d'admission ou de non-admission. Ces décisions ne peuvent être fondées que sur des bases culturelles civilisatrices, éthiques et non ethniques. La Convention reconnaît l'égalité des sexes au regard de l'Esprit. Elle les admet sans différences ni restrictions à tous les degrés de la Voie Initiatique de chacun des Ordres.

- Tara, lit le fonctionnement, s'il te plaît.

- Le label fait l'objet d'un dépôt en protection de marque auprès des instances compétentes. Chaque Ordre membre est entièrement responsable juridiquement et moralement de l'ensemble de ses activités. Le Conseil Sacré des Sages de Celtie (ou Gorsedd et Ollav Suprême des Filids) est réuni en conseillers de la présente Convention et composé uniquement de Druides, sans distinction de sexe. Il est établi un procès-verbal des débats secrets. Un des membres du Conseil est alors nommé rapporteur.

- C'est bien, Tara. Je continue avec les compétences conférées à ce label. Le Conseil Sacré des Sages de Celtie décide souverainement et sans appel. Il a compétence territoriale sur l'ensemble des territoires du Monde traditionnellement de culture celte. Il peut octroyer à un mouvement localisé un « Sanctuaire » et ce, à des ordres exclusivement druidique bien entendu. En cas de dissensions au sein d'un Ordre, le Conseil sera saisi pour arbitrer le conflit. Ces arrêts d'arbitrages sont souverains, sans appel et exécutoires immédiatement. Ce label encourage l'échange de connaissances, la communication et la confrontation digne et paisible des points de vue, et la sérénité des rapports entre Ordres. Tout membre, quelle que soit sa dignité, qui se sert ou tente de se servir de la Magie pour porter atteinte à l'intégrité physique ou morale d'un être, pour lui nuire, est exclu ipso facto de la Communauté, quel que soit le préjudice causé.

- Pour Gwenc'Phel alors ? osa Tim.

- Il se pourrait qu'il y ait une... exception, si tant est qu'il soit prouvé sa culpabilité dans des actes immoraux.

- Parce que ce n'est pas le cas peut-être !

- « Assez mon garçon ! C'est un procès qui le déterminera et non les dires de mes prédécesseurs quelques peu prématurés. Je terminerai donc par la formule consacrée. Répétez-la après moi : *Dans le souffle d'Awen, dans l'œil de Lumière et la loi d'Amour, s'engagent à respecter, faire respecter et appliquer la présente Convention.* » La litanie s'entendit à l'extérieur de la hutte. Les druides présents, affairés à jardiner ou à couper du bois pour les cheminées, jetèrent un regard vers la hutte. Ce regard en disait long sur leurs pensées, plutôt défavorable à l'égard du nouvel enseignant.

Tour d'Or.

Goff, vêtu de sa saie tombante jusqu'aux pieds, escalada les très nombreuses marches d'escalier menant au sommet. En cette journée hivernale, l'or des murs de la Tour brillait au point de concurrencer un soleil qui n'arrivait guère à traverser un ciel opaque. Goff n'en voyait pas la fin. Il montait, montait et montait encore, le souffle court.

- Ce n'est plus de mon âge, se dit-il à mi-chemin. Une immense porte en or grinça à son arrivée et s'ouvrit devant son passage. Le Conseil Sacré des Sages de Celtie, le Gorsedd, l'y attendait.

- Entre mon ami, l'accueillit Gwenc'Ron.

- Vénéré Conseil, je me présente à vous avec une profonde gravité. Je suis porteur d'une triste nouvelle. J'ai décidé de quitter le Sanctuaire afin de me rendre en Irlande où je pourrais peut-être, selon votre désir, reprendre la direction de nos frères. Comme vous le savez, les *treitours* ont dévasté leur Sanctuaire.

- En effet. C'est d'ailleurs une grande préoccupation. Il ne fait nul doute que c'est avec plaisir que nous vous confierions notre confiance en ce projet, commença Bann.

- Mais hélas, nous ne disposons plus du pouvoir souverain de décision et ne souhaitons pas nous détacher de vous. Vous êtes si précieux ici. Néanmoins, si c'est là votre décision, nous comprenons. C'est un choix difficile et à n'en pas douter, mûrement réfléchi, continua Pat.

- Ce Gorsedd conserve néanmoins la possibilité de proposer et l'Ollav décidera ensuite. Je pense qu'il souhaite se débarrasser de vous. Mais ils refuseront de vous laisser la direction d'un Sanctuaire. Qui plus est, celui d'Irlande. Je les défierai. Ils seront contraints d'accepter. Après tout, les dieux n'ont pas décidé de démanteler le Gorsedd. Ce qui signifie que nous avons encore du pouvoir. L'Ollav ne peut pas contacter les dieux. Donc, si nous les affrontons, ils ne pourront pas se plaindre auprès d'eux. Au moment opportun, nous les renverserons. Pour l'instant, il faut faire profil bas. Mais ils nous craignent, je l'ai senti. Votre demande est acceptée Goff. Le Gorsedd défendra votre nouveau statut. Vous choisirez trois druides que vous nommerez Grands Druides afin de former un Conseil. Bien entendu, celui-ci, comme dans tous les autres pays du Monde, sera à notre service. Vous ne serez pas souverain. Le Gorsedd, basé à Lorient, reste Maître de tous les druides du Monde.

- Bien entendu Ness. Je vous suis redevable. Je vais faire mes adieux à Othon et à ceux que j'ai instruits.

- Au revoir mon ami. Faites bonne route et soyez prudent. L'Ollav vous cherchera querelle pour se venger de nous. Nous leur imposerons cette décision et ils n'apprécieront certainement pas. Je sais qu'ils ont des contacts avec des *treitours*. Ils vous enverront probablement des assassins. Faites très attention. Choisissez des druides de grande confiance. Vous ne pourrez demeurer vigilant sur tous les fronts à la fois. Bonne chance.

Goff redescendit de la Tour d'Or pour rejoindre son très vieil ami Othon. Ce ne fut pas difficile de le trouver. Goff huma l'air qui l'entourait et suivit une piste intéressante. Droit vers les cuisines. Ce goinfre d'Othon avait encore subtilisé des plats à la pauvre cuisinière qui ne savait plus comment s'y prendre pour empêcher le druide d'accéder aux cuisines. Tous les sorts les plus complexes avaient pourtant été utilisés. Mais le vieux renard trouvait toujours un moyen de détourner la magie de la cuisinière et parvenait à manger plus que de raison. Affairé à ronger l'os d'une cuisse de poulet, Othon n'entendit pas son ami arriver.

- *Que ce poulet se défende et que cet os, malade te rende.* Ce fut si facile de te piéger mon ami.

- *Proumf... proumf...* Tu es fou à lier ! Tu as failli me tuer !

- Moi, non. Mais je crois pouvoir dire sans trop me tromper que si c'avait été Filomena, cette brave cuisinière que tu tourmentes, à ma place, tu n'aurais pas fait long feu ! Ce sort de débutant t'a bien eu.

- Je me rends. J'ai toujours dit que la gourmandise me tuerait un jour.

- En tout cas, pas celui-ci. Je pense que tu devrais chercher un autre protecteur. Un ami qui veillerait à t'empêcher de faire ce genre de bêtise.

- A quoi bon ! Tu le fait déjà si bien.

- Peut-être plus très longtemps je le crains, mon vieil ami.

- Je te connais suffisamment pour avoir peur du ton que tu prends. Que t'arrive-t-il Goff ?

- Je quitte le Sanctuaire. Je ne supporte plus l'Ollav qui a fini par avoir raison de moi après ces dernières semaines.

- Voyons ! Les *treitours* et mêmes des dieux ne t'ont jamais fait plier que je sache ! Tu ne vas pas abdiquer devant ces monstres tout de même. Pas toi ! Rassure-moi.

- Je suis désolé. Ton statut de Superviseur te protège plus que moi. J'ai été renvoyé. Après deux siècles passés ici, je dois quitter un endroit où j'ai vécu si longtemps… Mais dans sa vénérable et grande sagesse, le Gorsedd m'a nommé *Grand Druide*. Ce qui me permettra de diriger un Sanctuaire. Je pars pour l'Irlande. Ce royaume, cœur des celtes, cœur de la Magie. Je suis tout de même honteux de te prendre cette place. Je sais que tu attends depuis des années un tel honneur.

- Non. Il est vrai que je souhaite un jour pouvoir diriger un Sanctuaire, mais je sais que tu le mérites tout autant que moi. Pars le cœur léger mon vieil ami. Je n'ai rien à t'envier. Et puis, je sais qu'une jalousie pourrait faire de nous des *treitours*. Ceux que nous combattons sans relâche. Non Goff. J'attendrais mon tour. Il fallait bien que l'un de nous devance l'autre. C'est toi et j'en suis ravi. Je suis fier d'avoir un ami auquel cet immense honneur a été attribué. Ce qui brise mon cœur, c'est de ne plus te voir combattre à mes côtés, comme au bon vieux temps.

Frères de cœur, frères d'armes, frères de communauté,
Nous sommes et resterons à jamais,
Par ce serment je te voue fidélité,
Par cette magie, je te promets assistance à vie.

Othon répéta la même incantation en saisissant la main de Goff. Une brise souffla autour d'eux, puis un épais nuage les enveloppa avant d'entrer en eux par la bouche.

- Je tenais à sceller notre amitié par la magie. Nous ne l'avons pas fait auparavant car nous vivions ici tous les deux. Ce ne sera plus le cas.
- Nous avons eu raison. Si nous avons un jour besoin l'un de l'autre, ce sort nous réunira. Vas mon ami et fais bon voyage.

Goff s'éloigna vers le cromlec'h et Eric lui ouvrit le passage à l'aide de la Grande Incantation, seule magie capable de faire communiquer ces vieilles pierres entre elles, même éloignées d'un Monde à un autre ou d'un pays à un autre.

A peine le passage fut-il refermé, qu'une alerte sonna. Les Sentinelles repérèrent des hommes en uniformes de l'armée dispersés dans la forêt entourant le Sanctuaire. Invisible à l'œil des humains, ces militaires semblaient pourtant savoir où ils se trouvaient. Ils demandèrent audience en criant dans la forêt, attendant que les druides répondent à leur appel. Les Sentinelles laissèrent agir la magie masquant ce lieu sacré. Des véhicules blindés encerclaient également la zone.

L'Ollav et le Gorsedd sortirent du Temple en se disputant. Les deux groupes s'immobilisèrent devant l'entrée de la grande bâtisse et Gwenc'Ron appela Othon. Le Superviseur obéit immédiatement et Aël lui transmit ses ordres.

- Othon, notre querelle concerne la présence de ces militaires ici. Nous ne devons pas les laisser entrer selon nous. Cependant, le Gorsedd n'est pas de cet avis.
- Le Gorsedd a passé un accord il y a des décennies de cela avec le gouvernement français en place à l'époque. Dans les années 1950, même si le réseau de cromlec'hs était inactif, il arrivait que l'un d'entre eux, étant défectueux, se mette en contact avec l'Autre Monde, commença Ness.
- Oui. Je pense que des créatures en ont profité pour venir sur Terre.
- C'est exact. Nous étions submergés de travail et beaucoup trop de victimes parmi les civils furent à déplorer, ce qui attira l'attention des militaires et du gou-

vernement. Nous avons été contraints de prendre contact avec eux. Je m'en suis chargé à l'époque. Nous les avons informés de l'existence de notre combat et, dépassés par la Magie, ils nous ont fait confiance.

- C'est un bien grand mot. Disons plutôt que nous avons négocié nos prérogatives, intervint Pat.

- Les évènements des deux dernières années semblent avoir à nouveau aiguisé leur attention. Nous leur devons des explications. Nous vous avons choisi pour être leur contact. Vous serez, ces prochains jours, notre Ambassadeur. Pour commencer, invitez une délégation composée du ministre de l'Occulte et de ses proches collaborateurs uniquement. Afin de rassurer les militaires, accordez-leur une escorte. Réduite, cependant.

- Un ministre de l'Occulte. Ça existe çà ? se fit entendre Eric.

- Oui. Eric, accompagnez Othon muni de votre sceptre. Vous représenterez la jeunesse des druides. Evitons de leur présenter seulement de vieux croutons comme nous, ria Gwenc'Ron.

Eric, un peu intimidé par cette nouvelle mission plutôt inattendue, suivit Othon jusqu'à l'entrée du Sanctuaire. Les Sentinelles s'éloignèrent et la brume se dissipa uniquement autour des deux druides. Les militaires braquèrent aussitôt leurs armes sur eux. Nerveux, Eric brandit son sceptre pour se défendre.

- Vous êtes en état d'arrestation ! L'accord passé avec les Ministres de la défense précédents est annulé ! J'exige de parler à votre chef ! Nul terrain de la République ne peut être utilisé et masqué de la sorte ! Je suis le nouveau Ministre de l'Occulte. J'ignorais d'ailleurs l'existence d'un tel poste jusqu'à ce qu'il me soit confié.

- Monsieur le Ministre, je me nomme Othon et mon jeune ami Eric. Le Gorsedd est l'instance dirigeante des druides du Monde entier. Ils m'ont choisi pour les représenter en me confiant le titre d'ambassadeur. L'accord dont vous parlez a été conclu indépendamment de la personne en titre. Quel que soit le nouveau ministre nommé, il se doit de respecter le contrat. Lequel est à une durée indéterminée.

- Non. Mes prédécesseurs occupaient une fonction ridicule. Ils étaient chargés de surveiller les phénomènes dits « *surnaturels* » pouvant se manifester sur notre territoire. Il était généralement confié en punition ou aux services en charge de la sécurité nationale. Il n'a jamais été question d'un Monde parallèle et de créatures, de dieux, mettant en danger la sécurité de nos concitoyens.

- Un instant Monsieur. Vous n'êtes pas censé connaître ces… Oh non. Ne me dites pas que des druides vous ont contactés et…

- Un certain Gwenc'Phel a signé une lettre qui nous a été envoyée.

- Je vois. Monsieur le Ministre, veuillez pour commencer ordonner à vos hommes de baisser leurs armes. Vous êtes invité ainsi que trois proches collaborateurs et une escorte restreinte à entrer avec nous au Sanctuaire. Nos dirigeants vous attendent.

- Vous n'avez pas bien compris je crois. Je suis Ministre. C'est moi qui donne les ordres.

Les soldats avancèrent et les menacèrent à nouveau.

- Assez ! s'énerva Othon. Les armes glissèrent des mains des soldats et les militaires décollèrent du sol à quelques centimètres. Ils se débattaient dans l'air, affolés. Il les laissa ainsi mijoter une minute ou deux avant de lâcher prise. Ils tombèrent lourdement au sol.
- Apprenez le respect messieurs. A l'intérieur du Sanctuaire, votre comportement devra être différent. C'est un sol sacré et inviolable. Vous êtes invités. Ne nous obligez pas à vous apprendre… reprit Othon avant d'être coupé par Eric.
- Monsieur le Ministre, rien ne nous oblige à nous affronter. Si j'ai bien compris, notre combat est le même, nous sommes alliés. Veuillez accepter notre invitation et nos conditions.

Le Ministre reprit après un long moment d'hésitation.

- Bien. Vous semblez plus diplomate. Je vous suis avec mon escorte.

Othon et Eric se reprochèrent leur technique en matière de diplomatie, mais Gwenc'Ron prit la relève en conviant le Ministre et Eric à entrer dans le Temple. Bron croisa le cortège et fut surpris par la situation. Des militaires, non armés, à l'intérieur des murs du Sanctuaire ! Il aperçut un homme très protégé portant une mallette gravée d'un logo qu'il reconnut vite : celui du Ministère de la Défense.

***

146

PREPARATIFS

**Sanctuaire,
Village Est,
1ᵉʳ février 2003,
15 h 29.**

Tim était exaspéré par l'attitude d'Aël tandis que Tara était déstabilisée par le départ de Goff qu'elle aimait beaucoup. Lorsque Bron l'avait sauvé des griffes de son père, c'est Goff qui l'avait accueillie au village et lui avait enseigné tout ce qu'elle connaît aujourd'hui en magie. A son habitude, Tim arrivait délibérément en retard aux cours afin d'énerver Aël, ce qui fonctionnait à merveille. Une fois de plus, le professeur hurla sur lui à son arrivée. Un large sourire se dessina sur son visage, redoublant la colère d'Aël.

- Si monsieur Tim veut bien se donner la peine d'assister à ce cours, il pourrait apprendre quelques rudiments, bien que cela m'étonnerait compte tenu de son attention assidue. Bien, revenons à l'O.C.C.T.D. Nous avons vu que son action visait à rendre le Monde plus harmonieux, tolérant et non-violent. Même si cela semble difficile à accomplir, mettre en œuvre ces directives dans notre quotidien aidera le Monde. Méfiez-vous des charlatans et imposteurs qui sont friands de prétentions rassurantes pour mieux abuser de leurs victimes. Si nous ne pouvons pas rendre bons les malfaisants, il est toujours recommandé de dénoncer leurs forfaits. Maintenant, intéressons-nous au condensé de la Règle de notre clan druidique. Je vais vous lire le préambule de la synthèse de la tradition clanique et acroamatique de la Communauté.

- T'as compris quelque chose à son charabia Tara ?

- J'avoue que j'ai du mal à suivre.

- Cette synthèse résume l'ensemble des règles régissant le fonctionnement du Sanctuaire. Elle doit être appliquée pour les relations entre les membres des trois cercles traditionnels : le Sedon (composé des druides), l'Anti Sedon (composé de Bardes et Vates) et le Parvis (composé des crédimaci et profanes invités). Les frères, sœurs et crédimaci affirment que les dieux existent. Ils sont dirigés par la *Source Suprême Divine* appelée aussi *Incréé*.

- Il parle certainement des Créateurs : Eningann, Mew et Oiwn, chuchota Tara à Tim devant son incrédulité.

- Elle est à la fois Triple et Un. Elle se manifeste en des émanations et hypostases accessibles à nos prières. Le Macrocosme et le Microcosme sont faits à l'image l'un de l'autre comprenant trois plans : Corporel / matériel / grossier, Animique / mental / subtil, et Spirituel / informel. L'Esprit de l'Homme appelé « *âme* » est immortel. C'est son essence. Vous souvenez-vous du cours sur les cercles celtes ? Tara ?

- Euh… Il existe 4 cercles : Keugant (le « cercle vide » où seuls les *Créateurs* peuvent résider), Abred (le monde des épreuves et niveaux d'incarnations), Anwn (l'enfer où réside Cythraul le dieu du Mal) et Gwenved (le « Monde blanc » cercle de la félicité et de la plénitude, c'est le dépassement du cycle des incarnations).

- Bien. Je continue. *Manred* (étincelle divine) donne vie aux créatures de l'Autre Monde. La conscience collective de ces créatures s'affirme et s'individualise à travers de multiples formes vivantes. Selon ses choix, c'est-à-dire son libre arbitre, l'Homme traverse de nouvelles incarnations. Après, des épreuves successives le feront progresser ou régresser, ajouta-t-il à l'attention de Tim, toujours turbulent.

- Cela lui vaudra la béatitude finale dans le cercle de Gwenved. Comme l'Homme, les Créatures de l'Autre Monde peuvent parvenir en Gwenved après de plus ou moins nombreuses incarnations. L'Homme acquiert la perfection par la pratique des trois Devoirs Primordiaux.

- *Le courage indéfectible, la bienveillance universelle et la pitié éclairée*, récitèrent tous les élèves en chœur.

- Je constate que Goff vous a au moins enseigné ceci.

Tim serra les dents de colère sans dire un mot. Mais Aël remarqua le regard assassin qu'il lui jeta.

- Les rites ont une efficience réelle s'ils sont exécutés correctement. La prière et la méditation aident véritablement l'Homme à acquérir la perfection. L'initiation est nécessaire pour regagner la condition primordiale. La plus grande liberté d'interprétation, dans le détail, est laissée aux druides que nous sommes. Notre but ultime est de libérer l'être humain et nous-mêmes des aliénations de l'Abred, soit les sortir des différents niveaux d'incarnation. Nous dénonçons tout Ordre qui confisquerait le libre arbitre de l'Homme ou qui prêche des mensonges dégradants.

- Prends-en toi-même de la graine. Que crois-tu que font les *treitours* ? murmura Tim.

- Plait-il ? Disais-tu quelque chose Tim ?

- Non.

- Dans ce cas, laisse-moi t'expliquer nos pratiques ordinales. Les druides de ce Sanctuaire appartiennent à un ordre druidique clanique et *acroamatique* (enseigne le druidisme). Clanique parce qu'il est un cercle familial agrandi aux alliés et acroamatique car l'initiation y est donnée individuellement et personnalisée en étroite relation avec la Nature et l'Incréé. Le Gorsedd… L'Ollav est l'autorité spirituelle et initiatique de ce clan. Le clan comprend l'ensemble des *druides*, *Bardes*, *Vates* et *novices* étudiant pour le devenir, présents dans ce Sanctuaire. Participent aussi aux cérémonies, les *crédimaci* du clan. Les druides en activité constituent le *Sedon* et reçoivent la déférence des autres cercles. Les *Bardes* et *Vates* constituent *l'Anti Sedon*, cercle inférieur. Les *Vates* sont déférents aux *Bardes* et tous deux, aux membres du *Sedon*. *Bardes* et *Vates* doivent édifier et conseiller, soutenir spirituellement les *crédimaci*. Les *crédimaci* constituent le *Parvis* et doivent déférence aux autres cercles qui leurs sont supérieurs. Telles sont les Règles. Déférence veut dire obéissance inconditionnelle. Toute personne refusant la déférence naturelle peut et doit se retirer de la Fraternité du Clan. Son éventuel retour est lié à l'application de la déférence naturelle et l'accord du Sedon. Le *Ver Druis Gutuater* (actuellement Pat) élu, assume la direction sage et bienveillante des trois cercles. Il veille au respect intelligent de la Règle. Le druide le plus âgé dans la plus haute dignité en activité l'assiste (actuellement Bann). Il assume la dignité de *Pen Dragon* et rappelle la Règle au besoin. Petit rappel, Gorsedd signifie trône. Continuons avec les sacrilèges. Si vous les connaissez, vous ne les pratiquerez pas. Est considéré sacrilège le manque de déférence envers votre cercle supérieur. Tant que le druide persiste dans les infractions graves de la Règle, notamment la déférence, il s'exclut de tout acte communautaire. Concernant la tenue à l'intérieur du Sanctuaire, seules les personnes consacrées ont droit au port de la régalia. Tout participant à une cérémonie se doit de le faire activement, sans distraction. Les bavardages, commentaires impromptus et apartés sont strictement bannis.

Aël jeta de nouveau un regard vers Tim.

- Maintenant, je voudrais citer les pays dans lesquels un Sanctuaire déférent au nôtre dirige les druides de son territoire et qui sont actuellement victime de *treitours* selon certain.

- Prétendez-vous que nul druide n'obéit pas à la Règle ? Que son respect est total ?

- Bien entendu !

- La rébellion de certains d'entre nous est fictive ?

- Gwenc'Phel a été banni de ce Sanctuaire pour de troubles raisons qui ne sont en aucun cas justifiées. Seul un tribunal est habilité à...

- Le Gorsedd est la seule instance habilitée à prendre une telle décision ! A la fête de Samain, si vous aviez été présent, vous sauriez...

- Justement, je n'y étais pas ! Les dires de druides choqués par l'horreur qui a eu lieu cette nuit-là ne sont pas recevables. Eric et ses amis, soi-disant des élus, ont ouvert un passage permettant aux créatures de l'Autre Monde de venir et de commettre ces actes...

- C'est faux ! Votre propagande !

- Ca suffit Tim ! Silence ! Je reprends. Ces pays attaqués sont l'Allemagne, l'Irlande dont nous connaissons le désastre, l'Australie, le Canada, la Belgique, la Nouvelle-Zélande, la Norvège et les Etats-Unis. J'ai terminé pour aujourd'hui. Que la Nature vous protège.

Bosquet,
16 h 00.

Bron marcha de longues minutes de long en large, sentant un malaise. Quelque chose allait se produire. Il le savait. Mais il ignorait de quoi il s'agirait. Il était inquiet et voulait une vision pour l'éclairer. Il pensa alors à provoquer l'une d'elle. Si cela était possible.

Rangé dans un coffre au pied d'un immense chêne, il sortit un jeu de tarot celtique. Selon les rumeurs qui circulaient dans le Sanctuaire, ce jeu serait le plus ancien qu'il existe. Un très puissant barde seulement parviendrait à provoquer des visions en s'imprégnant de ce jeu.

- Ce ne doit certainement pas être aussi simple, pensa-t-il à haute voix. Il posa ses fesses au sol et étala le jeu devant lui, sur l'herbe. Il tira une carte au hasard en fermant les yeux et en se concentrant, prêt à recevoir une vision si cela arrivait. Soudain, une brise fraîche le surprit et il ouvrit les yeux. A côté du jeu de tarot, le *Livre des Eléments* était posé là, devant lui. Le Livre était ouvert à une page qu'il s'empressa de lire.

RITUEL DE PROFIT PERSONNEL
PSYCHIQUE BIENFAISANT

Ce rituel permet de trouver l'inspiration et d'invoquer la Muse, *Awen*.

Accessoires :
    3 chandelles jaunes,
    Encens de myrrhe.

Récitez ensuite la formule :

Awen, toi qui régis les courants de l'intellect,
Qui contrôle l'intelligence universelle,
Daigne jeter un regard sur moi.
Afin de m'accorder des talents et de l'émoi.
Je t'implore d'éclairer mon esprit,
Et d'activer mon don de prophétie.
Afin que je puisse trouver les mots,
Et faire comprendre aux autres ce que j'ai à communiquer.
Dans notre plus grand intérêt,
Au sein de ce bosquet,

Ainsi soit fait !

Bron souffla sur les bougies et elles s'enflammèrent aussitôt. Le barde répéta la formule plusieurs fois pour l'apprendre par cœur et se concentra encore sur la carte de tarot qu'il avait tiré sans la regarder pour l'instant.

- Awen, toi qui régis les courants de l'intellect, Qui contrôle l'intelligence universelle, Daigne jeter un regard sur moi. Afin de m'accorder des talents et de l'émoi. Je t'implore d'éclairer mon esprit, Et d'activer mon don de prophétie. Afin que je puisse trouver les mots, Et faire comprendre aux autres ce que j'ai à communiquer. Dans notre plus grand intérêt, Au sein de ce bosquet, Ainsi soit fait ! récita Bron les yeux fermés.

Une image envahit alors son esprit. Inquiétante. Un ciel sombre, des nuages gris opaques et des éclairs. Puis vint la pluie, rapide, avant que le vent ne se lève, violent. Il s'agissait sans doute d'une tempête selon lui. Celle-ci sévissait au-dessus du Sanctuaire et de la forêt toute entière. Puis, Bron eut l'impression de reconnaître l'endroit dans lequel il se trouvait. C'était le Temple. Des Sentinelles surveillaient l'entrée et ne laissaient passer personne. A l'intérieur, le Gorsedd et l'Ollav trônaient derrière l'autel. Sur les côtés, un Maître Druide semblait prononcer un discours mais il était inaudible. Le barde dut faire un effort supplémentaire de concentration pour ne pas perdre sa vision en cours. Des militaires et un homme en costume noir portant le logo du ministère de la défense écoutaient le Maître Druide. Qui étaient-ils et que faisaient-ils ici ? Le plus surprenant, fut de voir Eric, les poignets liés par une corde surnaturelle, être, semblait-il, l'objet d'une sorte de tribunal, finit par conclure Bron. A cet instant, il fut arraché de sa vision plutôt violemment. Le jeune homme prit une minute pour reprendre ses esprits. Il arrêta alors son regard sur la carte qu'il avait encore dans la main. Une jeune femme chevauchant un sanglier hirsute, portant une épée dans une main et un arc dans l'autre y était dessinée. Ce qui inquiéta Bron, c'était de l'avoir tirée à l'envers, tête en bas. Il entendit alors une voix très lointaine portée par la brise. Celle d'*Awen*, sa Muse.

- Ce n'est pas bon un tel tirage.

- *Awen* ! Quel bonheur de t'entendre. Je n'ai pas eu le temps de te remercier pour ton aide.

- Ce n'est rien. Tu m'as invoquée pour une raison, au risque d'employer une formule de profit personnel, ce qui est, tu le sais, interdit. Mais je te libère des effets secondaires de cette magie. Tu as tiré la carte représentant la déesse Arduinna. Hélas, la carte est à l'envers, ce qui est une mauvaise chose. Je vais te révéler ce qu'elle prédit : *Un procès important. Des complications inquiétantes. Et un abus de pouvoir certain.* Bien entendu, cette prophétie doit être interprétée par toi seul.

- Pourquoi ce n'est jamais clair ?

- Les dieux aiment s'amuser. C'est ainsi. Une mission que te donne un dieu est de faire en sorte d'inverser la carte dans les faits. A savoir transformer la situation à vernir en *sérénité, stabilité, justice, harmonie et récompense*. C'est la prophétie inverse. Les deux peuvent se réaliser mais une seule le sera réellement.

- Quel dieu me donne cette mission ?

- Je ne peux te le dire. Je regrette.

Sa voix s'effaça malgré les appels de Bron. De quoi Eric était-il accusé ? Il décida de se rendre au Temple pour obtenir des réponses et faire part de sa prophétie. Mais avant de partir, il eut une nouvelle vision plus terrible encore. Il courut presque jusqu'au Temple, espérant avertir à temps ses supérieurs des dangers à venir.

Hôpital de Brest,
1er février 2003,
16 h 01.

Grég portait une blouse blanche pour se fondre dans le décor. Au milieu des médecins et infirmières organisant la sortie de dizaines de malades, les familles étaient folles de joie. Les patients pouvaient quitter leurs chambres, guéris. Seules les personnes amputées n'avaient bien entendu pas retrouvé leur membre intact. Personne n'y comprit rien. Les journalistes affluèrent de toute part. Le chaos régnait et le personnel soignant était désorganisé face ce multiple miracle. Bien décidé à obtenir l'exclusivité sur l'évènement, Grég chercha des dossiers de plusieurs malades afin de les comparer avec leur état actuel. Le médecin chef de l'hôpital avait ordonné que chaque patient ne soit autorisé à partir qu'après de nombreux examens, et de s'assurer que ces états seraient permanents.

Au détour d'un couloir, malgré la foule présente, il reconnut Ed. Se demandant ce qu'il pouvait bien faire là, il le suivit discrètement. Il le surprit alors en conversation avec le médecin chef et écouta attentivement les moindres mots échangés.

- Othon vous demande de ne pas faire de déclaration à la presse. Un communiqué est en préparation et le porte-parole de l'établissement devra le lire publiquement.

- Je comprends. Mais que se passe-t-il au juste ?

- C'est un miracle doc !

- Mais encore ?

- Disons qu'Eric a trouvé une solution au problème de nos frères et sœurs mais qu'il y a eu des effets inattendus qui se sont propagés sur toute la ville. Personne ne savait que le rayon d'action de la relique serait aussi étendu.

- Bien. Je ferai de mon mieux. Je ne te cache pas que j'aurai préféré plus de discrétion.

- Je sais. Nous sommes désolés.

Ed s'éloigna, laissant Grég stupéfait. Ed et Eric seraient à l'origine de cette situation, ou ils en savent beaucoup plus que n'importe qui d'autre. Ce fut sa seule piste et il n'allait pas la laisser s'échapper comme cela. Grég suivit Ed, mais celui-ci découvrit son pisteur dans le parking souterrain. Ed le surprit, le poussa contre un mur et l'immobilisa.

- Que puis-je faire pour toi Grég ?
- Je ne sais pas. Peut-être me parler de ce qui se passe ici. Tu sembles avoir des informations intéressantes. Si tu pouvais me lâcher ? On peut discuter non ?
- Tu es journaliste.
- Et alors ?
- Je déteste les journalistes.
- Oh. Pas de chance. Tu connais le médecin chef de l'hôpital ? De quelle relique parlais-tu ?
- Je ne vois pas ce que tu veux dire.
- Voyons. Je finirais par tout découvrir alors donne-moi l'exclusivité de l'info et je dévoilerai les choses en douceur. Peut-être même que j'éviterais de mentionner certains noms.
- Ben voyons ! Comme si j'allais te croire sur parole. Un miracle s'est produit ici. C'est tout ce que je sais et tu peux l'écrire dans ton torchon.
- Donne-moi au moins un indice !
- Je ne vois pas de quoi tu veux parler, ni ce que tu sembles vouloir inventer. Je n'apprécie pas particulièrement d'être suivi. Alors, la prochaine fois que tu traîneras dans mes pattes, je serais moins poli. Vu ?
- Pas de problème.

Ed lâcha prise et s'éloigna. Il était conscient que Grég risquait de devenir un sérieux problème d'ici peu. Mais il avait d'autres chats à fouetter pour le moment.

Université de Brest,
Laboratoire n°4,
16 h 14.

Un poing s'écrasa sur la porte d'entrée du laboratoire, faisant sursauter l'assistante d'Eric Salvi. Elle poussa un cri de surprise avant de se reprendre et d'aller ouvrir la porte. Un homme robuste arbora un sourire en retirant un cigare de la bouche.

- Que me vaut l'honneur de cette visite, inspecteur ?
- Je me disais que je vous devais peut-être des remerciements pour m'avoir aidé à terminer plusieurs de mes enquêtes en même temps. Vous savez que je ne

suis pas du genre à offrir des compliments. Néanmoins, les félicitations de ma hiérarchie m'ont mis de bonne humeur. C'est peut-être pour cela que je suis ici.

- Vous me prenez au dépourvu. J'en suis abasourdie.

- Certainement oui. Ce Floc'h machin chose a tout avoué. Cela m'a beaucoup étonné, je dois l'admettre. Je ne m'y attendais pas un seul instant. Vous avez été d'un grand secours. C'est tout ce que je voulais vous dire.

- Je ne l'ai pas fait pour vous. Depuis deux ans, vous n'avez cessé de nous harceler mes amis et moi. Pour finalement apprendre que c'était sans justification. Vous vous êtes trompé de piste pendant longtemps et des gens en sont morts. C'est un soulagement plutôt qu'une satisfaction. Et si vos supérieurs ont vu là un exploit, c'est qu'ils n'ont peut-être pas eu toutes les informations.

- Je vous saurais alors gré de votre discrétion.

- Qui ne durera que si vous nous laissez en paix une bonne fois pour toute. Vous n'avez plus de raison de nous rendre visite alors rendez-nous service en nous lâchant.

- Bien. Je ne saurai abuser davantage de votre précieux temps mademoiselle Trombe. Au plaisir.

- C'est ça. Au plaisir.

Débarrassée de l'inspecteur, Hélène referma la porte et souffla de soulagement. Elle venait de mettre un terme au harcèlement de la police. Ce qui était pour elle une bénédiction.

**Université de Brest,
Chambre souterraine,
1ᵉʳ février 2003,
16 h 23.**

Gwenc'Phel se leva d'un haut fauteuil qu'il avait fait fabriquer à l'identique de celui qu'il avait au Sanctuaire lorsqu'il était encore Grand Druide. Il déposa nonchalamment un livre sur une table proche avant de se diriger vers Ronan, occupé à faire léviter des bougies, ce qui semble-t-il l'amusait beaucoup. Désireux de se substituer au grand-père de l'enfant, le traître approcha et saisit la bougie en le félicitant. Furieux, Ronan tendit son petit bras d'enfant vers lui et Gwenc'Phel fut projeté à une dizaine de mètres de là tandis que les gardiens accouraient à son cri de surprise.

Ronan pleura et regarda Gwenc'Phel se relever la main sur le dos douloureux. Le petit garçon prononça des syllabes incompréhensibles avant que n'apparaisse un monstre hideux issu de l'Autre Monde. Il ressemblait à un lion difforme à la crinière noire et grasse. De grande taille, l'animal surnaturel se jeta sur le premier gardien à sa portée et lui arracha la peau, de la tête aux pieds.

- Par tous les dieux ! Ronan ! Tu es fantastique ! C'est un shrapnel ! Tu as fait venir ici un shrapnel ! Sais-tu mon garçon que cette créature dépiaute ses victimes. Comme ce pauvre bougre, elles finissent sans peau, la chair à vif. Tu es extraordinaire. Tu as raison. Il ne faut laisser personne t'empêcher de jouer. Tu vois cette photo ? Peux-tu envoyer ton nouvel ami vers lui ?

L'image représentait l'inspecteur Bouzave en plein milieu d'une enquête. L'enfant sécha ses larmes et fit un geste au shrapnel. La photo vola des mains de Gwenc'Phel vers la créature qui l'avala. Aussitôt, une lueur puissante l'enveloppa et l'animal rugit d'une puissance inouïe. Ses yeux brillèrent à l'idée de se retrouver devant sa victime désignée.

L'inspecteur Bouzave marchait sur le parking. Depuis la fenêtre du laboratoire, Hélène l'observait s'avancer vers sa voiture. Une ombre se dessina derrière lui. Hélène vit l'horreur se produire sous ses yeux. Elle hurla depuis cette baie vitrée qui ne s'ouvre pas mais l'inspecteur ne l'entendit pas. Le monstre cracha un liquide transparent qui recouvrit tout son corps avant de tirer sur sa peau qui se décolla toute seule. L'inspecteur hurla si fort que la vie tout autour se figea. Les oiseaux se turent, plus un bruit ne se fit entendre. Le shrapnel se leva sur ses pattes arrière et coupa la tête de l'inspecteur avant de l'avaler. Le reste du corps tomba au sol tandis qu'Hélène tapait sur la vitre en pleurant. La bête jeta un regard en sa direction et lui fit ce qui ressemblait à un sourire difforme. Le shrapnel emporta ensuite les restes vers la chambre souterraine.

Sanctuaire,
Temple.

Le Ministre demanda à l'Ollav Suprême des Filids d'organiser un procès contre Eric, le chef de l'équipe qui selon lui est responsable, de par leur manque d'expérience et leurs négligences, des drames et des victimes recensées depuis deux ans.

- C'est un scandale ! Eric n'est responsable de rien ! Il s'évertue, non sans grand talent, à affronter les pires créatures et les *treitours* par centaines, alliés à des dieux qui plus est, au risque de sa vie et de celle de ses amis ! intervint Gwenc'Ron.
- Il est vrai qu'il prend des risques, mais il est vrai aussi que des bavures, nombreuses, auraient pu être évitées. Il me semble effectivement qu'un procès pourrait éclaircir la situation. Monsieur le Ministre, nous organiserons ce procès sous peu. Soyez notre invité. Le Gorsedd s'éloigna un peu pour converser.

- L'Ollav a trouvé un moyen de sortir de cet embarras. Il leur faut un bouc émissaire. Tous les problèmes seront reportés sur le dos d'Eric, commença Pat.
- Ils feront d'une pierre deux coups. Le Ministre repartira avec Eric comme prisonnier. L'Ollav sera débarrassé des deux en même temps, continua Bann.
- Il faut empêcher cela. C'est scandaleux !

***

147

ACCUSATIONS

Brest,
Quartier Résidentiel,
Maison de Ben,
1er février 2003,
20 h 17.

Bron déballa des cartons dont il retira ses vêtements et effets personnels. C'est dans la maison de Ben qu'il installa ses affaires pour y vivre. Cette importante décision avait été prise après une longue réflexion. Il avait dit à son compagnon qu'après l'épreuve traversée pendant laquelle il avait été infecté par un virus qui lui ôtait la vie peu à peu, il avait remarqué que Ben avait été à ses côtés durant tout ce temps. Il n'avait jamais ressenti de tels sentiments pour quelqu'un. Il avait sincèrement cru mourir et avait décidé qu'il voulait passer le reste de sa vie avec les personnes qui lui étaient chères.

- Tu en fais partie, Ben, lui avait-il dit.

Avant de repartir pour le Sanctuaire le lendemain matin, Bron passa la nuit avec Ben. Il ne s'était jamais senti aussi bien. Enfin la vie lui réservait des instants de bonheur dont il profita pleinement avant d'affronter d'autres dangers.

Brest,
2 février 2003,
7 h 00.

Le quotidien « *LE PROPHETE* » venait de sortir son édition du dimanche. Un quotidien national distribuait cet exemplaire en supplément de son propre numéro. Un partenariat très exceptionnel qui permit à ce journal de multiplier le nombre de ses lecteurs par plusieurs centaines de milliers, ce dont Grég fut très fier. La ville était en effervescence. Tout le monde ne parlait que de la chronique. Et Hélène, un exemplaire en main, se cacha derrière le papier, de crainte d'être reconnue. Elle se précipita au Sanctuaire en lâchant cet exemplaire au sol :

LE PROPHETE

NUMERO 1   DIMANCHE 2 FEVRIER 2003

A LA UNE

DISPARITION ETRANGE

A L'UNIVERSITE

UN INSPECTEUR DE POLICE DISPARAIT MYSTERIEUSEMENT

par Grégory Trémazon

L'INSPECTEUR BOUZAVE DISPARAIT

En cette fin d'après-midi, pour une obscure raison, l'inspecteur de police Martin Bouzave serait allé à l'Université. Selon nos informations, il aurait rendu visite à une jeune femme travaillant au campus, Hélène Trombe, avant de prendre sa voiture dans le parking où il aurait été victime d'une « créature » d'après des témoins. Nul ne sait ce qu'il s'est réellement passé, mais Mademoiselle Trombe aurait assisté à la scène depuis une fenêtre de son laboratoire. Interrogée à ce sujet par nos soins, celle-ci n'a pas souhaité répondre à nos questions, ce qui suscite de nouvelles interrogations. Le procureur affirme que « *toute la lumière sera faite sur cet évènement* » et que « *toutes les forces de polices sont mobilisées pour le retrouver* ». Bien entendu dans l'hypothèse où il serait encore en vie.

LA CHRONIQUE DU WEEK-END
Par Grégory Trémazon

La disparition de l'inspecteur Martin Bouzave sur le campus universitaire rappelle le nombre important d'évènements étranges qui se sont déroulés à l'Université de Brest depuis octobre 2000. Cette semaine, dans la *chronique du week-end*, je reviendrai sur ces phénomènes.

Souvenez-vous : (rappel des épisodes du volume 1 de *La Légende des Maîtres, note de l'auteur*).

19 octobre 2000

Dans la matinée, un jeune homme a été défenestré. C'est devant un hôtel du centre-ville qu'a été retrouvé un jeune homme d'une vingtaine d'années, nu, étendu au sol. Selon des sources policières, Frank Terpa aurait fait une chute de cinq étages, projeté semble-t-il avec violence d'une fenêtre de sa chambre. Le gérant de l'établissement aurait indiqué qu'il avait passé la nuit avec une jeune femme du même âge. Serait-elle responsable du crime ? L'enquête dont l'inspecteur Bouzave a la charge, privilégie cette piste. Un mandat d'arrêt concernant cette inconnue a été délivré. Nous vous tiendrons informés des nouveaux éléments de ce drame dès que notre rédaction en aura eu connaissance.

Un vieux poignard datant du début du christianisme d'une valeur de 2 682 926 € a été dérobé au musée de l'Université.

20 octobre 2000

Selon des témoins, à la sortie d'une boîte de nuit, un adolescent de seize ans, mûr pour son âge, a été abordé par une belle femme d'une vingtaine d'années. Le lendemain matin, le jeune homme était retrouvé dans une miteuse chambre d'hôtel, poignardé en plein cœur. Alerté par les hurlements, le gérant avait fait irruption dans la pièce, surprenant le crime. L'assassin l'aurait alors égorgé avant de prendre la fuite. L'inspecteur Bouzave tente d'établir un lien entre ce meurtre et celui d'hier. Selon lui, une étudiante serait à l'origine de ces deux crimes.

21 octobre 2000

Dans la soirée, un entrepôt de la ville était la proie d'un effroyable incendie. Les pompiers ont passé des heures à tenter de le maîtriser avant qu'un évènement tragique se produise. Le toit, rongé par les flammes, s'est écroulé. Une dizaine d'entre eux ont péri ou été gravement blessés.

23 octobre 2000

Un gardien du campus universitaire a été retrouvé mort aux abords des laboratoires. Son cerveau aurait implosé. On ignore les circonstances de ce décès.

3 novembre 2000

Dans la cour centrale du campus, le hurlement d'une jeune femme a fait sursauter un étudiant sur les escaliers le faisant tomber à la renverse, se brisant la nuque. Le Doyen et des professeurs ont réagi trop tard.

8 décembre 2000

Une vieille femme de soixante-quinze ans a été agressée par son caniche. Son fils l'a sauvé in extremis.

9 décembre 2000

L'inspecteur Bouzave a été attaqué dans le parc de la ville de Brest par un inconnu, perdant connaissance. Il en est de même pour le Doyen.

11 décembre 2000

Un appartement du centre-ville a pris feu. Une enfant de cinq ans a été sauvée des flammes par deux inconnus. Il semblerait que le père la battait et l'ait abandonné après avoir accidentellement laissé un mégot sur la moquette.

15 janvier 2001

Des objets antiques semblent avoir pris vie. Une arbalète a lâché ses flèches sur cinq visiteurs qui ont été blessé, et un tué. Un anneau a libéré des masses d'énergie sur les touristes affolés qui ont pris la fuite. Un confrère, présent pour l'ouverture de l'exposition d'art, a été fasciné par l'évènement. Hélas, une décharge électrique lui a ôté la vie.

18 janvier 2001

Une épidémie de coma sévit actuellement chez les enfants et adolescents. Les médecins ne s'expliquent pas ce phénomène inquiétant. C'est le sixième cas aujourd'hui, et il y a eu trois cas hier. Néanmoins, selon nos sources, un virus pourrait être à l'origine de cette épidémie. Il fait monter la fièvre et plonge son hôte dans le coma. Cette information reste à confirmer.

28 mars 2001

Un étudiant s'est immolé au centre de la Cour du Campus devant ses camarades abasourdis. Un bidon d'essence a ensuite explosé, ne faisant cependant pas de victimes.

13 avril 2001

Le Doyen de l'Université a été victime d'une combustion humaine spontanée, un phénomène rare.

Un individu au nom étrange « Floc'h » a été récemment arrêté par l'inspecteur Martin Bouzave. Il serait responsable de certains de ces faits. Mais qu'en est-il des autres ? Il ne fait nul doute que les services de polices feront « *toute la lumière sur ces évènements.* »

Grégory Trémazon

**Brest,
Quartier Résidentiel,
Maison de Ben,
7 h 29.**

Bron se leva et laissa dormir Ben. Il se dirigea vers la salle de bain et s'habilla. Après sa toilette, il regarda son amant endormi et sourit. Il bénit les dieux et profita de cet instant de bonheur. Depuis un peu plus de deux ans, il était passé par plusieurs épreuves douloureuses et enfin connaitre l'amour lui semblait bienvenu. Malgré ce moment à ses yeux sacré, il ne put s'empêcher de penser aux militaires qu'il avait surpris à entrer au Sanctuaire. Décidé à faire toute la lumière sur cet évènement curieux, Bron Delorme referma la porte derrière lui et monta dans sa voiture non sans jeter un dernier regard vers la fenêtre de la chambre.

Sanctuaire.

Au Temple, toute l'équipe avait été convoquée et l'on pouvait noter les présences du Gorsedd, de l'Ollav Suprême des Filids et du Ministre de l'Occulte. La pièce était organisée comme dans la salle d'un tribunal banal sauf qu'il avait été décoré par les druides avec leurs couleurs traditionnelles. L'Ollav était en bonne place en tête de la pièce. Du côté de l'accusation, c'était le Ministre et ses collaborateurs qui occupaient le banc. Chez les accusés, Eric fut installé derrière une barrière de sécurité en bois, encadré de Sentinelles. Bron arriva en retard et s'arrêta net devant la disposition des lieux et étudia l'attitude de chacun avec attention avant de s'apercevoir que cette scène correspondait parfaitement avec sa récente vision. Une sensation dérangeante l'envahit à cet instant. Mais Aël ne lui laissa guère le temps de réagir.

- Le Ministre ici présent a souhaité s'entretenir avec les druides de façon officielle et semble incriminer les actions de l'un des nôtres, c'est pourquoi j'ai décidé la tenue de ce tribunal exceptionnel. Anton !

Un beau jeune homme de vingt et un ans s'approcha et ne manqua pas de plaire à Bron au passage. Il s'installa près du Ministre et fut nommé avocat des Humains. Autrement dit, il fut mandaté pour travailler en étroite collaboration avec le Ministère. Bron le soupçonna très vite d'être un *treitour*. Tandis que les choses sérieuses semblaient commencer, Bron se porta volontaire pour défendre son ami.

Eric lui demanda alors de s'approcher pour lui chuchoter : « *fais attention, Anton est le Maître druide du Passé si je me souviens bien.* »

Morwenna ouvrit les hostilités.

- Tout d'abord, je remercie Monsieur le Ministre de laisser l'un des nôtres prendre la parole en son nom. Anton, voulez-vous exposer, s'il vous plait, les motifs pour lesquels Eric est accusé ?
- Eric est le chef d'une équipe qui s'est vu confier pour mission par le Gorsedd de traquer Gwenc'Phel et ses acolytes afin de les arrêter et de les soumettre à la justice de notre communauté. En effet, selon lui, le Grand Druide Gwenc'Phel serait responsable de très haute trahison en quittant ledit Gorsedd et en prônant un dogme qui lui est propre. Ils prétendent qu'il s'est éloigné de nos croyances en voulant imposer par la force le retour de nos dieux et de la Magie sur Terre que vous savez exilés dans l'Autre Monde depuis longtemps. Il aurait commis des crimes ignobles pour empêcher l'équipe d'Eric de lui barrer la route. C'est durant cette période d'affrontements que nous soupçonnons Eric d'avoir commis des erreurs ayant abouties à la mort d'innocents humains. Le Ministère ne refuse pas de croire le Gorsedd au sujet de la trahison de Gwenc'Phel. Selon lui, il faut effectivement le mettre aux arrêts car seule la justice des druides est habilitée à le juger. Ce sont les actes de l'équipe d'Eric durant ce conflit qui nous intéresse ce jour. Nous tenterons de prouver par les faits, qu'Eric a mal exécuté les ordres qui lui étaient donnés. Ou du moins, les débordements qui ont été constatés. Commençons par un évènement survenu le 16 janvier 2001. Un Mage répondant au nom d'Ed, a incendié les locaux d'un journal appartenant à un certain Owen, oncle de Gwendolyn, avec le concours d'Hélène Trombe et Ben. Gwendolyn avait subtilisé des données confidentielles appartenant au Sanctuaire et menaçait de les faire publier dans ce journal. Ed, voulant protéger les secrets des druides, a cru bon de prendre cette initiative. Ce premier exemple montre à quel point Eric était maître de la situation !
- Je voudrais dire à la Cour…
- Vous attendrez votre tour, Bron, coupa Iwan d'un ton autoritaire. Poursuivez Anton.
- Je souhaiterai convoquer Ed à témoigner ici.
- Faites-le entrer ! ordonna Aël. Une Sentinelle poussa l'énorme porte d'entrée et laissa Ed avancer. L'équipe fut surprise de voir un tel piège se refermer sur eux.
- Vous répondrez sans détours aux questions qui vous seront posées jeune homme, prévint Iwan.
- Avez-vous incendié un journal en janvier 2001?
- En effet. Un article dévastateur pour nous était sur le point de paraître. Sans notre intervention, qui sait comment auraient réagi les mortels ?
- Vous reconnaissez avoir pris cette décision sans en avoir référé au préalable à Éric ?

- Oui. Eric baissa la tête, consterné.

- Ce que vous ignorez, c'est que le Ministère est parvenu à se procurer une ultime copie dudit article. Heureusement pour les druides que cette intervention extérieure nous ait évité bien des soucis. Ce sera tout pour le moment, Ed.

- Poursuivons avec le *18 janvier* (voir chapitre « Enquête ») de cette même année. Une épidémie de coma s'est répandue dans la ville. Neuf cas furent signalés dont celui d'un enfant nommé Matt. A l'origine, un virus faisait monter la fièvre, plongeant les victimes dans un coma, reprit-il. J'appelle le docteur Mona Peterson à témoigner !

La jeune femme avança avec prudence, ne sachant pas pourquoi elle se trouvait là. Que se passait-il ?

- Docteur, veuillez nous rappeler combien de temps il a fallu pour trouver le responsable de ce désastre ?
- Plusieurs jours.
- Je proteste ! Floc'h, un Maitre chaman qui a été notre ennemi était responsable de cela. C'est lui qui a provoqué ces comas et…, intervint Bron coupé.
- Le Ministère ne reproche pas à Éric d'être coupable de ce forfait, mais reconnaissez que neuf victimes avant l'entrée en action de votre équipe est plutôt beaucoup !
- Ce n'est pas juste ! Nous accuser de retard dans notre action est… Nul autre que nous n'est intervenu pour mettre les *treitours* hors d'état de nuire. Voilà votre remerciement pour toutes les victoires qu'Eric a obtenu de dure lutte ! Savez-vous un seul instant ce que nous avons dû affronter ?
- Vous voyez des ennemis partout n'est-ce pas ? Des complots ? J'ai eu connaissance de vos actions. Et ce sont certaines d'entre elles que nous vous reprochons aujourd'hui. Je laisse la parole, pour l'instant.
- Merci Anton. Les débats sont levés. Retrouvons-nous demain, dit Morwenna.

Sanctuaire,
Village de l'Est,
Hutte,
3 février 2003.

Ce lundi, Tim et Tara se rendirent tôt à la *Hutte*, bâtiment servant de salle de classe. Aël et les autres eubages n'étaient pas encore arrivés, mais les deux adolescents bravèrent le froid pour préparer un tour. Tara tenta vainement de dissuader Tim de s'engager sur cette voie. Un plan malicieux avait germé dans l'esprit du garçon. Il avait récupéré, la veille, une goutte de sang du Grand Druide. Tim déposa quelques ingrédients d'une formule au sol et s'installa confortablement à terre. Tara l'imita sans dire un mot. Tim versa une huile végétale dans un bol puis déposa des feuilles mortes dessus. Enfin, il fit tomber la goutte de sang dans le récipient et une épaisse fumée s'en dégagea.

- Tu es sûre que cela va fonctionner ?
- Certaine. Mais je ne suis toujours pas d'accord avec...
- Je sais. Je crois qu'il va tomber dans le piège justement parce qu'il s'agit d'une potion de base. Elle est longue à agir mais le résultat est spectaculaire.
- Notre punition aussi sera spectaculaire.
- Arrête de bouder ! Il faut bien que quelqu'un agisse. Avec ce procès, l'équipe d'Eric ne peut rien faire pour empêcher ces *Filids* de nous gouverner. Qui d'autre réagira ? Je vais verser cette potion sur les racines d'un tilleul. En prononçant le nom de la victime, Aël dans notre cas, celui-ci sera empoisonné. Que va-t-il lui arriver déjà ?
- Sa peau va se transformer en croûte, puis en pierre. Il devrait être totalement pétrifié dans quelques temps. L'avantage, c'est qu'Aël ne se rendra compte de rien. Les autres non plus d'ailleurs. J'ai fusionné cette potion avec celle préparée par le Maitre Druide de l'Illusion que j'ai trouvée dans la réserve.
- J'adore quand tu entre dans la cour des grands. Le seul problème, c'est quand tu dis « *quelques temps* ». C'est combien de temps çà ?
- J'en sais rien ! C'est ça que je ne suis pas d'accord avec plan ! Ça va mal tourner je te dis.

8 h 05.

Aël entra sans trop se presser dans la Hutte où l'attendaient tous les élèves. Il se débarrassa ensuite de son manteau pour se mettre à l'aise. Tim l'observait attentivement, guettant le moindre signe prouvant que sa potion fonctionnait. Il n'était pas nécessaire que sa victime ingère le liquide nauséabond. Tim s'était juste contenté de suivre les indications de Tara en versant le contenu du bol sur les racines d'un tilleul en prononçant le nom d'Aël. L'instructeur choisit aujourd'hui de s'attarder sur le protocole de courtoisie. Tim y décela un message caché à son intention. Pour une fois silencieux, le professeur se tenait sur ses gardes. Il trouvait bizarre l'attitude du jeune garçon.

- Les titres et dignités de notre Tradition sont nombreux. J'ai cru bon de devoir vous éclaircir les idées à ce sujet. Certains utilisent des titres à mauvais escient. « *Père* » est déjà une faveur. « *Frère* » est raisonnable et amical. « *Monsieur* » ou « *Madame* » est très convenable et suffisant. Cependant, à partir d'aujourd'hui, veuillez oublier ses premiers titres que Goff vous a enseignés. Je préfère de loin ce qui suit. L'usage veut que le qualitatif soit précédé par « *Sa* Sérénité » ou « *Votre* Sérénité » à partir du niveau de Druide. Par exemple : *Sa sérénité le Très Vénéré Gwendal*. A partir de Vate, entre dignité de même niveau, il est habituel de dire « *Frère* » ou « *Sœur* ». Détaillons maintenant, dans l'ordre, la hiérarchie des druides et les titres qui leur sont associés. Remplacez les points de suspensions par le nom du druide concerné. Pour les *Ordres mineurs* (dont vous faites partie en tant que *novices* ou *eubages*) :

Novice / Cher…
Eubage / Estimable…
Pendragon / Très estimable…
     - Pour les *Ordres majeurs* :
Vate / Honorable…
Barde / Très honorable…
Druis / Votre (ou Ta) Sérénité…
Grand Druide / Votre (ou Ta) Sérénité Très Vénérée…
     - Pour les *Ordres des Mages* :
Druis Gutuater : Maître…
Mage / Grand Maître…
Atrawon / Seigneur…

    - Très estimable Tara.
    - Très estimable Tim, plaisantèrent les deux enfants.

    Aël laissa ses élèves devant un test écrit. Tim fut ébloui par la blancheur de sa page vierge, tandis qu'au contraire, Tara la noircit jusqu'à ce qu'il n'y ait plus de place pour écrire.

✳✳✳

148

Occasion

**Campus Universitaire de Brest,
3 février 2003,
08 h 12.**

Hélène ruminait l'évènement depuis deux nuits, ne pouvant fermer les yeux une minute. Elle avait bien tenté de communiquer l'information à ses amis, mais le Sanctuaire était injoignable. Ed ne répondait pas à ses « SMS », ce qui l'inquiétait davantage. Elle décida de se rendre directement au Sanctuaire. Eric n'avait pas de cours cette semaine et elle avait terminé de préparer les sujets d'examens des partiels de ce premier semestre. Les étudiants étant occupés, le Doyen absent, elle profita de cette maigre liberté pour s'échapper du labo.

Sur place, une grosse demi-heure plus tard, Hélène freina et descendit de sa Twingo. Elle avança en direction de l'entrée de la forêt et fut surprise de ne percevoir aucune Sentinelle habituellement postées à quelques centaines de mètres de là. Plus elle s'enfonçait, plus le silence était pesant. Des voix d'abord sourdes puis de plus en plus distinctes attirèrent l'attention de la jeune femme. Il s'agissait d'une dispute qui cessa après un ordre donné par une voix retentissante qu'elle ne reconnut pas. Hélène contourna le tumulte et chercha une position lui permettant de mieux voir ce qui se passait. Elle identifia six Sentinelles menaçant des militaires de leurs armes. Elle les laissa à leur querelle et approcha de l'entrée du Sanctuaire. Elle y trouva Ed qui venait tout juste d'arriver.

- J'ai essayé de te joindre !
- Je sais. Je ne pouvais pas te répondre. J'ai eu beaucoup de mal pour étouffer l'affaire Bouzave. En plus, j'ai une anguille qui me donne du fil à retordre.

Hélène fronça les sourcils avant qu'Ed lui réponde.

- Grég, le journaliste. Il commence sérieusement à fouiner. Après la fête de Samain, il était ici à contempler les dégâts, les cadavres. Il avait fallu utiliser un sort pour lui effacer une partie de sa mémoire. Aujourd'hui, il s'intéresse de nouveau à nous et j'ai peur de ne rien pouvoir faire pour l'arrêter.
- C'est un problème.
- Ca va toi ? Tu te remets doucement ?
- C'était affreux. Il faut absolument que l'on retrouve la créature qui a fait ça. Elle était monstrueuse !

- Je n'ai rien retrouvé de l'inspecteur. Son corps a disparu et il est impossible d'entrer. Il parait qu'il y a un procès en cours et qu'Eric est l'accusé. Je n'en sais pas plus.

- Quoi ? Eric ? Que lui reproche-t-on ?

- Aucune idée. En tout cas, ça ne sert à rien de rester ici. Recherchons plutôt la créature qui a tué Bouzave. Même si je ne l'aimais pas, il ne méritait pas ça.

- Tu as raison.

Ed et Hélène retournèrent à leur voiture et une silhouette se dessina à côté d'un arbre tout proche. Grég les avait suivi et avait entendu leur conversation. Un large sourire fendit son visage.

Sanctuaire,
Temple,
10 h 29.

Iwan, le Grand Druide de l'Ollav Suprême des Filids, rendit la parole à Anton.

- Merci votre Sérénité Très Vénérée.

- Lèche botte, marmonna Eric d'une voix inaudible.

- Eric, le 28 mars 2001, un étudiant de l'Université de Brest s'est immolé devant son camarade au sein même du campus. Il y a perdu la vie. Il se nommait Thierry Bonnas, si j'ai bonne mémoire. Te souviens-tu de cet incident ?

- Oui, ta… Sérénité. Quand je pense qu'on a fait nos études ensemble, pourriture de *treitour* !

- Eric ! Je ne vous permets pas ! intervint Morwenna.

- Encore un mortel, victime de ta lenteur et de tes négligences.

- Je souhaite préciser à cette honorable cour qu'avant la découverte de la traîtrise de Gwenc'Phel, personne n'avait eu pour mission d'affronter les dangers qui nous menacent aujourd'hui. La magie qui nous était auparavant enseignée, était purement théorique. Une guerre a été déclenchée et l'un des plus puissants dieux veut notre mort. Il profite de cette occasion pour tenter de mettre fin à l'existence des druides. Nous sommes une épine dans son pied. Nous sommes le seul rempart qui leur interdit l'accès à la Terre, enchaîna Bron.

- Nous ne pensons pas que les dieux veuillent revenir sur Terre. C'est de l'affabulation ! A cause de vous, en ouvrant des passages entre la Terre et l'Autre Monde, des créatures sont venues jusqu'ici. Il est naturel de vous demander de prendre la responsabilité de les renvoyer là-bas, s'emporta Morwenna.

- Je pense que vous vous éloignez du sujet qui nous occupe, coupa Ness.

- C'est juste. Reprenez Anton.

- Le 30 mars 2001, trois voleurs sont décédés. Un vieux moine chinois, que tu as affronté avec ton équipe, a déchaîné une *ombre* sur eux. Ce rapprochement avec l'Ordre de Chine a également entraîné cette dérive. Ce moine ne serait jamais venu en France si une telle alliance n'avait eu lieu.

- Tao et son Ordre nous apportent beaucoup ! Nous lui devons la vie et le respect ! Je ne tolère pas un tel manque de reconnaissance ! s'empourpra Eric, choqué.

- Ces trois morts auraient pu être évités.

Tandis que d'autres accusations s'accumulaient, une étudiante, Sarah, amie d'Hélène, lui rendit visite au labo. Elles échangèrent une bise et la peau de la jeune femme se mit à rougir. Elle commença à s'agiter sous le regard inquiet de son amie. De la fumée sortit des manches de son chemisier et des flammes rongèrent le tissu. Hélène hurla et paniqua. Elle bondit sur un manteau accroché près de la porte et tenta d'éteindre le feu, sans succès. Cependant, en une minute, la peau de Sarah redevint blanche et les flammes cessèrent de danser sur ses vêtements. Hélène ne constata aucune trace, ni cicatrice. Comme si rien ne s'était passé. C'était l'incompréhension la plus totale. Choquée et désorientée, Sarah fut tout de même transportée à l'hôpital pour y être examinée. Hélène chercha une explication à ce début de combustion spontanée. Cela lui rappela de mauvais souvenirs.

Chambre Souterraine,
10 h 31.

Le shrapnel venait de terminer son repas. De l'inspecteur Bouzave, il ne restait que le squelette. Gwenc'Phel s'éloigna de la créature, un peu intimidé. La situation lui avait totalement échappé et cela l'irritait énormément. Ronan se mit à rire aux éclats lorsque le shrapnel lui déposa le crâne du pauvre inspecteur à ses pieds. Mais rapidement, l'enfant changea d'attitude, saisit le crâne et le balança contre un mur où il éclata en morceaux. Gwenc'Phel parvint cependant à faire boire à l'enfant une potion de son cru. Il s'endormit profondément ainsi que le monstre. Mais il savait que cette solution ne serait que temporaire. Il décida alors de monter à la surface pour rendre une petite visite à une vieille connaissance.

Bâtiment de recherches scientifiques,
Laboratoire n° 4,
10 h 49.

Un poing s'écrasa sur la vitre de la porte. Hélène sursauta, mais ce ne fut rien en comparaison du choc qu'elle ressentit lorsqu'elle ouvrit. Elle recula d'une dizaine de pas, prête à faire appel à un sort à la moindre menace, même si cela lui coûtait toujours d'avoir recours à la magie.

- Du clame mon enfant ! Je ne te veux aucun mal. Pas aujourd'hui. Demain… Peut-être…
- Que veux-tu ?
- Ne puis-je te rendre visite de temps à autre ? Nous étions si proches pourtant.

- Dans le passé, oui. Aujourd'hui je souhaite ta mort. Si tu savais à quel point je te hais !

- Cessons-là les politesses et les preuves d'amour. Si je suis ici, c'est pour te demander de me rendre un… service.

- Quoi ? J'ai bien entendu ? Un service ? Tu plaisantes ?

- Je voudrais bien. Ronan a choisi un jouet un peu particulier pour se distraire. Je crois d'ailleurs que tu l'as vu à l'œuvre.

- La bête qui a tué l'inspecteur de police ?

- Oui. C'est un shrapnel.

- Ce n'est pas vrai ! Tu l'as laissé invoquer un shrapnel ? Es-tu devenu plus fou que tu ne l'est déjà ?

- Cet enfant est ingérable. D'ordinaire il m'amuse beaucoup, mais un shrapnel !

- Tu sais très bien comment vaincre ces créatures.

- C'est juste. Mais Ronan risque de mal le prendre.

- Dans ce cas, il te suffit de me le remettre. Rends-nous Ronan.

- Hors de question.

- C'est un comble ! Tu me demandes de venir calmer l'enfant de ma meilleure amie que tu as enlevé ?

- Tu sais ce que je veux Hélène. Avec Ronan on pourrait…

- JAMAIS ! Tu me donnes Ronan, ou tu assumes les conséquences de tes actes !

- Dans ce cas… Je suis désolé…

- Non, tu ne l'es pas. Tu ne l'as jamais été. Laisse-moi. Dégage je te dis !

Gwenc'Phel tourna les talons et quitta la pièce. Hélène se précipita dans la salle des analyses à la recherche d'ingrédients qu'elle réunit rapidement. Elle prépara une potion pour vaincre le shrapnel. La jeune femme versa dans un flacon ¼ d'eau pure, de l'essence de citron vert, ¼ de poudre d'aluminate et une feuille de thym réduite en poudre. Elle mélangea le tout et sembla satisfaite du résultat. Soucieuse, elle répondit malgré tout au vœu de son ennemi et se rendit à la Chambre Souterraine. Passé les vigiles sans trop de problème, elle arriva dans la pièce principale où Ronan dormait confortablement sur un lit. Gwenc'Phel était absent. Hélène mit douze traîtres hors état de nuire à elle seule. Elle prit l'enfant dans ses bras et repartit aussi vite qu'elle était venue. Mais elle ne remarqua pas la présence de Grég à la sortie, trop occupée à prendre la fuite avec Ronan. Le journaliste était de plus en plus intrigué par la situation.

***

149

CROISSANCE

Sanctuaire,
Hutte,
4 février 2003,
09 h 24.

Aël fut pris de démangeaisons. Son bras devint rouge à force de se gratter. Il tenta cependant de se concentrer sur son cours. Il ne remarqua pas les ricanements de Tim et de Tara qui ne purent se retenir.

- La couleur de nos saies dépend de notre niveau de magie. Les Devins portent une saie bleue. Pour les Bardes, elle est verte. L'exercice que je vous ai préparé devra m'être rendu au prochain cours. Ce n'est pas possible, ça me démange ! finit-il par murmurer. Tim n'en pouvait plus. Il éclata de rire. Aël quitta la Hutte, à la recherche d'une pommade apaisante.

Plus tard dans la journée, le procès d'Eric reprit. Tous les protagonistes s'installèrent et Anton sortit de sa manche une nouvelle accusation.

- Je souhaiterai en venir au 15 décembre 2000, un peu plus tôt dans le temps, donc. Nous avons appris la cuisante défaite de l'équipe d'Irlande. Ilda, Igor et Ivan ont perdu la vie ce jour-là. Regardez les images que je me suis procuré.

Un globe de lumière apparut au centre de la pièce et des images se dessinèrent à l'intérieur. Le décor d'un paysage de verdure époustouflante était par endroit tâché de sang. Un immense château était la proie de *treitours* extrêmement nombreux, accompagnés de créatures ignobles. Igor, le chef de l'équipe du Sanctuaire d'Irlande, était dépassé par les évènements. Du haut d'une tour, un druide chuta d'une vingtaine de mètres, une énorme griffe venant d'entailler son torse. Il se vit tomber et le sol se rapprocher au ralentit. Son hurlement déchira le cœur d'Ilda. Ce moment d'inattention lui fut fatal. Un Gargwa lui trancha la tête d'un coup de patte. A cette image, Elora détourna le regard. Ivan combattait six *treitours* en même temps. Encerclé, les faisceaux d'énergies frappèrent en tous sens. Même si des ennemis tombaient par dizaines, ils lui semblaient être toujours plus nombreux. Il observa un bref instant les corps de ses deux meilleurs amis et un sentiment de haine le submergea. Pourtant entraîné à contrôler sa colère, il se surprit à vouloir les venger. Sa puissance doubla, mais ses adversaires trouvèrent une faille dans sa défense. Au seul moment où il se permit de reprendre son souffle, il tomba à la renverse. Un Kérion venait de lui faire perdre l'équilibre en lui tailladant le mollet. Au sol, à la merci de quatre *treitours*, Ivan ne put empêcher un Tùatha des Danann de l'écraser avec son immense pied. Les dirigeants de ce Sanctuaire arrivèrent trop tard. Ils lancèrent un sort suffisamment puissant pour tous les chasser. Ils comptèrent ensuite les victimes. Ce fut un désastre. Le château pourrait être réparé, mais les pertes étaient considérables. Du sang par flaques jonchait le sol boueux. La pluie ne parvenait pas à effacer les traces. Des pleurs, des cris de douleurs, déchiraient le silence d'après la bataille. Les survivants chantèrent leur tristesse en ramassant les corps. Leur complainte s'entendit à des centaines de mètres, réveillant les créatures de la forêt alentour. Celles-ci, attirées par le chant, vinrent en aide aux druides rescapés. La musique des bardes s'élevait vers le ciel et ce furent des milliers d'êtres surnaturels qui accompagnèrent les druides. Cette chanson fut merveilleuse à entendre. Tandis que la nuit tombait sur l'Irlande, une ombre vint masquer l'image imprimée sur le globe. Certains druides privilégiés qui assistaient à l'audience versèrent des larmes.

- Voilà un évènement que vous n'avez pu empêcher. Voyez les drames qui se multiplient, Eric. Vous êtes à l'origine de ce conflit. Vous avez déclaré la guerre à Gwenc'Phel et d'autres en paient le prix.

- ASSEZ ! Je ne vous permets pas ! Eric a sauvé des centaines de druides ! fut révolté Bron.

- Pas ceux que nous venons de voir. Qu'est-il arrivé au petit Tim le 10 janvier 2001 ? Il a disparu à la suite d'un rituel mal appliqué. Où étiez-vous pour empêcher cela ? Encore une négligence. Mais celle-ci est plutôt du fait du Gorsedd ici présent. Vous avez la responsabilité de jeunes enfants et n'êtes pas capable de les protéger d'eux-mêmes. Regardez.

A nouveau le globe scintilla et une image apparut. *Au cœur du Sanctuaire, près de la Tour d'Or, à l'intérieur de la communauté, Tara se promenait à la recherche d'ingrédients pour l'accomplissement d'un rituel. Tara était accompagné de Tim. Le fils de Kiva n'avait de cesse de provoquer des catastrophes les mettant tous les deux dans l'embarras. Leur cérémonie exigeait l'emploi de romarin, ce dont ils ne disposaient pas. Tim eut l'idée de recourir à l'aide des prêtres. Ils dérangèrent certains d'entre eux et réclamèrent des branches de la plante. Quand ils eurent obtenu l'objet de leur convoitise, Tim aperçut une colombe. L'animal était perché sur l'un des piquets en bois de l'enclos des porcs. Immobile, l'oiseau observait tranquillement les druides dans leurs activités. Le jeune garçon suggéra de saisir la colombe et de lui arracher une plume.*

- Tara, il nous faut une plume blanche pour le sort.
- Oui, mais l'oiseau aura mal !
- Ne t'en fais pas, la plume repoussera.

Tara retrouva le sourire et s'approcha de la colombe. L'oiseau la fixa et s'envola au dernier moment, tandis que la main de l'enfant était à quelques centimètres de sa tête. Comme pour la narguer, la colombe dessina un cercle autour de

Tara avant de s'éloigner. La pauvre fillette perdit l'équilibre et son visage atterrit dans un tas d'excréments porcin bien frais. Furieuse, elle se releva, plongea la tête dans un seau près du puits et s'essuya avec un linge propre. Elle échafauda une stratégie afin de tendre un piège à la colombe sous le regard amusé de Tim et de quelques druides. Sans bruit, pas après pas, lentement, Tara s'avança, prudemment. La colombe ne bougea pas de la table. Elle s'apprêta à bondir lorsque son pied trébucha sur sa propre robe. Tara s'étala de tout son long et l'oiseau demeura immobile. Les druides éclatèrent de rire, ce qui ne l'amusait pas beaucoup. Elle ne pouvait supporter cette humiliation. Ne s'avouant pas vaincue, elle saisit la queue du volatile duquel elle arracha une plume. Surpris, il s'envola, paniqué.

- Je l'ai !
- Bravo Tara ! applaudit son ami.

Sous la hutte, à l' abri du froid, Tara et Tim continuèrent de rassembler les derniers ingrédients. Tim écrasa les feuilles séchées de romarin qu'il réduisit en poudre. Tara déposa un petit bol en terre cuite au sol qui contenait de l'encre rouge. A côté, la fillette avait disposé un parchemin et la plume blanche. Enfin, Tim alluma une grosse chandelle qu'il mit près de lui. Tout le matériel était prêt et les objets réunis dans un cercle au centre duquel se trouvaient les deux enfants.

- Écris la formule, Tara.

La jeune fille saisit la plume, la trempa dans l'encre rouge et écrivit sur le parchemin : « **J'invoque la Triade des Créateurs ! Protégez-moi ainsi que ma maison de toutes les puissances maléfiques. Que votre magie défende ma vie !** *»*

Puis, Tim versa la poudre sur le rouleau de papier et le tendit au-dessus de la chandelle. Tara voulut ranger la coupe d'encre mais, toujours aussi maladroite, elle la renversa sur Tim. Le parchemin s'enflamma, Tim bondit hors du cercle, bouscula une table et fit tomber un bocal rempli de potion. Celle-ci se déversa sur lui, se mélangea à l'encre et coula sur la chandelle. Le cercle prit feu, Tara cria de peur et Tim disparut derrière un voile de fumée. Un druide entra en hâte, alerté par le hurlement et l'ouverture de la hutte dissipa l'épais nuage.

- Tara ! Que se passe-t-il ? Où est Tim ?
*- Il a... disparu !** (Voir le volume précédent, flash-back de la saison 1/ épisode 4 / chapitre 35 « rencontre »).

L'image du globe se figea sur le visage du jeune garçon terrifié, tendant une main vers son amie, avant d'être englouti par le voile de fumée.

- De qui faites-vous ce procès au juste ? Il me semble que vous vous éloignez du sujet Anton, intervint Bron.

- C'est juste. Prenez un autre exemple, concéda Morwenna.

- Bien, dans ce cas, le 15 janvier de la même année, au Musée de l'Université de Brest, en votre présence confrère (s'adressant à Bron), un visiteur et un journaliste ont été tués. Je vous propose de voir cette scène sur le globe. L'assistance se tourna vers l'image qui devenait de plus en plus distincte. *Une foule compacte s'amassait dans la salle d'exposition qui eut un franc succès. On pouvait y admirer des bagues et autres bijoux anciens, des armes, des boucliers en or incrustés de cristaux, des diamants. Des perles, uniques au monde, firent réagir les femmes qui ne pouvaient en détacher leurs yeux. Mais cette tranquillité allait être bouleversée par un événement imprévu contre lequel la sécurité ne pourrait rien. En effet, ces objets antiques d'une exceptionnelle rareté se mirent à briller, à siffler. Une arbalète lâcha ses flèches. Cinq visiteurs furent blessés, dont un tué. Un anneau libéra des masses d'énergie sur les touristes affolés qui prirent la fuite. Un journaliste, présent pour l'ouverture de l'exposition d'art, fasciné filma les reliques. Hélas, une charge électrique grilla la caméra et sa pauvre tête par la même occasion. Il fut la seconde victime de ce désastre. Les objets répondaient à l'appel du passage ouvert par Gwenc'Phel sur l'Autre Monde. L'alarme retentit en vain car les employés quittèrent leur poste dans la précipitation. Les vitrines explosèrent laissant un tapis de verre tout autour des reliques incandescentes.* (Voir le volume précédent, flash-back de la saison 1/ épisode 4 / chapitre 42 « Tout s'écroule »).

Une épaisse fumée blanche vint obscurcir l'image du globe. Anton paraissait de plus en plus satisfait de lui, certain de parvenir à ses fins. Pour amplifier l'impact de ses propos, il enchaîna avec un autre évènement, celui qui coûta la vie à l'un des membres de l'équipe.

- Permettez d'en venir au soi-disant sacrifice de Kéra... je crois.

Le globe vibra davantage et le visage de Kéra apparut. Elora hurla de rage, avant de s'effondrer dans les larmes.

- Je touche un point sensible semble-t-il.
- ASSEZ ! Je vais te tuer ordure ! Kéra a sacrifié sa vie pour nous tous ! Je ne te permets pas... Accuse-moi de ce que tu veux mais laisse Kéra en dehors de cette histoire !
- Sûrement pas ! Elle faisait partie de ton équipe et elle en est morte ! Encore une preuve de ton incompétence !
- Mais qui peut avoir l'expérience de ce genre de combat ? Nous faisons ce que nous pouvons avec les moyens dont nous disposons !
- C'est bien ce que je vous reproche ! Vous n'êtes pas ceux qui devraient nous représenter !

Le globe montra le jour où Kéra devint une héroïne : *Au-dessus du Sanctuaire, des nuages d'une noirceur jamais égalée, accompagnés de foudre, emplirent le ciel qui s'assombrit. Les éclairs frappèrent le sommet du Temple. Kéra se souvint une fois de plus de la phrase prononcée par Théodorus. Elle entendit même sa voix dans sa tête. « ***Lorsque s'éteindra la lumière, les runes seront l'instrument de la délivrance et une âme, la clé de la vie.*** »

- Eric ! J'ai compris ce que Théodorus m'a dit ! La lumière s'est éteinte à la disparition du Gorsedd. Je suis l'âme qui doit être sacrifiée. Je comprends tout maintenant. Je suis née pour ce moment précis, pour sauver les hommes de la folie de Gwenc'Phel.
- Non, Kéra !

La jeune druidesse saisit les pierres de rune dans sa poche et les brandit vers Gwémana.

- Je vais faire échouer votre plan ! Gwémana, prêtresse de l'apocalypse, redevient pierre !

Les pierres brillèrent et l'acolyte démoniaque du traître fut pétrifié de la tête aux pieds. Elle s'était transformée en statue. Kéra adressa un adieu à ses amis avec un sourire. Elle savait où l'avait mené son destin. Ayant accepté son sort, nulle crainte de la mort ne la fit hésiter. Elle n'avait jamais ressenti une telle assurance, une confiance en elle-même.

- Eric, Elora, Bron ! Seule ma mort les stoppera. Mon sacrifice vous rendra l'espoir. C'est si précieux. Dîtes à Ed que je l'aime et que notre amour sera éternel.

Tous les druides, les traîtres, le Gargwa, cessèrent la lutte. Elora libéra ses larmes.

- Non ! Ne fais pas ça Kéra ! On t'aime tous. Je t'en supplie. Nous trouverons un autre moyen.
- Il n'y a pas d'autre solution. Ne soyez pas triste de ma mort, elle fait partie de la vie. Elle vous permettra de poursuivre votre chemin. Vous êtes tous les trois les représentants de la lutte des hommes. Vous vaincrez toujours vos ennemis en ma mémoire. Adieu.
- A qui vais-je me confier si tu n'es plus là ? demanda Elora, pensant la faire changer d'avis.
- A celui que tu aimes. Bientôt, tu auras toutes les raisons de vivre le bonheur. Je vous aime tant.

Gwenc'Phel leva les yeux devant ce silence menaçant.

- Non, tu ne peux pas nous arrêter ! Grande Gwémana, viens à moi sorcière du passé, je t'invoque à mes côtés. Viens à moi grande prêtresse, que tu sois libérée de ta forteresse !

La statue vibra, se craquela et délivra Gwémana de sa prison. Kéra courut vers un mur, attrapa une troche et mit le feu au livre des éléments qui devint cendres. Au même moment, il fut frappé par la foudre. Instinctivement, le chef des traîtres se recula du livre incandescent. La porte vers l'Autre Monde était maintenant béante.

Kéra leva les pierres runiques vers l'ouverture et son autre main souleva le sceptre en direction du ciel. Un éclair traversa le plafond du Temple qui fut percé. Celui-ci fendit le sceptre, tua Kéra, passa par les pierres brillant d'un éclat éblouissant et finit sa course sur la porte. Kéra s'effondra au sol, inerte et le corps fumant. La porte vers l'Autre Monde se referma. Les pierres tombèrent par terre et le sceptre disparut. Enfin, l'âme de la victime s'éleva et vint protéger la porte pour l'éternité.

- Garce ! Peste ! Je n'en ai pas terminé avec vous ! * (Voir le volume précédent, flash-back de la saison 1 / épisode 4 / chapitre 42 « Tout s'écroule » et 43 « Le dernier espoir »).

Gwenc'Ron se redressa de toute sa hauteur, rouge de colère.

- J'aurai dû intervenir plus tôt. Anton, tu paieras le prix pour cette infamie. Tu n'es pas digne d'être un druide ! C'est un scandale ! Je ne peux pas te laisser dire cela sans…
- Pourtant vous le ferez ! Gwenc'Ron, vous n'avez pas la parole ! hurla Morwenna d'un ton strident. La dispute prit fin à l'entrée fracassante d'Hélène qui fit voler en éclat l'immense porte. Au milieu des débris, de la fumée âcre, la jeune femme pleurait de joie, le bébé dans les bras. Tout le monde se leva et Hélène chercha la mère des yeux.
- Elora, j'ai quelqu'un pour toi.

La druidesse bondit et prit Ronan dans ses bras. Eric se libéra des Sentinelles et vint prendre la mère et l'enfant dans ses bras. Ness, Pat, Bann, Gwenc'Ron, Tao, et Bron sourirent à pleines dents. Anton perdit l'équilibre et retomba sur son fauteuil.

- Comment est-ce possible ?
- Gwenc'Phel est venu me rendre visite pour me demander mon aide. Il ne parvenait plus à calmer le petit. Il parait que Ronan est très dangereux. Il pensait que j'arriverai à maîtriser les colères du petit. J'ai refusé et j'ai réfléchi. J'ai prit le

grand risque d'aller directement à la Chambre souterraine. La sécurité était minimale, alors je suis allée chercher ton fils.

- Je ne sais pas comment te remercier ma belle. Je n'ai pas de mots pour…

- Arrête Elora. Je suis un peu sa tante par adoption. C'est normal.

- Merci, dit simplement Eric.

- Je crois que la séance est ajournée, réagit timidement Aël.

- Je crois aussi, finit Gwenc'Ron qui, avec le Gorsedd, entoura ses protégés.

Le Ministre sourit face à cette scène touchante.

Sanctuaire
4 février 2003,
22 h 14,
Chambre d'Elora.

La lune s'élevait haut dans le ciel étoilé. La fenêtre donnait sur la Cour Centrale enneigée. Des Sentinelles transies de froid effectuaient leur ronde quotidienne, tâche rendue plus difficile les nuits d'hiver. Elora avait allongé son fils sur un petit lit, emmitouflé dans de chaudes couvertures. La druidesse pleurait toujours malgré ce bonheur. Ness avait insisté pour que cette chambre soit gardée par ses Sentinelles personnelles, bien plus entraînées que les autres, une véritable élite. Eric obligea sa compagne à se coucher auprès de lui. Tous deux ne fermèrent pas l'œil de la nuit, surveillant les moindres mouvements pouvant surgir de l'ombre de la pièce.

01 h 47.

Mais au milieu de la nuit, une silhouette sombre se découpa d'un mur. L'animal respirait très fort. Un homme se tenait à côté de lui.

- *Lumina* ! hurla soudain Eric en bondissant du lit. La pièce toute entière s'éclaira et les Sentinelles entrèrent en trombe. Elora se précipita vers le lit de son fils.

- Vide ! Le berceau est vide ! Où est mon fils ? Non ! Pas encore ! Ronan ! à son nom, l'homme se tourna vers elle.

- Maman ?

***

150

INTERVENTION DES ETERNELS

Sanctuaire,
Chambre d'Elora,
5 février 2003,
01 h 49.

D'un geste de la main, Ronan fit disparaître le shrapnel, mais les Sentinelles le menaçaient toujours.

- Qui êtes-vous ? cria presque Eric.
- C'est moi maman. Ronan. Où est papa ?
- C'est impossible ! Tu ne peux pas être mon fils. Tu es un homme !
- Admirablement observé. Tu m'épates.
- Ne me dis pas qu'il a grandi en quelques heures ! s'adressa-t-elle à Eric.
- C'est pourtant ce qui semble s'être passé. Je n'y comprends rien.

Le Gorsedd arriva en bousculant presque les Sentinelles.

- Eloignez-vous ! J'ai un mauvais pressentiment. Tout cela est anormal, intervint Ness, visiblement très inquiète. A cet instant, Ronan leur jeta un regard foudroyant. Ses yeux brillèrent avant que sa silhouette ne s'efface.
- Ronan ! Où es-tu ? Non ! Mon fils !

Bosquet,
07 h 14.

Gwyon'Bach attendait en faisant les cents pas lorsque deux hommes entrèrent dans le bosquet. L'Eternel salua Bron et Tao.

- Nous n'avons pas beaucoup de temps Gwyon. Tout le monde est à la recherche de Ronan et le procès va reprendre dans quelques minutes seulement. L'Ollav semble ne pas partager notre bonheur d'avoir retrouvé l'enfant, commença Bron.
- Non, l'homme, le corrigea Tao.

- Je n'arrive vraiment pas à m'y faire ! Un bébé qui devient un homme en une nuit ! C'est…

- Extraordinairement inquiétant. Surtout que ses pouvoirs ont grandi en même temps que son corps. Et son cerveau a suivi le mouvement. Je viens vous alerter. Ronan est sur le point de libérer *Hécate*. C'est une déesse avec laquelle il a noué un lien psychique puissant. Il tentera certainement d'ouvrir un passage vers l'Autre Monde pour lui permettre de venir ici.

- Il en a le pouvoir ? Je croyais qu'on était les seuls à pouvoir le faire.

- Mais Ronan est le fils d'Élora. Il a hérité d'une partie de ses pouvoirs. Et l'on va bientôt savoir s'il en est capable lui aussi. Il faut vite le retrouver.

Tao et Bron se précipitèrent vers la zone de recherche.

Après leur départ, Gwyon'Bach prit contact, depuis le bosquet, avec ses pairs. Ceux-ci étaient réticents à l'idée de venir sur Terre. Au-dessus de tous les dieux, mêmes des Créateurs, ils étaient en mesure de traverser la barrière séparant les deux Mondes.

- Je vous attendais. Il va bientôt être temps d'intervenir dans la vie de ses humains.

- Si nous te suivons, ce sera le début de la guerre contre les Créateurs. Enningan saura que nous sommes venus sur Terre. Tous les peuples de l'Autre Monde seront mis au courant. N'est-il pas trop tôt ?

- Non. Eric et ses amis évolueront sous peu. Cet enfant peut mettre en péril notre plan. Il veut libérer *Hécate*. Si la déesse vient sur Terre avant leur évolution, il se peut que notre plan échoue.

- Dans ce cas, il est temps de prendre cette décision. Cette action sera exceptionnelle. Elle servira seulement à mettre ces druides sur la voie. Leur destin, bientôt, s'accomplira, terminèrent les Eternels d'une seule voix.

Temple.

Le tumulte régnait dans la salle du procès. Eric n'avait pas eu le choix. Aël lui avait ordonné de ne pas assister aux recherches et de se présenter à la Cour. Il s'était exécuté non sans rancœur. Anton semblait nerveux. Mais il poursuivit la liste des actes qui étaient reprochés à l'accusé.

- Eric, le 24 octobre 2001, Gaël a tué une jeune femme parce qu'elle avait surpris son duel avec Tao. Il avait voulu protéger le secret de la Magie. Il l'a poignardé. Bien entendu, tu n'as pas empêché ton ami de le provoquer. Tes ordres étaient pourtant clairs. Il ne fallait pas intervenir seul. Tu ne maîtrises pas les membres de ton équipe. J'en viens maintenant au raz-de-marée.

Le globe apparut à nouveau au centre de la pièce et la Cour assista à l'horreur qui s'était produite ce jour-là.

- *Si je ne peux avoir le Sanctuaire, personne ne l'aura ! **Depuis la nuit des temps, la Terre subit des tremblements. Désormais il est temps que l'un d'eux agisse maintenant !** Il frappa le sol de son sceptre, une énergie traversa la terre et s'éloigna en direction de l'Océan. Gwenc'Phel fut soulevé par son sortilège et fut suspendu en l'air au-dessus du Sanctuaire, à une hauteur vertigineuse, à l'abri des combats qui faisaient rage. Un tremblement de terre sous-marin d'une magnitude de sept sur l'échelle de Richter souleva deux vagues titanesques. Ce fut donc un raz-de-marée qu'avait choisi Gwenc'Phel comme arme secrète. Il fut aidé dans cette création par l'Alchimiste et Eningann sans qui le déploiement d'une telle énergie aurait été impossible. Tous les yeux se levèrent en direction d'un mur d'eau à peine à quelques kilomètres du Sanctuaire. Le temps se figea soudainement. Personne ne bougea. Les yeux s'exorbitèrent. La guerre cessa, laissant place à une panique totale et générale. **Grand Taranis ! Dieu de l'orage, je t'invoque. Soulève cet océan et réduit cette ville à néant !** prononça Gwenc'Phel, euphorique. Le visage du dieu barbu apparut à la surface ondulée de la vague. Le raz-de-marée s'effondra aussitôt sur Lorient Le port fut engloutit avec tous les riverains. Le reste de la ville et les communes alentour subirent le même sort. Le Gorsedd réagit aussitôt en détruisant leur propre bouclier qui protégeait le site. Ils concentrèrent leurs pouvoirs sur les châteaux, les maisons de retraite, les écoles, les églises, les immeubles, la mairie de la ville, pour les recouvrir d'un bouclier. Pris au dépourvu, ils ne pouvaient faire mieux en un temps record. Les stroubinellous, des êtres malveillants de l'Autre Monde, détestaient l'eau par-dessus tout. Ils traversèrent sans plus attendre la colonne de lumière pour rentrer chez eux, la queue entre les pattes.* (Voir volume précédent, flash-back de la saison 2 / épisode 4 / chapitre 93 « Le Gorsedd Neutralisé »).

Vous avez également utilisé la Larme de Dagda. Les hôpitaux de la ville se sont vidés. Le globe montra de nouvelles images.

*De retour au Sanctuaire, l'Ollav s'inquiéta malgré tout en apprenant cette nouvelle. Eric, Elora et Tao se précipitèrent voir Bron. Dans le coma, livide, son souffle était presque imperceptible. Elora pleura d'arriver sans solution pour le sauver.
- Tout ce voyage pour rien. On ne peut faire quoi que ce soit. Je voulais tellement te sauver.

- Mais vous pouvez ! Vous n'avez pas le Graal mais la Larme de Dagda est tout ce dont vous avez besoin, informa Gwyon'Bach, un large sourire aux lèvres.
- Qu'est-ce que tu racontes ? demanda Eric les larmes coulant sur le visage avant de comprendre. Délicatement, le jeune druide sortit la précieuse relique de sa poche. La Larme se mit à briller intensément dans toute la pièce. Puis, le Sanctuaire tout entier fut enveloppé, baigné d'une étrange lumière. Le phénomène prit beaucoup plus d'ampleur. Lorient et les communes alentours connurent le même mystère. Toutes les radios, les journaux, les télévisions ne purent expliquer l'évènement. La Larme de Dagda produisit des résultats stupéfiants. Les miracles se succédèrent durant une heure entière. Les hôpitaux se vidèrent, les patients guéris ou en rémission. Ed, recroquevillé sur lui-même dans sa geôle redevint humain. Gaël, effondré devant son miroir retrouva un visage intact. Bron vit sa blessure cicatriser et le virus quitta son corps sous la forme d'une fumée mauve s'échappant de sa bouche. Sur les conseils de Gwyon'Bach, Bron utilisa ses pouvoirs avec abus afin de propager le vaccin. Toutes les victimes du virus R.O.M.A.N. se précipitèrent près des cromlec'h à travers lesquels la lumière bleue voyagea, guérissant tous sur son passage. Toute la Magie qui avait été dévorée fut libérée et régénérée. Satisfait du résultat, l'Éternel Gwyon'Bach claqua dans ses mains et la Larme de Dagda disparut. Le lendemain, les hôpitaux reprirent du service avec de nouveaux patients cette fois. * (flash-back du Chapitre 144 « L'affrontement Final ».

- Comment comptez-vous étouffer cette affaire ? Les gens se posent des questions. Les miracles de ce genre n'arrivent jamais.

Aël, Morwenna, Iwan et le Ministre se levèrent lorsque les Eternels entrèrent dans la salle. Gwyon'Bach parla en leur nom.

- Humains, nous sommes les Eternels. Voilà des siècles que nous n'avons foulé le sol terrien. Aujourd'hui, un évènement tragique est sur le point de se produire. Nous ne pouvons pas rester sans réagir. Ronan a libéré *Hécate* il y a quelques minutes seulement. La déesse est sur Terre et elle représente un effroyable danger. Il faut la renvoyer dans l'Autre Monde au plus vite. Ce n'est pas tout. J'ai le regret de vous informer que les Sanctuaires d'Australie et du Canada sont tombés hier. Mandragoria n'a laissé aucun survivant pour vous prévenir. Pas même les dirigeants. Regardez le globe.

Les images étaient insoutenables. Tout n'était que jungle. Des créatures plus abominables les unes que les autres y avaient élu domicile. Des lianes et des plantes inconnues avaient complètement recouvert les deux châteaux. Des cadavres par centaines, vieillards et enfants compris, étaient suspendus aux branches des milliers de plantes s'élevant très haut vers le ciel.

Gwyon'Bach fit exploser le globe de colère. Anton fut recouvert de poussière blanche.

- Eric et son équipe ont notre confiance pour régler ce problème. *Hécate* est votre priorité. Trouvez-la très vite, termina-t-il avant de disparaître avec ses pairs. L'assistance était stupéfaite. Tous les druides du Sanctuaire se regroupèrent à l'entrée du Temple. La nouvelle de la visite des Eternels avait fait l'effet d'une bombe. L'Ollav Suprême des Filids se précipita à l'extérieur où les soldats et les Sentinelles combattaient Ronan qu'ils avaient retrouvé. Le Gorsedd, Eric et toute son équipe les suivirent. L'Ollav et les soldats collaborèrent lors de cet affrontement, mais les militaires se montrèrent vite autonomes. Ronan fut attaqué de tous côtés. Le jeune homme prouva rapidement sa puissance. D'un simple geste de la main, il souleva du sol quarante soldats et vingt-huit Sentinelles et leur brisa la nuque. Le bruit émis par le craquement des os fut effroyable à entendre. Aël brandit son sceptre et plongea en avant pendant que Ronan était ainsi occupé. Arrivé à sa hauteur, le jeune homme lâcha ses victimes mortes et saisit Aël par la gorge sans la moindre difficulté. Il le souleva ensuite à la force d'un seul bras et fixa le sceptre du regard avant de changer l'objet en cendres. Puis, il fixa le bras droit du druide qui tomba à son tour en poussière sous les hurlements de douleur et les suppliques du pauvre druide. Gwenc'Ron réagit le premier face au massacre.
    - Ronan ! Lâche-le !

***

151

BANNIS

Sanctuaire,
Près du Temple,
5 février 2003.

Le fils d'Elora obéit en éclatant de rire et des soldats reculèrent en récupérant Aël pour le mettre en sécurité. Ness ordonna au Ministre de rappeler ses hommes et celui-ci s'exécuta. C'est à cet instant qu'Elora arriva sur les lieux, attirée par les bruits et les hurlements de terreur.

- Qu'as-tu fait mon fils ? Ce n'est pas toi qui… Gwenc'Ron, je vous en supplie… Ne faites pas ça. Ne le bannissez pas.
- Je suis désolé ma belle. Il ne peut pas rester ici. Ronan ! Rends-toi, mon garçon. Ou affronte la colère des druides !
- Que d'la gueule papi !
- Ronan, je t'interdis de lui parler ainsi ! Qu'ont-ils fait de toi mon bébé ?

Elora s'effondra à genoux, hurlant son désespoir. Des druidesses vinrent l'éloigner pour lui éviter d'assister au combat. Le Gorsedd et Eric associèrent leur pouvoirs contre lui. Mais cela resta insuffisant.

- Continue mon garçon. Tue-les tous, lui suggéra *Hécate*, placée à sa droite. Ronan ne fut même pas déstabilisé. Tous les druides présents, Iwan, Morwenna, Tim, Tara, Othon et plusieurs élèves arrivèrent en renfort. Le combat devint titanesque. La stratégie des druides devint vite évidente, faire reculer *Hécate* et Ronan vers le cromlec'h. Cet assaut fut efficace et les deux criminels furent acculés près du cercle de pierres. Hélas, les druides payèrent le prix fort avant d'y parvenir. Quinze druides, sept Sentinelles et quatre enfants furent tués. Eric, Bron, Tao et Elora (revenue pour les aider) récitèrent la Grande Incantation pour ouvrir un passage vers l'Autre Monde. Mais rien n'y fit. Il fut impossible de bannir la déesse, maîtresse d'Eningann. Des milliers de traits d'énergies mortels furent encore lancés vers eux. Soudain, le comportement de Ronan changea. Il vacilla sous les tirs et saisit son crâne dans les mains.

- Cessez le feu ! hurla Elora. Le jeune homme tomba à genoux et eut une vision. Il assista à sa naissance, entendit la chanson que sa mère chantait pour l'endormir, sentit la douceur de ses caresses et l'odeur agréable de son parfum. Il reprit ses esprits et resta surpris par la situation lorsqu'il ouvrit les yeux. Il comprit en un instant le drame qui venait de se produire.

- Hécate ? Tu as profité de notre lien psychique pour me contrôler ?

- Il le fallait bien ! Tu n'aurais jamais fait tout cela de ta propre volonté. Tu es un vilain garçon mais pas suffisamment pour commettre tous ces crimes. Disons que je t'ai un peu aidé. Tu ne regrettes rien au moins.

- En tout cas pas ça ! cria-t-il de rage en enfonçant son bras tout entier dans le torse de la déesse. Il la projeta ensuite d'une violence inouïe dans le passage donnant accès à l'Autre Monde. La déesse se détacha de son bras et fut aspirée par la porte.

Eric dispersa les énergies telluriques permettant au tunnel de rester stable et ouvert. Le portail se referma dans un bruit sec et Elora se jeta dans les bras de son fils, le bras ensanglanté. A plusieurs mètres de là, Gwyon'Bach fut satisfait du résultat.

- Bien. Cette vision que je lui ai envoyé lui a permis de se soustraire à l'influence mentale de la déesse.

L'Eternel marcha au milieu des cadavres pour rejoindre l'équipe.

- Elora, ton fils ne peut pas rester ici.

- Mais il était sous l'influence d'Hécate !

- Je sais. Mais il doit aller sur l'Autre Monde pour rejoindre les fées. Elles ont des choses à lui enseigner avant de pouvoir revenir. Je regrette, mais les retrouvailles devront encore attendre.

- Ronan. Mon garçon… On se reverra. Gwyon ! Je voudrais que Tim et Tara l'accompagnent. Ils connaissent le territoire des fées et elles accepteront plus facilement d'accueillir mon fils avec eux.

- On est d'accord, s'empressa de répondre Tim sans demander l'avis de son amie qui le regarda avec réprobation.

- Très bien. C'est décidé !

**

152

DECLARARTIONS D'AMOUR

Sanctuaire,
Près du Temple,
5 février 2003.

Le ministre décida de conférer le pouvoir au Gorsedd et demanda à l'Ollav Suprême des Filids de démissionner.

- Vous ne pouvez pas…
- Au contraire Morwenna, les humains peuvent vous l'ordonner. Même si leur décision est contradictoire avec celle des dieux, ils sont souverains en la matière, coupa Pat.
- Vous ne l'emporterez pas aussi facilement. A cause de vous, Aël a perdu un bras.
- Mes druides ont perdu la vie !

Toujours sur les ordres du Ministre, Anton fut arrêté et emporté par les militaires. Bann s'était auparavant assuré de le priver totalement de ses pouvoirs pour le rendre inoffensif.

Eric approcha du Ministre avant son départ. Ils firent un bout de chemin ensemble, jusqu'à l'entrée du Sanctuaire.

- Monsieur, avant votre visite, j'ignorai l'existence de votre Ministère.
- Vous désirez savoir si ce qui a été dit en ce lieu est vrai ? Bien sûr. Les hommes politiques veulent fermer les yeux sur ce qui se passe. C'est facile de dire que les monstres sous les lits des enfants n'existent pas. Cela leur donne l'illusion de contrôler le Monde. Mais nous ne contrôlons rien en réalité. Nous nous évertuons à faire face à chaque problème dès qu'il se présente. Je ne croyais pas moi non plus à tout cela. Mais après ce que je viens de voir… Je crois qu'il est plus sage de laisser les experts s'occuper de tous les problèmes relatifs à la Magie. Et les experts en ce domaine, actuellement, ce sont les druides. Cependant, je ne peux pas

dire au Président que les militaires ne font rien. C'est pourquoi j'ai décidé de vous demander de me transmettre vos rapports d'activités. Je vais créer une commission consultative de surveillance chargée de contrôler et de valider vos activités. Tout devra être retranscrit et envoyé à mon Ministère.

- Tous les membres de mon équipe rédigent déjà un journal à la fin de chaque mission. Nul n'a le droit de les lire mais, je crois que nous devons maintenant compter avec votre existence. Je pense que nous pouvons collaborer efficacement pourvu que ce soient des civils et non des militaires qui siègent dans cette commission. Je n'aime pas le côté autoritaire des militaires. Ils se croient au-dessus de tout. Mais voyez comment ils ont paniqués face à la Magie.

- D'accord. Je désignerai exclusivement des civils, seulement pour parvenir à un accord avec vos dirigeants. Je rédigerai une Charte qu'il vous faudra signer.

- Après lecture bien entendu.

- Bien entendu, sourit le Ministre en partant.

La brume de la forêt effaça la présence des militaires. Le calme et le silence revinrent au Sanctuaire. Il fallut des heures pour nettoyer les traces du combat et plus de temps encore pour enterrer dignement les morts. Les Militaires étaient repartis avec les leurs.

Grég n'était pas parvenu à suivre les soldats, bloqué à l'entrée du Sanctuaire par la brume artificielle. Il ne comprenait pas comment des blindés et une petite armée avait pu disparaître ainsi derrière ce voile puis réapparaitre plus tard. Il voulait en savoir plus mais fut surpris par le Ministre lui-même. Un sergent l'immobilisa et Monsieur le Ministre vint lui dire deux mots.

- Grég, je crois.

- Qui êtes-vous ? Comment savez-vous mon nom ?

- Je suis Ministre…

- Vous connais pas et pourtant je suis journaliste.

- Il y a des choses en ce monde que la presse ignore. Et c'est mieux ainsi. Je disais donc que je suis Ministre et que notre présence ici est classée secret défense. Je suppose que vous savez de quoi il s'agit ? Vous garderez pour vous ce que vous avez vu… ou rien vu. S'il vous prenait l'idée de rédiger un article que je considérerai comme une atteinte au « secret défense », vous pourriez alors le regretter amèrement. Ce n'est pas une menace en l'air, Grég. Je censurerai votre journal au besoin. Est-ce clair ?

- Vous ne pouvez pas…

- EST-CE CLAIR !

- Oui, Monsieur.

- Bien. Je vous souhaite une bonne journée, Grég.

Le Ministre et ses troupes quittèrent la ville.

Sanctuaire,
5 février 2003.

Ben, Ed et Hélène attendaient l'équipe sur le Chemin Principal. Bron prit la main de son compagnon et attendit l'annonce de deux grandes nouvelles. Eric fit face à Elora et Ed, à Hélène. Les deux jeunes hommes mirent un genou à terre et arborèrent un large sourire. Le Gorsedd et un grand nombre de druides assistèrent à la scène.

- Elora.

- Hélène.

- Acceptes-tu…

- De me prendre pour…

- EPOUX, finirent-ils en chœur. Une immense acclamation s'éleva et des cris de joies éclatèrent. Ben mit un genou à terre.

- Bron, veux-tu vivre avec moi ?

L'émoi grandit davantage lorsqu' Elora, Hélène et Bron acceptèrent. Tous les membres de l'équipe se félicitèrent mutuellement.

- Ce n'est pas tout ! intervint Ness.

- Nous souhaitons récompenser les exploits de Tim et de Tara. Avancez tous les deux, continua Bann.

- Tim, Tara, nous vous élevons au titre *Pendragon* pour services rendu à la communauté. J'ajoute que vous entrerez dans l'Ordre Majeur sous peu. Néanmoins Tim, je te demande de pondérer tes bêtises.

- Surement pas ! Vous ne m'aimeriez pas autant ! Tout monde éclata de rire. La fête se prolongea toute la soirée et tard dans la nuit.

Sanctuaire,
Bosquet,
6 février 2003.

Une double cérémonie de fiançailles officielles celte s'organisa. Le bosquet fut décoré pour l'occasion. Sapés comme des rois, Eric, Ed, Elora et Hélène s'apprêtaient à recevoir l'assentiment de leurs pairs. L'échange de la promesse de mariage publique commença. Ness fut désignée maîtresse de cérémonie. Sa tenue était resplendissante.

Sans crier gare, le vent se leva et de nombreuses feuilles volèrent en tous sens. L'inquiétude gagna vite l'assistance et les protagonistes de la cérémonie. Le cromlec'h attira vers lui les énergies telluriques sans l'intervention de l'équipe et à l'incompréhension de tous. Des branches sortirent du tunnel, puis une femme gigantesque, de la même taille que les Tùathas des Danann, surgit. Elle ne laissa personne réagir, pas même les Sentinelles. Un fin aiguillon d'un mètre de long fila vers Hélène et lui transperça le cœur. Elle s'écroula dans les bras d'Ed qui fut tétanisé sous le choc. Puis, une branche s'enroula autour des pieds de la jeune femme et l'arracha de la protection d'Ed. Hélène tendit un bras vers son fiancé, l'implorant de l'aider. Mais elle se retrouva très vite suspendue à huit mètres du sol et enfermée dans un bulbe géant.

Les Sentinelles attaquèrent l'intruse mais ne parvinrent à l'approcher. La Magie sembla inefficace contre elle. Mandragoria poussa un hurlement à glacer le sang et le ciel s'assombrit en un instant. Le monstre secoua le bulbe retenant Hélène prisonnière chaque fois qu'une attaque était tentée contre elle. Si au début Hélène se débattait à l'intérieur du bulbe, ce ne fut plus le cas cinq minutes plus tard.

***

153

Metamorphose

**Sanctuaire,
Bosquet,
6 février 2003.**

Le bulbe cessa d'être balancé en tous sens.

- Ne tentez rien ! C'est un ordre ! Laissez-la ! intervint Gwenc'Ron.
- Mais… On ne peut pas la laisser comme ça sans rien faire ! réagit Eric.
- HELENE ! Lâche-là Mandragoria !
- Tu connais mon nom ? Il fut un temps où ceux qui osaient le prononcer perdaient aussitôt la vie. Ah, le bon vieux temps me rend nostalgique.

Les branches et les plantes carnivores continuaient d'attaquer les druides. De la mousse poussait au sol au point de recouvrir le tiers de la surface du bosquet. Elle menaçait de s'étendre vers le village, la Tour D'Or et le Temple. Derrière cette mousse poussaient des plantes en tout genre, sauf qu'elles étaient dotées de racines mouvantes, d'épines empoisonnées et de bulbes projetant du pollen toxique. Mais lorsque Gwyon'Bach arriva sur les lieux à l'improviste, comme à son habitude, Mandragoria hurla le rappel de ses troupes. La mousse et les plantes se retirèrent et l'immense femme traversa la porte ouverte par le cromlec'h, entraînant avec elle le bulbe duquel Hélène était toujours captive.

L'équipe et le Gorsedd restèrent pétrifiés devant le drame. Hélène venait d'être emportée n'importe où. Nul ne pouvait savoir comment retrouver la trace de leur amie. Sauf peut-être… un certain Gwyon'Bach.

**Autre Monde,
Territoire des Gobelins.**

Les pierres d'un cromlec'h vibrèrent, faisant sursauter un Gobelin qui paressait non loin. La déesse Hécate surgit de l'ouverture et s'écroula, le torse littéralement troué. A l'agonie, elle s'adressa au ciel.

- Eningann ! Mon amour ! Aide-moi !

- Hécate, tu m'as déçu. Cet enfant est tout de même extraordinaire. Normalement, un dieu est immortel et peut donc survivre à une telle blessure. Cependant, ses pouvoirs sont suffisamment puissants pour te mettre en péril. Non, je ne t'aiderai pas Hécate. Pour avoir échoué dans ta mission qui consistait à mettre cet enfant de mon côté, je te condamne à périr sur le sol des Tùathas.

- NON ! Aide-moi !

- Adieu ma chère et venimeuse déesse, la voix du Créateur s'éloigna, laissant Hécate seule face au danger de mort qui allait suivre. Le Gobelin approcha d'Hécate et la prit dans ses bras. Un regard mauvais plus tard, il la propulsa en l'air. Elle atterrit sur le territoire des géants Tùathas. Au sol, inerte mais consciente, la déesse fut broyé par le pied d'un des géants. Ses pouvoirs la quittèrent et le ciel gronda violemment. Une colonne de lumière sombre jaillit du cadavre pour se perdre dans le ciel. Le spectacle fut visible à des kilomètres à la ronde.

Autre Monde,
Terre des fées.

Tim et Tara avançaient difficilement dans la forêt elfique, frontalière avec le territoire des fées. Ronan marchait lentement, pas le moins du monde effrayé, mais plutôt amusé par la beauté des lieux.

- Attends Ronan ! N'avance plus ! dit calmement Tara.
- Je n'ai pas d'ordres à recevoir d'enfants !
- Fais pas ta tête de mule, Ronan.
- Tu crois que c'est prudent de le provoquer, Tim ?
- Cette grande gigue ne me fait pas peur.
- Il faut sauter dans la flaque. C'est comme cela qu'on arrivera chez les fées.
- Sauter dans la flaque ? Original.

Ronan plongea le premier, suivi des enfants. Ailen les accueillirent avec Iguilt.

- Ronan, tu étais attendu. Saches qu'ici nous ne tolérons pas plus que les druides ton manque de respect. Notre reine a été très claire. Nous t'offrons la seule et unique chance de changer et de confier ton âme au Bien. Nous connaissons tes forfaits mais ton passé ne nous concerne pas. Ce qui compte, c'est ton alliance avec nous. Tu te convertis ou tu seras perdu à jamais. Iguilt t'enseignera comment combattre et moi, la sagesse.

- Je sais me battre. Je pense l'avoir prouvé.

- Non mon garçon. Tu ne sais pas te battre. Tu commets des crimes, c'est différent.

- Viens avec moi Ronan, nous allons commencer, l'invita Iguilt. Tous deux s'éloignèrent pendant qu'Ailen conviait les deux enfants d'accepter de revoir la reine. Iguilt tremblait, impressionnée par la puissance de son élève.

- Je sens ta peur, femelle. C'est doux et apetissant. Montre-moi ta terreur, menaça Ronan qui la saisit par les hanches. Iguilt était paralysée, incapable de réagir. Selon la reine des fées, Ronan ne devait pas être en mesure d'utiliser ses pouvoirs contre une elfe, censée être immunisée. Mais dans les faits, les choses semblaient plutôt opposées. Ronan était excité par la beauté d'Iguilt et commença à la caresser et l'embrasser. Toujours sous influence, elle ne pouvait guère le repousser. Tandis qu'il commençait à la déshabiller, Iguilt retrouva la mobilité. Ronan venait de baisser sa garde, occupé par d'autres pensées que de la retenir prisonnière de son sort. Elle lui asséna un coup de genou bien placé qui fit reculer le jeune homme. Elle poussa alors un cri strident d'elfe et des fées arrivèrent par milliers. Ailen, Tim, Tara et la reine suivirent.

- Ronan ! cria la reine.

**Terre,
Campus Universitaire,
Locaux du journal « Prophète ».**

Grég avait attendu que ses collègues partent en pause pour rédiger un article particulier. Il voulait faire sensation, attirer l'attention de son rédacteur en chef et lui fournir un scoop susceptible de propulser sa carrière de journaliste. Il tapa les premiers mots sur son clavier lorsque des militaires armés firent irruption et lui intimèrent l'ordre de s'éloigner de son ordinateur. Le matériel fut saisi. Grég se retrouva avec un bureau vide. Un soldat lui tendit une enveloppe portant une inscription : « SECRET DEFENSE ». Il l'ouvrit. « *Monsieur, suite à l'ignorance de mon avertissement, je confisque vos biens professionnels. Vous comprendrez que le « secret défense » doit être respecté.* »

- Merde. Vous n'avez pas le droit ! La liberté d'expression, ça vous dit quelque chose ?

Mais ses invectives restèrent inutiles. Après leur départ, Grég sortit une clé USB de sa poche et sourit.

***

154

DECROISSANCE

Sanctuaire,
Temple,
7 février 2003,
11 h 27.

Ed faisait les cents pas. Eric paraissait irrité par cette attitude car il éprouvait la même chose, mais ne ressentait pas le besoin de parcourir autant de kilomètres dans une même pièce. Ed était furieux. Il reprochait à ses amis de ne pas partir à la recherche d'Hélène.

- Mais par où veux-tu que l'on commence ? Il y a des milliers de cromlec'h dans le Monde ! Nous avons signalé son enlèvement aux autres Sanctuaires. Chacun fait ses recherches de son côté et nous serons alertés à la découverte du moindre indice.
- Ce n'est pas suffisant. Elle est dans ce… bulbe. Qui sait en quoi elle va se transformer ou elle est en train de se faire dévorer.
- Ed, avec les autres, nous avons décidé de faire de cette enquête la priorité de l'équipe, répondit Ness.
- Ça me fait une belle jambe !
- Je comprends ta détresse et la partage. Mais paniquer n'aidera pas à la retrouver.

Elora, Bron et Tao consultèrent des dizaines de journaux étalés sur l'autel. Eric faisait ses recherches sur internet. Il contactait en permanence les autres Sanctuaires. Ce qui n'était pas une mince affaire. Ils n'avaient, pour l'instant, pas décidé de demander l'aide de l'armée. Othon était affairé à l'utilisation de multiples sorts pour tenter de la localiser. Sans succès.

Autre Monde,
Terre des fées.

Ronan, contrarié, invoqua à nouveau le shrapnel. Les fées reculèrent.

- Sale bête ! J'ai toujours eu horreur de ces choses, dit Ailen à Tim et Tara.

La reine décida d'agir très vite. Elle lança une fiole sur le monstre et celui-ci perdit sa peau au contact du liquide qu'elle contenait. Puis, après un horrible hurlement, le corps du shrapnel fondit jusqu'à devenir une flaque visqueuse et répugnante. Ronan se mit alors vraiment en colère et tenta de s'opposer à la reine. Les fées réagirent toutes ensembles au même moment pour la protéger. Mais ce fut inutile car elle parvint à lui envoyer une autre fiole sur le crâne. Ronan redevint aussitôt un bébé.

- Vite ! Laissez-moi de l'espace ! *Ronan ! Enfant tu étais, bébé tu es redevenu. Que le calme t'envahisse, que la paix te bénisse.*

L'enfant s'endormit profondément et toute menace s'éloigna.

- J'ai bridé ses pouvoirs. Ronan grandira désormais à la même vitesse qu'un humain. Il jouira de ses dons de l'adolescence à l'âge adulte. Je vous remets cet enfant Tim et Tara. Quittez mes terres et ramenez-le chez les druides. Ils se chargeront de son éducation. J'espère que cela suffira à le ramener sur le bon chemin, sinon, ses pouvoirs continueront de menacer nos deux Mondes.
- Bien majesté. Nous partons, termina Tara sans demander son reste.

Tim et Tara quittèrent le village des fées après des brefs adieux. Ils traversèrent la forêt elfique où Iguilt, qui les avait accompagnés jusque-là, les laissa. Tara trouva le bébé lourd et râla. Tim finit par céder une demi-heure plus tard et la libéra du fardeau.

Les deux enfants n'étaient pas rassurés. Pourquoi la reine avait-elle décidé de laisser deux enfants traverser des zones hostiles de l'Autre Monde seuls ? Ils ne trouvèrent pas de réponse. Comment rentrer sur Terre maintenant ? Iguilt leur avait rappelé l'existence d'un cromlec'h près du Palais Divin. Mais pour l'atteindre, il fallait d'abord passer par le très dangereux territoire des Tùathas De Danann. En plus, il faudrait ne pas attirer l'attention sur eux, sinon il serait facile pour Enningan de récupérer le bébé. Hélas, le seul moyen de contacter le Sanctuaire, pour informer le Gorsedd de la situation, était de parvenir jusqu'à ce cercle de pierres dressées.

Il leur fallu six heures pour arriver à la frontière gardée par les Tùathas. Tara suggéra de créer une diversion pour pouvoir passer. Elle créa un incendie à distance et les deux enfants coururent aussi vite qu'ils le purent. Mais, ralenti par le poids du bébé, Tim trébucha et un géant tenta de l'écraser avec son pied. Tara comprit l'urgence d'agir et s'interposa. Elle prit l'immense chaussure de plein fouet et fut projetée contre un arbre. La tête commotionnée, Tara perdit connaissance. Tim remarqua ensuite un éclat de branche planté dans sa poitrine. Quasiment morte, Tim paniqua, seul avec un bébé, face des Tùathas qui approchaient pour achever de les éliminer. Ronan se réveilla et pleura.

∗∗∗

A SUIVRE…

SAISON 4
EPISODE 3

LE
VOYAGE
DE TIM

15

« A chacun son fardeau »

Souvenez-Vous...

Dans les épisodes précédents de la collection « La Légende Des Maîtres » : A la suite d'une erreur dans la réalisation d'un sort, Tara fait disparaître Tim…

Suite...

EPISODE SPECIAL
(Indépendant)

REVEIL DIFFICILE

**Sanctuaire,
Cour intérieure,
6 mai 2002.**

Le printemps était agréable cette année. Les jardins étaient joliment fleuris, résultat du travail quotidien de certains gnomes qui s'étaient assigné cette tâche. Au milieu de l'un de ces jardins, un vieil homme à la barbe blanche, vêtu d'une saie grise, spécifique des Superviseurs, était assis dans un grand fauteuil, occupé à rédiger une histoire dans un gros livre portant le sceau du Sanctuaire.

« Un grave incident est survenu chez les plus jeunes. Tim a disparu durant près de dix mois. Je me dois de relater les faits dans cet ouvrage, témoin privilégié de nos aventures, tels qu'ils se sont déroulés ici et sur l'Autre Monde. Tout a commencé le *10 riuros 4574 (10 janvier 2001)* lorsque... *Tara venait de fêter son dixième anniversaire. Depuis ces derniers mois, la fillette s'était beaucoup épanouie. Au cœur du Sanctuaire, près de la Tour d'Or, à l'intérieur de la communauté, Tara se promenait à la recherche d'ingrédients pour l'accomplissement d'un rituel. Elle était désormais élevée par les druides et elle s'intéressait particulièrement à l'enseignement de la magie. Tara était accompagnée d'un garçon de trois ans son aîné, Tim. Fils de Kiva, il s'entendait bien avec la jeune fille. Il lui proposa d'être son grand frère, ce qu'elle accepta, pensant qu'avoir une vraie famille serait amusant. Mais Tim était turbulent et depuis l'arrivée de Tara, il n'avait de cesse de provoquer des catastrophes les mettant tous les deux dans l'embarras. Leur cérémonie exigeait l'emploi de romarin, ce dont ils ne disposaient pas. Tim eut l'idée de recourir à l'aide des prêtres. Ils dérangèrent certains d'entre eux et réclamèrent des branches de la plante. Quand ils eurent obtenu l'objet de leur convoitise, Tim aperçut une colombe. L'animal était perché sur l'un des piquets en bois de l'enclos des porcs. Immobile, l'oiseau observait tranquillement les druides dans leurs activités. Le jeune garçon suggéra de saisir la colombe et de lui arracher une plume.*

*- Tara, il nous faut une plume blanche pour le sort.
- Oui, mais l'oiseau aura mal !*

- Ne t'en fais pas, la plume repoussera.

Tara retrouva le sourire et s'approcha de la colombe. L'oiseau la fixa et s'envola au dernier moment, tandis que la main de l'enfant était à quelques centimètres de sa tête. Comme pour la narguer, la colombe dessina un cercle autour de Tara avant de s'éloigner. La pauvre fillette perdit l'équilibre et son visage atterrit dans un tas d'excréments porcin bien frais. Furieuse, elle se releva, plongea la tête dans un sceau près du puits et s'essuya avec un linge propre. Elle échafauda une stratégie afin de tendre un piège à la colombe sous le regard amusé de Tim et de quelques druides.

Sans bruit, pas après pas, lentement, Tara s'avança, prudemment. La colombe ne bougea pas de la table. Elle s'apprêta à bondir lorsque son pied trébucha sur sa propre robe. Tara s'étala de tout son long et l'oiseau demeura immobile. Les druides éclatèrent de rire, ce qui ne l'amusa pas beaucoup. Elle ne pouvait supporter cette humiliation. Ne s'avouant pas vaincue, elle saisit la queue du volatile duquel elle arracha une plume. Surpris, il s'envola, paniqué.

- Je l'ai !
- Bravo Tara ! applaudit son ami.

Sous la hutte, le froid de l'hiver était moins saisissant. A l'abri, Tara et Tim continuèrent de rassembler les derniers ingrédients. Tim écrasa les feuilles séchées de romarin qu'il réduisit en poudre. Tara déposa au sol un petit bol en terre cuite qui contenait de l'encre rouge. A côté, la fillette avait disposé un parchemin et la plume blanche. Enfin, Tim alluma une grosse chandelle qu'il mit près de lui. Tout le matériel était prêt et les objets réunis dans un cercle au centre duquel se trouvaient les deux enfants.

- Écris la formule, Tara.

La jeune fille saisit la plume, la trempa dans l'encre rouge et écrivit sur le parchemin : « **J'invoque la Triade des Créateurs ! Protégez-moi ainsi que ma maison de toutes les puissances maléfiques. Que votre magie défende ma vie !** »

Puis, Tim versa la poudre sur le rouleau de papier et le tendit au-dessus de la chandelle. Tara voulut ranger la coupe d'encre mais, toujours aussi maladroite, elle la renversa sur Tim. Le parchemin s'enflamma, Tim bondit hors du cercle, bouscula une table et fit tomber un bocal rempli de potion. Celle-ci se déversa sur lui, se mélangea à l'encre et coula sur la chandelle. Le cercle prit feu, Tara cria de peur et Tim disparut derrière un voile de fumée. Un druide entra en hâte, alerté par le hurlement et l'ouverture de la hutte dissipa l'épais nuage.

- Tara ! Que se passe-t-il ? Où est Tim ?
- Il a... disparu !.. (Voir volume précédent saison 1 / épisode 4)

Autre Monde,
Territoire Gnome.

… Tim se réveilla au milieu de fougères. Il se leva, courbaturé et retira quelques feuilles desséchées de ses cheveux avant de regarder autour de lui. Il ne reconnut pas le paysage et sembla perdu. Les sons lui parurent étranges, plus forts et inquiétants que d'habitude. Les fougères l'entourant formaient une espèce de grande jungle. Ces plantes ne pouvaient exister sur Terre ! Mais où était-il ? Un visage curieux surgit soudain, surmonté d'un bonnet pointu rouge.

- Mais… Qu'est-ce que… Tim se mit sur ses gardes, prêt à esquiver une attaque. Un petit être avança et le garçon le saisit à vive allure.
- *Chom* (arrête) *! Mignon* (ami) *!*
- Qui es-tu ?
- Raphy, un gnome.
- Un gnome ! Où suis-je ?
- Dangereux ! A la frontière avec les Trolls.
- Je suis sur l'Autre Monde ? Ah bravo Tara ! T'as fait fort ! Bon, la blague est drôle mais, je veux rentrer maintenant.
- Curieux. T'es humain, mais t'as la taille d'un gnome.
- Quoi ?
- Oui ! Tu fais seize centimètres, à tout casser.
- Comment il cause ce gnome ! Ecoute, tu as l'air sympa mais, je ne compte pas m'attarder. Comment je fais pour rentrer maintenant ?
- Où ?
- Sur Terre !
- Oh… Impossible. Beaucoup essayent… Personne y arrive. Tu veux venir au village ? C'est dangereux ici.
- C'est pas possible ! Je suis devenu un gnome !
- Non, seulement la taille. Peut-être que le Chef trouvera la solution.
- D'accord. Je te suis.

Tim et Raphy s'éloignèrent de l'étendue de fougères et la visibilité s'améliora nettement. Il se rendit alors compte que tout était immense et commença sérieusement à ressentir une forte appréhension.

Village gnome.

Un quart d'heure plus tard, Raphy et Tim entrèrent dans un village. Tous les regards se tournèrent sur le garçon, le mettant mal à l'aise. Un humain avec la taille d'un gnome, cela ne se voyait pas tous les jours dans ces contrées lointaines. Tim avança parmi les gnomes affairés qui cessèrent toute activité en le voyant approcher. Quelques-uns tentèrent de le toucher avec prudence afin de s'assurer de ce qu'ils voyaient. Etait-il réel ? Etait-ce tout simplement une supercherie ?

Très vite, un attroupement se distingua près d'une petite cabane faite d'osier. Un gnome d'un certain âge faisait les cent pas, inquiet. Il était entouré de dix gnomes aux visages émaciés, embarrassés.

- C'est le Conseil des Sages. Il se passe quelque chose d'anormal, commença Raphy, intrigué. A la pêche aux informations, il questionna un gnome un peu à l'écart.
- Qu'y a-t-il Seamus ?
- Le Conseil ne sait pas qui envoyer en mission.
- Je ne comprends pas.
- Il paraît que tous les peuples partent en guerre. Ils sont tous en colère. Ca y est Raphy ! C'est la révolte. Tout le monde se rend à *Mag Tured* ! La *3ème Bataille* se profile.
- Par tous les Gnomes ! C'est terrible !

La voix du Chef s'éleva alors sur la foule.

- Toutes nos légions sont dispersées. Il faut les alerter et les réunir au plus vite ! Mais qui va s'en charger ? Qui va se rendre sur les terres des Gnomes des Sables, des Bois, des Jardins et des Neiges ?

Tim réfléchit un court instant avant de prendre la parole, surprenant toute l'assemblée.

- Si je vous rendais ce service, pourrez-vous me renvoyer sur Terre ?
- Qui es-tu ? Mais… Tu es humain ! Ta taille…
- Je sais. Un accident. Je suis un druide et une erreur dans un sort m'a réduit à votre gabarit et envoyé ici. Et comme je sais que jamais rien ne se produit par hasard, je suppute être ici pour vous aider.
- Ce sont des paroles sages.
- Allez dire ça à mon prof !

- Si tu nous aide, nous trouverons un moyen. Je n'aurai de repos tant que la solution ne m'éclairera pas.

- Ca marche.

- *Diwall* (attention)! Ce ne sera pas simple, humain. Cette quête est très périlleuse et il ne te faut pas y aller seul.

- Je vais avec lui ! s'emballa Raphy sans réfléchir.

- Cette décision t'honore.

- Raphy ! Tu as perdu ton bonnet ? Tu veux trépasser ? chuchota Seamus avant de se porter volontaire à son tour.

- Bien. Nous avons trouvé les membres de l'expédition. Je vous donnerai les détails de votre mission, plus tard.

Depart

**Autre Monde,
Village gnome.**

Luna, une jeune gnome de 146 ans, mesurant presque 13 centimètres, sortit de sa minuscule maison, tentant maladroitement de mettre son bonnet rouge en forme de cône pointu sur sa chevelure mal coiffée. Elle était intriguée par le vacarme à l'extérieur. Lorsqu'elle vit Tim de loin, la *gnome f*ut troublée. Elle venait d'épouser Pouf, 153 ans, 15 centimètres, pesant 300 grammes, la veille. Elle s'approcha lentement du groupe partant en expédition. Elle prépara précipitamment un baluchon et les suivit en cachette jusqu'à la frontière du territoire Troll qu'ils devraient traverser.

Deux heures plus tard, Pouf s'aperçut de l'absence de sa jeune femme et paniqua. Il alerta tout le village.

- Luna ! Luna ! Tu as vu ma femme ? demanda-t-il paniqué au premier venu, le souffle court.
- Non.

Lorsque le Chef du village le vit courir en tous sens, il le prit à l'écart.

- Pouf ! Calme-toi ! Je connais ta femme et je suppose qu'elle a encore fait une bêtise en suivant l'humain et l'expédition. Je la sais capable de les aider à mener à bien leur mission.
- Mais enfin, vous n'y pensez pas !
- L'empêcher de les suivre ne servirait à rien. Elle a déjà fugué plusieurs fois. Rejoins-les et porte-leur assistance. Bonne chance Pouf !

Il grommela un moment avant de préparer ses affaires. Le gnome connaissait nombre de raccourcis qui lui permirent de les retrouver rapidement.

- Je crois que nous sommes suivis Seamus, dit Tim, soupçonneux.
- Je sais. C'est Luna. Je lui laisse croire qu'on a rien vu.
- Oh ! Et… qui est Luna ?

- L'épouse de Pouf, le jeune marié du village. Tous deux devraient normalement roucouler en ce moment mais Luna est… unique.

- Tu es poli là, répondit Raphy en souriant.

A vingt mètres, un dolmen se dressait devant eux et tous trois décidèrent de faire une surprise à la femelle. Seamus, 175 ans, 15 centimètres et Raphy, 150 ans au compteur et 16 centimètres de haut étaient jeunes pour des gnomes. Lorsque Luna arriva, elle tomba facilement dans le piège.

- Que fais-tu ici Luna ? demanda fortement Seamus, s'amusant à la faire sursauter.

- Je… Oh… D'accord, je veux aller avec vous.

- Tu ne devrais pas plutôt profiter de ta lune de miel ?

- Oui mais Pouf…

- …A enfin trouvé sa femme ! intervint le marié derrière eux.

- Pouf ! sursauta encore Luna.

- Toi aussi ! Que fais-tu…

- Du calme Seamus ! Baisse d'un ton ! Tu n'es pas de poids à…

- Eh ! Je ne pèse peut-être que 300 grammes, mais je peux faire reculer un frelon !

- Tant mieux pour toi.

- Ça suffit ! cria Raphy excédé.

- Je crois que maintenant que vous êtes là, autant nous rejoindre car nous ne pouvons pas faire demi-tour, proposa Tim, prudemment.

Raphy portait un ceinturon avec un petit sac à outils accroché par un astucieux système dont il conservait jalousement le secret. Tous les gnomes étaient vêtus de la même manière : bonnet rouge, manteau bleu, bottes de feutre et pantalon vert gris. Luna, elle, portait des chaussures en écorce de bouleau et une robe verte lui arrivant aux pieds. Elle se prit plusieurs fois ses grosses chausses dedans, perdant en même temps l'équilibre. Ils marchèrent de longues heures à l'orée d'un bois, discutant pour occuper le temps. Raphy s'amusait beaucoup à enseigner leurs coutumes à Tim.

- Pour dire *kenavo* (au revoir) on se frotte le nez l'un contre l'autre.

Mais au moment de lui apprendre une nouvelle leçon, Luna poussa un cri strident. Une ombre s'approchait à vive allure avant de pouvoir distinguer une silhouette munie sembla-t-il, d'ailes.

- *Lapous an Ankoù* (chouette effraie)! cria à son tour Seamus qui reconnut l'animal. Toutes griffes devant, le danger grandit pour le groupe. N'écoutant que son courage, Raphy lui fit face et sortit de son ceinturon un petit objet en osier. Il le porta à sa bouche et souffla dedans. La chouette vira instantanément sur le côté pour charger à nouveau. Pouf protégea sa femme en la poussant derrière un rocher et Tim assista Raphy tandis que Seamus restait à l'arrière, afin de servir de dernier rempart en cas d'échec de la première ligne. D'une envergure de 55 centimètres, non adulte, l'animal ne parvint pas à les approcher, se cognant contre une barrière magique, levée par Tim, impressionnant au passage ses nouveaux amis.

- *Brav* (bravo) ! s'écria Luna, ravie.
- Merci. Je ne pense pas qu'elle reviendra. Elle a pris une belle leçon !
- Quel courage ! le félicita Raphy.
- J'y pense ! Il nous faut un nom d'équipe. On ne peut pas débouler chez nos cousins sans avoir un nom à annoncer ! Que direz-vous de… la *Compagnie des Courageux Gnomes* ?
- T'as toujours des idées grotesques Luna, lui reprocha Seamus.
- Excusez-moi, mais elle a raison ! dit Tim.
- Si ça peut vous faire plaisir, finit par céder Seamus en haussant des épaules.

***

LA FORÊT

**Autre Monde,
Forêt Nord.**

La, nouvellement surnommée, *Compagnie des Courageux Gnomes* entra dans une forêt particulièrement dense. Elle bordait l'Océan, composée de pins et de cyprès. Luna ne se sentait pas à l'aise dans sa tenue et ne cessait de se plaindre depuis des heures. Tim décida d'accorder une pause, ce dont la jeune mariée fut reconnaissante. Elle prit donc le temps de mettre un bonnet vert, de mieux couvrir ses gros seins, d'enfiler une blouse et une jupe verte, des bas gris montant jusqu'aux genoux et chaussa enfin des bottines.

Lorsqu'ils repartirent, le soleil avait atteint le zénith. Un bruit de craquement se fit entendre, de plus en plus fort. Tim tourna la tête vers le ciel et vit un gigantesque tronc d'arbre tomber inexorablement sur lui. Paralysé par la peur, il ne put faire aucun mouvement pour l'éviter. Le jeune garçon ferma les yeux, attendant la mort qui finalement ne vint pas. Quand il ouvrit ses yeux avec précaution, Pouf retenait l'arbre à la seule force de son bras droit. Perplexe, Tim n'en revenait pas de cette prouesse pour un si petit être.

- Comment…
- Ne sais-tu pas que les gnomes sont sept fois plus forts que les humains ?
- Je l'ignorais.
- C'est pas d'chance ! Regardez, le bois de cet arbre est pourri. Il ne pouvait plus tenir debout, fit remarquer Seamus.
- D'accord, mais il aurait pu attendre cinq minute avant de tomber, non ?
- Mon pauvre ami. Tu as failli trépasser, s'emporta Luna.
- Je ne sais pas pour vous mais moi j'ai faim ! conclut Raphy, ne pensant qu'à son estomac.

La Compagnie des Courageux Gnomes installa son petit campement pour la nuit et dégusta les fameuses salades de Luna. Végétariens, les gnomes se régalèrent autour d'un bon feu de bois.

Au petit matin, la Compagnie était déjà prête au départ. Ils s'enfoncèrent dans les profondeurs de la forêt, de plus en plus sombre, triste et menaçante. Seamus s'arrêta plusieurs fois, ne reconnaissant pas les lieux.

- C'est curieux. Je n'ai pas souvenir de cette partie de la forêt. Elle a… changé. Ecoutez... Il n'y a aucun animal ! Ce n'est pas normal. Et puis le sol est mousseux. Les ténèbres ont envahi cet endroit. Il ne faut pas rester.

- Et si on utilisait notre pouvoir de perception ? proposa Luna. Les gnomes se concentrèrent et leur vision changea. La panique les gagna soudain, à la surprise de Tim.

- Qu'y a-t-il ? Vous me faites peur !

- Nous pouvons « *voir* » les traces au sol de tous ceux qui ont empruntés ce sentier forestier, commença Raphy en balbutiant.

- Et alors ?

- Il y a des millions de traces qui se chevauchent. Ce n'est pas une armée noire qui est passée par ici, ce sont des centaines de légions. Des traces de pas de toutes sortes de créatures plus terrifiantes les unes que les autres.

- Votre Chef avait raison. Il ne sous-estime pas l'ampleur de la situation. Nous devons trouver vos cousins au plus vite. Le temps joue contre nous.

Un orage se mit à gronder et la pluie tomba soudainement. La Compagnie trouva refuge dans le terrier d'un lapin et échappa ainsi aux trombes d'eau qui auraient pu les engloutir.

***

LEÇON DE MÉDECINE

Autre Monde,
Forêt Nord.

La Compagnie des Courageux Gnomes s'éloigna de sa macabre découverte, préférant rester proche de la sortie de cette forêt. A l'occasion de leur longue promenade, Tim croisa une plante qu'il reconnut aussitôt. Elle avait la taille d'un arbre pour lui.

- La Bourse de Berger. Cette plante est très utile. Elle évite la montée de tension lorsqu'on la boit en tisane régulièrement. Je peux te montrer notre usage de certaines plantes si tu veux ? Cela nous occupera au moins ! s'emballa Raphy, ravi de se rendre utile.

- Oui. J'aime bien les plantes.

- Très bien. Alors… Celle-là, c'est de l'Aneth. On prend sa graine en tisane contre l'insomnie. Oh ! Le Fenouil ! Je le prends aussi en tisane contre… mes flatulences.

- Il en boit tous les jours ! Mais il pue autant du derrière qu'avant ! ricana Pouf.

- Très drôle.

- Tiens Raphy, ça c'est une noix, sa fibre blanche est utilisée contre la mauvaise humeur, continua Luna riant de plus belle.

- Tara aurait été ravie d'apprendre ça.

- Oh, je suis désolé ami. Je n'ai pas de remède contre la mélancolie, répondit tristement Raphy.

- Tara est ma meilleure amie. Elle est arrivée au Sanctuaire des druides dans un piteux état. Elle était couverte de bleus et de cendres. Son père l'avait battu une nouvelle fois et un incendie de l'appartement où elle vivait a bien failli la tuer. Bron lui a sauvé la vie et il a insisté pour qu'elle soit transférée au Sanctuaire, afin que les druides l'élèvent. C'est comme un oncle pour nous. Et depuis son arrivée chez nous, je n'ai cessé de la distraire pour lui faire oublier son ancienne vie. J'y arrive par moment. C'est très dur pour elle. Et puis, les épreuves que nous subissons tous les jours sur Terre à cause des *treitours* (traîtres), sont pénibles.

- Je vois que la vie sur Terre semble aussi dangereuse qu'ici, constata Raphy.

- Oui, mais nous vivons aussi de bons moments. Des joies qui emplissent nos cœurs. Sans elle, ma vie aurait surement été très différente. J'apprends beaucoup à ses côtés. Etre privé de sa compagnie est dur.

- C'est elle qui t'a envoyé ici. Sans Tara, nous ne nous serions jamais connu. Rien que pour cela, je lui en suis reconnaissant, finit Seamus.

Soudain, la foudre tomba et la jupe de Luna prit feu. La gnome courut dans tous les sens, prise de panique. Seamus et Raphy tentèrent maladroitement de se relever après le choc qu'ils subirent. Seul Tim était resté debout, calme et se concentra sur une leçon de magie que lui avait enseigné Tara pour rattraper son retard avant une interrogation écrite prévue le lendemain.

« Que cette flamme périsse,
Que cet enchantement agisse ! »

Mais la formule fut une fois de plus imprécise et fit grandir le feu au lieu de l'éteindre.

- T'es pas doué, toi ! lui reprocha Pouf avant de se jeter sur sa femme pour l'immobiliser pendant que Seamus versait une poudre en sachet sur elle. Les flammes rétrécirent instantanément. Luna remercia malgré tout Tim et l'embrassa sur la joue. Pouf fit la moue, jaloux comme un pou, et soigna sa femme avec de l'huile.

Remis de leurs émotions, le sort sembla s'acharner sur eux. Un immense serpent croisa leur route. Ils se mirent aussitôt à l'abri et constatèrent que l'animal agissait de façon inhabituelle. Le serpent était, à n'en pas douter, en fuite. Il passa à côté d'eux sans les remarquer et redoubla de vitesse. Pour Tim, du point de vue d'un *gnome*, un serpent était bien plus terrifiant que pour un être humain.

- Il est bizarre ce serpent ! commença Tim.
- Que fuit-il ? demanda Luna, tremblant encore.
- Je ne sais pas, mais il ne faut pas rester ici ou nous risquons de rencontrer nous aussi le danger qui l'a effrayé à ce point.
- Tu as raison Tim, finit Seamus en se levant. Le gnome n'eut pas le temps d'entendre le bourdonnement approchant. Il fut empalé par le dard impressionnant d'un frelon.
- SEAMUS !!! hurlèrent ses trois compagnons.

GNOMES DES BOIS

Autre Monde,
Forêt Nord.

Seamus fut gravement blessé et ne put être déplacé sans risque. Luna était dans tous ses états. La plaie béante était vilaine à voir. Les bords de la peau devinrent violets. Pouf émit un sifflement qui attira très vite un faisant tout proche. Raphy confectionna rapidement un panier avec ce qu'il trouva dans cette forêt et l'attacha au cou de l'animal. Seamus y fut installé avec précaution. Tim, Luna, Raphy et Pouf montèrent sur le dos du volatile et prirent la direction du territoire de leurs cousins.

Le faisant poussa un cri à leur arrivée et il fut déchargé du poids qu'il portait depuis un quart d'heure. Une foule de gnomes différemment vêtus se regroupèrent autour du blessé. Seamus reçut très vite les premiers soins et fut emmené à l'écart afin d'y être « *opéré* ».

Trois jours s'écoulèrent sans nouvelles de l'état de Seamus. Les autres eurent l'occasion de s'entretenir avec le Chef des Gomes des Bois. Avec son haut bonnet vert, sa taille et sa corpulence ressemblaient à ceux de leurs cousins. Mais le caractère et les habitudes de vie n'avaient rien en commun.

- Chef ! Ravi de vous rencontrer. Nous sommes porteurs d'une triste nouvelle.
- Un humain ! C'est curieux. Vous semblez avoir fait un long voyage pour venir nous voir et avez affronté de terribles dangers. Je vous écoute.
- Je suis effectivement un humain et un druide pour être plus précis. Les peuples de ce Monde sont en colère contre les dieux. Eningann fait régner la servitude depuis trop longtemps. Les Fomoirés marchent vers *Mag Tured* en ce moment même. Les Tùathas profitent de l'occasion pour déclencher un conflit. Tous les autres peuples les suivent. Vous devez rassembler vos légions. Le Grand Chef des Gnomes apporte son soutien aux Fomoirés et à la nouvelle génération de dieux. Il appelle ses troupes à se rendre sur les terres de *Mag Tured* au plus tôt.
- Une *3ème Bataille* se profile…

- Hélas, oui. Eningann ne se laissera pas déposséder de son titre. Il usera de toute son influence pour faire en sorte que les peuples des ténèbres se serrent les coudes.

- Comment on fait pour serrer des coudes ?

- Oh, c'est une expression humaine. Ça veut dire qu'ils vont s'unir et combattre ensemble.

- Quelle monstruosité ! Une fois de plus ils veulent imposer leur loi. Cette fois, ils trouveront de la résistance ! Dites à notre Grand Chef que nous sommes partis dès l'annonce de la nouvelle. Le temps d'avertir les autres et de rentrer, nous serons déjà arrivés et attendrons les ordres.

- Merci. Vraiment, cela me touche. Et Seamus ?

- Il lui faut rester ici deux cycles en convalescence. Il pourra alors voyager et sera sur pieds pour se battre.

- Il va mieux ?

- Nous avons nos secrets. En matière de médecine, nous excellons dans l'usage des potions et des plantes. N'ayez crainte, Seamus pourra partir avec vous dans deux cycles.

2 cycles plus tard.

Une grande fête fut organisée pour célébrer la guérison de Seamus qui sembla miraculeuse, pour Tim et en l'honneur du départ de la Compagnie et des troupes. Des coupes en ivoire furent déposées sur une table de plusieurs mètres de longueur, remplies de cidre. Malgré tout, les gnomes condamnés à rester à l'écart de la *Bataille* à venir en raison de leur infirmité ou de leur trop grand âge pleurèrent, sachant qu'ils ne reverraient peut-être jamais leurs proches.

Tim se rendit compte que les Gnomes ne s'étaient pas engagés dans une guerre depuis des générations. Ceci les rendait très vulnérables, mais ils savaient que leur atout résidait en leur nombre. D'immenses légions s'étaient rassemblées, prêtes à partir.

- Ne t'en fais pas. Les Gnomes des Bois sont très malicieux et disposent de moyens de fuite très importants, souligna Pouf.

Un brouhaha s'éleva au départ de l'armée. Cependant, l'attention de Tim fut attirée par un gnome portant un bonnet jaune qui se présenta rapidement à lui.

- Humain ! Est-ce toi qui accompagne mon cousin Raphy ?

- Eh ! Oui, c'est bien lui ! s'écria Raphy dans son dos.

- Ah ! Ah ! Raphy ! Ravi de te revoir ! C'est vrai ce qui se raconte ?

- La rumeur a vite circulé.

- Oui, des perroquets ont été envoyés chez nous. Ils nous ont appris que vous deviez nous parler, que c'était de plus haute importance. Lorsque notre Chef des Sables l'a su, il m'a aussitôt envoyé à votre rencontre pour vous guider.

- Oui, nous devons nous rendre au désert du Nord. Nous partons aujourd'hui. Seamus s'est remis d'une attaque de frelon.

- Sale bête ! Il est toujours difficile de lui échapper. L'essentiel est qu'il s'en soit sorti. En route !

***

GNOMES DES SABLES

**Autre Monde,
Désert du Nord.**

Quatre heures après leur départ des bois, les premières dunes se dessinèrent sur l'horizon. Pour l'occasion, la Compagnie des Courageux Gnomes enfila une tenue plus appropriée à leur nouvel environnement, plus dur et chaud. La marche dans le désert fut éreintante, autant pour les gnomes que pour Tim. Seul Liam, le gnome des sables, était à son aise.

Luna vida rapidement sa gourde et entama celle de son mari. La chaleur devint un supplice et Liam fut contraint de leur trouver un abri rafraîchissant plus tôt que prévu. Mais au moment de trouver l'une des grottes artificielles installées par les Gnomes dans tout le désert, une forme arrondie sortit du sable.

- Un requin ! Il faut escalader ce rocher ! Vite !
- Je n'ai pas la force… souffla Luna.
- Je t'en prie, fais un effort chérie, supplia Pouf. Tim aida ses amis à grimper. Après de multiples tentatives, ils parvinrent au sommet du rocher. Le requin tourna autour durant des heures avant d'abandonner. Liam versa le contenu d'une fiole sur la paroi du rocher et une ouverture apparut. Ils s'installèrent alors dans une cavité sombre et humide, bien à l'abri du soleil et du désert. Dès qu'ils eurent terminé de boire et de se reposer, ils reprirent la route. Tout se passa bien et il ne leur resta qu'une heure de marche avant d'arriver au village.

- Un cocktail ! Des Fruits ! Des glaçons !
- Tu délires Tim ? demanda Raphy.
- Non, je rêve. Il faut bien s'encourager d'une manière ou d'une autre !
- Tu as raison.

Liam poussa un sifflement pour avertir les siens de leur approche. Mais le désert n'avait pas dit son dernier mot et une attaque aussi subtile que mortelle emporta le jeune gnome. La queue d'un scorpion vint s'enfoncer dans la poitrine de Liam qui tomba aussitôt à terre après que l'insecte l'eut lâché. Liam devint pâle et son torse gonfla jusqu'à doubler de volume. Du venin coula de sa bouche et de son nez. Une petite troupe de Gnome des Sables arriva et affronta le scorpion. Ils tournèrent autour, piquant sa carapace de leurs armes avant de reculer. A la chaîne, les gnomes ne cessèrent d'harceler l'insecte. Dès qu'il se replia sur lui-même, perdant l'avantage, ils profitèrent de l'occasion pour l'achever. Luna pleura et ses amis tremblèrent, sous le choc.

- Regardez le dos de la bête ! fit remarquer Raphy.
- Le symbole d'Eningann est gravé sur sa carapace. Décidément, il est partout celui-là, reconnut Tim.

Les cousins des sables étaient furieux. Ceci devint une déclaration de guerre. Il n'en fallut pas plus pour que leur Chef accepte de partir pour *Mag Tured*. Dans le village, les petits êtres portaient des habits ternes et un bonnet jaune. Ils étaient d'un naturel suspicieux. Tim n'eut pas besoin de convaincre leur Chef de se joindre à l'armée. Il avait déjà réuni ses légions. Le scorpion fut dépecé et cuit sur un bûcher. Après en avoir fait leur repas, ils quittèrent le village et la Compagnie.

- Je vous souhaite bon courage et bonne route. Voici mon sceau, à remettre au Grand Chef.
- Merci de votre soutien. Bonne chance, répondit Tim, ravi.

Pendant que Pouf partait pour l'urinoir, Luna fut impressionnée par l'aisance de Tim dans les rapports diplomatiques. Elle n'en fut que plus émoustillée. Elle se rapprocha de lui et déposa un baiser sur sa bouche. Tim recula mais la gnome insista.

- Luna ! Tu es mariée !
- Je ne sais pas ce qui m'arrive. Oh Tim, que tu es…
- NON ! Luna ! Arrête ! Je ne suis pas attiré par les gnomes ! Je suis un humain !
- Je sais. Je suis désolée, finit-elle en prenant la fuite, les larmes aux yeux, honteuse.

***

GNOMES DES JARDINS

Autre Monde,
Jardins de l'Est.

L'infidélité de sa femme n'échappa guère à Pouf. Hors de lui, il s'attaqua à Tim, sous les yeux de sa bienaimée.

- Tim ! Nous avons un compte à régler !

- Non Pouf, je n'ai rien fait ! C'est Luna qui…

- Tu accuses ma femme ! Depuis que nous nous sommes rencontrés tu n'as eu de cesse de vouloir me voler Luna !

- Non, Luna n'est… pas du tout mon genre.

- Viens te battre, humain ! Souviens-toi que les gnomes sont sept fois plus forts que les humains en dépit de notre taille. Malgré les refus de Tim, Pouf prit de l'élan et fonça sur lui à toute vitesse. Tim s'écarta juste à temps et Raphy intervint avec Seamus.

- Pouf !

- *Lous laer* (sale voleur) !

- Pouf ! Ça suffit ! s'intercala Seamus. En infériorité numérique, Pouf renonça à sa vengeance, mais il s'isola du groupe un moment. La Compagnie des Courageux Gnomes entra dans les Jardins de l'Est. Ils y trouvèrent un Chef autoritaire et de mauvaise humeur.

- Qu'est-ce que c'est ! Qui va là !

- Nous sommes envoyés par le Grand Chef. Notre mission est de réunir les troupes pour partir en guerre à *Mag Tured*.

- Ben voyons ! Et puis quoi encore ! Je ne le vois jamais d'un cycle et il veut me donner des ordres !

- Oui. C'est votre Chef ! s'emporta Pouf toujours en colère.

- Ecoutez. Durant notre voyage pour venir ici, nous avons été attaqués par une chouette, un frelon et un scorpion portant la marque d'Eningann. Il nous fait suivre pour nous surveiller et veut nous empêcher de réunir tous les gnomes sous la même bannière.

- Coïncidence ! Ces bêtes se sont égarées et ont croisé votre chemin.

- Ne faites pas l'aveugle ! Un ordre vous a été donné. Vous devez obéir ! Tous les peuples sont déjà en route. La guerre n'est pas un mirage ! Ce n'est pas une possibilité ! Elle est réelle ! Elle va se produire !

- Comment osez-vous venir sur mes terres et me donner des ordres ! Vous êtes un humain, pas l'un des nôtres !

- C'est vrai, mais il nous accompagne pour nous aider. Nous trois sommes des gnomes. Nous devons reconnaissance à Tim pour son soutien. C'est important, car par son intermédiaire, ce sont les druides qui s'expriment. Lors de la *Bataille,* ils seront à nos côtés à n'en pas douter ! Rendez-vous compte des dangers que nous avons affronté, juste pour vous rencontrer.

- Oui… Peut-être… Je ne veux pas d'une guerre. Si nous nous tenons à l'écart et restons neutres, ils ne vont pas nous attaquer.

- Mais ouvrez les yeux ! Nous avons déjà été attaqués ! Aucun peuple ne sera à l'abri !

- Nous ne savons pas nous battre ! Nous entretenons les Jardins, c'est tout !

- Les attaques ont été signées ! Guerriers ou pas, nous devons nous unir. Rassemblez vos légions !

- Je regrette.

Des hurlements s'élevèrent et les Jardins furent soudain piétinés par une dizaine de scorpions.

- Que se passe-t-il ?

- Une attaque de scorpions ! cria Raphy qui s'était informé.

- Alors vous nous croyez maintenant ! s'insurgea Tim.

- Vous les avez amenés ici ! Ils vous ont suivi !

- Il est impossible celui-là ! Tête de mule !

- Je… Je… Eningann. Ils portent tous sa marque ! Je propose de rassembler mes légions.

- Il se fout de moi en plus !

Le Chef siffla et aussitôt les Gnomes des Jardins poussèrent les scorpions à tomber dans leurs pièges. Dès qu'ils furent tombés dans des trous soigneusement dissimulés, les Gnomes les aspergèrent de chaux. Des cris atroces de douleurs montèrent des trous. Les dix scorpions périrent dans des souffrances indicibles.

Le Chef fut reconnaissant de leur aide et confia son sceau à la Compagnie. Fière de leur réussite, la Compagnie des Courageux Gnomes reprit la route pour contacter d'autres cousins.

***

GNOMES DES NEIGES
(1)

Autre Monde,
Montagnes de Glaces.

La Compagnie des Courageux Gnomes prit la direction des Montagnes de Glaces. Lorsqu'ils approchèrent du site, le spectacle fut dramatiquement époustouflant. Les Montagnes étaient éventrées ou complètement effondrées.

- Regardez, c'est… inimaginable, commença Pouf.
- Que s'est-il passé ? demanda Luna.
- Mes amis Eric, Bron, Elora et Tao ont combattu Méduse ici. A sa mort, elle a… explosé. Et avec elle, les Montagnes de Glaces.
- J'ai du mal à y croire, Tim.
- Je sais. Mais c'est ce qui s'est produit. Le combat fut titanesque. Il leur a fallu utiliser des objets divins pour la vaincre. Ils ont survécu de justesse. Malheureusement, et ce qui prouve que tous les peuples ici ne sont pas à l'abri, la guerre qui fait rage entre les dieux implique tous les êtres de ce Monde. Je ne sais pas si vos cousins ont survécu. Quand on voit ça, c'est difficile d'imaginer que des légions aient trouvé un refuge. Il n'y a plus rien. Comment trouver des traces dans ce carnage ?
- Il faut essayer. Nous ne pouvons pas partir et dire au Chef que nous ne les avons pas trouvé sans y avoir passé un certain temps, répondit Raphy.
- Je suis d'accord. Nous ne partirons pas sans avoir au moins retrouvé des cadavres, finit Seamus.

Deux cycles plus tard, ils ne trouvèrent aucuns signes, aucunes traces. Pourtant, Tim fit plusieurs fois remarquer qu'il se sentait épié, sans pour autant être en mesure de le prouver. La neige se mit à tomber et le vent se leva. Ils ne pourraient pas passer plus de temps à chercher. Ils se laissèrent jusqu'au lendemain avant de partir.

Plusieurs heures plus tard, un Gnome des Neiges, reconnaissable à son bonnet blanc, leur fit face et changea Tim en statue de glace. Les autres ne purent réagir, transis de froid. L'agresseur disparut aussitôt malgré les appels de Seamus.

- Cousin ! Montre-toi ! Nous venons pour vous ! Il faut nous écouter et libérer notre ami !

- C'est un humain ! cria une voix impossible à localiser.

- C'est un ami ! Il nous a sauvé la vie ! continua Seamus.

- Plusieurs fois ! ajouta Luna. Mais aucune réponse ne suivit. Pouf décida alors de frapper un grand coup. Pour les obliger à se montrer, il saisit un lapin qui courrait non loin et le pendit pas les oreilles, prêt à l'égorger pour le dîner. Mais un tel acte de la part d'un gnome provoquerait un défi. C'était son but.

- Enfin Pouf ! Tu es fou ?

- Non Raphy, c'est le seul moyen pour qu'ils se montrent.

Et ce fut le cas, les uns après les autres, plusieurs dizaines de bonnets blancs apparurent autour d'eux, en colère. Puis, deux cent autres sortirent du blizzard et la neige cessa de tomber.

Tim, changé en glace, tomba sur le côté, risquant de se briser. Au moment où Pouf était sur le point de s'expliquer, il fut saisit et maîtrisé. Luna et Raphy ne tardèrent pas à subir le même sort.

- Ecoutez ! Le Grand Chef nous envoie. Une 3ème *Bataille* se prépare à *Mag Tured* ! Venez avec vos légions…

- Non ! La guerre a déjà eu lieu pour nous. Et nous l'avons perdue. Regardez autour de vous ! Les humains ont fait ça ! Et vous nous amenez l'un des leurs ! Mais quel genre de gnomes êtes-vous devenus ? Où était notre Grand Chef lorsque nous avons eu besoin de lui ? hurla l'un des Gnomes des Neiges.

- Je comprends. Mais vous êtes en danger. Les humains ont anéanti *Méduse*.

- Quoi ? C'est ce qu'il s'est passé ?

- Oui ! Vous ne le savez pas ?

- Non. Nous n'avons pas compris comment des humains étaient capables d'anéantir nos Montagnes, ni pourquoi.

- Par tous les Gnomes ! Que vous est-il arrivé pour ne rien savoir de ce qui s'est passé ?

- Les particules de Haute Magie ne sont retombées que récemment. Jusqu'alors, nous étions piégés sur nos terres, impossibles à quitter. C'est comme des radiations et nous avons été contaminés. Beaucoup sont morts parmi les plus faibles. Nous avons toujours cru que les humains étaient responsables de ce sort.

- NON ! Ils ont sauvé tous les peuples en exterminant cette vermine de *Méduse*. Hélas, cela a entraîné des conséquences vraiment terribles. Mais cela était… nécessaire.

- Nous avons maudit les humains tout ce temps pour rien ?

- Sans le savoir, vous ne pouviez réagir autrement. Je vous comprends. Mais maintenant, il faut empêcher les sbires d'Eningann de faire subir à d'autres peuples ce que vous avez vécu.

Le Gnome des Neiges dégivra Tim qui se releva, frigorifié.

- C'est trop aimable, remercia-t-il en tremblant. Mais ils n'eurent pas le temps d'organiser un départ, car une troupe des Trolls chargea par surprise. Le sol vibra et les Gnomes levèrent aussitôt un blizzard pour se protéger.

***

GNOMES DES NEIGES
(2)

Autre Monde,
Montagnes de Glaces.

Les Trolls brandirent la bannière d'Enningan. Ils passèrent sans remarquer la présence des Gnomes, cachés par le blizzard. En urgence, le Chef des Neiges réunit ses légions et donna rendez-vous à la Compagnie, à *Mag Tured* au plus tôt.

La Compagnie des Courageux Gnomes contourna les Trolls afin de quitter les Montagnes de Glaces. Ils prirent du temps pour saluer leurs cousins et marchèrent sur un sentier qui leur avait été tracé pour partir en toute sécurité, le blizzard s'écartant sur leur passage.

L'inquiétude grandit au sein de la Compagnie. Des frelons, scorpions, Trolls faisaient partie des armées du Créateur. Enfin sur le chemin du retour, Seamus stoppa leur avancée, subitement.

- C'est ici. Il faut prendre le Nord.
- Le village se trouve au Sud Seamus !
- Je sais Tim, mais notre Chef m'a donné une seconde mission en secret. Nous devons retrouver nos cousins sous-marins.
- C'est une légende ! réagit Pouf.
- Ils devraient vivre dans un palais en cristal sous l'Océan… s'ils existent.
- S'ils existent ? Nous n'avons pas de temps à perdre ! s'emporta Tim.
- Nous avons besoin de toutes les forces que nous pourrons réunir. S'il faut prendre un cycle de plus pour les chercher, alors nous prendrons ce temps.
- Tu as raison, conclut Luna.
- Bien. Il y a un tunnel qui relie le continent et le Palais. Je sais où il se trouve mais nul ne l'a utilisé. Les Gnomes ne sont pas faits pour vivre sous l'eau sauf nos cousins. Tu devras y aller seul, Tim.
- Magnifique ! Comment je fais si je suis changé en poisson avant de pouvoir parler ?
- Espérons que non.
- Génial.

A dos d'oie sauvage, à cheval sur leur cou, ils prirent la direction du territoire des Tùathas.

- Ce n'est pas une bonne idée, Seamus !
- C'est la seule solution ! Le tunnel se trouve chez eux.
- T'as pas une bonne nouvelle dans le lot ?
- Je regrette.

***

LE PALAIS DE CRISTAL
(1)

Autre Monde,
Territoire des Tùathas des Danann.

Le vent soufflait en altitude. Il était froid, forçant Luna à s'enrouler le cou d'un châle. Les bonnets avaient du mal à tenir sur leurs têtes. Seamus usa de son pouvoir de perception afin de déterminer avec précision l'emplacement de l'entrée du tunnel avant l'atterrissage. Ainsi, ils ne perdraient pas de temps et éviteraient de courir des risques en restant trop longtemps en territoire ennemi.

Les oies se posèrent en silence et reprirent leur envol presque aussitôt. Déposée à une dizaine de mètres de l'entrée, la Compagnie se tint sur ses gardes. A l'approche d'un grand chêne, Seamus fit halte et réfléchit un instant. Il tourna autour du tronc et trouva une cavité discrète. Il l'emprunta, suivi de ses amis et avança dans un tunnel souterrain à forte descente. Il était artificiel et solidement conçu. Les parois étaient totalement sèches malgré le fait qu'ils marchaient maintenant sous l'Océan. Soudain, les parois furent transparentes et faites en cristal, mais d'une solidité à toute épreuve. C'est là que Tim allait continuer l'aventure, laissant les autres sur place.

- Je suis désolé mais nous ne pouvons pas te suivre, Tim. Les Gnomes ne peuvent pas aller plus loin. Tu devras parler à nos cousins en notre nom. Nous avons confiance en toi.
- Merci Raphy.

Lorsque Tim suivit le couloir, il leva les yeux pour admirer un spectacle d'une beauté unique. Il voyait l'Océan d'en dessous, les poissons, les profondeurs, les crevasses l'entourant. Il poussa une grande porte et entra dans un Palais dont il ne pouvait pas voir le sommet tellement il était immense. Sept Gnomes du Conseil le reçurent.

- Humain !
- Oui, j'ai l'habitude maintenant. Le Grand Chef m'envoie. Il avait raison de croire en votre existence. Il a besoin de vous parce qu'une guerre se prépare.

- Nous savons déjà tout. Des monstres aquatiques nous donnent actuellement des cordes à retordre.

- Du fil... Du fil à retordre.

- Pardonnez-moi. Je ne connais que peu la langue des humains.

- J'ai une question. Portent-ils par hasard la marque d'Eningann ?

- Effectivement. C'est le cas.

- Alors vous savez que le Créateur est en train d'intensifier la pression, pour vous dissuader de nous aider.

- Oui.

- Irez-vous à *Mag Tured* ? Le Grand Chef appelle ses légions à se rassembler.

- Dans ce cas, il nous faut obéir. Nous révèlerons donc notre existence à nos cousins et les aideront. Voici mon sceau. Bon voyage Tim.

- Merci infiniment. Les druides se souviendront de votre secours.

A cet instant, le Palais fut ébranlé et commença à être évacué. Le cristal se fissura et l'eau coula le long des parois. Des blocs entiers de plusieurs tonnes se détachèrent et tombèrent sur des gnomes pris au piège en leur propre demeure. Les légions empruntèrent le tunnel avec Tim et le Conseil en hâte. Le Palais s'écroula derrière eux et l'eau submergea le tunnel. Très vite, l'inondation menaça et le Conseil prit une décision effroyable. Les Gnomes sous-marins devaient survivre, au risque de sacrifier plusieurs d'entre eux. C'est ce qui se produisit. Le Conseil ferma une section du tunnel pour empêcher l'eau de les atteindre. Mais trois cent gnomes furent piégés et engloutis. Les petits corps flottaient de l'autre côté de la cloison. Une légion sur six fut ainsi perdue.

Lorsque Tim se retourna pour protéger le Conseil, il se rendit compte qu'ils s'étaient sacrifiés, ne pouvant vivre avec un tel acte sur la conscience. Tim dirigea alors les survivants vers la sortie et vit le Palais en proie à une multitude de créatures qui le mirent à sac.

Tim arriva à hauteur de ses amis et s'aperçut que le tunnel commençait à être endommagé de l'extérieur. Les créatures d'Eningann attaquaient la structure de cristal et celle-ci menaçait de s'effondrer malgré sa solidité.

***

LE PALAIS DE CRISTAL
(2)

Autre Monde,
Territoire des Tùathas des Danann.

Les Tùathas venaient de se rendre compte de l'existence de ce tunnel et piétinèrent le sol pour que les tremblements altèrent son intégrité. Les Gnomes se sentirent piégés et en danger de mort. Ils décidèrent donc de prendre le risque de s'engager dans le tunnel secondaire, fait de vase.

Conçu en terre, sable et vase, son plafond était mou mais étanche. Hélas, cela le rendait aussi très fragile. Des créatures sous-marines en profitèrent pour traverser le haut du tunnel. Ils trouvèrent ainsi un moyen d'attaquer.

Une tentacule de pieuvre saisit Pouf et l'arracha du sol. Luna hurla de terreur, persuadée qu'une pression de l'animal pouvait écraser son mari. L'armée s'imposa et sectionna rapidement la chair, libérant ainsi leur cousin. La pieuvre prit rapidement la fuite, non sans les avoir d'abord aspergé d'encre. Noir des pieds à la tête, Tim râla.

- C'est bien ma veine !

Ils parvinrent à atteindre la sortie, indemnes, et fuirent le chêne. Les survivants se rendirent directement à *Mag Tured* où ils désigneraient un nouveau Chef, plus tard. La Compagnie des Courageux Gnomes put enfin prendre le chemin du retour. La fin de leur voyage se déroula sans encombre et ils furent accueillis au village en héros.

Village Gnome.

Encerclée, la Compagnie se fraya un chemin vers le parc central. Tim et ses amis reçurent les félicitations du Grand Chef. Luna et Pouf se précipitèrent dans leur « nid » où ils passèrent une nuit d'amour intense et… bruyante, ravivant les commérages. Ce ne fut qu'au petit déjeuner, organisé par Luna, que la Compagnie des Courageux Gnomes se réunit après leur arrivée. La table fut généreusement garnie de thé à la menthe, au tilleul, d'œufs durs, de champignons, de beurre maison, de pain, de confiture et d'œufs de scarabées. Un pain d'épice fut ajouté ensuite. Des rires éclatèrent, des souvenirs de leur voyage furent évoqués et le moment de se reposer arriva enfin pour Tim.

Invité
(1)

Village Gnomes.

Tim fut « *invité* » à rester au village en attendant de trouver le moyen de le renvoyer sur Terre.

Raphy alluma une pipe, objet de dix-sept centimètres posé au sol avec un long bec par lequel le gnome aspira la fumée issue de la combustion de feuilles de menthe. Pendant ce temps, Luna prépara un repas copieux pour leur expédition de la journée, dans la nature. Elle mit dans une bogue de châtaigne sans épines de petits gâteaux pour les gourmands. La Compagnie des Courageux Gnomes partit se balader pour oublier les problèmes.

- Qu'y-a-t-il Tim ? Tu ne sembles pas t'amuser ? lui demanda Raphy, grignotant un petit gâteau.
- Tara me manque. Mon monde me manque et… Ce sera dur de vous abandonner.
- Tu feras toujours partie de la Compagnie Tim. Même loin d'ici. Et puis, on se reverra peut-être !
- Toujours optimiste toi ! C'est rassurant. Merci.
- Viens. Je voudrais te montrer quelque chose.

Tim fut conduit à l'atelier de vannerie où il apprenait à confectionner un panier tressé lorsqu'un chat sema la panique dans le village. Ils accoururent en quelques minutes et trouvèrent le Grand Chef étendu devant sa cabane en osier. Le chat avait griffé son visage et entaillé son crâne, ne lui laissant aucune chance de survivre. Les hurlements se multiplièrent lorsque l'animal montra ses crocs.

Pouf se précipita vers sa boîte à outils et sortit de quoi se défendre. Mais le chat le surprit par derrière et lorsqu'il lui fit face, une griffe vint s'enfoncer dans une joue avant de se balader sur tout son visage. Balafré, il perdit connaissance. Luna saisit un râteau et cassa le manche en bois. Elle brandit le pieu et l'enfonça dans le flanc de l'animal qui recula et tomba à la renverse. D'un coup de museau, il arracha l'arme et la jeta en direction de Luna qui s'abrita derrière un panier. La jeune mariée fit la moue en voyant le sang dégouliner du bâton. Le chat marcha en chancelant mais, même blessé, dans un dernier effort, il tenta de dévorer Tim. Se redressant, ces crocs se posèrent sur le dos du pauvre garçon.

***

Invité
(2)

Village Gnomes.

Au moment où le croc cisailla sa chair, Tim retrouva sa taille humaine juste à temps. Il profita de l'occasion pour mettre une raclée au chat qui s'enfuit, gravement blessé par Luna.

Pouf reprit connaissance face au visage ravi de sa femme.

- Alors comme ça, tu me laisse le plus dur à faire ! J'ai eu si peur, expira-t-elle en le serrant dans ses bras, les yeux noyés de larmes.
- Je suis là. Mon visage…
- Ce n'est rien. J'ai déjà placé des potions dessus. Il restera seulement une belle balafre qui te rendra sexy !
- Tim ! Le Grand Chef est… mort. Avant de mourir, il a confié sa charge à… Raphy, dit Seamus stupéfait. Raphy fut alors sollicité par les siens pour prendre les décisions prioritaires.
- Ecoutez-moi ! Nous devons d'abord rendre hommage à notre Chef.

Le corps du Grand Chef fut incinéré sur un bûcher, tandis que tous chantèrent une mélodie funéraire. La fumée monta haut dans le ciel et les gnomes pleurèrent longuement. Les cendres de leur supérieur furent ensuite éparpillées autour du village. Signe de la protection éternelle qu'il fera depuis l'au-delà.

Une puissante magie s'éveilla alors en Raphy qui sentit son pouvoir de perception se décupler. Il convoqua alors son ami.

- Tim ! J'ai perçu ton départ. Le sort qui t'a envoyé ici se dissipe et sur Terre quelqu'un essaye de te ramener. Je vais aider cette personne. Mais lorsque tu retourneras sur Terre, ta mémoire en sera affectée. Traverser la barrière qui sépare nos deux Mondes a de lourdes répercussions si on n'utilise pas un cromlec'h protégé par la *Grande Incantation*. Je ne sais pas de quoi tu te souviendras mais… Je sais que l'on se reverra lors de la *Bataille*.
- Merci pour tout Raphy.

- C'est toi qui nous a aidé et les gnomes s'en souviendront toujours. Au revoir, lui dit-il en le prenant dans ses bras.

Tim fit ses adieux avant de sentir la Magie de Tara l'envahir. La minute suivante, le petit druide avait disparu dans un nuage de poussière qui avait recouvert Raphy. Il était de venu tout gris.

Luna pleura le départ de son ami, réconforté par Pouf qui, lui aussi, regretta son absence. Seamus et Raphy préférèrent s'occuper pour ne pas y penser en effectuant une mémorable toilette à un faisan. Les deux gnomes furent plus mouillés que l'animal !

**Terre,
Sanctuaire,
31 octobre 2001.**

...Tara, la fillette recueillie par Bron et élevée depuis au Sanctuaire, désespérait de retrouver Tim, son ami depuis son arrivée dans la Communauté. Elle l'avait fait disparaître par magie lors d'une expérience ayant mal tournée. Le jeune garçon avait disparu depuis plusieurs mois. Malgré tous ses efforts pour le faire revenir, Tara n'obtint jamais le résultat escompté. Pourtant, elle tenta une nouvelle fois de trouver un contre sort susceptible de libérer Tim de sa prison extra dimensionnelle. Elle eut une idée qu'elle décida de mettre en application. La jeune fille traça une rune au sol : Eihwaz, symbole de renaissance. Elle versa pardessus le dessin la poudre qu'elle avait accidentellement renversé sur Tim le jour de sa disparition. Le sort s'inversa aussitôt et Tim réapparut, nu comme un ver, entouré de fumée. Tara hurla de joie.

- J'ai réussi ! Tim ! Je t'ai ramené !

- Ne pavoise pas trop vite, tu as quand même mis des mois avant d'y arriver ! Un druide accourut au cri perçant poussé par Tara et la questionna.

- Qu'y a-t-il merc'h (fille)? Doue(Dieu)! Tim ! Te voilà de retour ! Degemer mat er gêr bihan ! (bienvenue à la maison petit) Le druide couvrit le jeune garçon d'une couverture. « Mets ces dilhad (habits), le bragoù (pantalon) on (est, l'une des forme du verbe être en breton) sur kador (chaise). » Il sortit et laissa les enfants profiter de leurs retrouvailles.

- J'ai eu du glac'har (chagrin) quand je t'ai perdu. Pardonne-moi mar plij (s'il te plait).

- Je ne sais pas. Marteze (peut-être). Ah, les gwreg (femmes) ! Nous faisons toujours les frais de vos erreurs.

- Fenoz fest (ce soir c'est la fête)! On va se changer les idées. Pour le macho que tu es, je te signale que c'est moi qui t'ai envoyé promener.

*- Oui, une balade de plusieurs mois, je m'en souviendrais ! Alors, raconte-moi tout ce que j'ai manqué.** (Voir volume précédent, flash-back de la saison 2 épisode 4)

« Je me suis permis d'utiliser un sort de mémoire à son insu afin de savoir où il avait disparu durant ces dix mois. Ma surprise fut grande, mais découvrir toute l'aventure qu'il a vécu sur l'Autre Monde le fut bien plus encore. Je suis inquiet comme je ne l'ai jamais été. La Compagnie des Courageux Gnomes, comme ils s'amusent à se nommer, a retrouvé tous les cousins des Gnomes, même les plus légendaires. Ce faisant, ils ont croisé des armées entières appartenant à Eningann marchant vers *Mag Tured*. Les évènements à venir me terrifient. Le Créateur a essayé de détruire les gnomes en les sous-estimant. Mais je crains que ce ne soit pas le seul peuple en danger d'annihilation. »

Othon referma l'ouvrage après l'avoir signé et le cacha soigneusement sous sa saie. Si une *Bataille* se préparait, Othon en garda le secret. Certainement parce que l'équipe d'Eric devait découvrir les choses par elle-même.

A SUIVRE...

SAISON 4
EPISODE 4

LA 3ème BATAILLE DE MAG TURED (partie 1) Atlantide

16

« **L'homme sage juge de l'avenir par le passé.** »

SOPHOCLE

SOUVENEZ-VOUS...

Dans les épisodes précédents de la collection « La Légende Des Maîtres » : Un vieillard vient du futur pour prévenir Ed de refuser la charge des Enfers quand cela lui sera demandé, avant d'être éliminé par Gwyon'Bach…

Aël remplace peu à peu Goff, l'obligeant à démissionner et le Gorsedd ordonne à ce dernier de diriger le Sanctuaire d'Irlande… Avec Othon, il scelle son amitié avec un sort…

Des militaires encerclent le Sanctuaire et le Ministre de l'Occulte demande l'arrestation d'Eric… L'Ollav propose qu'un procès ait lieu au Temple…

Bron reçoit une vision et comprend que son ami Eric est en danger. Il devient son avocat…

Grég fouine à l'hôpital dans le but de comprendre comment autant de miracles ont pu se multiplier dans la même ville…

L'inspecteur Bouzave meurt dépiauté par un shrapnel invoqué par Ronan, prenant cela pour un jeu. Ed tente alors d'étouffer les circonstances de sa mort, tandis qu'il apprend qu'Hélène en a été le témoin…

Bron s'installe chez Ben…

L'accusation laissée au *treitour* Anton, égraine les faits accablants de négligences….

Gwenc'Phel rend visite à Hélène pour lui demander de l'aider à contrôler Ronan, l'enfant devenant ingérable… Elle profite de l'occasion pour se rendre à la Chambre Souterraine et récupère le bébé…

Tim joue un tour à Aël et lui lance un sort de pétrification…

Les Sanctuaires D'Irlande, du Canada et d'Australie tombent, dévastés par Mandragoria…

Hélène remet Ronan entre les mains de sa mère, folle de joie. Mais dans la nuit, l'enfant se change en adulte en quelques heures…

Les Eternels se déplacent en personne pour annoncer l'arrivée sur Terre de la déesse *Hécate*. Ils demandent à l'équipe d'Eric de la renvoyer à tout prix dans l'Autre Monde. Commence alors un combat sans merci contre Ronan et la déesse… Des dizaines de soldats et de druides y perdent la vie et Aël, son bras…

Lors de la double cérémonie de fiançailles d'Elora et Eric, d'Ed et d'Hélène, cette dernière se fait kidnapper par Mandragoria qui l'enferme dans un bulbe géant et repart avec elle par un cromlec'h…

Hécate finit par perdre son contrôle mental sur Ronan grâce à l'intervention discrète de Gwyon'Bach…

Tim et Tara accompagnent Ron an chez les fées pour tenter de le ramener du côté du Bien, mais la reine se voit contrainte d'intervenir et le ramène au stade de bébé avant de le bannir. Tim et Tara se retrouvent alors seul avec l'enfant dans un monde hostile et Tara agonise à la suite d'une attaque de Tùathas…

Suite…

155

RECHERCHES

**Sanctuaire,
4 mois plus tard,
18 juin 2003.**

Le printemps arrivait vers sa fin pour laisser place à la saison chaude. L'activité des druides s'était intensifiée autour de la recherche d'Hélène, mais les résultats n'étaient pas à la hauteur de leurs espérances. Ed ne dormait plus, ne se rasait plus, laissant une barbe drue entourer son visage. Le jeune homme passait son temps à harceler les autres Sanctuaires ces dernières semaines. Tous les druides du Monde avaient reçu pour consigne de contacter le Sanctuaire de Lorient au moindre indice trouvé sur les traces laissées par Mandragoria. Celle-ci commençait à terrifier les druides les plus courageux. Nombreux furent ceux qui croisèrent le chemin de *treitours* (traîtres) à l'occasion de cette recherche intensive.

Ile de Groix.

A 14 kilomètres de Lorient, se situait une île qui s'étirait sur huit kilomètres de long et trois de large depuis la pointe de Pen Men jusqu'à la pointe des Chats. Soit sur une superficie d'environ 1500 hectares. Elle était habitée par 2500 insulaires. Quelques cadavres en décomposition avancée jonchaient la plage des Grands Sables, une étendue convexe qui s'étendait autour de la pointe de l'île. D'autres corps, par centaines cette fois, s'étalaient au sol devant le clocher du Bourg. Ce monument était surmonté d'une girouette représentant un thon et non le coq traditionnel.

Au centre de l'île, une autre centaine de morts étaient allongés autour d'un gigantesque arbre anormalement formé. Il n'était pas immobile et prenait la forme d'une femme. A ses pieds, des dizaines de glaucophanes bleu (pierre que l'on trouve uniquement à Groix et au Groënland) étaient déposés. Mandragoria avait anéanti toute vie sur l'île. Une tempête qu'elle avait créé au-dessus de l'île ne permettait aucun accès ni par mer, ni par air. Mais les druides ne semblaient pas attentifs à cette anomalie, préférant la chercher ailleurs. Comme l'on dit, on ne voit pas ce que l'on a sous le nez. Or, Mandragoria était là, à seulement moins de 20 kilomètres du Sanctuaire. Elle s'était approprié l'île dans le but de croître plus rapidement. En effet, les nombreux combats l'occupaient au point de ralentir sa croissance. Le monstre souhaitait se reposer un temps.

Hélène, prisonnière du bulbe, souffrait. Sa peau se couvrait de cloques et chauffait au point de se décoller à de tous petits endroits. Son visage exprimait une douleur intense et insupportable. Ses cris ravissaient Mandragoria qui s'amusait à balancer le bulbe par moment.

Sanctuaire,
Tour d'Or.

Ness gravit les escaliers de la Tour et poussa la porte. La pièce centrale était vide. Elle regarda par le vitrail et observa le village en contre bas et les druides affairés à leurs tâches. Puis elle détacha son regard pour le poser sur une étagère logée contre un mur. Elle y saisit un lourd dossier poussiéreux sur lequel était gravé un symbole représentant le nom de Mandragoria. Hélas celui-ci ne lui apprit aucune nouvelle information. A la recherche d'une piste, Ness tomba sur un parchemin caché dans la couverture d'un vieux livre. Elle reconnut le sceau incrusté dans la cire. Elle se permit de transgresser la règle en ouvrant le document et lut un nom en tête de page : *FÉRRÉOL*. La Grande Druidesse entama la lecture et ses yeux semblèrent effarés à mesure qu'elle lisait.

Entrée du Temple.

Eric, Elora et Tao attendaient, armés de leurs sceptres et de fioles contenant les potions les plus puissantes que leur avaient confié les *Tisseurs de Sort*s elfes.

- Que fait Bron ? Ça fait vingt minutes qu'on l'attend ! râla Elora, tandis que seul Tao restait zen.
- J'arrive ! Je ne trouvais plus mon arme.
- Bien sûr. Il faudra te la greffer un jour ! T'as vraiment rien dans la tête ! Comment feras-tu contre Mandragoria sans ton sceptre ?
- Hé ! Tout doux ! Parle-moi sur un autre ton !
- Excuse-moi. Je suis à cran en ce moment, dit-il après un long silence pour se calmer.
- Je sais. On l'est tous. Il va falloir se contrôler. Gwenc'Ron m'a appris que nos ennemis profitent de nos faiblesses et le manque de contrôle de nos émotions peut conduire à perdre celui de nos pouvoirs.

- Je sais. Mais je crois qu'il va falloir que je me le répète de nombreuses fois avant d'y parvenir. Je n'ai jamais ressenti une frousse pareille. Pourtant nous avons vaincu beaucoup de créatures ignobles et cruelles.

- Mais pas comme Mandragoria. Je la classe hors catégories parmi les poids lourds. En Chine, j'ai lutté contre des dieux qui m'inspiraient moins de crainte qu'elle.

- Les gars, vous ferez dans vos frocs plus tard. Nous devons y aller !

Depuis quatre mois, l'équipe utilisait le cromlec'h pour visiter d'autres villes ou pays munis d'un cercle de pierres, à la recherche d'Hélène.

Bron avança le premier vers les dolmens et remarqua les trois cercles alignés et disposés en triangle, gravés sur les pierres. En se plaçant dans un certain ordre devant les dolmens, les druides choisissaient ainsi la destination souhaitée sur Terre ou sur L'Autre Monde. Mais comme ils n'usaient de ce moyen de transport que depuis un peu plus de deux ans, il leur était très difficile de contrôler avec exactitude leur lieu de destination.

- C'est quand tu veux Bron ! le tança Eric.
- J'ai un mauvais pressentiment les amis.
- C'est une vision ?
- Non. Juste une impression. C'est difficile à expliquer.
- Je vois. Malheureusement, nous n'avons pas de temps à t'accorder. Nous devons y aller.
- Je sais. Mais c'est justement au sujet de ce voyage que je m'inquiète.
- Nous sommes armés Bron. Ca me suffit, répondit Eric.
- On y va ? demanda Elora. Tous les quatre prirent position et commencèrent à réunir les énergies telluriques pour ouvrir un tunnel de passage.

« En ce temps et cette heure,
En nous la Grande Incantation demeure.
Qu'un passage s'ouvre sous nos pieds,
Pour qu'une amie nous puissions retrouver. »

Aussitôt, les énergies telluriques s'affolèrent et s'entrechoquèrent. Tandis que Bron cria d'interrompre la procédure, le bruit assourdissant du tremblement de terre provoqué par leur magie étouffa sa demande. Une très épaisse brume encercla le cromlec'h avec une rapidité affolante. Une tornade empêcha Othon d'intervenir et l'envoya valdinguer dix mètres plus loin, les quatre fers en l'air, empêtré dans sa saie. La lumière aveuglante d'éclair se concentrant au centre du cercle de pierre ne fit qu'aggraver encore la situation. Eric et Elora perdirent le contrôle de la Grande Incantation. Tao et Bron usèrent de toutes leurs capacités de concentration pour tenter d'en reprendre le contrôle, sans succès. Ils disparurent, les éclairs se dispersèrent et la brume s'évanouit.

- Par tous les dieux ! Que s'est-il passé ? se demanda Othon, regardant les autres druides ayant assisté à la scène, paniqués.

Sur l'île de Groix, un cromlec'h fut attaqué par de nombreuses foudres, menaçant de faire exploser les pierres. Ainsi, la Grande Incantation avait fonctionné. Ils étaient bien sur le point de retrouver Hélène mais la tempête avait interféré avec les pouvoirs de l'équipe d'Eric, les empêchant d'atteindre l'île.

156

Sous La Mer

Île de Thira,
18 juin 2003.

Elora fut très chahuté dans le tunnel. Elle faillit à plusieurs reprises entrer en collision avec l'un de ses amis, ce qui aurait eu pour conséquence de fusionner les molécules des deux druides, n'en laissant survivre qu'un seul. D'ordinaire canalisées, cette fois-ci leurs molécules se dispersèrent en tous sens à l'intérieur du tunnel. A la sortie, par miracle, tous les quatre s'assemblèrent normalement. Les vêtements en feu, Bron usa de son pouvoir pour contrôler les flammes et les éteindre rapidement.

Ecrasés au sol à l'intérieur du cromlec'h, ils se relevèrent difficilement avec des courbatures. Perdus, ils calmèrent leurs esprits et leur panique.

- Que s'est-il passé ? demanda Elora, la voix tremblante.
- C'était… incroyable ! lâcha Tao.
- Ce n'est pas normal. Ca n'est jamais arrivé. Nous avons failli mourir cette fois ! Je crois qu'il y a eu une interférence avec nos pouvoirs. Imaginez la puissance qu'il faut pour déstabiliser la Grande Incantation, tenta d'expliquer Bron.
- Mandragoria ?
- Eningann, Gwenc'Phel, Gaël, les postulants ne manquent pas, Eric. Nous ne pouvons pas savoir qui est à l'origine de ce dérapage. Je ne sais pas pour vous, mais en tout cas, je ne reconnais pas ce paysage.
- Moi non plus, répondit Elora.
- Regardez… balbutia Tao époustouflé. Ses trois amis levèrent comme lui la tête vers le ciel. Le spectacle qui s'offrit à eux était d'une beauté étonnante. Au-dessus d'eux, une sphère d'oxygène semblait être plongée dans l'océan. Ils se trouvaient à l'intérieur d'une immense bulle, engloutie à plusieurs mètres de fond.
- Je… rêve ! Nous sommes sous l'eau ? Mais… C'est une ville toute entière qui se trouve autour de nous ! Cela me rappelle de mauvais souvenirs.
- Moi aussi. Lors de la *fête de Samain*, lorsque le Sanctuaire a été englouti, continua Eric.

Sanctuaire,
Tour d'Or.

Ness dévala les escaliers de la Tour et sortit du Sanctuaire. Saluée par les Sentinelles, celle-ci les ignora et traversa la brume qui masque la présence des druides dans la forêt. Elle monta dans sa voiture et prit la direction de la maison de Pat. Mais sitôt arrivée sur place, elle fut encerclée dans le jardin par des traîtres. Immobile, elle joint les mains et ferma les yeux. Les douze ennemis décolèrent du sol et furent projetés dans les haies. Débarrassée d'eux, elle avança vers la baie vitrée qui explosa. Gwenc'Phel marcha sur les débris de verre, attirant l'attention de Ness.

- Qu'as-tu fait de Pat, *treitour* ?

- Je n'ai pas eu le loisir de le rencontrer. Il est absent. Lorsque j'ai su, par mes espions, que tu sortais du Sanctuaire, j'ai pensé qu'il était temps d'échanger quelques mots.

- Je t'écoute.

- Donne-moi Ronan. Dis-moi où il est. Il se peut que tu ne quittes pas cet endroit vivante dans le cas contraire.

- Des menaces ? Tu ne changeras jamais. L'enfant est hors de portée. Tu ne le reverras plus.

- Gaël veut revoir son fils.

- Non ! Ce n'est plus son fils ! Le Gorsedd a décidé que la mère seule en aurait la garde.

- Je conteste !

- Tu… ne… contesteras rien ! cria-t-elle en envoyant un sort sur lui. Mais il esquiva adroitement l'attaque. Gwenc'Phel en profita pour lire dans les pensées de la Grande Druidesse. Il avait toujours été plus fort qu'elle à ce jeu-là.

- Non ! Sors de ma tête ! Mais elle ne put s'empêcher de penser à l'enfant et Gwenc'Phel parvint à voir Tim, Tara et un homme traverser le cromlec'h du Sanctuaire.

- Mais quel est cet homme ? Ness, montre-m' en plus.

- Aaahh ! hurla Ness de douleur. Gwenc'Phel vit une image particulière imprimée dans l'esprit de sa victime. Il vit le même jeune homme dans une chambre, un shrapnel à ses côtés.

- C'est donc lui. Intéressant. Il est devenu un homme. Si vite. C'est tout ce dont j'avais besoin. Merci Ness.

- Monstre ! Tu as violé mon esprit !

- Oui. Je t'ai toujours surpassé à cet exercice. Eningann sera sans doute ravi d'apprendre la nouvelle.

- Je t'interdis…

- Rien du tout ! Tu n'as aucun droit sur moi ! J'ai une surprise pour toi. Quelqu'un que tu connais bien est ici. Rien que pour toi.

- *Demat* (bonjour) Ness.

- Cathbad ? C'est toi ? dit-elle les yeux exorbités de surprise.

Île de Thira.

- Repartons.

- On ne peut pas Elora. Les pierres ne supporteront pas le choc. Il faut laisser les traces d'énergies se dissiper.

- Combien de temps Bron ?

- Plusieurs heures. Ce qui m'inquiète c'est le temps d'oxygène limité qu'il y a ici. Je dirais six heures, peut-être moins.

- C'est tout ? Nous sommes piégés.

✳✳✳

157

EXPLORATION

Île de Thira,
18 juin 2003.

- Je propose de fouiller cet endroit. Mandragoria est peut-être ici. Soyons prudents. Ca fait des mois que l'on cherche et c'est la première fois qu'on rencontre un obstacle comme ça. C'est sûrement un signe que nous sommes sur la bonne piste.

- Commençons par ce bâtiment, là-bas, suggéra Elora. Les quatre druides se dirigèrent vers ce qui ressemblait à une chapelle. Mais elle était dans un tel état de ruine qu'il fut difficile de distinguer les contours de la bâtisse. Néanmoins curieux, ils prirent le risque de s'approcher.

- Et si elle est là ? Qu'est-ce qu'on fait ? parla Tao dans un murmure qui ressemblait à un sifflement.

Un bruit de pas se fit entendre et Elora sursauta. Elle resta figée sur place et tendit l'oreille.

- Vous avez entendu ?
- Quoi ? demanda Bron.
- Comme un bruit de pas.
- Non.
- *Gast* ! *Ec'h* ! Quelle *c'hwezh* ! (Putain ! Beurk ! Quelle odeur !) dit Elora qui venait de marcher sur une substance visqueuse malodorante.

- Il y a des fantômes par ici. J'en suis sûr. Ils laissent toujours ce genre de choses derrière eux, dit Eric.

- Regardez de l'autre côté ! Ca ressemble à une bibliothèque. Tout semble désert ici, continua Tao.

Ils examinèrent les lambeaux de livres humides posés sur des étagères trouées de toute part lorsque Bron fut pris d'une vision violente. Il fut plaqué au sol incapable de bouger. Ses amis accoururent mais savaient qu'ils ne pouvaient rien faire d'autre qu'attendre la fin de l'activité de son pouvoir.

Bron vit la grande cour dans l'entrée du Sanctuaire. Eric et Elora, âgés d'une dizaine d'années seulement, s'entraînaient à pratiquer la magie dans le dos de

Gwenc'Ron. Kéra, elle aussi enfant, leur indiquait les cibles à atteindre ou à transformer. Ce jeu semblait beaucoup les amuser. Bron regardait autour de lui et pouvait se déplacer dans sa vision. Cela lui permit de détailler certains angles qu'il n'aurait pas pu *voir* sans cette évolution de son pouvoir. Observer ses amis dans le passé le distrayait au point d'en oublier que, s'il avait cette vision, c'était pour une raison qu'il devait impérativement découvrir. La deuxième partie qui se révéla à lui attira son attention. Il vit Gwenc'Phel en réunion secrète avec des centaines de druides au milieu du bosquet. Intrigué, Bron tendit l'oreille.

- Mes chers *Mestr drouiz* (Maître-Druide). Ceci est votre nouveau grade. Nous ne sommes pas comme les autres. Nous aspirons à un ordre nouveau. Le retour de nos dieux est inévitable. Nous préparerons donc leur venue. Pour cela, je vous ai choisi. Je vous ai tous formé dans ce but. Chacun de vous s'est spécialisé dans un domaine particulier en magie. Vous êtes devenus des Maîtres dans votre domaine de compétence. C'est pour cela que j'ai décidé en tant que Grand Druide membre du Gorsedd, de créer un nouveau grade. Celui de *Mestr Drouiz* (Maître - Druide). Gaël, approche. Je te nomme *Mestr Drouiz Trañsformañ* (Maître Druide Métamorphe), premier parmi les premiers. Mon fidèle bras droit tu seras. Le conservatisme de mes pairs est devenu insupportable. Le pouvoir doit servir à montrer notre supériorité. L'isolement des dieux n'a que trop duré.

La vision de Bron s'acheva violemment et il put reprendre le contrôle de son corps. Désorienté, il lui fallut quelques minutes pour rassembler ses esprits. Il raconta ensuite les détails de sa vision à Eric, Elora et Tao qui furent surpris par ces révélations. Ils comprirent enfin que Gwenc'Phel avait abusé de sa position pour créer sa propre école et former des druides tout acquis à sa cause. Pendant des années, des dizaines de druides étaient devenus ainsi ses disciples. Aujourd'hui, qui sait combien de *treitours* existent.

- J'ai eu des soupçons et découvert une partie de la vérité il y a plus d'un an. Mais j'ignorais que cela avait pris une telle ampleur, dit Eric, bouleversé.

Sanctuaire,
Tour d'Or.

Ness était encore tremblante après ses retrouvailles avec *Cathbad*. Elle chercha de l'aide mais ne parvint pas à trouver ses collègues. Elle opta pour Ed qu'elle trouva en train de faire du charme à de jeunes eubages.

- Ed, j'ai besoin de toi.

- Oui Votre Sérénité Très Vénérée ?

- Les demoiselles ne te quittent pas des yeux à ce que je vois ! Et je sais que tu t'améliores en discipline.

- Je fais de mon mieux Votre Sérénité.

- C'est bien. Je fais appel à toi pour m'aider à me débarrasser de quelqu'un.

- Un *treitour* ?

- Non. Gwenc'Phel a fait preuve d'une inventivité développée en faisant venir quelqu'un du passé pour me hanter.

- Je n'aime pas les fantômes vous savez.

- Ce n'est pas un fantôme. C'est mon mari.

158

Les Fantômes
Du Passe

Sanctuaire,
Sommet de la Tour d'Or.

Ness s'installa dans un large fauteuil et fit face à l'incrédulité et la curiosité d'Ed.

- Je ne savais pas que vous étiez mariée.
- Je ne le suis plus... Enfin... C'est compliqué. Gwenc'Phel est allé dans le passé chercher un druide du nom de Cathbad. Cela remonte à plus d'un millénaire. Selon une légende celte qui s'avère être très proche de la réalité, c'est un druide aux dons de prophétie mais aussi un guerrier. Une jeune princesse avait à cette époque douze précepteurs attachés à son service. Un jour d'été, ils décidèrent de festoyer à l'occasion d'une fête en l'honneur de Beltan. Cathbad s'est invité tout seul et les a tous massacrés. Ce fut un carnage. Seule la jeune femme parvint à s'échapper. Son père refusa de venger ce crime odieux. Nul ne connaissait l'identité du coupable. Devant l'impuissance de son père, la jeune femme décida de passer elle-même à l'attaque et loua les services de trois neuvaines de guerriers. Plus tard, alors qu'elle prenait un bain, Cathbad surgit et la demanda en mariage. Menacée d'une épée, elle préféra obtempérer. Elle ne devint pas une épouse soumise et obéissante. Une nuit, Cathbad eut soif et lui demanda d'aller puiser de l'eau dans la rivière Conchobar. A son retour, il vérifia si elle était vierge et la mit enceinte. Cette princesse...
- S'appelait Ness ? devina-t-il.
- Oui. C'était moi.
- Mais alors... Qu'elle âge avez-vous ?
- Cela n'a pas d'importance. Cathbad est ici, à Lorient. Je me suis échappée dès que je l'aie reconnu.
- Et votre enfant ? Que s'est-il passé ?
- Cela ne te regarde pas Ed. Je t'ai raconté mon histoire pour que tu saches le monstre qu'est ce guerrier. Il faut le tuer.
- Pardon ? Ne vaut-il mieux pas le renvoyer dans le passé ? Vous savez les dégâts que peut causer ce genre d'expérience. Le présent peut être modifié à cause

de ce paradoxe temporel. Il n'a rien à faire ici. Il est urgent qu'il réintègre son époque. Ce n'est pas parce qu'il est un monstre qu'il faut l'éliminer !

- Excuse-moi. Tu as raison. Son retour me rappelle tellement de choses. M'aideras-tu ?

- Bien sûr Ness. Vous pouvez compter sur moi.

Île de Thira,
Le Gouffre.

Eric et ses amis continuèrent d'explorer les lieux et finirent par suivre le chemin menant à un gouffre.

- Mais… Nous sommes sur une île ! s'étonna Bron.

Ils sursautèrent à l'approche d'un être vêtu d'une tunique ancienne d'un blanc nacré, presque transparent.

- Un fantôme ! s'écria Tao.

- Hélas oui. Depuis des siècles. Vous êtes en effet sur une île. Je me nomme *Cillisia*. Vous êtes sur Thira.

- Quoi ? C'est impossible ! On ne peut pas voyager aussi loin dans le temps avec un cromlec'h ! dit Eric.

- Bron ? Tu comprends quelque chose ? demanda Tao perdu.

- Oui. Thira est une des cinq îles des Cyclades se trouvant en mer Egée, en Grèce. Je crois me souvenir qu'il y a un volcan actif formé par l'île de Néa Kaméni, au centre de la caldera envahie par la mer.

- Caldera ?

- C'est un groupe d'îles qui forment un cercle dans la mer, ce qui donne naissance à une montagne au milieu, d'où, le volcan. En 1970, on a mis au jour des fresques, témoins d'une civilisation cycladique très évoluée remontant au IInd millénaire avant notre ère. Ces œuvres ont été épargnées par un cataclysme d'origine volcanique qui ravagea l'île de Thira où nous sommes, le tout a été enseveli sous la cendre et la pierre ponce avant de sombrer dans la mer. La date de l'éruption se situe autour de 1645 av. J. C.

- Très intelligent ce garçon. Après une série de tremblements de terre précurseurs assez puissants pour effrayer notre population et l'inciter à évacuer l'île, l'éruption provoqua un important tsunami de 20 mètres de haut par endroits qui a dévasté la côte Nord de la Crète qui se trouve à 70 kilomètres d'ici et qui a par la même occasion détruit la flotte maritime minoenne. L'île a sombré et notre société s'est éteinte à cause du Mont P. Ilias qui s'est écroulé sur lui-même, continua *Cillisia*. Deux autres formes se dessinèrent à côté d'elle.

- Je vous présente Knud et Odilon.

- Alors nous sommes allés 3500 dans le passé ? s'étonna Elora.

- Non, pas vraiment. A cette époque-là vous auriez vécu le cataclysme et n'auriez pas survécus. Non, nous sommes 5 siècles après cet évènement. J'ai tenu les comptes. C'est sûrement une déformation professionnelle. Je percevais les impôts à l'époque.

- Moi je dis que c'est la méchanceté d'Argallus qui nous a coûté la vie. J'ai toujours dit que ce monstre et ses expériences détruiraient le Mont un jour. C'est ce qui s'est passé, réagit Odilon violemment.

- Argallus, qui est-ce ?

- Un très grand ingénieur et Magicien. Il est à l'origine du tiers de nos grandes découvertes qui ont fait de nous une grande civilisation. L'une de ses expérimentations lui a valu de diviser en deux sa personnalité.

- J'en connais un aussi. Gwyon'Bach / Taliesin, souffla Bron à Eric.

- Argallus a beaucoup changé depuis ce jour. Maintenant, nous sommes des fantômes qui errent sur l'île engloutie. Cette bulle d'oxygène est très intrigante. Je me demande comment c'est possible. Mais si une magie vous a permis de venir ici peut-être pourra-t-elle aussi nous secourir ? Argallus nous hante depuis des siècles et ces derniers temps, il nous dit qu'il a trouvé un moyen de nous éliminer ainsi que tous les autres fantômes de l'île.

- Nous ferons ce que nous pourrons. Mais nous cherchons surtout à partir d'ici et rejoindre notre époque, répondit Eric.

- Je comprends, acheva Knud.

- Une minute ! Je viens de… Nous avons trouvé l'Atlantide ! L'île perdue ! Vous êtes les Atlantes, la grande civilisation qui a été engloutie ?

- Euh… Atlantis, l'île du dieu Atlas ? C'est ça que vous voulez dire ?

- Oui, exactement !

- En effet, l'île de Thira est aussi connue sous le nom d'Atlantis, répondit Cillisia.

- Par tous les dieux ! Vous rendez-vous compte ? Nous la cherchons depuis des siècles ! Atlantis ! C'est prodigieux !

- Atlantis ou pas, moi je veux rentrer, dit Élora qui fit la moue. Mais tandis qu'elle s'écartait du groupe, une forme brumeuse encercla son cou. Suspendue au-dessus du sol à plusieurs centimètres, elle étouffait.

- Argallus ! Lâche-là ! cria Cillisia.

- Arrête-moi si tu peux ! Elora remonta de plusieurs centimètres de plus et l'étreinte se fit plus féroce. Rouge pivoine, son visage n'allait pas tarder à virer au bleu sans une intervention rapide pour la sauver. Eric se souvint alors du jour où il lui avait fallu quitter son corps, au seuil de la mort, pour affronter le fantôme de *Dana* (Voir volume précédent, saison 1 / épisode 1).

- J'en ai assez de combattre les fantômes du passé, se plaignit-il. Eric se concentra alors sur lui-même et ralentit son rythme cardiaque. Son corps tomba lourdement au sol et sa forme éthérée s'extirpa difficilement de son enveloppe charnelle. Dès qu'il fut en position d'attaquer, il n'hésita pas un instant. Mais il eut malgré tout une surprise de taille. Alors qu'il s'attendait à le prendre par surprise, Argallus l'envoya valser d'un simple geste de la main.
- Prétentieux ! Tu oublies que je suis un fantôme depuis plusieurs siècles.

Pris de court, Eric resta chancelant. Argallus lâcha Elora, ayant trouvé un nouvel adversaire plus intéressant. Tous deux décrivirent des arcs de cercles en se fixant du regard. Eric fit un pas en avant et Argallus disparut pour réapparaître aussitôt dans son dos.

- Eric ! Derrière toi ! hurla Bron avant d'être victime d'une très violente vision qui le cloua à terre, recroquevillé et suffoquant. Tao et Elora accoururent, impuissants.

***

159

S<small>ECRETS</small>

**Île de Thira,
Le Gouffre.**

Bron était allongé en proie à sa vision pendant qu'Eric affrontait toujours Argallus, nettement plus fort que le druide. L'esprit de Bron, se brouilla et son crâne était sur le point d'exploser lui sembla-t-il. Lorsqu'il retrouva un semblant d'éclaircissement, il se trouvait dans une immense salle qu'il ne reconnut pas. Cependant il sourit lorsqu'il vit Taliesin (la forme adulte de Gwyon'Bach) devant lui.

- Où sommes-nous ?
- Dans la salle du Conseil des Eternels. Le lieu le plus sacré et le plus inaccessible de l'Autre Monde. J'ai pris contact avec toi à la suite d'un très long débat du Conseil. J'ai des révélations de la plus haute importance à te faire. Tu transmettras ce secret à tes amis. Nous profitons de l'occasion pour masquer aux dieux ce contact.
- Que veux-tu dire ?
- Vous ne vous êtes pas retrouvé sur l'île de Thira dans le passé par hasard. Nous avons dévié la trajectoire de votre tunnel pour vous y envoyer. C'est le seul endroit que nous avons trouvé qui correspondait à nos critères de sécurité pour garder le secret de cette intervention dans vos vies. Comme je vous l'ai dit plusieurs fois sous ma forme adolescente (Gwyon'Bach), nous avons choisi depuis des siècles de ne pas intervenir dans la vie des humains pour changer le cours de leur destinée. Mais en ce qui vous concerne, les choses sont quelque peu différentes. Le jour du jugement, les dieux ont perdu leur suprématie sur les Hommes. L'utilisation du réseau de cromlec'h qui permet de voyager plus rapidement d'une ville à une autre et d'un continent à un autre a été interdite. Pour devenir ceux qui contrôleront le réseau de dolmens et les Maîtres Druides des dieux, vous devrez rassembler les cercles royaux formant la croix celtique. Oui Bron tu as bien compris. Vous allez tous les quatre devenir des dieux. Votre parcours jusqu'à aujourd'hui, les difficultés que vous avez rencontrées, devaient vous amener à ce but. Gwenwed, le cercle de la béatitude, le Paradis, revient au Maître Druide de l'air, Élora. Anwn, le cercle de l'Enfer, porte vers l'au-delà abyssal revient au Maître Druide du Feu, toi-même

Bron. Abred, le cercle des épreuves et sphère de la nécessité revient au Maître Druide de l'Eau donc, à Eric. Par nature, Cythraul, le 4ème cercle appartient au Diable. Tao, le Maître Druide de la Terre ne peut pas posséder un cercle car il héritera d'un cadeau bien plus grand, le don de prophétie.

- Il aurait dut me revenir non ?

- Non Bron. Pour des raisons que tu connaitras plus tard, il te faut impérativement posséder ton cercle. Ceux-ci ont un pouvoir divin. Combinés, ils peuvent s'associer à la Grande Incantation et par là-même, tout être vivant ou mort vous devra obéissance. Mais vous devrez apprendre à maitriser ces nouveaux pouvoirs ou vous périrez et serez remplacés. Saches aussi que les dieux n'accepteront pas ces changements et feront en sorte de conserver leurs postes. Vos vies seront encore plus en danger qu'aujourd'hui. Mais nous pensons que vous êtes capable de vous en sortir.

- C'est sympa ça ! Mais ça ne me rassure pas du tout pour autant.

- Hélas, ce n'est pas tout. Les cercles royaux sont détenus par les Créateurs. Il vous faut les leur prendre. Etant destinés à devenir des dieux, vous devez défier les anciens pour prendre leur place. Vous représentez la nouvelle génération de dieux.

- Tu te rends compte de ce que tu me dis ? Tu veux qu'on affronte Eningann en personne ? Tu sais que jusqu'à maintenant le défi était indirect. Il utilise Gwenc'Phel et les *treitours* contre nous. On ne s'est jamais affronté directement.

- A la *Fête de Samain*. C'était lui qui a envoyé toutes ces foudres depuis le cromlec'h.

- C'est vrai. Mais là, tu nous demande d'aller sur son terrain de jeu favori : l'Autre Monde.

- Oui.

- Tu n'aurais pas un peu de whisky par-là ? J'ai besoin d'un remontant, termina Bron avant que la migraine ne lui prenne. Lorsque son esprit se calma et que sa vision s'éclaircit, il se retrouva de nouveau sur l'île de Thira.

Eric et Argallus maintenaient leur regard sans bouger depuis plusieurs minutes.

- Qu'attends-tu ? aboya le druide excédé par l'attitude du fantôme. Puis, Argallus l'insulta au lieu de l'attaquer.

- *Cor march* (merde de cheval) !

- *Cor pichentom* (merde de pigeon chaud) ! répliqua Eric.

- *Cor ki du* (merde de chien noir) !

- *Cor ki guen* (merde de chien blanc) !

- *Cor...* Argallus ne trouva pas d'autre insulte, ce qui fit sourire Eric. Le druide choisit cet instant pour bondir en avant et le frapper au visage. Le fantôme n'avait pas vu le coup venir et prit la volée de plein fouet. Les doigts repliés et la paume de la main en avant, il frappa le thorax d'Argallus qui vacilla. Eric se précipita dans son dos pour lui saisir la gorge et l'immobiliser. Il savait qu'il devait se dépêcher, il sentit déjà l'appel de son corps. Le druide récita rapidement une formule.

De maintenant à jamais,
Argallus, disparaît,
Pour laisser ton alter ego exister.
De ce lieu tu es banni ad vitam aeternam.
Ainsi seront libérées toutes ces âmes.

Argallus s'effaça soudain avant que ne le remplace un autre fantôme, vêtu différemment et arborant des traits plus fins et gracieux : Argall.

Le calme revenu, Bron raconta les détails de sa vision à Tao, Eric et Elora qui n'en revinrent pas. A mesure qu'avançait le récit, les druides furent stupéfaits et terrifiés. Bien sûr Eningann devait payer pour ces crimes, mais ils n'avaient jamais envisagé la possibilité qu'il leur soit demandé de faire justice. D'autres dieux auraient pu s'en charger. Mais les facétieux Eternels les avaient choisis à leur naissance.

Sanctuaire,
Sommet de la Tour d'Or.

Ness, toujours installée dans son fauteuil continuait de se révéler à Ed. Après une courte réflexion, elle ajouta.

- Ed, avant que nous allions l'affronter... C'était une fille. Adorable. Quand je pense à elle, je ne peux m'empêcher de pleurer. Il est parfois difficile de faire abstraction de ses émotions. L'essentiel est de ne pas se laisser déborder durant des combats. Mais quand je suis seule... Elle me manque terriblement. Cillisia était une enfant extraordinaire. Gwenc'Phel l'a envoyé dans le passé où elle est morte. Cela fait longtemps maintenant. Il voulait me punir. Nous, les Grands Druides, avons payé cher pour l'avoir exclu. Mais moi, plus que les autres. Tout ce que je sais, c'est qu'elle est devenue un fantôme qui ère sur Atlantide selon mes sources.

- Cillisia. C'est un joli prénom. Vous n'avez jamais essayé de la contacter ? Les druides ont le privilège de pouvoir parler avec les morts, d'échanger des mots important, tels que se dire adieu, alors que les autres ne le peuvent pas.

- Ce n'est pas si simple. Pour cela il faudrait connaître la date exacte à laquelle elle est morte. Or, ce peut être n'importe où dans le passé de l'Atlantide. Et cette terre a existé durant des siècles. C'est bien plus que chercher une aiguille dans une botte de foin, tu sais. J'ai cependant l'espoir de tirer les vers du nez de ce *treitour* lorsque nous l'aurons arrêté. Allons-y maintenant. Il ne faut pas laisser Cathbad errer sur Terre trop longtemps.

Île de Thira,
Bibliothèque.

Cillisia et Elora échangèrent quelques mots à l'écart des hommes.

- J'avoue ne pas être à l'aise ici. Ce n'est pas chez moi, commença Elora.
- Moi non plus.
- Comment cela ?
- J'appartenais à une autre époque. Je ne suis pas née sur Thira ! Un druide odieux m'a envoyé ici. J'ai eu le temps d'apprendre les coutumes de ce peuple et d'enquêter sur les stratagèmes d'Argallus. Les habitants sont devenus vulgaires, puis méchants, à cause d'un produit qu'il avait dissout dans l'eau du puits. Tandis que j'approchais du but pour le faire tomber, Argallus m'a assassinée. Ensuite les choses se sont envenimées. Argallus à faits des expérimentations sur le Mont P. Ilias. Cela a provoqué le cataclysme qui a fait sombrer l'île dans l'Océan. Si je tenais Gwenc'Phel !
- Quoi ? Gwenc'Phel ?
- C'est lui qui m'a exilé ici. Tu le connais ?
- Oh oui. Tu ne peux pas savoir combien moi aussi j'ai à lui faire payer ces crimes. Crois-moi Cillisia. Justice sera faite.
- Je n'ai jamais revu ma mère, ni mon père. C'était un grand guerrier. Et Ness une magnifique princesse.
- Ness ? Ta mère ?
- Tu la connais aussi ?
- Oui. Elle est ma supérieure dans mon époque. Elle dirige les druides du Monde entier.
- C'est fantastique ! Tu pourras lui dire… Que… je l'aime. Par tous les dieux ! Tu m'offres un moyen de la contacter. Je ne sais pas comment… Je te suis redevable.

- Si tu connais un moyen de me renvoyer chez moi… Tu peux nous suivre.

- Non. Mon corps a été consacré ici. Mon âme y est rattachée. Je ne peux quitter cette terre. Même si Argallus n'est plus, nos morts ont été trop violentes. Nous ne pourrons jamais trouver la paix de nos âmes, mais grâce à vous, nous ne serons plus exploités et soumis à un autre fantôme. Pour cela, merci Elora.

Lorient,
Parc Universitaire,
19 juin 2003,
12 h 24.

Cathbad errait dans le parc et s'amusait à effrayer les rares visiteurs. La voiture de Ness s'arrêta brutalement à l'entrée après un freinage violent. Ed en était encore tout blanc en descendant lentement, chancelant.

- Ca c'est du sport ! parvint-il à balbutier en réprimant un sursaut de son estomac.

- Arrête de te plaindre. Des Sentinelles en civil ont repéré Cathbad ici. Il faut le trouver, il ne fallut que cinq minutes pour lui mettre la main dessus. Le guerrier fut surpris de voir sa femme dans le parc.

- *Cathbad* !

- *Gwreg* (femme, épouse) ! lâcha-t-il méchamment.

- *Gwaz* (mari) ! répondit Ness sur le même ton.

- Tu me défie ?

- Oui.

- Tu n'as pas changé.

- Mais, il louche sur votre poitrine ma parole !

- Laisse ma *brusk* (poitrine) tranquille ! Tu as tué tous mes précepteurs. Tu vas payer aujourd'hui.

- Tu ne m'impressionne pas plus qu'autrefois, *priñs* (princesse) !

- C'est ce qu'on va voir ! Ness fonça en avant et lui poudra le nez avec un mélange spécial d'herbes. Elle reçut un coup de poing en retour mais elle avait atteint son objectif.

- Qu'est-ce ? ragea le guerrier.

- Une surprise. ***Du présent au passé tu vas retourner ! Par ce charme tu vas payer les crimes commis, afin de rendre justice à ceux dont tu as pris les vies.*** Cathbad se recroquevilla avant de tomber au sol. Il perdit son aspect humain pour prendre celui d'un rat et une brume l'enveloppa pour le renvoyer dans le passé.

- Un rat ? réagit Ed.

- Oui. Dans l'époque d'où il vient, les rats avaient une mauvaise réputation. Ils étaient responsables de la propagation de plusieurs maladies dont la peste.

- J'en connais un qui va passer un sale quart d'heure. Je croyais qu'on ne devait pas le tuer ?

- Il n'est pas mort ! Pour la suite, c'est aux dieux d'en décider.

- Ca, c'est un divorce express !

***

160

A La Croisee Des Chemins

**Île de Thira,
Bibliothèque.**

Les fantômes laissèrent l'équipe en compagnie d'une personne qu'ils connaissaient et qui selon eux leur donnerait la solution pour rentrer chez eux. Mais ils devaient auparavant apprendre une leçon importante.

- Qu'ont-ils voulu dire ? se demandait Eric qui fut interrompu par Gwyon'Bach.
- Tiens, tu as repris ton apparence normale, enfin… celle qu'on a pris l'habitude de voir, railla Bron.
- Oui. Je suis ici pour vous parler des dieux que vous allez devoir peut-être affronter. Installez-vous à cette table, j'en ai pour un moment.

Les quatre druides rechignèrent mais obéirent. Gwyon commença son cours qui devait leur permettre de mieux connaître leurs ennemis.

- Je sais que vous avez déjà appris la plupart des choses que je vais vous dire mais une piqûre de rappel est nécessaire. Les Créateurs sont au-dessus de tous les dieux qui leur doivent obéissance. Parmi eux, Diancecht…
- Chasse les maladies, je le connais, coupa Eric d'un ton monocorde.
- Oui et il est plutôt neutre. C'est difficile de savoir dans quel camp il se rangera lorsque les choses viendront à mal tourner. Mag Oc est le dieu de la beauté. Imbu de lui-même, il cherchera d'abord à préserver ses intérêts mais ne devrait pas prendre part aux combats s'il y en a. Nuada règne sur les guerres et il est un grand fidèle d'Enningan. En voilà un qui vous donnera du fil à retordre. Cernunnos gouverne les Morts. Il pourrait changer les cadavres des fidèles d'Enningan en zombie une fois vaincus. Cela leur donnerait une seconde chance contre vous ou vos alliés.
- Attends une seconde. On dirait que tu nous prépare à une guerre.
- Oui mes amis. Hélas, une grande guerre. Vous en saurez bientôt plus. Je reprends.

Une boule de cristal apparut avec le visage de Cernunnos imprimé dessus. Une tête surmontée de bois de cerf et une barbe drue faisait peur à regarder.

- Lug est quant à lui le protecteur des marchands et des voyageurs. Il a souvent aidé les druides, il devrait être de notre côté. L'avantage c'est qu'il possède les capacités des autres dieux. Je l'ai remarqué la dernière fois.

- Quelle dernière fois ? demanda Bron.

- D'accord. Je vais vous le dire. La guerre qui se prépare porte un nom. La *3ème bataille de Mag Tured*. Il y en a eu donc deux auparavant. C'est à cette occasion que j'ai vu Lug utiliser ses pouvoirs cachés. Je vous raconterai plus tard ce qui s'est passé durant ces deux *Batailles* et pourquoi elles ont eu lieu. Pour l'instant, il faut faire la liste des dieux qui pourront vous aider le moment venu. Il faut cependant se méfier de Lug qui ne fréquente pas facilement les humains et qui n'aime pas être dérangé sans motif grave. Je pense qu'une guerre contre Eningann devrait l'intéresser. Il a des comptes à régler avec lui et n'attend qu'une occasion pour lui rentrer dans le lard.

- Gwyon, le réprimanda Elora.

- Revenons-en à Mag Oc. C'est le fils de Lug et le dieu du Temps. Il m'a donné un pendentif pour chacun d'entre vous, qui a le pouvoir de vous ramener au Sanctuaire en 2003.

A ces mots, tous les quatre se réjouirent.

- Je reviens sur Nuada, roi des Tùathas Dé Danann.

- Parce qu'ils ont un roi ? s'étonna Tao.

- *Ni gebthar cath cen ríg* (on ne gagne pas une bataille sans roi). Il a l'habitude de ne pas combattre en personne.

- Peux-tu nous raconter la *Bataille* pour mieux comprendre ? demanda Elora.

- Bien, la *1ère Bataille de Mag Tured* vit s'opposer les Tùathas Dé Danann à leurs ennemis les Fir Bolg dans le Comté de Mayo en Irlande. Puis les Tùathas ont attaqués les Fomoirés lors de la deuxième *Bataille de Mag Tured* dans le Comté de Sligo. Elles se sont déroulées au 11ème siècle. Les Tùathas Dé Danann vivent sur l'Autre Monde dans quatre îles au Nord : l'île Falias où fut longtemps conservée la pierre de Fal qui vous a servi à combattre Méduse gouvernée par Morfessa ; l'île Gorias où était cachée la lance de Lug et dirigée par Esras ; l'île Murias d'où vient le Chaudron de Dagda où règne Sémias ; et enfin l'île Findias où se trouvait l'épée de Nuada qui vous a servi à trancher la tête de Méduse dont Uiscias est le chef. Ce sont donc ces quatre îles qui furent et sont encore aujourd'hui convoitées par les trois peuples : Tùathas Dé Danann, Fir Bolg et Fomoirés. Bien sûr, l'alliance de chacun d'entre eux avec des dieux et autres peuples donne une toute autre dimension à la *Bataille*. Les Fir Bolg ont perdu durant la première vague des hostilités. 100 000 d'entre eux perdirent la vie. Cependant, les Tùathas ne furent pas tous indemnes. Nuada, leur roi, eut le bras tranché, ce qui le rendit indigne pour l'exercice de la souveraineté. C'est l'une de leurs règles. C'est Brès (un Fomoiré et un Tùatha à la fois, un enfant issu des deux peuples) qui fut choisi pour le remplacer. Diancecht…

- Le dieu médecin c'est ça ?

- Exact Bron, il fabriqua à Nuada une prothèse en argent pour lui remplacer le bras. Quand Brès devint roi, sept guerriers furent chargés de l'aider et Enningan lui construisit la forteresse Dum Brese. Son règne fut déplorable et il fut contraint d'abdiquer. Mais Brès ne l'entendait pas de cette oreille et demanda à son Père (un Fomoiré) une armée afin de reconquérir le trône des Tùathas. Une puissante armée se mit en marche et Nuada qui a repris sa place se prépara. Les deux armées arrivèrent pour la seconde *Bataille de Mag Tured*. Les Fomoirés eurent Mew (un des trois Créateurs) comme allié et Eningann dirigea les Tùathas. Pire, les forces du Mal (Dragons, sorciers, elfes noirs, Kérions, Gobelins…) marchèrent derrière les Tùathas et celles du Bien (elfes, fées, nains, gnomes, lutins, centaures…) derrière les Fomoirés, et promirent leur aide magique. Il fallut sept ans au deux ennemis pour les réunir. La *Bataille* engagée, les Géants Fomoirés se montrèrent vaillants mais les Géants Tùathas furent grandement avantagés par leur magie. Une véritable tuerie donna naissance à un fleuve de sang. Finalement les Fomoirés furent vaincus. Les Tùathas ont donc volé les quatre îles et les puissants artefacts qui s'y trouvaient. Seulement, il y a peu de temps, les Fomoirés, que vous avez vus au *Château de Carboneck*, vous ont confié ces reliques après les avoir volées afin que vous puissiez vaincre Méduse.

- C'était des Fomoirés ! s'écria Eric les yeux écarquillés.

- Oui. Ils comptent sur vous pour récupérer la propriété de ces îles.

- Qu'est-ce qu'elles ont de si important ces îles ? Les reliques ont été détruites en même temps que Méduse !

- Il s'agit avant tout d'un symbole. Les îles par elles-mêmes n'ont rien d'extraordinaire. Mais leurs positions sur la carte de l'Autre Monde sont très convoitées par les deux camps. Au fil du temps, les Tùathas sont devenus des leaders parmi les forces du Mal et Eningann tient beaucoup à eux. Celui qui détient les îles peut élargir ses Terres. Si une troisième *Bataille de Mag Tured* se prépare, c'est pour plusieurs raisons : d'abord pour eux, vous avez volé les reliques ancestrales des îles, même si ce sont les Fomoirés qui l'ont fait pour vous ; ensuite, vous menacez directement l'Ordre établi par Eningann et Mew, de notre côté, trouve-là une occasion de le défier. Enfin, les Tùathas ont instaurés un régime de terreur que les esclaves et soumis veulent faire tomber.

- Si j'ai bien compris, tout ce joli monde compte sur nous pour renverser Eningann et les Tùathas, s'aventura Elora.

- Oui. Le fait de devenir des dieux aussi puissants que les Créateurs symbolise pour eux un espoir.

- Seulement nous ne sommes pas encore des dieux et encore moins des Créateurs ! s'emporta Eric.

- C'est juste mais les choses vont bientôt changer et c'est pour cela que je suis ici. Je dois vous préparer à devenir des dieux et à affronter la *Bataille* qui se profile.

- Nous avons donc sept ans devant nous ? Le temps de réunir nos alliés.

- Hélas non. Les troupes sont déjà prêtes. Nous arriverons bientôt au point culminant de la préparation. Il ne reste que quelques peuples à contacter et à réunir. En gros, ils n'attendent plus que vous. C'est pour cela que le temps presse.

Sanctuaire,
Entrée du Temple.

Ness aperçut Pat à son retour sur le sol sacré. Elle s'approcha de lui et l'emmena discuter à l'écart.

- Pat, j'ai une histoire à te raconter.
- Je t'écoute.
- Il y a cinq ans, un homme a été suspecté de meurtre. Il avait utilisé ses pouvoirs pour fuir la scène d'un crime.

Pat devint livide. Il savait parfaitement où elle voulait en venir.

- Cet homme s'appelait Patrick Ferréol. Pat Ferréol, ça te dis quelque chose ?
- Oui. Il s'agit bien de moi. C'est mon nom.
- Comment as-tu pu nous cacher une chose pareille ? Toi, un Grand Druide qui appartient au Gorsedd ! Tu veux bien m'expliquer ? explosa Ness.
- Je donnais un cours avec Gwenc'Phel à une jeune Vate. Ce jour-là, le temps était exécrable. La jeune femme était en retard sur son apprentissage. Elle avait obtenu de nous un cours particulier. Au lieu de s'en tenir à la leçon et aux conseils que nous lui prodiguions, elle voulut faire du zèle. Elle était sur le point d'invoquer un shrapnel. Tu sais à quel point ces horreurs sont dangereuses. Gwenc'Phel est intervenu pour l'en empêcher mais elle s'est interposée entre lui et

la créature sur le point d'arriver. Le choc fut violent et avant d'exploser la bête a eu le temps de dépiauter la Vate.

- C'était un accident.

- Oui, selon, les conclusions officielles.

- Et... Officieusement ?

- Nous n'avions pas le droit de lui donner un cours sur ce sujet. Je dirais même que Gwenc'Phel s'amusait à lui expliquer le plaisir qu'il ressentait en présence de ces monstres. Elle voulut autant lui faire plaisir que d'en apprendre davantage sur les méthodes de combats contre les Shrapnels. Au lieu d'être bouleversé, Gwenc'Phel n'a rien ressenti à sa mort. Il a pris goût à invoquer des shrapnels. Ce furent les premières créatures qu'il nous envoya durant notre conflit contre lui.

- Je me souviens, oui. Tu n'y es pour rien toi dans cette histoire.

- Mais cet accident fut entouré de mystères parce que nous avons essayé d'étouffer l'affaire.

- Comment as-tu pu rester un Grand Druide ? Il faut un accord parfait entre le corps et l'esprit pour diriger les druides.

- J'ai effectué une retraite spirituelle et j'en ai conclu que je n'avais pas de responsabilité dans cette histoire. Je me suis pardonné d'avoir donné un cours interdit. Je suis en paix avec cela. Mais j'en veux à Gwenc'Phel d'être devenu si insensible à la douleur. Il n'y a hélas pas que cela à lui reprocher. Que vas-tu faire ? Tu veux rouvrir le dossier ?

- Non. Pas si tu as fait une retraite spirituelle pour résoudre ton conflit intérieur.

- Merci.

Île de Thira.

Gwyon'Bach se félicita de voir les fantômes de l'île engloutie plus sereins. Mais un malaise demeurait quant au sort de Cillisia, la fille de Ness qui avait perdu la vie ici par la faute de Gwenc'Phel.

- Gwyon ! Je veux que tu rendes Cillisia libre. Elle doit revenir au présent et rester en vie. Après-tout elle n'est pas morte dans notre époque. Si tu inverses pour elle le cours du temps et empêche Gwenc'Phel de la bannir... commença Eric.

- Je t'arrête tout de suite. C'est hors de question ! Je ne peux pas altérer le cours du temps. Et puis, elle a rendu des services inestimables ici que je ne veux pas effacer.

- Tu dois faire quelque chose Gwyon ! Ou nous ne conduirons pas nos alliés à la *Bataille de Mag* quelque chose.

- *Mag Tured*.

- Si tu veux.

- C'est du chantage !

- En effet.

- D'accord. En traversant la porte pour rentrer au Sanctuaire et revenir au présent, Cillisia sera ressuscitée. Mais mes pauvres amis, le prix à payer que les Eternels exigeront de vous plus tard sera impitoyable et cruel. Rien n'est gratuit.

- Ca marche.

- Ne prend pas cette décision à la légère Eric. Je connais les autres et je peux te dire qu'ils n'apprécient pas ce comportement.

- Ils ont besoin de nous. La vie de Cillisia est notre prix.

- Parfait. Vous l'aurez voulu et je vous aurai averti. Je ne peux rien faire de plus.

Eric, Elora, Bron, Tao et Cillisia se rendirent au cromlec'h de plus en plus abîmé par la corrosion de l'eau. La bulle d'oxygène s'était considérablement rétrécie. Il était temps de partir avant d'être en danger de mort. Les énergies telluriques réunies autour des pierres s'affolèrent. Gwyon'Bach jeta un pendentif que Mag Oc lui avait confié dans le vortex ouvert et tous les cinq retournèrent en 2003.

Lorient,
Sanctuaire,
Allée Principale,
19 juin 2003,
16 h 16.

Ness devint pâle lorsqu'elle vit sa fille en compagnie de l'équipe qu'elle dirigeait. Après des siècles de séparation qu'elle ne pardonnera jamais à Gwenc'Phel, elle prit son enfant dans ses bras et passa des heures à pleurer avec elle.

Dans la soirée, Cillisia apprit le châtiment de son père, mais elle préféra profiter de la chance de revoir sa mère plutôt que de chercher des coupables responsables du sort de son paternel.

***

161

LES DEMONS
DU PASSE

**Lorient,
Sanctuaire,
Chambre d'Elora.**

Elora se réveilla en pleine forme. Elle avait eu besoin d'une pleine nuit réparatrice pour effacer la fatigue intense laissée par la visite de l'île Thira. Elle pensait pouvoir ouvrir les yeux et observer par la fenêtre le lever du soleil d'un beau printemps, mais ce ne fut pas de cette manière qu'elle se réveilla. Un écho perturba ses pensées. Très tôt dans la matinée, Eric émergea, dérangé par les cris de sa fiancée. Toujours endormie, la jeune femme s'agitait en tous sens et criait des phrases très compréhensibles. Son pouvoir de télépathie s'emballa brusquement et Elora put entrer dans la tête de Mandragoria elle-même, avant de pouvoir communiquer directement avec Hélène.

- Mandragoria ! Lâche-là ! Mais à cet instant de fusion de son esprit avec celui du monstre, la jeune druidesse se tétanisa en observant le passé de la bête. Elle resta ainsi figée, assise sur le lit, les yeux grands ouverts. Eric paniqua et appela du secours. Ness et Bann arrivèrent les premiers.
- Que se passe-t-il ? demanda Bann, le sceptre en main, prêt à intervenir.
- Eric, recule-toi… Lentement. Sans mouvements brusques.
- Vous me faites peur Ness.
- Obéi et ne discute pas !

Eric descendit du lit et s'éloigna.

- La femme sur ce lit n'est plus Elora. Son esprit est loin. En revanche, je sens une force obscure présente dans ce corps.
- Où suis-je ? Qui êtes-vous, humains ? J'y suis… Vous êtes ceux que je dois détruire. Enningan, ce fou, pense me contrôler et me donne des ordres, mais je ne puis être domptée. Ils ont essayés, il y a très longtemps. L'humanité balbutiait alors.
- Qu'as-tu fait d'Elora, Mandragoria ?

- Mandragoria ? Ness ! C'est impossible ! s'écria Bann. Gwenc'Ron arriva le souffle court et manqua de s'étaler en freinant son pas en urgence.

- Comment a-t-elle pu ? demanda Gwenc'Ron. Un voile étrange passa dans les yeux d'Elora et elle trembla sans pouvoir bouger. Ness se décontracta. Elle ne ressentait plus la présence du monstre dans la pièce.

- Elle est partie. Elora est de retour.

Eric se précipita pour la prendre dans ses bras et l'embrassa.

- Eric. Laisse-lui du temps. Elle vient de subir un choc violent.

- Que voulez-vous dire ?

- Je n'en suis pas sûre. Il va falloir qu'elle le confirme mais, je suspecte ta fiancée d'avoir utilisé son pouvoir de télépathe pour entrer en contact avec elle. Il se peut que ce ne soit pas volontaire. Cela s'est produit durant son sommeil. Son désir intense de retrouver Hélène a probablement joué en ce sens.

- Non. Vous…

- Eric. Elle… a… raison, chuchota Elora entre des tremblements avant de reprendre.

- J'ai entendu Hélène m'appeler dans mon rêve. Mais ce n'était pas un rêve. Je me suis rendue compte que je ne pouvais pas me réveiller. Je crois que je suis plus sensible à un appel au secours durant la nuit. Elle est encore dans le bulbe et son corps commence à changer. Sa peau lui brûle et gèle en même temps. La douleur est ignoble. Je l'ai ressentie un court instant. Mais ce n'est pas le pire. J'ai vu l'horreur suprême, l'incarnation même du Mal donner naissance à cette chose. J'ai vu le passé de Mandragoria parce que je suis entrée dans son esprit.

- Tu as failli t'y perdre ma belle. Je crois que c'est Mandragoria qui a mis fin au contact mental. Elle ne s'est pas laissé faire, répondit Ness.

- C'est juste. Lorsqu'elle s'est rendue compte qu'elle se trouvait dans mon corps et non dans le sien, elle a repris le contrôle de la situation et m'a expulsée d'elle. Ce fut violent. J'ai peur qu'elle ne s'en prenne à Hélène en représailles.

- Elora. Je te demande de te concentrer, même si c'est difficile. Tu t'es retrouvée à l'endroit où se trouve Mandragoria. Il faut que tu fasses un effort. Où est-elle ? demanda Gwenc'Ron qui savait à cet instant qu'il était possible de la trouver.

- Je connais ce paysage. Je l'ai déjà vu. C'est curieux. Elle est si proche. Je sens encore sa présence. Par tous les dieux ! Je sais où elle est ! Il y en a partout ! Des cadavres par centaines ! cria-t-elle les yeux exorbités de terreur.

- Où ? insista Eric.

- L'île de Groix ! s'effondra Elora en larmes.

Sanctuaire,
Temple,
5 h 14.

- Durant tout ce temps elle était à l'île de Groix ? demanda Pat stupéfait du récit de Gwenc'Ron.

- Oui, à moins de vingt kilomètres d'ici.

- Eric, Bron, Tao. Vous comprenez qu'il faut y aller, commença Ness.

- Bien sûr. Elora, tu peux venir ? demanda Eric.

- Oui. Je me remets. Nous sommes si proches de retrouver Hélène. Je ne peux pas la laisser tomber. Pas maintenant. J'ai déjà perdu une amie et je ne veux pas revivre çà.

- Alors en route ! termina Tao.

Ile de Groix,
Centre.

Dans son bulbe, Hélène ne pouvait plus bouger. Elle abandonna la lutte et sentit qu'elle allait peut-être mourir. Mandragoria s'en rendit compte et secoua le bulbe en lui injectant de l'énergie vitale. La jeune femme reprit des couleurs.

- Je ne te laisserai pas perdre la vie, petite chose.

Hélène ferma alors les yeux et des images de son passé envahirent sa tête. Elle se trouvait au Sanctuaire, et vit un traître se disputer avec une femme. D'abord de dos, elle ne put la reconnaître, mais un instant plus tard elle lui faisait face et elle put distinguer son visage. C'était elle, plus jeune. Elle se souvint de cette épouvantable rencontre. Ce jour-là Hélène avait été torturée par les pires sorts que la Magie pouvait engendrer. Elle était au seuil de la mort mais elle luttait pour survivre. Par trois fois, le traître avait réitéré le processus, sans la laisser mourir. Le plaisir qu'il éprouvait était indécent. La jeune femme se demandait comment un être humain pouvait être aussi cruel ? Mais la réponse lui parut évidente. Ce traître n'était plus un humain. Il n'en n'avait que l'enveloppe physique, mais à l'intérieur, il n'y avait plus d'âme. Depuis ce jour, Hélène ne supportait ni la Magie, ni se rendre au Sanctuaire où elle avait subi les pires sévices. Ce lieu sensé être paisible et protecteur avait été pour elle une terre d'abominations.

Troublée, agitée, Hélène poussa un cri d'horreur. Sa terreur la plus puissante venait de resurgir. Même Mandragoria en fut surprise. Le monstre sentit que quelque chose de dangereux allait se produire. Elle contracta davantage le bulbe pour empêcher Hélène de bouger. La jeune druidesse ne supportait plus les pouvoirs qui restaient en elle. Depuis des années, elle ne les utilisait plus ou seulement en dernier recours. Hélène chercha au fond d'elle la source de ses pouvoirs et utilisa toutes ses forces pour l'expulser de son corps. Le bulbe se déchira et Mandragoria paniqua pour la première fois de sa vie. Quelque chose d'aussi ancien qu'elle allait surgir et cela l'effraya.

162

La Fin
De Mandragoria

Ile de Groix,
Centre.

Hélène hurlait sans arrêt depuis plusieurs minutes. Elle expulsait violemment son Elémental de feu, source des pouvoirs du feu directement lié à la Terre (Un Elémental est une entité vivante qui a besoin d'être canalisée pour ne pas se déchaîner en tous sens et tout détruire sur son passage. Il apporte les pouvoir les plus puissants que la Terre puisse fournir). L'Elémental carbonisa le bulbe qui se détacha et libéra Hélène. Mais celle-ci avait profondément changé. Elle portait les stigmates d'une transformation qui n'était pas achevée. Elle ressemblait désormais à une femme plante. Toute une large partie de son corps était recouverte de mousses et d'excroissances étranges de couleur verte. Se peau avait pris la même teinte par endroits. Mais au fond d'elle, Hélène était restée la même personne. Ce n'était que son enveloppe physique qui avait eu le temps de changer. La fureur qu'elle avait accumulée depuis des années était libérée. Elle se sentit soulagée d'un énorme poids. Mais son Elémental devint incontrôlable. Il brûla les racines de Mandragoria qui se débattit avec rage. Si elle ne connaissait pas ce qu'était la peur, elle en faisait aujourd'hui la douloureuse expérience. L'Elémental s'attaqua ensuite à chaque branche qui, une fois en cendre, lâchèrent les cadavres et les corps des habitants de l'île dont elles se nourrissaient. Ce fut une véritable pluie de sang et de chairs. Mandragoria poussa un cri qui fit trembler l'île toute entière et fut audible depuis les côtes. Le monstre millénaire se replia sur lui-même et frémit. L'Elémental n'eut aucun remord à burler les trois cœurs cachés de Mandragoria. Les dernières feuilles et les mousses qui avaient recouvert la terre de l'île devinrent grise puis poussières. Un dernier gémissement fut émis par la créature libérée par Enningan avant de sombrer dans le silence éternel. Une immense masse de la hauteur d'un immeuble de vingt étages s'écroula et s'étala au sol en une gigantesque flasque visqueuse. Il faudra des semaines pour nettoyer l'île et la rendre habitable.

Les âmes de ses victimes eurent enfin l'occasion de trouver la paix et de quitter la Terre. L'île ne sera pas hantée. Hélène se mit à genoux et resta là à pleurer sans pouvoir s'arrêter. L'Elémental, lui, continua de massacrer les maisons et commerces et menaça de brûler toute l'île.

L'équipe arriva sur place pour constater les dégâts et se réjouir de voir Mandragoria vaincue.

- Hélène ! C'est toi ? demanda timidement Elora en voyant à quel point elle avait changé. La jeune femme leva la tête et les observa, le visage vert par endroit et les larmes coulants à flots.

- Crois-tu ? Voyez à quoi je ressemble maintenant ! Mandragoria est morte oui. Mais à quel prix ?

- Viens. Rentre avec nous ma belle. On va te soigner.

- Non. Même si c'est possible, à quoi bon continuer le combat. J'en ai déjà trop souffert et là… Non. Je ne reviendrais pas à Lorient. Je vais partir loin. Oui, c'est ça. Loin d'ici, loin de tout, loin de la Magie. J'en peux plus. Vous comprenez ?

- Hélène, je sais que c'est difficile pour toi, mais ce n'est pas fini ! Tu ne peux pas laisser tes pouvoirs détruire Groix ! Tu dois récupérer ton Elémental. Tu es la seule à pouvoir le rappeler et le canaliser en toi. Il doit réintégrer ton corps au plus vite, tenta de la raisonner Tao.

- Que tout brûle. Je m'en moque. J'ai tout perdu. Je n'ai plus de vie. Comment revenir au campus dans cet état ? C'est terminé. Je vais partir très loin et pour toujours.

- Tu ne peux pas m'abandonner ! Kéra est morte, Hélène ! Je ne veux pas te perdre aussi ! cria Elora.

- Je suis désolée.

Hélène ferma les yeux et une petite tornade encercla son corps et l'emporta en disparaissant.

- HELENE ! NON ! hurla Elora effondrée.

- Bron ! Il faut faire quelque chose. Ton pouvoir est le même que le sien. Je sais que Gwenc'Ron a fragmenté l'Elémental d'Hélène lorsqu'elle avait décidé de quitter le Sanctuaire. Il ne pouvait pas la priver de tous ses pouvoirs et elle a conservé ceci en elle. En théorie tu peux le récupérer.

- En théorie ?

- Je n'en suis pas sûr. Désolé.

- Génial. Je veux me cramer dans l'histoire ?

- C'est un risque à courir.

- Merci du cadeau, Eric.

Bron se concentra et appela l'Elémental.

- Viens à moi, se contenta de réciter Bron sans conviction. Rien ne produisit. Lorsqu'il vit une partie de l'incendie encercler une pauvre survivante, il se jeta d'instinct dans le feu. Aussitôt, la forme composée de feu s'approcha de lui et son corps s'enflamma. A cet instant, tout disparut. Il n'y eut plus une trace d'incendie. Seules les fumées et les cendres éparses jonchaient le sol.

Bron venait de récupérer les pouvoirs d'Hélène et se sentit beaucoup plus puissant. Mais il lui fallut faire d'énormes efforts pour empêcher l'Elémental de fuir.

L'équipe dut se résoudre à abandonner les recherches d'Hélène car une semaine plus tard, nul druide sur Terre n'avait trouvé de traces de la jeune femme.

***

163

LA LÉGENDE
DES MAÎTRES
(1)

Sanctuaire,
Bosquet,
27 juin 2003.

Ce vendredi estival était radieux. Eric et Elora furent surpris de voir l'avancée des préparatifs de leur mariage. Le Gorsedd avait estimé que des festivités n'auraient pas lieu avant longtemps lorsque la *Bataille* aurait commencé. Il avait donc fallu avancer date de mariage.

La tradition voulait que les druides se réunissent au bosquet pour célébrer un tel évènement. Tout avait été organisé à leur place pour les remercier de leur travail depuis 2001. Tous étaient bien décédés à profiter de cette journée. Mais sans Hélène comme demoiselle d'honneur, ce mariage avait un gout particulier pour Elora. Eric avait pourtant tout fait pour satisfaire sa fiancée et ne pas gâcher la plus belle journée de leur vie.

Tous les deux se vêtirent d'une saie blanche (sorte d'aube de prêtres) richement décorées. Elora portait une couronne de lierre, la bague de fiançailles en argent et une broche sur la poitrine. Eric quant à lui, arborait une couronne de houx, un anneau en or et le symbole du Sanctuaire (deux croissants de lune formant un « S » avec une couronne de gui au-dessus) sur le torse. Le sol du Bosquet avait été parsemé de sel béni et l'Assemblée de druides forma un cercle. Le couple avança à pas lents et se plaça près de Gwenc'Ron, au centre, devant l'autel orné de fleurs et de bougies blanches pour l'occasion. Le Grand Druide avait le *Livre des Eléments* dans les mains. Des bardes jouaient de la harpe, du tambour et de la cloche.

Gwenc'Ron psalmodia des formules de charme, de réussite, d'amour et parcourut le cercle pour maintenir les forces telluriques en mouvement.

- Eric et Elora se promettent ici de se protéger et de protéger les autres druides toute leur vie durant. Cette union sacrée est bénie par le Gorsedd qui a repris ses fonctions après la démission de l'Ollav Suprême des Filids. Nous, les druides, reconnaissons ce couple uni par la Magie des Celtes. Devant cette Assemblée qui représente toutes les générations de druides passées, présentes et à venir, nous sommes les témoins et garantissons que ce mariage a été célébré dans les strictes coutumes qui sont les nôtres, dans la noblesse de leur courage et dans la puissance sans faille de leur amour. Que ces deux âmes se ressourcent dans la force de leurs liens.

Ness s'approcha et prit la main d'Elora et déposa une lanière blanche et soyeuse.

- Par le pouvoir de l'Arcadienne, Isis, tisse ta pureté autour de ces deux âmes sœurs, les liants dans ce Monde comme le fait la lanière. Un barde fit alors sonner une cloche une fois. Puis, Ness noua une lanière rouge autour de leurs mains.
- Par le pouvoir de la Mère de Famille, Babd, tisse ta force autour de ces deux âmes sœurs, les liants dans ce Monde comme la lanière, récita la princesse avant que ne sonne à nouveau la cloche. Enfin, elle noua une lanière noire autour de leurs mains avant de dire :
- Par le pouvoir de la Génératrice, Macha, tisse ta force autour de ces deux âmes sœurs, les liants dans ce Monde comme le fait la lanière. La cloche sonna une dernière fois.

Ed se tint à l'écart de la cérémonie, jaloux de voir ses amis si heureux et lui, se retrouver seul. Hélène aurait pu revenir pour lui. Mais ce ne fut pas le cas. Il chercha pourquoi elle ne l'aimait pas assez. Qu'avait-il fait ou pas, pour lui échapper ? Il donnerait son âme pour qu'elle revienne. Il assista ainsi au mariage d'Eric et Elora, de loin, ruminant ses reproches. Il se surprit à en vouloir à la Magie, en général, de les avoir séparés. Sa colère grandit en silence. Il se souvint alors d'une prophétie qu'un vieillard lui avait révélé avant de mourir, tué par Gwyon'Bach.

- *Il te sera proposé de prendre la direction des Enfers Celtes*. Cette phrase résonna dans sa tête et il ne put la chasser.

Un rituel d'une importance capitale commença. Gwenc'Ron demanda que le cercle soit rompu et les druides s'écartèrent. Bron et Tao vinrent se placer devant l'autel à leur tour. Le Gorsedd avait choisi de profiter de l'occasion pour célébrer un autre évènement très important en présence de tous les druides. Ce fut à ce moment précis que les quatre druides devinrent des dieux. Gwenc'Ron posa le Livre des Eléments sur l'autel, face à eux et le groupe prononça l'incantation.

« Que par les quatre éléments réunis ici,
En moi me soit donné et transmis la nouvelle Magie.
Que mes pouvoirs deviennent infinis
Afin de gouverner sur les vies. »

Puis, ils burent de l'hydromel, le célèbre nectar des dieux. A cet instant, Gwyon'Bach s'avança et les salua.

- C'est bizarre. Je sens rien, dit Bron qui fit rire l'Eternel.
- Moi non plus, confirma Eric.
- C'est normal. En foulant le sol de l'Autre Monde, tout changera. Vous êtes maintenant des dieux. Vous pouvez désormais librement accéder à l'Autre Monde. Mais cela ne suffit évidemment pas pour remplacer les Créateurs. Une dure lutte s'annonce mais pour l'heure, la fête est de rigueur. Profitez de la joie mes amis. Vous le méritez.

Les druides furent dans l'allégresse. Le mariage et la cérémonie d'investiture sur Terre furent célébrés toute la journée et la nuit. Ils dansèrent, burent, chantèrent dans un bosquet aux décorations splendides. Des sorts de chance furent lancés et Ed s'éloigna pour cacher son chagrin.

***

164

La Légende
Des Maîtres
(2)

Sanctuaire,
Bosquet,
28 juin 2003,
14 h 29.

L'équipe, accompagnée de Gwyon'Bach, entra dans le cromlec'h.

- On y va ma femme ? dit Eric en souriant à Elora.
- Ça fait bizarre. Je suis heureuse Eric. Je ne pouvais épouser personne d'autre que toi.

Tandis qu'ils s'embrassaient, Gwyon'Bach les informa de leur mission.

- Ecoutez attentivement. Vous devez trouver les cercles royaux. Nous allons au Palais Divin où le Panthéon est déjà réuni et vous attend. Les Créateurs y sont aussi. Ce qui va se dire au cours de cet entretien est de la plus haute importance. Prenez garde aux mots que vous prononcerez. Vous devez y aller pour leur annoncer officiellement que vous défiez leur autorité et que vous souhaitez les remplacer.
- Euh… Je ne crois pas qu'ils vont apprécier. Nous sommes des dieux, mais ça ne veut pas dire pour autant que nous avons les moyens de les défier ! Nous les avons ? demanda-t-il d'un ton timide.
- Vous n'allez pas les attaquer directement. Comme je vous l'ai dit, une *3ème Bataille de Mag Tured* se prépare et c'est l'issu de ce conflit qui déterminera les vainqueurs. Nous n'avons plus le temps de discuter. Allons-y.

Le Gorsedd s'installa devant la boule de cristal de Bron pour assister à distance à l'évènement, tandis que les énergies telluriques étaient rassemblées pour faire vibrer les vielles pierres.

Tréhoranteuk,

Capitale de l'Autre Monde,
Palais Divin.

L'immense Palais abritait le Panthéon. Un brouhaha rendait inaudible toute conversation. Lorsque le groupe se rendit en bas de la tribune, les dieux cessèrent de parler.

- Je suis Eric, le représentant des druides. Je viens défier les Créateurs et demande aux dieux leur confiance.
- Impudent ! Imposteur ! Comment oses-tu ?
- Enningan silence ! Les Eternels ont décidé qu'il était temps que vous laissiez votre trône ! hurla Gwyon'Bach.
- De quel droit ? Vous n'intervenez jamais dans nos histoires !
- Ce temps est révolu ! Nous avons préparé quatre humains à devenir des dieux. Maintenant, ils réclament les cercles royaux.

A ces mots, les dieux lâchèrent des cris de stupeur.

- Et croyez-vous que nous allons vous les céder parce que vous les demandez ?
- Ce n'est pas le cas ?
- Non ! J'ai réuni quelques… connaissances, sur des terres que tu connais Eternel.
- Je sais. La question est de savoir si tu es prêt à faire couler du sang à nouveau, de troubler la paix ?
- Oui. Je ne céderais jamais mon trône à des humains !
- Dans ce cas, tu ne nous laisse pas le choix. Eric.
- Enningan ! Je t'accuse d'avoir comploté pour interdire l'accès au Palais Divin de plusieurs Ambassadeurs dans le but de voter une décision à leur insu et sans leur présence. Seuls tes fidèles ont pu assister à la séance, facilitant la faveur des dieux. Il s'agissait de remplacer la gouvernance du Gorsedd sur les druides pour installer l'Ollav au Sanctuaire. Un tel acte aurait révolté la majorité des Ambassadeurs. Mais en leur absence, le texte a pu passer. Je t'accuse en conséquence d'être responsable de tous leurs actes sur Terre et d'avoir ainsi entravé notre action visant à ramener l'ordre au sein de notre communauté. Des traîtres ont pu à cette occasion commettre des actes horribles sans que nous puissions intervenir. Mais le plus grave est d'avoir ainsi abusé de ton pouvoir, les ambassadeurs s'agitèrent à ces mots.

- Je… C'est exact ! J'ai estimé que le Gorsedd n'assumait pas sa fonction correctement. Pour preuve, vos traîtres courent toujours et ce, depuis plusieurs années.

- Tu n'avais pas le droit de priver les Ambassadeurs de leur vote ! Plusieurs peuples n'ont pas pu s'exprimer au travers de leurs représentants !

- Mais nous ne sommes pas en démocratie ici !

- Certes, mais des traités ont été passés, des accords qui t'y obligent ! Cédez-nous les trônes ou payez le prix de votre trahison !

- J'accepte et me joins à vous à *Mag Tured*, annonça Mew devant le Panthéon.

- Je suis fatigué de vos querelles. Je ne prendrais pas part au conflit. Je laisse mon cercle royal entre les mains du vainqueur de ce conflit, annonça Oiwn à son tour.

Enningan entra dans une colère noire.

- Qu'il en soit ainsi ! Je déclare la guerre ! Que les peuples désireux de me suivre se rendent sur les terres de *Mag Tured* ! Nous écraserons ceux qui nous affronteront !

- Je suis sincèrement désolé de ta décision. Les Eternels en prennent acte.

A cet instant solennel, sept créatures gigantesques se présentèrent, attirant les regards de tous.

- Que font les portiers ici ? demanda Enningan.

- Les sept portiers de l'Autre Monde viennent reconnaître officiellement ces nouveaux dieux. Accru, portier du plan de l'Abysse ; Agen, portier du plan du chaos ; Alphe, portier du plan de l'Anareta ; Bun, portier du Purgatoire ; Kham, portier du Paradis celte ; Prince, portier du plan d'abandon ; et Unu, portier des Enfers viennent leur ouvrir les portes dont ils ont la garde. Ils peuvent ainsi accéder aux mêmes privilèges que les autres dieux.

- Tu leur as donné des pouvoirs divins mais cela ne signifie pas qu'ils peuvent me vaincre ! Mes troupes vous attendent. A propos, vous passerez le bonjour à Hélène de ma part. Elle a écrasé l'une des plus vieilles créatures qui existent.

- Ordure ! s'emporta Elora qui fut retenue par son mari avant qu'elle ne monte jusqu'aux trônes pour lui régler son compte. Tu ne l'emporteras pas ! Je lutterai jusqu'à la mort s'il le faut ! Tu paieras pour ce que tu nous as fait subir !

Les bancs se vidèrent. Des sourires amicaux furent observés par Gwyon'Bach qui voyait là des alliés.

- Regardez autour de vous, vite ! Guettez les signes des Ambassadeurs et des dieux. C'est maintenant que vous saurez ceux qui vous suivront et ceux qui vous affronteront. Ceux qui traînent n'ont pas pris leur décision et ceux qui prennent les portes dissimulées derrière les rideaux ne prendront pas part au conflit et attendront simplement de connaître les vainqueurs. En général ils vont dans le sens du vent et sont des lèches bottes. Observez-les tous attentivement et retenez leurs drapeaux. Il nous faut cette liste à tout prix. Je n'aime pas les surprises. Si notre camp doit être déserté je dois le savoir maintenant.

- Arrête ton manège, tu possèdes tous les Savoirs. Tu as déjà cette liste en tête.

- Bon d'accord, c'est vrai. Mais je n'ai pas le droit de vous la donner. Alors fait ce que j'ai dit !

Les quatre nouveaux dieux guettèrent donc les signes envoyés par les Ambassadeurs et les dieux.

***

165

LA LÉGENDE
DES MAÎTRES
(3)

Autre Monde,
Territoires des Tùathas Dé Danann.

Enningan était parti fou furieux du Palais Divin et la panique ou le courage des peuples fut décuplé. Le Créateur avait rejoint son armée des Ténèbres, comme il s'amusait à la nommer.

Tim fut surprit par un Tùatha qui lui arracha le bébé des bras. Ronan fut emmené loin au cœur de ces terres hostiles. Le jeune garçon pleura et porta le cadavre de Tara sur son dos pour s'éloigner des géants. Occupés à se rassembler pour la *Bataille*, Tim ne trouva pas d'autre obstacle sur sa route et franchit leur frontière Sud. Il sursauta lorsqu'il entendit une voix puissante et grave déchirer le ciel avant qu'un visage apparaisse entre les nuages. Il reconnut Enningan qu'il avait déjà vu le jour où il avait envoyé Mandragoria sur Terre. Ses mots prononcés dans un celte très anciens échappèrent à sa compréhension.

- Tu m'avais bien dit que les cours me serviraient un jour, murmura-t-il à son amie inerte.

Le garçon de quinze ans mit le plus de distance possible entre lui et la frontière. Deux heures plus tard, il était à nouveau encerclé par des créatures. Mais au lieu de paniquer, il implora leur aide comme s'il les connaissait. C'était la *Compagnie des Courageux Gnomes* (Voir épisode précédent, saison 4 / épisode 3) à laquelle il appartenait. Luna et Raphy (personnages apparaissant à partir de l'épisode 3 de cette saison) furent fou de joie de le revoir. Mais sa tristesse les perturba.

- Tim ! Courageux Tim ! Que t'arrive-t-il ?
- Ils ont tué Tara.
- L'amie de la Terre dont tu nous as parlé ?
- Oui.

- Ces Tùathas sont vraiment des créatures ignobles, dit Raphy en crachant par terre.

- Il y a une solution pour te rendre ton courage Tim. J'ai une goutte d'hydromel sur moi. C'est le Chef qui me l'a donnée. Elle est très rare en ce moment avec *la Bataille* qui approche. Tout le monde veut sa part et le stock de ce fruit diminue dangereusement. Elle peut lui rendre la vie mais…

- Mais quoi ? Dépêche-toi de lui donner !

- Non Tim, attend. Cette goutte ne peut ressusciter qu'une seule fois. Elle est censée nous servir durant la *Bataille* si l'un de nous est tué. C'est pour nous donner une seconde chance de vaincre. Tous les peuples en possèdent une et l'utiliseront au moment propice.

- C'est comme un joker ! s'écria Raphy.

- Oui, en quelque sorte. Tu comprends qu'il s'agit d'un choix à faire.

- Oh. Je ne peux pas… Si c'est pour la *Bataille*, alors je ne peux pas vous en priver. Mais je connais Tara. Elle est forte et puissante en Magie. Plus que nous réunis. Alors elle serait peut-être notre atout.

- Dans ce cas Courageux Tim, c'est elle qui doit revenir à la vie. Considère que ce n'est pas un gâchis. Au contraire ! Nous allons redonner vie à notre joker ! s'exclama Raphy.

Luna ouvrit la bouche de Tara et y versa la seule et unique goutte d'hydromel en leur possession. Les couleurs revinrent sur son visage livide. Elle inspira avec effort et grand bruit avant de tousser et de revenir à la vie. Tim la serra dans ses bras.

- Arrête, tu m'étouffes ! Tu veux que je meure à nouveau ?

- Ah ça non ! Je suis tellement content !

- Nous aussi ! s'écria Raphy.

- Nous devons rejoindre les légions maintenant, dit Luna.

- Oui, nous te suivons.

La Compagnie des Courageux Gnomes et Tara partirent en direction de Mag Tured pour participer eux aussi à la grande guerre.

A SUIVRE…

SAISON 5
EPISODE 1

LA 3ème
BATAILLE DE MAG TURED
(partie 2)

La 5ème île

17

« La guerre n'est pas aussi onéreuse que la servitude. »

VAUVENARGUES

Réflexions et Maximes

SOUVENEZ-VOUS...

Dans les épisodes précédent de la collection « La Légende Des Maîtres » :

Après avoir vaincu Méduse et Mandragoria, l'équipe doit se préparer à une *Bataille* d'une toute autre envergure…

Grég a fouiné à l'hôpital dans le but de comprendre comment de nombreux miracles ont pu avoir lieu à Lorient, suite à l'utilisation de la *Larme de Dagda* par l'équipe qui avait produit ces miracles, sauvant des vies, guérissant toutes les maladies dans les hôpitaux et cliniques de la ville…

Mandragoria a trouvé refuge sur l'île de Groix où elle se cache pour croître plus rapidement, Hélène toujours prisonnière de son bulbe….

Tandis que l'équipe les cherche depuis plusieurs mois, nos héros s'apprêtent à nouveau à partir en mission de sauvetage. Mais, sur le point de les envoyer au bon endroit, une tempête perturbe les énergies telluriques et le cromlec'h ne le supporte pas, déviant leur trajectoire. Ils atterrissent ainsi sur l'île de Thira, 3000 ans dans le passé…

Ils s'aperçoivent qu'ils se trouvent au fond de l'Océan, à l'intérieur d'une bulle d'oxygène instable, dans une ville qui s'avère être la célèbre et très recherchée *Atlantide*…

Ness découvre des informations choquantes sur Pat et s'apprête à lui rendre visite lorsqu'elle tombe sur Gwenc'Phel en personne. Une surprise de taille l'attend : son mari Cathbad vient dans le *Présent*. Il faudra l'aide d'Ed pour le renvoyer chez lui, au passage, puni pour ses crimes. Gwenc'Phel lit dans les pensées de l'ancienne Princesse et apprend que Ronan est devenu un homme. Mais il ignore que la reine des fées lui a rendu sa forme de bébé et le traître transmet l'information à *Enningan*.

Bron apprend dans une vision que c'est Gwenc'Phel qui a créé les *Maîtres Druides*…

L'équipe rencontre des fantômes sur l'île et apprend que l'un d'entre eux, Cillisia, est la fille de Ness. Piégée dans le passé par Gwenc'Phel, elle a fini par mourir loin des siens…

Une autre vision envoie Bron dans la Salle du Conseil des Eternels où il apprend qu'il doit, avec ses amis, devenir un dieu et se rendre sur l'Autre Monde afin de défier les *Créateurs,* pour les remplacer à la tête du *Panthéon*. Mais pour cela, ils doivent réunir les 3 cercles royaux, possession des *Créateurs*. Le Paradis reviendra à Elora, la porte vers l'au-delà abyssal à Bron, la sphère des épreuves à Eric et Cythraul (l'Enfer celte) n'est pas encore attribuée. Cependant, il y a plusieurs mois, un vieillard est venu du futur demandant à Ed de refuser la charge des Enfers quand cela lui sera demandé, avant d'être éliminé par Gwyon'Bach... Tao, lui, héritera du don de prophétie. Gwyon'Bach leur communique les noms des dieux qui pourraient prochainement devenir leurs alliés ou leurs ennemis durant la *3ème Bataille de Mag Tured* qui se prépare.

L'équipe retrouve Hélène qui se libère et détruit Mandragoria à l'aide de son *Elémental*. Mais la jeune femme refuse de revenir à Lorient. Profondément transformée physiquement, elle ne supporte plus la Magie et veut s'éloigner des terres celtes où elle a été torturée par les pires sorts que la Magie peut engendrer. C'est pour cette raison qu'elle a toujours eu une forte appréhension lorsqu'elle devait se rendre au Sanctuaire…

Bron récupère l'*Elémental* d'Hélène devenu incontrôlable… Eric et Elora se marient et les quatre membres de l'équipe deviennent des dieux lors d'une émouvante cérémonie…

Ed fait son deuil d'Hélène… Les nouveaux dieux se rendent au Palais Divin où ils défient les *Créateurs* pour avoir organisé une parodie de procès condamnant le Gorsedd à perdre son autorité sur les druides, cette charge étant transmise à l'Ollav Suprême des Filids, en l'absence de nombreux Ambassadeurs qui les auraient défendus… Plus tard, pour avoir permis aux ambassadeurs de se rendre clandestinement au Palais divin afin de sauver le Gorsedd de la mort, les fées risquent le courroux d'Enningan qui se souviendra de cette ruse à l'avenir. Enningan déclare alors la guerre après avoir été défié…

Tara revient à la vie grâce à une goutte d'hydromel offerte par les gnomes…

Suite...

166

PROTOCOLE

**Autre Monde,
Frontières des Terres de Mag Tured,
28 juin 2003, date terrestre,
28 giamonios 4576, date celte.**

Le temps s'écoulait plus vite que ne le pensait Gwyon'Bach. Il était nécessaire de suivre un protocole strict pour que l'équipe puisse acquérir ses nouveaux pouvoirs. L'Eternel était inquiet. Eningann allait-il leur laisser le temps d'effectuer le rituel d'initiation ? Les forces opposant les deux camps étaient réunies sur le lieu qui allait devenir le plus grand cimetière de tous les Temps. L'équipe tentait de rejoindre le centre de Commandement lorsque Gwyon'Bach leur interdit de poursuivre le chemin. Ils installèrent par magie un campement restreint à leur seul usage, décoré de leurs nouvelles armoiries et insignes aux couleurs de leurs éléments.

- Mes amis, si j'ai demandé de prendre ce retard, c'est pour effectuer un rituel qui vous est indispensable. Vous êtes désormais immortels sur Terre et sur ce Monde. Néanmoins, sachez qu'il existe des moyens de tuer un dieu. Ne vous croyez donc pas intouchables. Maintenant, il vous faut faire appel à vos nouveaux pouvoirs divins avant de vous mettre en route pour la *Bataille*. Bien entendu ils seront inférieurs à ceux qui vous sont réellement destinés, à savoir ceux des trois Créateurs.

- J'ai cru comprendre qu'il fallait obtenir leurs cercles royaux ? dit Bron.

- C'est exact. Celui de Mew vous est acquis, mais pas les deux autres. En attendant de les avoir, vous aurez besoin de pouvoirs différents mais assez puissants pour au moins vous défendre.

- Ce serait en effet utile, poursuivit Eric.

- Il y a deux étapes à ce rituel. Le premier fait descendre la force et l'aspect guerrier de la vie et de la mort en vous. Pour commencer, prenez ces fioles qui contiennent de l'huile de rose et de l'eau de myrte. Appliquez cette substance sur tout votre corps après vous être dénudé.

- Euh... Totalement ? demanda Elora, timidement.

- Oui. Vous devez être nus comme des vers.

L'Eternel leur laissa le temps de se dévêtir et continua de leur donner des instructions. Prenez vos sceptres et un athamé (couteau ésotérique) chacun, que j'ai déposés au pied de cet arbre.

- Attention en vous baissant les gars ! ricana Bron, amusé par la situation, Eric et Tao bien gênés.

- Si on s'en sort vivant Gwyon, je te promets de te botter le train, râla Eric.

- Fais juste attention au tien. Trêve de plaisanterie ! Saisissez une bougie jaune. Elora, prends la blanche. Vous devez invoquer les *Veilleurs*. Exécutez les étapes que je décris maintenant au fur et à mesure avec application et concentration. Tout d'abord, tracez un cercle dans un autre cercle sur le sol, avec du sel. Les quatre druides s'écartèrent les uns des autres pour prendre de la place. Placez autour du cercle intérieur un pentagramme. Le cercle INTERIEUR, Bron ! Puis, un hexagramme. Posez le petit calice d'eau, l'encens de santal, le brasero dans le chaudron et enfin, inscrivez, toujours au sol avec le sel, les noms des Veilleurs : Atanehndegad, Elion, Alpha, Omega et Idéodamiach. C'est bien. Mettez maintenant la saie blanche que les fées vous portent.

Quatre saies blanches semblèrent voler dans l'air, portées par de minuscules fées qui étaient presque invisibles. Les druides les saisirent et s'enveloppèrent avec hâte, sous les ricanements de Bron, ravi de son petit effet. Gwyon'Bach sembla consterné par son comportement.

- Et dire qu'on fait de lui un dieu aujourd'hui ! Nouez votre saie avec la lanière blanche. Elora, détache tes cheveux et restez tous pieds nus. Bien. Prenez l'huile consacrée que l'on appelle *chrême* et la petite cloche. Attention, j'ai mis des heures à consacrer cette huile alors n'en gâchez pas une goutte. Maintenant, placez-vous dans le cercle, à l'intérieur du triangle.

- C'est pas du tout compliqué ton truc ! râla Bron.

- Chut ! s'exclama Elora, concentrée.

- Incantez ces mots : *Amador, Plaior, amator.*

- Oui, je suis un *amator*, plaisanta Bron, ingérable.

- *Abba, Abraxas, Elion.* Faites sonner votre cloche une fois et dites :

Seigneur Suprême, Roi guerrier, Gardien de la paix,
Canalise ta magie sacrée.
Je fais descendre en moi ton pouvoir,
Fais de moi un dieu ce soir.

- Puis, faites sonner votre cloche à nouveau. Agenouillez-vous à l'intérieur du triangle, les mains appuyées sur le sol. Dès qu'ils eurent fini de prononcer la formule, Gwyon se recula et un pentacle se dessina dans l'air, au-dessus de leurs têtes. Il eut l'air satisfait.

Le cercle fut clos et une immense magie s'infiltra en eux. Tous quatre furent plaqués au sol sans pouvoir bouger. L'évènement dura plusieurs dizaines de minutes sous leurs hurlements. La colonne de lumière fut visible jusqu'au-delà du champ de bataille, arrachant un grognement à *Enningan* qui reconnut la Magie à laquelle Gwyon venait de faire appel.

Lorsque le transfert de pouvoir fut terminé, les quatre nouveaux dieux firent la fierté de Gwyon'Bach qui se dit qu'enfin, ses efforts ses dernières années ne furent pas vaines. Il les avait guidés, parfois à leur insu, pour les amener à ce moment historique pour les druides. Une *Bataille* les attendait et l'Eternel précipita les choses.

- Eric, Elora, je sais que vous êtes mariés en tant que druides et humains, sur Terre. Mais ici les choses sont différentes. Il va falloir vous épouser une seconde fois, en tant que dieux, et vous deviendrez ainsi le roi et la reine de tout le Panthéon. Les choses doivent impérativement se faire dans l'ordre d'ascension, même si elle est extrêmement et inhabituellement rapide. Druides, vous devenez dieux, puis régnez sur les autres avant de monter au niveau supérieur, le dernier...

- Créateurs ? s'aventura Tao.

- Exactement. Si vous n'avez pas le titre de rois et reine, vous ne pouvez prétendre à devenir des Créateurs. Bron et Tao vous devez vous élever au même rang. Il n'y aura pas plusieurs rois durant longtemps. Même si vous êtes trois à vous partager un temps ce rôle, vous devez très vite devenir des Créateurs.

- Je sais. Les dieux n'accepteront jamais de se soumettre à plusieurs rois en même temps.

- Ils ne se soumettront pas tous à vous, Bron ! Nombreux sont vos ennemis. Ne pensez pas les contrôler seulement à l'aide de votre titre royal ! Dépêchons nous, le temps nous manque.

Le rituel du mariage royal appelé le *Bannis Rigi* eut lieu près de la frontière des terres de *Mag Tured*. Les Eternel*s* savaient que la présence de plusieurs personnalités résidant au Palais Divin était indispensable. Ils arrivèrent, escortés par des *Traqueurs* Elfes, eux-mêmes très étonnés. Une Cour extrêmement restreinte se mit en place afin de servir de témoin au mariage royal et de confirmer les titres des quatre nouveaux dieux qui auraient, plus tard, toutes les difficultés du monde à se faire accepter par tous les dieux. Le *Bannis Rigi* commença.

- Vous venez de recevoir les pouvoirs de niveau supérieur. Que désirez-vous ?
- Gouverner sur les dieux.
- Souverains, promettez-vous de les guider et de les protéger ?
- Nous le souhaitons, répondirent en chœur les quatre dieux.
- Dans ce cas, Eric, tu deviens aujourd'hui Eric'h. Elora, tu te nommeras Elor'a. Bron, tu conserveras ton nom humain.
- Trop aimable.
- Tao, tu deviendras : Seigneur Tao.
- Eh ! Pourquoi c'est un Seigneur lui ? Je ne suis pas assez…
- Silence Bron ! Pas d'enfantillage. Ce n'est pas le moment.
- Eric'h, Elor'a, vous devez engendrer un monde fécond et susciter une magie fertile qui aidera tout le monde durant cette période trouble.

Le couple entra dans une tente et Eric'h en sortit une demi-heure plus tard, nu comme un vers, des marques sacrées peintes en violet sur le visage, buvant une substance très aphrodisiaque.

- Décidément, ça devient une habitude ! ricana Bron.

Elor'a le suivit au bout de dix minutes, richement vêtue, un voile transparent recouvrant le visage et portant une couronne de lierre. Eric'h fut gêné, Bron et Tao se moquant en silence.

- Vous devez vous défaire de la luxure humaine. Il s'agit d'une union sacrosainte et pieuse qui fait monter la force magique primordiale, continua Gwyon'Bach.

Eric'h sentit alors monter autre chose que la force magique primordiale, excité sans le désirer, de plus en plus mal l'aise.

- La magie sexuelle est révérée, continua Gwyon'Bach, imperturbable.
- Il va s'en souvenir longtemps de ce jour, crois-moi ! J'y veillerai, murmura Bron à Tao, tous deux ne pouvant se retenir de rire. Puis le couple prit place, assis aux extrémités opposées de la clairière encerclée de dolmens, à portée de regard.

Un feu fut allumé et ils se retrouvèrent au centre de celui-ci avant d'entendre sonner une corne, trois fois.

En ce moment et en cette heure,
Dans ce cercle sacré la Magie demeure.
Par cette union d'amour,
Que dieu et déesse soyons pour toujours.
De notre accouplement renaîtra la Magie.
Sur notre Panthéon nous régnerons,
Où les quatre éléments s'uniront.

***

167

A La Tête
Des Troupes

**Autre Monde,
Terres de Mag Tured,
28 juin 2003, date terrestre,
28 giamonios 4576, date celte.**

Le couple royal fraîchement marié, Bron et Seigneur Tao devenus rois aussi, se rendirent à leur poste. Eric'h entra dans le campement de commandement, tandis qu'Elor'a prenait la tête des elfes à l'aide de Roc'h.

Légions Elfes.

A dos de Licorne, Elor'a vit des Gobelins par milliers approcher. Les colonnes devinrent de plus en plus distinctes. Gardant son calme, la nouvelle reine donna ses ordres.

- ARCHERS ! Trois cent lignes de cinquante elfes mirent genoux à terre les unes après les autres.

- TIREZ ! Dès que la première ligne lança une salve, la seconde se leva pour tirer son tour, avant de se baisser à nouveau pour laisser la troisième attaquer aussitôt. Les Gobelins, sans défense, tombèrent sans discontinuer. Ce fut un abominable carnage. Les hurlements des bêtes, le bruit des corps, de trois cent kilos chacun au moins, fut fracassant. Mais, loin de contenir sa colère, Elor'a maintint le cap et invita ses elfes à poursuivre les tirs. Malgré tout, quelques Gobelins parvinrent à approcher de leurs lignes. Les yeux de la reine brillèrent, passant au blanc aveuglant. Une aura visible à des kilomètres scintilla. Un Gobelin qui s'était emparé de son bras, hurla. Une fumée verdâtre nauséabonde s'éleva de sa main, mais la créature semblait incapable de lâcher prise. Les yeux de la nouvelle déesse continuèrent à luire et il resta immobile, le corps secoué de spasmes. Le Gobelin se recroquevilla avant d'exploser, ses chairs cramées éjectées en tous sens. Plusieurs de ses frères et cousins subirent le même sort. Les odeurs de sang et de chairs consumées devinrent bientôt insoutenables.

Armée de fées.

De son côté, Tao frappait encore et encore, faisant reculer son ennemi. Chaque fois que le sceptre touchait le corps du Gargwa, des éclairs jaillissaient, tailladant la chair. Le monstre était très affaibli et tenta de s'échapper. Tao se fendit et empala la créature qui se retournait pour fuir, l'arrêtant net. A l'aide de Glovinna, la reine des fées, Seigneur Tao prit la direction de la plus petite armée, toutefois très puissante. Hélas, les choses prirent une mauvaise tournure. Les *Gargwas* avalèrent plusieurs fées, les déchiquetant de leurs crocs. Cependant, chaque fée perdant la vie libérait une féroce Magie pure qui consumait ces bêtes de l'intérieur, finissant par exploser en des gerbes et geysers de sang. L'un d'eux secoua son corps, comme le fait un chien mouillé, pour se débarrasser des souillures.

Légions Elfes.

Au loin, Elor'a aperçut les colonnes de monstres portant les bannières des clans fidèles à Eningann. Ils ouvrirent leurs rangs pour laisser passer leur Commandant qui chevauchait un Basilic dont l'haleine fétide était mortelle.

La reine conduisit la licorne près de celle de Roc'h afin de lui parler.

- Roc'h ! Si les serviteurs d'Eningann gagnent cette guerre, la tyrannie règnera à nouveau. Toutes les terres seront ouvertes aux pillages de son armée en représailles. Non seulement les Tùathas n'ont pas leur pareils pour détruire gratuitement, mais leur puissance est sans égale.
- Je sais. Je suis aussi inquiet que toi.

Centre de Commandement.

Eric'h vit des Montagnes éventrée au loin et se souvint de son aventure au *Château de Carboneck*. Une carte était posée devant lui sur une immense table, au-dessus de laquelle volaient des pions représentant les forces de chaque armée. Au Nord de la carte brillait une terre de lacs au-delà de plaines vallonnées qui attira son attention.

Légions Elfes et armée de fées.

Les deux forces se regroupèrent en vue de plus d'efficacité. Un Gobelin s'aperçut de leur manège et poussa un feulement de rage. Tao brandit alors son sceptre et esquiva l'un d'eux qui tentait de le saisir par derrière en traître. Un troisième se jeta sur Elor'a qui tomba de sa monture et lui griffa le bras au-dessus du coude. La jeune déesse ne put s'empêcher de lâcher un cri de douleur. Son visage se déforma sous l'effet du choc et ses yeux fixèrent la créature avant qu'elle ne le transperce de son sceptre.

Celui de Tao frappa encore et encore, finissant enfin par blesser le plus grand Gobelin qu'il n'ait jamais vu et qui tentait d'écraser Roc'h au sol après l'avoir fait tomber de sa Licorne. La créature se retourna pour faire face à son adversaire, ulula et lui donna un coup de griffes.

- *Dù* (bouclier, en chinois) ! hurla Tao. La griffe du Gobelin fut arrêtée dans sa course et percuta un obstacle qui crépita d'étincelles dorées sous le coup.

Légions Gnomes.

Devant l'ampleur du danger, la présence devant eux de centaines de milliers de monstres en tout genre assoiffés de sang, Tara se rapprocha de Tim qui la prit dans ses bras. Elle lui déposa un baiser sur la joue qui le fit rougir, faisant sourire leurs amis de la Compagnie des Courageux Gnomes. Puis, la jeune fille inspira profondément et se concentra. Elle leva ses mains vers le ciel sans vraiment savoir pourquoi ni ce qui la poussait à faire cela. Luna, Raphy, Seamus et Pouf à leur côté, observèrent en silence la scène irréaliste qui se produisit. Les pieds de Tara décollèrent du sol et elle s'éleva ainsi à dix mètres du sol. Une auréole dorée et brillante l'entoura. Un chant mélodieux sortit de sa gorge sans qu'elle ne le veuille. Soudain, Eningann s'énerva et son visage apparut dans le ciel en hurlant. Des gerbes d'énergies puissantes jaillirent des petites mains de Tara en sa direction et il se débattit avec encore plus de rage.

- Que se passe-t-il ? Comment elle fait ça ? demanda Tim, ahuri. Les combats cessèrent un instant et tous assistèrent au spectacle inattendu. Les Eternels au grand complet apparurent et furent eux aussi surpris. Nanta, H'Coma, Bitom et Exarp se regardèrent, interloqués. Gwyon'Bach rejoint ses pairs et leur commenta l'évènement.
- Quelle réussite n'est-ce pas ?
- C'est toi qui… commença Nanta.

- Oui, c'est moi. Je lui ai confié un pouvoir très particulier à sa naissance et j'ai attendu de voir si elle ne perdrait pas l'innocence avant ce jour. C'était essentiel. Si elle avait perdu cette pureté, cette Magie n'aurait pas pu fonctionner.

- Qu'as-tu encore fait ? Tu sais parfaitement que nous nous sommes interdit d'intervenir dans leurs vies !

- Je sais. Elle devait ignorer l'existence de ce pouvoir en elle. Aujourd'hui, elle ne peut plus la retenir.

- De quoi s'agit-il ? demanda Exarp, n'y tenant plus.

- Que craignent le plus les trois Créateurs ? Ce qui les fait paniquer ?

- Non… Tu n'as pas fait çà tout de même ? balbutia H'Coma.

- Si. J'ai demandé au Thésauriseur du clan Monnaciello de me confier le *Graal*. Lorsque la fillette a récemment perdu la vie, les gnomes lui ont fait boire une goutte d'hydromel pour la ramener parmi eux. Ce que tous ignorent, c'est que ce n'est pas de l'hydromel qu'elle a bu.

- Oh NON ! GWYON'BACH ! hurla Bitom.

- Le *Graal* contient une substance que seuls les innocents au cœur très pur peuvent boire sans périr. Tara possède maintenant le pouvoir ultime. Celui qui peut tuer n'importe quel dieu ou Créateurs !

- NUL NE DOIT POSSEDER UN TEL POUVOIR ! GWYON ! s'époumona Nanta.

- Il fallait une arme à la disposition de l'équipe d'Eric'h ! Ils n'auraient eu aucune chance contre Enningan et cette armée sans cela ! Mais regardez devant vous ! Croyez-vous qu'ils peuvent vaincre une telle puissance ? Sans aucune aide ?

- Je ne comprends pas. Les *Montagnes de Glaces* ont explosées ! Comment le Thésauriseur a-t-il survécu… Toi, finit-elle après une brève réflexion.

- NON ! Arrête ! TARA ! cria Mew, le Créateur. Mais la jeune fille n'entendit rien. Les gerbes dorées continuaient de jaillir sans cesse et submergeaient Eningann qui perdait de la puissance. Il fut contraint de prendre une forme physique pour se défendre. Tara l'obligea à prendre une apparence humaine, non sans sourire à cette ironie. Cependant, bien vite épuisée, elle atterrit au sol et s'effondra en pleurant dans les bras de Tim qui paniqua.

- Tara ! Que s'est-il passé ? Que t'a-t-il fait ?

- Je me sens si faible.

- Ne t'inquiète pas Tim, elle vient juste de perde connaissance, le rassura Raphy.

Armée Centaures.

Bron chevauchait un Centaure et s'agrippa à ses abdominaux pour ne pas perdre l'équilibre.

- Quel étalon ! plaisanta-t-il.
- Merci pour le compliment, mais nous avons une dizaine de dragons à tenir en respect.

Les monstres volants faisaient des cercles au-dessus du champ de bataille et s'étaient légèrement éloignés lors de l'attaque de Tara. Mais ils devinrent de nouveau menaçants.

Terre,
Sanctuaire.

Gwenc'Ron, Pat et Bann assistèrent, impuissants, à la Bataille en direct, grâce au globe de cristal de Bron. Ness, trop émotive, avait préféré s'occuper des tâches quotidiennes qui lui incombaient dans la gestion du Sanctuaire et de ses habitants. Elle devait notamment recevoir une jeune et nouvelle druidesse en confession. Elle l'installa dans un confortable fauteuil en face d'elle et l'écouta attentivement.

- Je t'écoute Maëve.
- Pardonnez-moi Ness car j'ai… J'ai couché ! dit-elle d'une voix suraiguë et pleurnicharde.
- Et alors ? Où est le problème ?
- C'était trop bon !
- Et alors ? Où est le problème ?
- C'était avec un jeune Troll fougueux.
- Ah, désolée. Je ne peux rien pour toi.

***

168

Tout s'écroule

Autre Monde,
Terres de Mag Tured,
28 juin 2003, date terrestre,
28 giamonios 4576, date celte,
Campement de commandement.

Situé en hauteur, le campement dominait la plaine de Mag Tured. Eric'h avait été étonné par le pouvoir de Tara mais il ne put s'y attarder. Il avait fort à faire.

Lorsque Gwyon'Bach approcha, il vit Eric'h troublé. Depuis qu'il était un dieu, il « *voyait* » les choses différemment. Tout lui semblait plus clair. Il vit le *Sidh* autrement. Une rivière bordait la plaine et c'est à cet endroit que son regard fut attiré, sur des objets flottants. Des barques de pêcheurs servant à faire passer les âmes intéressantes ailleurs, attendaient le moment propice. Des centaines d'entre elles arrivèrent près de *Mag Tured*. Le voyant dubitatif, Gwyon'Bach lui adressa :

- C'est inévitable. Il faut bien mener les âmes quelque part ! Beaucoup vont mourir dans les jours qui viennent.
- Beaucoup meurent déjà, Gwyon.

Eric'h porta ensuite son regard vers les îles à l'Ouest, désertées. Des troupes grandissantes marchaient vers *Mag Tured*.
- Une armée arrive de l'Ouest.
- Je sais. Eningann attend ces renforts, contempla l'Eternel.

Sous la mer de l'Est, il découvrit l'existence de centaines de palais en or et en cristal. Il les « *voyait* » à distance. Les monstres aquatiques avaient déjà fait leur œuvre en les détruisant un à un.

- Ils sont en train de ruiner des peuples. Ces palais sont plus que millénaires, commenta Gwyon'Bach.

Du Sud, il vit *Dagda*, désormais ancien roi des dieux, ayant depuis bien longtemps laissé le pouvoir de régner aux Créateurs, quitter sa résidence, le Grand Tumulus de New grange, pour se rendre à la *Bataille*.

- Que va-t-il arriver ? Je ne suis pas certain que défier Eningann soit une si bonne idée finalement.

- Le châtiment des méchants se résout par l'inexistence. Il ne restera rien d'eux, pas même leur âme. C'est… nécessaire. Je sais que c'est encore plus diffi-cile pour toi maintenant que tu es un dieu et que tu « *vois* » presque tout. Mais c'est inévitable. Je suis vraiment navré de t'infliger une telle épreuve. Tu dois être fort et courageux. Comme tu l'as toujours été, le réconforta-t-il. Puis il « *vit* » que les gens de *l'Autre Monde* échappent à la contrainte du Temps et aux contingences de l'espace.

- Qu'est-ce que c'est, Gwyon ? Là, sur la carte.

- Ce sont les quatre îles au Nord du Monde. Les Tùathas les ont volées aux Firbolgs, puis aux Fomoirés. Les Firbolgs n'existent plus aujourd'hui. Ils les ont tous exterminés. Les derniers ont été mutilés, torturés et déchiquetés il y a peu par les Gargwas.

- Sales bêtes ! Je ne les supporte pas. Quelle horreur. Nous avons perdu-là des alliés.

- De ces îles provenaient les quatre talismans sacrés fondamentaux de la my-thologie celte.

- Je sais. La *pierre de Fál*, la *lance de Lug*, le *glaive de Nuada* et le *chaudron de Dagda*…

- …que vous avez dû détruire pour vaincre *Méduse*. Secrètement, ce sont les Fomoirés qui vous les ont confiés, après les avoir volés aux Tùathas.

- Pas vraiment volé, puisqu'à l'origine ce sont eux les propriétaires.

- Exact, mais cet acte a mis le feu aux poudres. Défier Eningann au Panthéon n'était qu'une formalité pour rendre la guerre ouverte officielle.

Terre,
Sanctuaire,
30 juin 2003,
18 h 24.

Maève demanda une nouvelle fois d'être entendue par Ness.

- Pardonnez-moi Ness car j'ai… fait une boulette !
- Encore ! Qu'as-tu fait ma belle ?

- J'ai trois amants.

- Oh.

- Ce sont des triplés.

- Oh.

- Je les confonds à chaque fois ! C'est une demi-faute non ?

- Ma pauvre fille ! Ton éducation est à refaire, finit Ness exaspérée.

***

169

LE CHANT
DES RÉSISTANTS

**Autre Monde,
Terres de Mag Tured,
1er Simivisonos 4576, date celte,
1er juillet 2003, date terrestre.**

Le champ de bataille était clairement divisé en deux. L'un, plongé dans un ombre profonde et menaçante, l'autre éclairé et lumineux. Eric'h se rendit au plus près des combat et convoqua ses amis pour un entretien. Après un bref sourire à Tao, Bron et sa femme, il prit la parole.

- Nous y voilà. C'est… impressionnant.
- Fait l'inventaire des forces présentes Eric'h, le pressa Gwyon'Bach.
- Alors, de leur côté, je vois Dispater (dieu des morts), Andrasta (déesse de la guerre)…
- Par tous les dieux ! Béhémot ! s'exclama Gwyon'Bach.
- Qui est-ce ? demanda Bron, intrigué.
- Disons… le petit frère de Mandragoria pour faire court.
- Elle avait un frère ? s'insurgea Eric'h.
- En quelque sorte, oui. Ils ont été créés en même temps. Il est moins puissant qu'elle ne l'était mais il est tout de même redoutable. Souvenez-vous qu'il a fallu le sacrifice d'Hélène pour venir à bout de la frangine.
- Mais nous sommes des dieux maintenant, ça change tout !
- Quand je dis redoutable, c'est valable pour les dieux. D'ailleurs, je pense qu'Andrasta ne doit pas être très à l'aise avec lui à ses côtés. Il est ingérable. Voyons les autres surprises que vous réserve Eningann. Cerbère est là, c'est normal. Des dragons ! Alors ceux avec des pointes derrière le cou sont des ennemis, les autres sont là pour parader. Ils ne nous aideront pas. Les Gobelins et les Trolls sont très nombreux, ce n'est pas normal. Les elfes noirs (Elvènes) sont tous présents. S'ils sont éliminés, il ne restera plus d'elfes maléfiques sur ce Monde. Voilà la surprise ! Des Gog Magog ! Par chance, ils sont très lents et maladroits, mais sont invincibles. Vous allez devoir passer votre temps à les éviter. Ce ne sera pas aisé. Des Efreet, ça ne m'étonne qu'à moitié. Nos Génies devraient pouvoir les con-

tenir. Les Kérions sont des millions. Vous voyez ce nuage au sol, là-bas ? Eh bien, ce n'est pas un nuage en fait. Ce sont eux ; à ces mots, Elor'a écarquilla les yeux.

- Des vampires, ça c'est inquiétant. Des loups-garous, les Gargwas sont là aussi. Abarta (dieu des cauchemars) est de leur côté. Traître ! Oh non ! Cernunnos est présent. Sa particularité est de pouvoir changer les corps inertes en zombies, reprit Gwyon'Bach.

- Tu as des bonnes nouvelles ? demanda Tao, tremblant.

- Oui. Parmi nos alliés je repère Tethra (dieu des morts au-delà de l'Océan), Brigantia (déesse de l'Intelligence), Lug (dieu des marchands et des voyageurs) qui aide souvent les druides, les Centaures que tu mènes aux combats Bron, les elfes pour notre reine, les fées pour Seigneur Tao et les Gnomes pour Tara et Tim qui sont en route pour nous rejoindre.

- Mais ce sont des enfants ! Et mon fils ? Ils l'emmènent ici ? demanda Elor'a.

- Non, ma belle. Ronan est entre les mains des Tùathas. Enningan le tient en otage.

- Quoi ? Et tu comptais me le dire quand au juste ?

- Ronan est redevenu un bébé. Glovinna a été obligée d'intervenir et de le bannir de son territoire. Tim et Tara ont risqué leur vies à plusieurs reprises pour l'éloigner des fées et vous retrouver. Hélas, Tara a perdu la vie contre les géants. Heureusement, les Gnomes lui ont offert leur goutte d'hydromel, (le nectar des dieux qui rend immortel) ce qui l'a ramenée parmi nous. Mais ce fut au prix de priver les Gnomes de leur… « *joker* ».

- On ne peut plus combattre ! Si *Enningan* menace de tuer… commença Tao avant d'être coupé par l'Eternel.

- Non. Ronan ne risque rien. Je vais intervenir d'ici peu avec mes pairs pour changer la règle du jeu. N'ayez crainte pour lui, pour l'instant. Je vais m'en occuper personnellement.

- Ca ne me rassure pas, bouda Elor'a.

Toute l'équipe fut attirée par un bruit inattendu. Une immense armée arriva, composée des Morganezed (amazones celtes), les Finé des Cened (grande famille celte richissime en potions) et enfin des Fomoirés, les principaux concernés par cette Bataille qui se fait en leur nom.

- Les retardataires, commenta Gwyon avant de descendre au centre du champ de Bataille alors que les combats étaient encore suspendus après la défaite d'Enningan contre Tara. Une musique se fit alors entendre tandis que les Eternels

Nanta, H'Coma, Bitom et Exarp rejoignaient Gwyon'Bach. Ils étaient intouchables et craints de tous. Mew fit la surprise d'apparaître à leurs côtés.

- Eningann! Tu as kidnappé l'enfant de la reine des dieux ! Que tu la reconnaisses à ce titre ou non ne change rien ! Tu dois me remettre Ronan !

- JAMAIS !

- Tu désires peut-être affronter notre colère ? Après un long silence, un Tùatha avança vers Gwyon et lui remit le bébé.

- C'est mieux. Maintenant, si tu refuses toujours de prendre retraite, que cette guerre se poursuive, finit-il en baissant la voix, disant cela à contre cœur. Les autres Eternels approuvèrent et ils quittèrent les terres déjà plusieurs fois souillées par le sang des peuples celtes. Pour leur donner du courage, Loch (dieu de la musique et soutenant les nouveaux dieux) chanta l'hymne des alliés.

REFRAIN
Druide écoute
Leurs pas lourds
Sur nos terres.
Druide écoute
Les colères sourdes
Et leurs prières.

COUPLET 1
Levez-vous créatures !
Ecrivez votre futur !
Aujourd'hui la défaite connaîtra l'ennemi.
Dans le sang, ils payeront le prix.
Quittez tertres et collines,
Créatures,
Sortez du silence,
Que triomphe notre puissance.

REFRAIN
Druide écoute
Leurs pas lourds
Sur nos terres.
Druide écoute
Les colères sourdes
Et leurs prières.

COUPLET 2

Levez-vous créatures !

Montrez-leur votre courage.

Que la liberté nous soit rendue,

Et qu'ils périssent de leur rage.

Que des pierres fendues,

Jaillissent les Mages.

Il y a des territoires volés,

Il est temps de les récupérer.

Par nos vies sacrifiées,

Nos descendants vivront dans la paix.

REFRAIN

Druide écoute

Leurs pas lourds

Sur nos terres.

Druide écoute

Les colères sourdes

Et leurs prières.

Druide écoute

Leurs pas lourds

Sur nos terres.

Druide écoute

Les colères sourdes

Et leurs prières...

Les Eternels s'écartèrent et les prières de milliers de créatures assourdirent les nouveaux dieux. La musique retentit à des dizaines de kilomètres, des millions de fées, elfes, Gnomes, nains, lutins, Génies, Fomoirés, Finé et autres peuples unis, chantant ce chant des résistants. Leur complainte et la mélodie arrachèrent des larmes à tous ceux qui l'entendirent. Le cœur des celtes battit à la cadence du chant et le courage, la détermination, le sacrifice jaillirent du plus profond de leurs âmes.

***

170

1ÈRES LIGNES

Autre Monde,
Terres de Mag Tured,
1er Simivisonos 4576, date celte,
1er juillet 2003, date terrestre.

Diancecht, le dieu de la médecine décida d'intervenir et d'apporter son soutien à l'équipe. Censé être neutre, il apparut néanmoins au centre du terrain et prit la parole. Une immense magie se mit à agir pour que tous l'entendent, même aux frontières de *Mag Tured*, à des dizaines de kilomètres de là.

- Tout druide qui sera blessé, à moins qu'on ne lui ait coupé la tête, sera complètement guéri par moi. Et pour les aider, que les arbres, pierres et mottes de terre prennent vie ! Qu'ils deviennent une troupe en arme luttant pour anéantir vos âmes !
- *Treitour* (traître) ! hurla Eningann fou de rage. Les chênes et saules se déracinèrent eux-mêmes et semblèrent marcher en direction des Tùathas. Le combat reprit avec une violence décuplée. Tous connaissaient les enjeux.
- Tien ! Docteur Diancecht, dieu médecin est des nôtres, dit Bron étonné à son Centaure.

Eric'h se plaça du côté gauche de son armée en signe de défi, face à Nuada, le roi des Tùathas.

- Nous y voilà, humain. J'attendais ce moment depuis longtemps.
- Je suis un dieu maintenant ! Obéissez-moi et cessez les hostilités !
- Jamais ! Vous avez tué six des miens ! (Voir saison 2 épisode 1 (la fête de Samain partie 2) Eric'h se remémora la scène dans un flash-back :

Le calme relatif qui sembla s'installer fut raccourci par l'arrivée des Tùathas bien décidés à en découdre une bonne fois pour toute avec les druides afin de gagner leur liberté sur Terre. Ils menacèrent les enfants qui reculèrent d'instinct. La peur paralysa cependant un petit garçon de huit ans qui serrait très fort un pendentif qu'il portait autour de son cou. Une lueur brilla alors et un bouclier bleu l'entoura pour le protéger. Mais sa terreur empêcha son pouvoir de rester stable et l'unique obstacle entre lui et son agresseur se dissipa prématurément.

Un Tùatha le saisit à la gorge et le souleva à plus d'un mètre du sol. Ses petites jambes battirent l'air à la recherche d'un soutien tandis que son souffle était coupé. Il haleta, espérant trouver de l'air pour remplir ses poumons brûlants, en vain. Ses yeux se révulsèrent alors que ses jambes cessaient tout mouvement. Les adultes hurlèrent de peur et les enfants pleurèrent dans un bruyant appel au secours. Le pendentif se détacha et tomba au sol peu de temps avant le petit garçon. Une terrible fureur s'empara de Ness qui rougit et se redressa de toute sa hauteur. Elle avança d'un pas décidé vers les six Tùathas qui reculèrent d'un pas devant l'audacieuse Grande Druidesse. Puisant dans ses dernières forces, elle hurla en déchaînant une charge électrique qui les plaqua tous à terre.

« Que notre souffrance terrasse cette engeance !
Que par ma volonté ces créatures soient châtiées !
Que l'âme de cet enfant foudroie les Tùatha présents.
Par cette formule issue de mon cœur brisé,
Que ces êtres par le temps soient ravagés ! »

Ness leva les bras vers le ciel et l'âme du petit druide mort emplit son pouvoir d'une nouvelle énergie. La Grande Druidesse abattit sa colère sur les Tùatha qui se tortillèrent de douleur au sol. Leur peau se mit à vieillir jusqu'à devenir si fine qu'elle se déchira. Leurs corps se disloquèrent et tous devinrent poussières en quelques secondes. Les yeux effarés de l'assistance se tournèrent des cadavres vers Ness dont le pouvoir retomba. Elle se mit à pleurer en public, fait unique qui ne s'était jusqu'alors jamais produit dans toute l'Histoire des Grands Druides. Après un moment de silence, Bann s'approcha lentement et la consola.

- Ce ne seront pas les seuls s'il le faut ! Vous êtes allé trop loin pour tolérer vos actes ! Je vous ordonne une dernière fois de vous rendre !

A cet instant, ce fut Lug, dieu lumineux, qui intervint, se plaçant à côté d'Eric'h.

- Si les druides et leurs alliés sont au combat jusqu'à la fin de la 7ème lune, pour chaque lance qui s'en ira de son fût ou chaque épée qui se brisera, je procurerai une arme nouvelle ! Aucune pointe que fera ma main ne manquera son coup. Il n'est aucune peau dans laquelle elle ira qui, après cela, goûtera la vie ! Je suis prêt maintenant pour la *Bataille de Mag Tured* !
- Tu te répètes minable ! lança Eningann faisant allusion à son précédant discours lors de la 2nde *Bataille de Mag Tured*.

Les premières lignes se détachèrent à nouveau. Les massacres furent ignobles. Bien vite, il fallut engager une seconde vague, les premières étant terrassées. Au même instant, les derniers Gnomes retardataires arrivèrent.

- Attendez-nous ! Ne commencez pas les festivités sans nous ! cria Seamus.

Bron demanda à son Centaure de cesser de bouger et il descendit. Le jeune dieu sortit un jeu de tarot celtique. Après avoir soigneusement choisi les cartes, il demanda leur aide.

- *Que les dieux et les héros celtiques, les éléments de la Nature, les plantes et les animaux figurés sur ces cartes interviennent pour les charger et les animer ! Qu'ils m'obéissent !*

Ainsi, Bron jeta au sol la première carte représentant Amaethon, dieu de la Terre. Il apparut alors avec son regard fier, ses épaules larges, des mains puissantes, portant un manteau rouge avec élégance. Il possédait le pouvoir de procurer à ceux qu'il rencontre une paix intérieure. Il l'utilisa pour hypnotiser le plus de créatures ennemies possible. Bron continua en cherchant une seconde carte utile. Il tomba sur Cerumno, le dieu des fauves. Accompagné de millions de tigres, il les envoya au combat. Bron n'eut hélas pas suffisamment d'énergies pour faire appel à l'aide d'une troisième carte.

Tara récupérait lentement de son affrontement avec Eningann. Elle utilisa des potions pour combattre, cela ne lui demandant pas trop d'efforts. Cependant, elle ne vit pas un Gargwa s'approcher avec fourberie. Cette sorte de chien difforme mesurant plusieurs mètres, dégoulinant d'une bave chimique mortelle et muni de griffes immenses, était sur le point d'empaler la pauvre enfant. Eric'h s'était aperçut du manège de la bête et cria en sa direction :
- *Nask* (corde, en celte)! Une corde apparut alors sans crier gare et s'enroula autour du cou du monstre avant de l'étouffer. Eric'h tira ensuite violemment dessus, ce qui le décapita sur place.

Armée de Fées.

Tao poussa quelques-unes de ses troupes peureuses à prendre d'assaut le *Cerbère*. Le dieu savait que se débarrasser de lui était une priorité. La fée *Ailén* mit tout son courage dans la besogne. La petite fée qui était souvent venue en aide à Tim et Tara, mais qui avait également soutenu Elor'a après son viol et pendant sa grossesse, multiplia ses efforts contre le *Cerbère*. Tim l'encouragea et lui adressa un large sourire en la félicitant. Elle parvint à le terrasser.

- Génial ! Bravo Ailén ! La grosse bêbête en a pris pour son grade.
- Merci. Je crois qu'il faudrait aider les *lutins*. Ils sont un peu dépassés par les *kérions*. Je pense que l'on pourrait suiv… Aaaaahhhh !!! La petite fée, adorée par Tim et Tara, fut saisit par les crocs baveux d'un Gargwa qui la coupa en deux, net. Tim et Tara hurlèrent leur chagrin mais furent tancés par Tao.
- Nous n'avons pas le temps pour cela ! Si l'on faiblit ne serait-ce qu'une minute, nous perdrons d'autres grandes amies comme elle.
- C'est insupportable ! hurla Tara furieuse.
- Je sais ma belle. C'est pour cela que cette guerre a lieu. Pour y mettre fin une bonne fois pour toute.
- J'ai dit… C'est… IN-SU-PPOR-TA-BLE ! A ces mots, la fillette décolla à nouveau du sol, auréolée d'une lumière blanche éclatante. Elle déchaina à nouveau sa colère et cette lueur fut projetée en cercle au loin. Une légion entière de ces maudits chiens fut carbonisée sur place et la cendre recouvrit une armée de Kérions qui furent étouffés par le nuage. La magie de Tara prit fin trop tôt pour annihiler tous les Kérions. Mais il ne resta plus un seul Gargwa en vie. L'espèce disparut ce jour-là, des mains d'une fillette hors du commun.
- C'est pour toi Ailén, souffla-t-elle avant de perdre connaissance. Tao la prit dans ses bras et l'éloigna pour la mettre à l'abri.

A dos de Licorne, Elor'a et Roch chargèrent les Elvènes (elfes noirs). La jeune déesse invoqua toutes les tempêtes sur le champ de bataille et éradiqua ainsi la moitié des troupes.

Eningann comprit que l'avantage n'était pas de son côté. Il décida de faire tourner la roue du destin. Il renvoya les foudres générées par les tempêtes vers Roch qui survécut in extremis, grâce à la seule efficacité de son agilité. Il s'empressa de lancer un sachet enflammé, préparé par les Tisseurs de Sorts Elfes, qui émit une épaisse fumée. Les Elvènes respirèrent ainsi de la fumeterre qui entraina leur paralysie des muscles et de la respiration. Ils tombèrent comme des mouches. Les Licornes les achevèrent en les empalant.

Eric'h envoyait déjà les troisièmes lignes au front. Composées de Gnomes des dunes et des Lutins, ils se firent écraser par milliers par les Tùathas. La Compagnie des Courageux Gnomes mena cette troisième ligne. Devant le désastre, ils décidèrent de battre en retraite après l'accord d'Eric'h. Eningann rit aux éclats devant cette déculottée. Les pertes commençaient à devenir importantes et le nouveau roi des dieux ne put cacher son inquiétude grandissante.

171

LES HORDES
DE LA 2NDE LUNE

Autre Monde,
Terres de Mag Tured,
1er Simivisonos 4576, date celte,
1er juillet 2003, date terrestre,
Aurore.

Dans le ciel chaotique et le soleil déclinant, au-dessus de la Bataille, des dragons par dizaines volaient en cercles, piquant parfois pour arroser le sol de flammes. Que ce soit sur les armées d'Eric'h ou celles d'Eningann, les reptiles parvenaient régulièrement à faire basculer les pronostics de victoire pour un camp ou pour l'autre.

A la nuit tombée, Bron fut irrité par ces intrusions dans le combat et les prit pour cible. Afin de faire cesser les pluies de feu qui décimaient les troupes, les centaures se déchaînèrent contre eux. Des flèches mortelles spécialement conçues par un dieu, firent tomber les monstres au sol, provocant morts et panique de centaines de Trolls, écrasés sous leur poids. Les autres dragons, paradant, finirent par fuir.

Andrasta était brune, svelte et portait une tenue moulante en cuir noir. La déesse de la guerre voulut passer aux choses sérieuses. Désireuse de porter un coup fatal à Eric'h et au moral de ses troupes, elle lui dévoila une surprise de taille. Plusieurs lignes se détachèrent, s'éloignant des légions en réserve. Un Ambassadeur Elfe du Palais Divin l'informa qu'il s'agissait de Gog Magog, vampires et encore de Kérions. Ce beau monde entra en scène de manière si spectaculaire que les unités se figèrent un court instant. De nombreux nains tombèrent sous les crocs des vampires.

- Quelqu'un a-t-il un pieu par hasard ? demanda l'un d'eux juste avant qu'une mâchoire s'installe sur son cou. Une grimace de douleur précéda un cri avant qu'il ne tombe aux côtés de ses frères, le visage livide et les yeux exorbités de surprise. Les Kérions passèrent leur temps à s'infiltrer dans les rangs et à taillader les jambes ennemies. Une fois à terre, il ne restait qu'à porter le coup de grâce.

Les Gog Magogs étaient des démons de niveau divin. Ce n'étaient pas des dieux, mais leur magie rivalisait de près avec celle de leurs maîtres. Une colonne de six mille d'entre eux avançait vers les elfes. Enningan savait que ces êtres aux oreilles pointues constituaient le meilleur atout d'Eric'h. Il devenait donc évident qu'il désirait s'en débarrasser. Glovinna, la reine des fées, trembla à l'approche des Kérions par millions. Elle comprit au regard que le Créateur lui jeta qu'il s'agissait d'une vengeance personnelle. Effectivement, les fées avaient comploté pour amener en toute sécurité et en secret, les Ambassadeurs alliés au Palais Divin, lorsqu'Eningann avait organisé une réunion du Panthéon en leur absence. Et ce, afin de garantir le résultat du vote et ainsi condamner le Gorsedd à mort. C'est ce jour-là qu'Eric avait défié le Créateur, ce qui avait abouti à cette Bataille. La dissimulation n'était pas restée inaperçue et la reine le savait.

- Mes fées ! Aujourd'hui nous paierons le prix de notre complot. Ces Kérions sont là pour nous. A ces mots, la panique envahit les rangs et les fées volèrent en tous sens, sous les rires extravagants du Créateur.

Mew se rendit compte que les alliés d'Eric'h avaient besoin de son secours, à cet instant. Il ressuscita les lutins morts non décapités à l'aide de Diancecht, le dieu médecin. Ils mirent cette seconde vie à profit pour multiplier leurs facéties. Ils nouèrent les lacets de dizaines de Tùathas. Les Lutins attendirent le bon moment pour attirer les vampires en embuscade. Les géants tombèrent alors à la renverse et écrasèrent ainsi toutes les troupes ainsi que celles des Gog Magogs, ce qui en revanche n'était pas du tout prévu. Cette victoire inattendue retira une belle épine du pied d'Eric'h.

Andrasta fut furieuse de sa déconvenue. Elle envoya des loups-garous et corrigea sévèrement les Tùathas en train de se relever difficilement. Nuada n'apprécia que peu cette intrusion de la part de la déesse dans ses affaires. Mais il était si concentré sur les positions de chacun qu'il ne releva pas l'outrage.

Eningann foudroya la moitié des unités elfes car leurs millions de flèches avaient déjà décimé des légions entières de Trolls après être venus à bout de leurs frères noirs, les Elvènes, désormais espèce disparue.

Bron ordonna à ses centaures de contourner les légions de Kérions afin d'en prendre une partie à revers et d'affronter les loups-garous. Les chevaux contre les loups, le combat fut épique. Bron surprit Enningan se concentrant sur les Centaures. Il ne se trouvait qu'à une dizaine de mètres du Créateur. N'écoutant que son courage, le jeune dieu druide chevaucha en sa direction pour l'attaquer de front. Mais le Créateur leva les yeux suffisamment tôt pour interrompre la charge. Un sourire narquois se dessina et en un clin d'œil, le centaure sous ses fesses fut carbonisé et devint cendres. Puis, Bron fut soulevé du sol avec violence et projeté à plusieurs kilomètres, s'écrasant douloureusement aux pieds d'Eric'h. Il se releva avec des courbatures et vit ses trois légions restantes de Centaures partir en fumée. Prenant exemple sur Tara lorsqu'elle avait précédemment changé certaines de ses troupes en cendres, Eningann fit de même non sans une grande satisfaction. Bron ne put que prendre retraite avec la seule légion de Centaures restante et rejoint Elor'a auprès des elfes.

Le nouveau roi des dieux dut revoir sa stratégie. Les choses se présentaient mal.

- Bron s'est fait jeter en moins d'une minute ! Nous sommes des dieux et nous n'avons pas le pouvoir de le vaincre. Il faudrait peut-être arrêter les frais.
- Tu plaisantes j'espère ! s'emporta Gwyon'Bach apparaissant dans son dos.
- Que puis-je faire ? Les peuples qui nous soutiennent tombent les uns après les autres !
- Je sais. Mais se rendre serait pire. Ils sont tous venu en sachant que très peu d'entre eux survivraient. Il y a eu trop de sacrifices pour tout stopper maintenant ! Si j'avais pu contraindre Eningann à prendre sa retraite je l'aurai fait sois en sûr ! Mais hélas, les choses ne fonctionnent pas ainsi.
- Le prix est trop cher à…
- Je sais. Courage Eric'h. Envoie les Gnomes contre les Kérions. Ils commencent à m'irriter. Ils ne cessent de s'infiltrer dans les rangs.

Tara reprit connaissance au moment où les elfes reculaient dangereusement devant les loups-garous. Elle demanda l'aide du Gnome Seamus pour se lever et observa le champ de Bataille. Il ne lui fallut pas longtemps pour comprendre l'étendue des dégâts.

- Nous sommes en train de perdre, lui souffla Pouf.
- Il faut faire quelque chose !
- Oui. Si tu pouvais nous refaire le coup de la lévitation, cela nous arrangerait beaucoup.

- Je ne sais pas si je peux le refaire. Ce n'était pas voulu… Je ne sais même pas comment j'ai fait ! Et d'où me viennent ces pouvoirs ?

- De moi, déclara Gwyon'Bach dans son dos.

- Quoi ?

- Enfin, en quelque sorte. Ce n'est pas de l'hydromel qui t'as rendu la vie l'autre jour.

- Ah non ?

- Il s'agissait d'une partie de la substance que contient le *Graal*. Tu possèdes ce que l'on appelle le pouvoir ultime. Le pouvoir que nul n'est censé avoir car il est trop dangereux, même pour un dieu. Surtout pour un dieu.

- Que veux-tu dire ?

- C'est le secret le mieux conservé depuis toujours. La seule arme capable de tuer un dieu. La seule en mesure de faire trembler un Créateur.

- Je peux vaincre Eningann ?

- Oui. Les choses sont en train de mal tourner ma belle ! Il faut agir ! Attaque-le une dernière fois. Tu peux le faire ?

- Je vais essayer. Si je trouve comment faire.

- Ca commence bien ! râla Luna. Mais Tim l'encouragea. Tara ferma les yeux et ses pieds décollèrent vite du sol. Elle se sentit légère comme une plume et envahie d'une douce lumière très puissante. Elle sentit toutes les âmes perdues voler au-dessus du champ de Bataille.

- Je vous offre l'occasion de faire justice ! Ecoutez-moi âmes perdues ! Aidez-moi à vaincre votre oppresseur ! Donnez-moi l'énergie qui me manque ! à ces mots inaudibles pour les vivants, une brume blanche illumina le ciel obscur. Eric'h, Elor'a, Bron et Tao assistèrent à un combat d'une tout autre envergure. Les âmes perturbées chargèrent les loups-garous qui reculèrent et se retrouvèrent acculés. Elor'a profita de l'occasion pour ordonner l'assaut final. Tara s'éleva bien plus haut que les deux fois précédentes et de la même manière, une lumière extrêmement puissante et dévastatrice s'abattit sur les ennemis, les terrassant jusqu'à deux kilomètres de diamètre. Tous les alliés crièrent victoire, mais Tara s'effondra au sol, incapable d'atteindre Enningan. Pâle et froide au toucher, la jeune fille sombra aux portes de la mort, sans toutefois la franchir. Tim ne la lâcha plus.

- Alors Tara ! Une petite faiblesse ! se moqua le Créateur. Dommage que tu n'aies pas réussi à me vaincre. C'était sans doute ta dernière chance d'y parvenir. Tant pis. ***Que les hordes se déchaînent ! Que vos tentatives de nous atteindre soient vaines !***

Eric'h écarquilla les yeux et pâlit à son tour. Bron, Tao et Elor'a restèrent bouche bée. Devant eux, toutes les réserves ennemies se mirent en marche. Des milliards de Kérions, des vampires ressuscités grâce à Cernunnos et les Tùathas entrèrent en action. Comment affronter tout ça se demanda Eric'h le trouillomètre à zéro. Cernunnos, dieu à la tête surmontée de bois de cerfs et arborant une barbe drue faisant peur à regarder, changea les cadavres en zombies. Dispater, dieu des morts, lui prêta main forte. Eric'h réfléchit à toute allure. Une solution lui vint à l'esprit et il convoqua Bron près de lui. Possédant l'Elémental de feu, Bron était le plus à même d'accomplir une mission risquée.

- Tara n'a plus de force pour tuer les dieux. Mais il y a un moyen de se débarrasser d'eux.
- Je crois comprendre. Le cercle ?
- Oui. Tu t'en sens capable ?
- Oui. J'espère juste qu'ils n'auront pas de parade.
- La surprise est notre dernier atout. Il ne faut pas le gâcher.
- Je vais faire de mon mieux.
- Je ne t'en demande pas davantage.

Bron se concentra sur Cernunnos et Dispater. Tout d'abord des étincelles encerclèrent les deux divinités puis, des flammes les remplacèrent formant un cercle au sol, infranchissable pour eux. Il s'agissait du célèbre cercle de feu sacré. Seule cette magie est capable de priver un dieu de son immortalité et de ses pouvoirs. L'hydromel ne pouvant ensuite plus agir sur lui. Tous deux comprirent dans quelle situation ils se trouvaient et paniquèrent aussitôt, appelant Eningann à leur secours. Leurs corps se mirent à vieillir rapidement et les anciens dieux ressemblèrent à des vieillards. A cet instant, leur magie cessa d'opérer et les vampires trépassèrent à nouveau.

- Bande d'incapables ! Vous êtes tombés dans un piège pour débutant ! Tant pis pour vous ! enragea Eningann.

***

172

PLAN B

**Autre Monde,
Terres de Mag Tured,
2 Simivisonos 4576, date celte,
2 juillet 2003, date terrestre.**

Face au carnage, les deux camps firent une pause. L'intervention de Bron venait de changer radicalement la donne. Eric'h avait enfin trouvé un pourvoir dissuasif. Il fallut une journée entière pour enchaîner les consultations dans les deux camps. Les stratégies changèrent de la matinée à l'après-midi. La troisième lune finit par s'élever très haut dans le ciel.

3 Simivisonos 4576.

Eric'h ne parvenait pas à prendre l'avantage et perdait chaque nuit plus de troupes. Il organisa une réunion composée de chaque représentant des forces à sa disposition et demanda conseil. Après de longues heures de réflexions, Bron trouva une idée.

    - Eric'h !
    - La position Nord est imprenable…
    - Eric'h !
    - Au Sud, les fées sont en difficulté…
    - ERIC'H !
    - Oui, Bron ?
    - J'ai réfléchi à la situation…
    - Ça t'arrives ?.. Excuse-moi. J'ai besoin de décompresser.
    - Lors d'une guerre qui s'est déroulée avant la *1ère Bataille de Mag Tured*, à la *Bataille de Tailtinn*, les Tùathas ont fui et se sont réfugiés dans le Sidh de la colline d'Allen, un Royaume souterrain. Une rumeur prétend que les Milésiens les ont battus. Tu te rends compte ! Par le passé, un peuple est parvenu à les battre ! Même s'il s'agit d'une légende…

    - Nous sommes bien placés pour savoir que bon nombre de légendes ont un fondement sur lequel elles se basent. Bon travail Bron ! Il faut trouver ces Milésiens !

- Bon courage. C'est pas gagné ! réagit Glovinna, la reine des fées.

- Pourquoi ?

- Nul ne sais où ils vivent et s'ils existent encore aujourd'hui.

- Peu importe Glovinna. Nous avons besoin de leur aide. S'il y a une infime chance de les trouver, je veux qu'on la tente. Bron, pars à leur recherche, explique leur qui tu es. Ils te doivent obéissance. Conduit-les ici si tu les trouves.

- Je vais raccourcir les distances pour toi, proposa Tethra, dieu des voyages. Tout ira plus vite afin de ne pas perdre de temps.

- Merci.

Bron avait quitté *Mag Tured* depuis des heures mais avait rejoint des lieux qu'il aurait fallu des jours à atteindre en temps ordinaire, sans l'appui de Tethra. Un Phœnix le trouva, perdu, à des centaines de kilomètres de *Mag Tured*. Il vola au-dessus de lui sans l'approcher durant un instant, pour le juger. Dès qu'il fut rassuré sur le danger, il s'approcha et atterrit près de lui. Il sentit l'Elémental de feu en Bron. Frères de feu, l'oiseau fut à l'aise à ses côtés. Il incita le dieu à le chevaucher et s'envola au-delà de l'Océan, à des centaines de kilomètres supplémentaires. Il y rencontra le roi des Milésiens.

Terres de Mag Tured,
4 Simivisonos 4576.

Il n'y eut aucun combat durant la journée. Des provocations furent tentées mais vite repoussées.

4ème lune.

Tao et les fées affrontèrent les Tùathas. Cette fois, les hostilités redoublèrent et aucune trêve ne fut envisagée. Les positions d'Eric'h reculèrent dangereusement et le campement où il se trouvait fut souvent atteint avant d'être refoulé. A plusieurs reprise, Eric'h dut, en personne, mener les attaques et les défenses, délaissant les réunions. Loch se mit de nouveau chanter pour motiver les soldats. Et l'hymne des résistants retentit avec force.

REFRAIN

Druide écoute

Leurs pas lourds

Sur nos terres.

Druide écoute
Les colères sourdes
Et leurs prières.

COUPLET 1

Levez-vous créatures !
Ecrivez votre futur !
Aujourd'hui la défaite connaîtra l'ennemi.
Dans le sang, ils payeront le prix.
Quittez tertres et collines,
Créatures,
Sortez du silence,
Que triomphe notre puissance.

REFRAIN

Druide écoute
Leurs pas lourds
Sur nos terres.
Druide écoute
Les colères sourdes
Et leurs prières.

COUPLET 2

Levez-vous créatures !
Montrez-leur votre courage.
Que la liberté nous soit rendue,
Et qu'ils périssent de leur rage.
Que des pierres fendues,
Jaillissent les Mages.
Il y a des territoires volés,
Il est temps de les récupérer.
Par nos vies sacrifiées,
Nos descendants vivront dans la paix.

REFRAIN

Druide écoute
Leurs pas lourds
Sur nos terres.
Druide écoute

**Les colères sourdes
Et leurs prières.
Druide écoute
Leurs pas lourds
Sur nos terres.
Druide écoute
Les colères sourdes
Et leurs prières…**

Cet appel au courage permit aux fées de vaincre les Gobelins. Glovinna perdit une aile et une moitié de l'autre, écrasée par une masse. Ses servantes exécutèrent le responsable de cette infamie. La reine fut protégée et rapatriée au campement, en sécurité. Elle y perdit des couleurs et plusieurs fois connaissances avant de retrouver la forme. Sous l'insistance de ses servantes, elle accepta de prendre la goutte d'hydromel. Elle vit ainsi ses ailes repousser et ses forces grandir.

Eric'h envoya rapidement les Fomoirés contre les Tùathas et les Morganezed (amazones celtes) vinrent en renfort des Elfes et des Centaures, tous sous les ordres d'Elor'a qui extermina les milliards de Kérions et loups-garous restant.

Les deux derniers Gargwas en vie prirent la fuite mais stoppèrent leur course en se couchant aux pieds d'Eningann. Le Créateur, furieux d'avoir des lâches dans son armée, les acheva en se nourrissant de leur énergie vitale. Les cadavres furent offerts à des Trolls qui se régalèrent.

***

173

<u>Les Dernieres Troupes</u>

**Autre Monde,
Terres de Mag Tured,
5 Simivisonos 4576, date celte,
5 juillet 2003, date terrestre.**

Eric'h était inquiet de devoir utiliser ses dernières cartes. La situation n'évoluait pas à son avantage et il le savait. L'angoisse grandissait en lui et il se sentait oppressé. Les créatures sorties du jeu de tarot de Bron furent toutes vaincues et les cartes brulèrent au sol dans un panache de fumée anormal. Les créatures invoquées par Diancecht subirent un sort tout aussi funeste. Une folie et une rage indescriptible s'étendit à toutes les armées ennemies. Les cadavres s'accumulèrent au point de ne plus savoir où les mettre.

Loch, à demi-vert des pieds au crâne, barde Fomoiré qui chante pendant la *Bataille* pour encourager les guerriers, se tourna vers les ennemis et se joint au combat. Nuada, le roi des Tùathas Dé Danann, souhaitait frapper un grand coup au moral de ses adversaires. L'occasion se présenta lorsque Loch se trouva à une dizaine de mètres seulement du monarque. La pointe, puis la lame toute entière d'une épée aussi grande qu'un bras humain vint transpercer le torse du barde. Une coulée de sang gicla de sa bouche ouverte et ses yeux sortirent de leurs orbites dans une expression de surprise et de terreur à faire frémir. Loch mit genoux à terre, dans une position de supplique, sous le rire narquois de son assassin. Ses beaux yeux verts se voilèrent et un dernier souffle s'échappa pour laisser place à la mort. Lorsque le corps de Loch s'écrasa au sol, le cri de stupeur de Glovinna, la reine des fées, figea les armées un instant. Eric'h entra en colère tandis que les peuples alliés sentirent le courage les quitter lentement. Les derniers nains qui chantaient l'hymne des résistants se turent.

Le nouveau roi des dieux vit Andrasta approcher de Nuada et profita de l'occasion pour la mettre hors d'état de nuire. Il avait conservé une flamme du feu sacré et piégea la déesse. Terrifiée, elle perdit pouvoirs et immortalité. Dans un dernier effort, elle sortit une dague forgée par un dieu de sa botte et la lança sur Eric'h. Il tendit sa main vers l'objet et la lame se retourna vers Andrasta, se fichant directement dans son cœur. Au décès de la déesse, la terre trembla avec rage et l'équilibre du Panthéon fut rompu.

- Qu'as-tu fait jeune fou ? Tu viens de tuer une déesse ! Eternel ! Je demande qu'il soit châtié pour cette ignominie ! hurla Eningann.
- Non ! Tous les dieux qui se révoltent aujourd'hui le font aussi envers nous ! Vous paierez le prix que le nouveau roi décidera ! Nous n'interviendrons pas dans cette affaire ! répondit Gwyon'Bach.
- Dans ce cas, je ne respecterai plus vos codes ! Je suis un Créateur ! Les yeux d'Eningann s'illuminèrent et Eric'h s'attendit à une attaque violente de sa part. Il ne vit cependant pas le coup venir. Brigantia, la déesse de l'Intelligence, fut soudainement soulevée du sol à vingt mètres au-dessus de la mêlée. Une foudre la frappa, la torturant plusieurs minutes. Puis, le Créateur s'éleva à son tour vers le ciel et se plaça derrière la déesse à l'agonie avant de lui briser la nuque dans un craquement horrible. Il arracha ensuite la tête et l'exhiba pour montrer sa toutes puissance sur les dieux. Ses troupes redoublèrent de courage et de haine. Le cadavre de la déesse fut ensuite désintégré et la terre se craquela, de géantes crevasses zébrant le sol sur des kilomètres. Le phénomène de déséquilibre fut ressenti sur tout l'Autre onde et non seulement sur les terres de *Mag Tured*.

Eric'h ne supportait plus la moindre perte. Il se déchaina lui-même au combat, se frayant un passage pour rejoindre le monstre. Tous se battirent dans un océan de sang, au milieu d'un nuage d'odeurs nauséabondes, marchant sur les corps inertes et découpés en morceaux. La violence prit une nouvelle ampleur qui déplut aux Eternels.

Les Efreets, une seconde classe de génies mais la plus puissante, réalisèrent tous les vœux mortels mais leurs cousins les Génies trouvèrent suffisamment de forces en eux pour les annuler. Ils finirent par s'entre tuer à l'aide des vœux qu'ils avaient le pouvoir de réaliser.

Eningann libéra et lança Béhémot sur Eric'h lorsqu'il vit celui-ci s'approcher dangereusement de lui. Le « petit frère » de Mandragoria leva les oreilles, à l'écoute des déplacements d'Eric'h. Il jugea la distance qui les séparait et s'affaissa sur son arrière train avant de bondir, atterrissant devant lui. Son immense mâchoire manqua de couper le roi des dieux, en deux qui remercia à nouveau son sens de l'agilité. Le monstre mesurait douze mètres de haut pour cinq mètres de large. Il ressemblait à un dinosaure mais disposait de pouvoirs et de multiples pointes sur le corps, imbibées de poisons en tout genre. Eric'h parvint à le faire reculer à plusieurs reprises mais commençait à fatiguer et à faire des erreurs qui pourraient lui coûter la vie.

De son côté, Bron trouva les Milésiens et leur roi le reçut en urgence lorsqu'il apprit qu'une nouvelle *Bataille* avait lieu à *Mag Tured*. Il ne tarda pas un seul instant à réunir ses gigantesques hordes et ils marchèrent vers les terres sanglantes.

***

174

FACE A FACE

Autre Monde,
Terres de Mag Tured,
6 Simivisonos 4576, date celte.

Le roi des Fomoirés, Balor, affronta Nuada directement.

- *Airgetalm* ! (bras d'argent, surnommé ainsi après avoir perdu un bras lors de la *2nde Bataille de Mag Tured*. Le dieu forgeron lui avait conçu une prothèse en argent, d'où le surnom) Comme on se retrouve ! Je vois que ton bras va mieux, dit-il d'un sourire narquois.

- Il est plus solide maintenant pour venir à bout de toi ! cria-t-il presque en serrant les dents de rage. Les deux rois s'observèrent un instant avant de se jeter l'un sur l'autre comme des bêtes. Les deux Géants Tùatha et Fomoiré ne s'épargnèrent aucun coup. Toutes les créatures à proximité s'écartèrent pour ne pas être écrasés par les gigantesques rois. De mémoire de celte, jamais une guerre n'avait pris une telle tournure. A l'image de ce combat de Titans, Eric'h fut aux prises avec Béhémot.

- Eh, machin ! Ta sœur à cramé ! Ce ne fut pas difficile de la tuer ! Je ne vais faire qu'une bouchée de toi ! Le monstre grogna au nom de sa sœur et redoubla de hargne. La grande queue de l'animal frappa Eric'h qui vola à plusieurs dizaines de mètres. Il se releva et lui fit à nouveau face.

- C'est tout ce que tu sais faire ? Le dieu brandit son sceptre et frappa Béhémot de puissantes énergies. Elor'a observait son mari avec angoisse. Chaque fois qu'il fut blessé, elle poussa un petit cri.

La reine des fées, Glovinna, vit ses troupes décimées par Abarta, un Tùatha. Elle voulut l'affronter elle-même et prit largement l'avantage, mettant le géant à terre plusieurs fois. Cet affrontement avait quelque chose d'irréel. Un Géant contre une minuscule fée, fusse-t-elle la reine de ce petit peuple. Mais au moment où elle s'apprêtait à le faire trépasser, Abarta la prit dans sa main et serra jusqu'à l'écraser. Un petit filet de poudre dorée s'échappa entre ses doigts, le corps de la fée réduit en cendre. Tara pleura toutes les larmes de son corps lorsqu'elle apprit la terrible nouvelle. La jeune fille s'approcha du Géant et posa sa main sur son énorme pied. Une aura très lumineuse entoura le Tùatha. Abarta s'enflamma de feu sacré et devint cendres en un instant. La masse de poussière fut telle, qu'un nuage s'éparpilla, recouvrant le sol et se mêlant au sang, formant une boue et une mélasse gris rouge. Tara semblait avoir repris de l'énergie et tous les monstres n'osèrent plus l'approcher au point de fuir. Même Eningann évita de l'affronter.

Un druide passa calmement devant les cadavres, posant le *mell benniget* (maillet béni) sur le front des mourants pour faciliter leur passage vers le Paradis Celte.

Eric'h comprit qu'il fallait se hâter de vaincre Béhémot. Une victoire était nécessaire pour redonner courage à ses armées. Et elle devait provenir de leur roi. Les exploits de Tara n'étaient pas suffisants. Sur le modèle d'Hélène, Eric'h pria pour que son idée porte ses fruits. Il se concentra et manqua de se faire tuer par la bête. Sa femme intervint pour lui sauver la mise et lui permit d'achever sa stratégie. Son Elémental d'Eau quitta son corps et partit à l'assaut de Béhémot qui se noya dans une gigantesque bulle d'eau qui devint son cercueil. Il sembla pouvoir survivre dans cette situation mais ne put s'échapper de cette enveloppe divine. Eric'h récupéra son Elémental lorsque Béhémot fut affaibli. Elor'a vint l'aider à l'achever.

- Voyez notre puissance ! Cessez de vous battre et obéissez ! Vous finirez à la prison de Caër Sidi (prison de l'Autre Monde redouté de tous les peuples, même les plus belliqueux) si vous poursuivez votre entêtement ! Les loups-garous restants se rendirent, ainsi que les Efreets. Mais bien d'autres ennemis confirmèrent leur soutien à Eningann. Cependant, cette victoire fit trembler le Créateur. Nul n'était parvenu à détruire un monstre créé il y a des millions d'années, et encore moins deux. Tous les dieux du Panthéon furent stupéfaits. Plusieurs parmi les neutres firent adhésion. Désireux de porter secours à son monstre préféré, Eningann intervint au moment où le roi et la reine portèrent le coup final. Le mélange des quatre magies (celles d'Eric'h/Béhémot/Elor'a /Eningann) fut fatale au Créateur. Un cercle de feu sacré l'encercla et il perdit une partie de ses pouvoirs avant de parvenir à s'en extraire. Il frappa Eric'h au visage, ce qui l'expulsa dans les airs, au-delà de la vue au sol. Il saisit un poignard elfe sur un cadavre et lorsqu'Eric'h retomba à terre, il l'empala.

Eningann se retrancha derrière ses protecteurs, hors d'atteinte, mais maintenant dans un corps humain mortel et affaibli.

Elor'a hurla de chagrin en fonçant vers son mari, livide. Les Tùathas prirent l'avantage sur les Fomoirés, Balor de nombreuses fois blessé. Mais à cet instant, les Milésiens arrivèrent, Bron à leur tête.

- Au nom des Milésiens et de leur roi dont je porte mandat, cessez cette guerre ! Eningann ! Tu as perdu ! Remets-moi ton cercle royal immédiatement ! à ces mots, *la 3ème Bataille de Mag Tured* prit fin au terme de nombreuses pertes dans toutes les armées. Des amis, des proches quittèrent ce Monde. Des pleurs, des cris de souffrances, des chants d'espoir se firent entendre. Un hommage à Loch fut rendu par les druides en chantant l'hymne des résistants. Ailén et Glovinna manquaient déjà à tous ceux qui les aimaient.

Eningann ne s'avoua pas vaincu et hurla de rage. Il prit la fuite, refusant la retraite imposée par les Eternels. Le Créateur se réfugia près du cromlec'h de *Mag Tured*, couvert par les Kérions. Il usa des dernières forces qui lui restaient pour ouvrir un passage vers la Terre et s'y rendit en personne. Gwyon'Bach cria trop tard pour avertir Bron de l'en empêcher, mais cette guerre avait affaiblit tout le monde et nul n'avait la force de s'opposer à ce départ. Derrière lui le réseau se referma, interdisant à quiconque de le suivre.

✳✳✳

175

TRAITÉ DE PAIX

(1)

**Tréhoranteuk,
Palais Divin,
8 Simivisonos 4576, date celte.**

Les survivants envoyèrent un Ambassadeur pour les représenter. Tout l'ancien Panthéon était réuni, hormis les dieux ayant perdu la vie.

Sur les trois trônes des Créateurs, seuls deux était pleins. Mew et Oiwn se levèrent et s'éloignèrent, suivant Gwyon'Bach vers leur lieu de retraite. Un quatrième trône fut placé et Elor'a, Tao et Bron s'installèrent enfin, chacun son cercle royal en main.

\- Mon époux Eric'h a subi une épreuve des plus terribles. Je vous annonce que Diancecht, le dieu de la Médecine, n'est pas parvenu à le sauver. Mew a dû intervenir en lui confiant une coupe d'Hydromel. Voici Eric'h, votre roi ! A son entrée, de nombreux sourires lui furent adressés.

\- Je remercie Mew et Oiwn de nous avoir confié leurs cercles royaux. Le temps des Créateurs est révolu ! Eningann est en fuite et déchu de ses fonctions. Son cercle royal a été récupéré in extremis. Je vous ai réuni ici pour mettre en place un nouvel équilibre, un nouveau Panthéon. J'ai tenu à inviter nos adversaires, y compris les Tùathas. Je nomme ce jour Elor'a votre reine, propriétaire du Paradis celte ! Votre Seigneur Tao obtient la garde de l'au-delà abyssal, que je sais craint par toutes les créatures de ce Monde et des dieux. C'est là-bas que la prison de Caër Sidi sera transférée. Tous les crimes commis en dehors des règles traditionnelles de la guerre durant la Bataille seront puni d'un séjour suffisamment long dans cette prison pour être dissuasif. Je me chargerai de la sphère des épreuves, symbole des ordres que je peux donner à tous les dieux. Bron devient prophète royal. J'ai décidé d'échanger les destins de Tao et de Bron. Il me semble plus logique de te confier une charge en lien avec tes pouvoirs de druide, Bron. Qu'entre maintenant le Gorsedd et Ed !

Obéissant aux ordres, le Gorsedd au complet entra, accompagné d'Ed qui ne comprenait pas le motif de cette convocation.

- Ed ! J'ai pensé à te confier une charge divine. Tu es l'un de mes proches et tu as toute ma confiance. Je te propose de diriger les Enfers celtes. Je sais que ton âme est troublée et j'ai besoin d'une âme perturbée pour pouvoir accéder aux souterrains de l'Autre Monde. Je suis conscient de ce que suppose une telle mission mais ne le prend pas pour une punition. Je veux que les choses changent en profondeur y compris en Enfer. Je te donnerai mes ordres plus tard.

- J'accepte. Cela va peut-être t'étonner, mais j'y suis préparé. Il y a quelque temps, un vieillard m'a révélé que ce jour viendrait et que je devrai diriger les Enfers celtes. Gwyon'Bach l'a tué avant qu'il ne m'en dise plus.

- Que…

- C'est exact. Tu n'as pas reconnu cette personne Ed ? Pourtant, tu lui es très proche. Il s'agissait de toi-même, dans le futur. Il m'a fallu t'interdire de te révéler à toi-même des informations sur ton avenir. Je ne t'ai pas tué. Je t'ai simplement fait réintégrer ton époque de force. Je n'avais pas d'autre solutions à ma disposition, révéla Gwyon'Bach. Je suis fier de vous tous ! Je suis si comblé d'avoir réussi à vous mener jusqu'ici. Je sais que vous avez payé un prix beaucoup trop élevé pour obtenir ce résultat. Et je comprendrai que vous m'en vouliez.

- Non Gwyon. C'était nécessaire. Si l'Autre Monde était resté tel qu'il était avant notre arrivée, la Terre aurait fini par tomber elle aussi. Nous n'étions pas à l'abri. Nous l'avons compris. C'était très… difficile. Nous avons perdu tant d'amis chers. Mais je suis heureuse que tous les sacrifices, à commencer par celui de Kéra, n'ont pas été vains. Kéra ! Glovinna ! Ailén ! Hélène ! Je pense à vous très fort et je vous aime tant les filles ! Cette victoire est avant tout la vôtre. Mon premier ordre en tant que votre reine est de fêter ces grandes dames comme elles le méritent. Un jour de fête est fixé à chacune des quatre saisons. Kéra sera fêté l'été. Glovinna, le printemps, Ailén l'hiver et Hélène l'automne.

- Merci chérie. Gorsedd ! Nous vous sommes reconnaissants de nous avoir élevé en matière de Magie. Cependant, nous estimons que vous nous avez privés de nos vies. Vous nous avez enlevés à nos parents biologiques lorsque nous étions des bébés. Vous devez payer le prix de cet acte monstrueux.

- Je l'ai toujours su Eric'h, répondit Gwenc'Ron.

- Nous avons eu du mal à décider de votre châtiment. Il doit s'agir avant tout de justice, pas de vengeance. Etant nous-mêmes victimes, il ne nous revient pas de prendre cette décision. Gwyon !

- Notre roi m'a demandé de le faire en leur nom. J'ai décidé que vous passeriez une saison à la prison de Caër Sidi.

- Quoi ? Par pitié non ! Eric'h, je comprends que nous devons être puni, mais Caër… intervint Ness mortifiée.

- Je suis désolé. Comme nous vous l'avons dit, ce n'est pas à nous de décider. Ce serait de la vengeance et cela n'est pas dans notre éducation. Vous passerez donc une saison symbolique à Caër Sidi en tant que gardiens, pas en tant que prisonniers. Ainsi, les druides de la Terre prendront une leçon en voyant ce que subissent les prisonniers de Caër Sidi. J'espère que cela vous empêchera de commettre une erreur de ce type à l'avenir, continua Tao.

- Maintenant, j'appelle Balor et Nuada ! Placez-vous près du medionemeton, au centre de ce Panthéon. J'ai longuement réfléchi à votre situation. En dehors des abominations d'Eningann, j'ai compris que le fondement même des raisons pour lesquelles cette $3^{\text{ème}}$ *Bataille de Mag Tured* a eu lieu, c'est votre désaccord sur vos propriétés. J'ai donc décidé de vous proposer un traité de paix, proposa Eric'h.

- Nous ne sommes pas punis ? demanda Nuada les dents serrées.

- Comprenez tous les deux que notre façon de gouverner sera très différente de ce que vous avez toujours connu. Il est donc normal que vous soyez surpris. Avant de vous condamner, nous pensons qu'il faut avant tout éradiquer les causes de votre discorde pour éviter une autre guerre. C'est pour cela que je vais redéfinir moi-même vos territoires respectifs.

- Quoi ? C'est une insulte ! Les Tùathas refusent !

- Les Tùathas ont perdu cette guerre ! En conséquence, vous n'avez pas votre mot à dire ! Comprenez que vous n'êtes pas en position de négocier ! Soyez déjà respectueux de notre tolérance.

176

TRAITÉ DE PAIX

(2)

Tréhoranteuk,
Palais Divin,
8 Simivisonos 4576, date celte.

- Cette *Bataille* a pour origine une querelle de territoire impliquant deux peuples, mais s'étant propagée à l'ensemble des habitant de ce Monde. Je ne veux plus que des peuples paient le prix de leurs vies pour une dispute qui ne concerne finalement que deux adversaires. Cela a servi de prétexte à Eningann pour vous manipuler et étendre le conflit. Les îles Falias, Gorias, Murias et Findias sont quatre terres appartenant originellement aux Fomoirés et aux Firbolgs avant eux. Mais nous ne pouvons ignorer les nombreuses générations qui ont vécu sur ces îles depuis la dernière grande *Bataille*. C'est pourquoi, afin de ne pas les dépayser et d'apaiser les tensions, avec l'accord difficilement obtenu de Balor, je vais créer une 5ème île.

La stupeur fut totale. Tous les dieux et Ambassadeurs accueillirent la nouvelle avec surprise.

- *Meath* (milieu, en irlandais) sera le nom de cette nouvelle île. Elle sera composée d'une parcelle des quatre îles existantes. Chacune des quatre îles aura un sceptre de druide aux quatre faces entaillées de signes ogamiques représentant une formule magique empêchant les Tùathas de fouler les terres de ses voisins. *Meath* sera isolée et leurs habitants mis en quarantaine pour avoir osé nous défier et avoir perdu la *Bataille*. Les Milésiens resteront à notre disposition pour vous faire plier le cas échéant. Ce blocus sera en vigueur durant sept années de ce Monde. Puis, nous espérons que vous entendrez raison et cohabiterez avec vous voisins en toute sérénité. Tout cela afin d'éviter une 4ème *Bataille à Mag Tured*. Ceci n'est pas négociable et le fruit de longs échanges avec les Fomoirés qui ont fini de dure lutte verbale par accepter notre proposition. Vous êtes perdants, vous devez l'assumer. Ceci me semble dur, mais juste.

- Nous aurons nos propres terres ? Nous ne serons jamais chassés ?

- C'est exact. *Meath* est suffisamment grande pour vous accueillir. Je veillerai personnellement à ce qu'elle ressemble aux quatre autres îles. Sachez qu'il n'est pas exclu qu'à l'avenir vous puissiez vivre sur les autres îles. Mais pour cela, il est évident que les Fomoirés demandent des garanties de paix. Dans sept ans, nous nous réunirons afin de négocier votre retour et les conditions de cohabitation pérenne.

- J'approuve, intervint Nuada avec réticence et méfiance.

Terres de Mag Tured.

Un rituel de funérailles eut lieu. Il fut composé d'un chant funèbre dont un File (druide chargé des cimetières) prit la direction. L'inhumation des corps put se faire pour ceux qui furent retrouvés intacts ou en morceaux. Une stèle fut érigée pour chacun et fut gravée d'Oghams.

L'équilibre fut rétablit et la terre de *Mag Tured* cessa de trembler. Les crevasses cicatrisèrent mais la terre prit une couleur rouge sombre après avoir absorbé tant de sang.

***

177

Le Nouveau Panthéon

Tréhoranteuk,
Palais Divin,
9 Simivisonos 4576, date celte.

- Quels sont les peuples qui ont survécus, Gwyon ? demanda Bron pour faire l'inventaire des dieux à « caser » dans leur Panthéon. Eric'h avait réuni son équipe pour préparer une liste à soumettre aux peuples.

- Les créatures disparues sont les Gargwas, Béhémot, Cerbère, les Gobelins, les Elvènes, Gog Magog et les Vampires. Pour les dieux : Brigantia et Andrasta. Les dieux sans pouvoirs : Abarta et Cernunnos.

- Bien, j'ai ma liste ! Allons-y, ils nous attendent.

L'ancien Panthéon fut réuni pour changer son visage. A la sortie, bien des choses devinrent différentes et Eric'h ignorait encore les répercussions de ses décisions. Il ne lui resta plus qu'à faire confiance en l'avenir.

- Ambassadeurs ! Dieux ! Voici les noms des dieux et déesses qui font encore partie de ce Panthéon et leur nouvelle mission ! Tethra, dieu des voyages et des morts au-delà de l'océan. Dispater, dieu des morts. Bélénos, dieu de la beauté et de l'Intelligence en remplacement de Brigantia qui a perdu la vie. Lug, dieu des marchands et Conseiller Royal à la guerre. Mac Oc, dieu du Temps. Diancecht, dieu médecin ; Ana, ancienne déesse-Mère devient en charge des saisons. Arduinna, protectrice des forêts et des Elfes ; Bélisama se chargera de la chasse. Enfin, Coipre remplacera notre défunt ami, Loch. Une liste des dieux secondaires vous sera communiquée plus tard, acheva Eric'h avant de reprendre :

- Pour les Ambassadeurs : Elwyn pour les Centaures. Roc'h pour les elfes. Paddy pour les fées et qui devient leur nouvelle reine. Seamus pour les Gnomes, à ces mots, la Compagnie des Courageux Gnomes sauta de joie, avec les félicitations de Tim et Tara. Shane pour les Gobelins.

- C'est possible un prénom pareil pour un Gobelin ? chuchota Bron à l'oreille de Tao qui ricana.

- Tomey pour les Génies. Ungus pour les Efreet. Lothar pour les Kérions. Gus pour les Lutins. Finn pour les Vampires de seconde classe. Fochmarc pour les loups-garous. Fionna pour les Morganezed et Connan « le Conquérant » pour les Fomoirés.

- Tu plaisantes ! Connan ? Ici ? fut surprit Bron.

- Oui. Connan est celte je te rappelle. Il fait partie de la mythologie, donc j'ai appris qu'il existe vraiment, sur les terres de ce Monde, chuchota le roi à son ami. Puis il éleva la voix pour se faire entendre de tous. Je lève la séance !

Le trouble s'installa dans l'immense salle. Tous les dieux digérèrent difficilement cette annonce. Tous ceux qui ne furent pas nommés se précipitèrent sur la liste qui fut affichée par un des Gardiens, sur le medionemeton, en bas, au centre.

Un petit cri familier attira l'attention d'Elor'a. Gwyon'Bach tenait Ronan dans ses bras et se dirigea vers la mère. Elle saisit son fils et l'embrassa longuement.

- Elor'a ! Prends soin de lui. Tu as vu une facette de la personnalité qu'il pourrait devenir. Tu dois prendre particulièrement attention à son éducation.

- Eric'h et moi en sommes conscient Gwyon. Je ne te remercierai jamais assez d'avoir pris soin de lui au point de t'opposer à Eningann et même aux autres Eternels. Merci, dit-elle en l'embrassant.

- Je ne sais pas pour vous, mais j'ai passé assez de temps ici. On rentre ? demanda Bron, impatient.

- J'en ai parlé au Thésauriseur. Je l'ai nommé en charge de la gestion du Palais Divin et donc il est désormais notre lien avec toutes les affaires dont nous devons nous occuper. Nous avons fichu une immense pagaille selon lui. Même s'il y a énormément à faire, il ne s'oppose pas à une petite virée sur Terre. D'autant plus qu'il nous faut maintenant traquer Eningann. Le temps s'écoulant différemment sur les deux Mondes, nous avons quelques temps de répit. Alors, profitons-en.

- Je suis bien d'accord ! s'exclama Elor'a, ravie.

- Si vous le permettez, je voudrais voir Iguilt. Elle a été blessée. Je resterai bien un peu ici.

- Bien sûr Tao ! Prend ton temps. Tu nous serviras de lien avec le Palais, si ça ne te dérange pas, répondit Eric'h en lui serrant la main.

- Au contraire. Joignons l'utile à l'agréable, finit-il en souriant à ses amis. Eric'h, Elor'a, Ronan, Bron, Tim et Tara (qui avaient fait leur au revoir à la Compagnie des Courageux Gnomes) quittèrent l'Autre Monde pour revenir sur la Terre.

Terre,
Sanctuaire,
5 novembre 2003,
5 samonios 4576, date celte.

A leur arrivée au Sanctuaire, cinq mois s'étaient écoulés. Le Gorsedd avait été transféré à la prison de Caër Sidi, et ils retrouvèrent l'Ollav Suprême des Filids à la tête des druides, non sans faire la grimace.

- Quand je pense que tu leur as donné le pouvoir de régence Eric'h, ça me fait frémir, commenta Tim.

- Je sais. Il fallait bien que quelqu'un dirige les druides en l'absence du Gorsedd. Je n'ai pas eu le choix. Et cela est un signe de notre part de conciliation avec certains peuples après la guerre qui a eu lieu. Nous allons marcher sur des œufs pendant longtemps.

- Je sais. Mais ces œufs-là sont pourris, finit le garçon, provoquant l'hilarité de ses amis.

***

A SUIVRE...

SAISON 5
EPISODE 2

UNE
JOURNEE
EN BOUCLE

18

« Dérobe et amasse, tout faut laisser lorsque l'on tré-passe. »

Souvenez-Vous...

Dans les épisodes précédents de la collection « **La Légende Des Maîtres** » : Après avoir vaincu *Méduse* et *Mandragoria*, l'équipe affronte une *Bataille* d'une toute autre envergure...

Grég a fouiné à l'hôpital dans le but de comprendre comment de nombreux miracles ont pu avoir lieu à Lorient, suite à l'utilisation de la *Larme de Dagda* par l'équipe qui avait produit ces miracles, sauvant des vies, guérissant toutes les maladies dans les hôpitaux et cliniques de la ville...

Ness a enfin retrouvé sa fille, *Cillisia*, emprisonnée par *Gwenc'Phel* 3000 ans dans le passé, sur l'île engloutie de Thira (Atlantide)...

Hélène a quitté Lorient pour ne plus y revenir et Ed en a fait son deuil...

Désormais immortels sur Terre et sur l'Autre Monde, Eric'h, Elor'a, Bron et Seigneur Tao sont devenus des *dieux*... Après une effroyable *Bataille à Mag Tured*, ils sont parvenus à réunir les trois cercles royaux, devenant des *Créateurs*. Malgré leur nouveau titre, il leur faut s'imposer et se faire accepter par les dieux et les peuples de l'Autre Monde...

La *Compagnie des Courageux Gnomes* s'est réunie pour combattre, Tara devenant le 6ème membre...

Maëve arrive au Sanctuaire et passe voir Ness pour se confesser...

Tara dispose du pouvoir ultime grâce au *Graal*... Le *Thésauriseur* devient le lien des nouveaux *Créateurs* avec le *Palais Divin*...

Les *Milésiens* permettent à l'équipe de « *gagner* » cette Bataille... Eric'h créé Meath, la 5ème île (composée d'une parcelle des quatre autres îles du Nord) pour y mettre les *Tùathas Dé Danann* en blocus...

Ed accepte de diriger les *Enfers Celtes*... Elor'a possède le *Paradis*, Seigneur Tao a la garde de *l'au-delà abyssal*, Eric'h se charge de la *sphère des épreuves* et Bron devient *Prophète Royal*...

Le Gorsedd se retrouve exilé à la prison de *Caër Sidi* pour avoir kidnappé l'équipe lorsqu'ils étaient enfants...

Abarta et *Cernunnos* ont perdu leurs pouvoirs...

Eric'h a constitué son propre *Panthéon* comme suit :

Tethra, dieu des voyages et des morts au-delà de l'océan.
Dispater, dieu des morts.
Bélénos, dieu de la beauté et de l'Intelligence.
Lug, dieu des marchands et Conseiller Royal à la guerre.
Mac Oc, dieu du Temps.
Diancecht, dieu médecin.
Ana, ancienne déesse-Mère devient en charge des saisons.
Arduinna, protectrice des forêts et des *Elfes*.
Bélisama se chargera de la chasse.
Coipre remplacera *Loch*.

Pour les Ambassadeurs :

Elwyn pour les *Centaures*.
Roc'h pour les *elfes*.
Paddy pour les fées et qui devient leur nouvelle reine.
Seamus pour les *Gnomes*,
Shane pour les *Gobelins*.
Tomey pour les *Génies*.
Ungus pour les *Efreet*.
Lothar pour les *Kérions*.
Gus pour les *Lutins*.
Finn pour les *Vampires* de seconde classe.
Fochmarc pour les *loups-garous*.
Fionna pour les *Morganezed*
Connan « le Conquérant » pour les *Fomoirés*.

Eningann s'est enfui sur Terre sous forme humaine avec des pouvoirs affaiblis...

Suite...

178

BÊTISES

**5 ans plus tard,
16 novembre 2008,
16 samonios 4581.**

Tandis que le Temple et la Tour d'Or baignaient dans une brume épaisse, la lune était sur le point de se coucher, laissant place à l'aube. Tout était tranquille. Le silence régnait sur un Sanctuaire endormi. Seules les Sentinelles effectuaient leurs rondes, réglées comme des horloges, emmitouflées dans leurs saies, transies de froid. Tout était calme, jusqu'à ce qu'un cri vienne troubler cette paisible fin de nuit.

Maëve, une jeune druidesse de vingt-cinq ans, se réveilla en sursaut, arrosée par un seau d'eau lancé par le facétieux Matt, camarade Mage d'Ed. Ses longs cheveux bruns, mouillés, s'étaient collés à sa nuisette. Un sentiment de colère ne tarda pas à faire rougir son visage. Elle venait de hurler si fort, que bien des druides en furent réveillés. Sautant du lit avec grâce et rapidité, la jeune femme le poursuivit dans les couloirs de l'aile Nord-est du bâtiment. Elle ne parvint pas à le rattraper. Elle vit cependant sa silhouette près d'un pilier et tenta sa chance. Brandissant son bras en avant, Maëve lança un sort d'immobilisation. Mais tandis qu'elle ouvrait la bouche pour prononcer la formule, sa voix s'enrailla. Matt profita alors de l'occasion pour la semer.

Découragée, Maëve lança un juron qui lui, fut audible. La jeune druidesse ne fit pas demi-tour pour aller se changer. Au contraire, elle passa devant la chambre du nouveau dieu Tao qui était affairé à installer ses effets personnels avec l'aide d'Eric'h. Elle sourit à la vue des sous-vêtements posés sur une étagère et sortit du bâtiment en direction de la place centrale.

**Sanctuaire,
Cour Centrale,
8 h 58.**

Des traces de pas mouillées allaient du carrelage ancien du Temple au chemin principal, s'arrêtant à la Cour Centrale. C'est à cet endroit que se tenait Maëve, grelottant dans sa tenue de nuit, trempée jusqu'aux os. La jeune femme secoua ses cheveux pour se débarrasser de l'eau. Curieusement, aussitôt qu'elle eut fini de remuer la tête, ses cheveux étaient secs. L'usage de la magie semblait bien pratique dans certaines circonstances. Elle observa ensuite les gouttes qui tombaient une à une le long de son corps. Elle réfléchit un instant avant de prendre une décision.

Que sèchent mes vêtements ici et maintenant.
J'invoque ma tenue sacrée,
Qu'elle m'habille, telle est ma volonté.

- C'est pas terrible, mais ça fera l'affaire, se dit-elle une fois sèche et prête pour commencer la journée. A cet instant, Tim, aujourd'hui âgé de vingt ans, et le Superviseur du Sanctuaire, Othon, passèrent à deux mètres de la jeune femme, lancés dans une grande et profonde conversation.

- Othon… J'ai bien réfléchi et je me disais que si vous savez qui sont les parents d'Eric'h et d'Elor'a, pourquoi ne sauriez-vous pas qui sont les miens ? J'ai besoin de le savoir.

- Mon garçon, il y a des questions dans la vie qu'il est bon de se poser… Et certaines dont il vaut mieux ignorer les réponses. La tienne fait partie de la seconde catégorie. La résolution de cette énigme te serait difficile à entendre.

- Alors… Vous savez ! Depuis ma naissance, vous savez qui… Dites le moi ! Je suis un homme maintenant, je veux savoir !

- Pas si vite Tim. Il est vrai que tu as grandi, mais tu n'es pas devenu mûr pour autant !

- Connaissez-vous des ados qui ont vécu les épreuves que j'ai traversées ? Avez-vous oublié que j'ai réuni, tout seul, les nations Gnomes ? J'ai traversé des territoires très vastes de l'Autre Monde, faisant face à de multiples dangers pour vous assurer la présence d'alliés pour la *3ème Bataille de Mag Tured*. Et maintenant, vous osez vous tenir devant moi, refusant de me donner une simple information ! Que faut-il que je fasse encore pour mériter d'obtenir ce que je vous demande ? s'emporta le jeune homme, les poings serrés, le visage pourpre de colère.

- Je comprends ta détresse. Tu as raison. Tu n'as plus rien à prouver. Il est vrai que dans l'enchaînement des situations qui se sont déroulées il y a cinq ans, je n'ai pas prêté suffisamment attention à toi. Je t'ai soumis à des quêtes trop risquées. Même si tu as été à la hauteur, tu étais trop jeune… Ton père est Gwenc'Ron.

- Gwenc'Ron !.. Il ne m'a jamais rien dit. Même à l'époque où il était Superviseur, il ne s'est jamais approché de moi, et vous dites qu'il est mon père ! Depuis qu'il fait partie du Gorsedd, il n'a pas eu le moindre intérêt pour moi. Et… Ma Mère ?

- La réponse est plus cruelle encore Tim. Es-tu vraiment sûr de…

- Oui.

- C'était Kiva, la druidesse aveugle. Ta mère est décédée lors de la destruction du Sanctuaire de Brest pendant la terrible fête de Samain. Gwenc'Phel et Enningan se sont associés pour nous attaquer cette nuit-là. Tu as d'ailleurs participé à la bataille. Tu sais maintenant qui sont tes parents biologiques.

- Pourquoi… Tim tomba à genoux, les larmes aux yeux.

- La vie des adultes est compliquée. Tu t'en rends compte maintenant. A l'époque, lorsque Kiva a perdu la vue, au moment où son pouvoir s'est révélé à elle, Gwenc'Ron s'est rapproché de ta mère. Ils t'ont conçu et ton père a été nommé Superviseur peu de temps après. Ensuite Gwenc'Phel nous a trahi et les attaques répétées des treitours mettaient ta vie en danger autant que celle des autres enfants. Tes parents voulaient te protéger. Il fut même question un temps, de t'envoyer dans un autre Sanctuaire, à l'abri. Mais cela n'aurait servi à rien. Le don de voyance de ta mère l'avait averti que tous les druides du Monde seraient en danger. Tu es alors resté et tu as été élevé avec les autres enfants au Sanctuaire.

- Mais ensuite ! Lorsque la *Bataille de Mag Tured* s'est achevée il y a CINQ ANS ! Il pouvait tout me dire ! Le danger s'est écarté durant cinq années !

- Je n'ai pas de réponse. Je suppose que vos vies se sont éloignées trop longtemps pour qu'il vienne vers toi et te dise la vérité. Comment crois-tu qu'il pouvait te dire que ta mère est morte ? Il n'a jamais laissé montrer ses émotions mais je sais qu'il a été anéanti par la mort de Kiva. Il n'a sûrement pas été un père à la hauteur, mais accorde-lui que les circonstances de vos vies ont été exceptionnelles. Vous devez en parler tous les deux. S'il te plait Tim. Je sais que ce sera dur, mais… Essaye de lui pardonner.

- Vous avez été plus un père pour moi que Gwenc'Ron ne le sera jamais, Othon. Comment pourrais-je lui pardonner ? Tim s'éloigna en pleurant, les sentiments se mélangeant en lui. Maëve avait écouté la conversation et elle ne put retenir une larme de compassion.

Pendant ce temps, Tara préparait une mixture malodorante. Dans le récipient, un liquide très épais de couleur mauve contenait des épices, du gingembre, du thym, des huiles végétales, une patte de lapin, un bec de corbeau et du venin de serpent. Tara était devenue une belle jeune femme de dix-huit ans. Elle saisit un petit bout de parchemin et commença la lecture d'une formule afin d'invoquer un génie. Toujours douée pour les bêtises en tout genre, Tara ne pensait pas que ses expériences aboutiraient à de bons résultats. Elle avait mitonné une recette au hasard, avec des ingrédients improbables. Mais depuis qu'elle disposait du Pouvoir Ultime, obtenu cinq ans plus tôt, tout ce qu'elle tentait, réussissait.

De l'Autre Monde à la Terre,
Un Génie je libère.
Viens à moi Créature du Passé,
Qu'ici nos vœux soient exaucés.

Un tourbillon de fumée envahit la hutte. Tara s'asphyxia et quitta très vite les lieux. Des éclairs et le tonnerre frappèrent tandis qu'au même moment, le cromlec'h du Sanctuaire s'activait. Seuls les nouveaux dieux étaient censés disposer de ce pouvoir. Mais Tara était une jeune femme et une druidesse hors du commun. Et depuis plusieurs mois, ses dons commençaient à faire peur. Elle comprit que si quelqu'un savait qu'elle était responsable de l'activation d'un cromlec'h, de sérieux problèmes lui tomberaient dessus. Elle entra avec précaution dans la hutte et perçut la présence d'une curieuse lampe.

- Elle a fonctionné ! Ma formule… Une grande ombre s'échappa du « nez » de la lampe lorsque kiki, le chat de Tara, se frotta à elle.
- Kiki, non ! Tu vas le libérer ! Mais il était trop tard et Gana, un Génie, apparut devant sa nouvelle maîtresse. Au même instant, Tim et Othon entraient dans une grande conversation concernant les parents du jeune homme. Gana fut bouleversé en entendant les deux hommes s'expliquer. Ulcéré par sa tristesse, Gana décida de lui venir en aide.
- Pauvre Tim. Si tu m'as invoqué, c'est sûrement pour exaucer son vœu.
- Oh non Génie…
- Appelle-moi Gana.
- Il y a toujours une entourloupe lorsque vous exaucez des vœux ! Il n'est pas question que…
- Mais c'est bien toi qui m'as fait venir non ?
- Je ne pensais pas que ça fonctionnerait !
- Une apprentie !
- Quoi ? Tu ne sais pas à qui tu as à faire ? Je suis Tara.
- Par tous les dieux ! L'enfant miracle ! Celle dont tout le monde parle et attend le retour. Celle qui a vaincu le Créateur.
- Oui, bon, ça va lèche-botte !
- *Tim, que ton vœu soit exaucé, d'un Génie c'est la volonté !*

- NON !!! hurla Tara trop tard. Une immense bulle bleue enveloppa le Sanctuaire. A l'intérieur, tous les druides présents furent piégés, ne pouvant ni entrer, ni sortir. Mais la situation s'avéra être en réalité bien plus inquiétante.

**Université de Brest,
Locaux du journal « Le Prophète »,
10 h 16.**

Monsieur Bonti, un homme élégant et père d'Elor'a rendit visite à Grég, rédacteur en chef du journal. Sa petite entreprise s'était développé en six ans au point que le Président de l'Université ne parvienne plus à en contrôler la notoriété. Journal local, « *Le Prophète* » trouvait régulièrement ses articles à la « Une », publiés dans des quotidiens nationaux. Toujours sous la surveillance du Ministère de l'Occulte après avoir trop attiré l'attention du Ministre, Grég était devenu célèbre dans toute la région et refusait pourtant de travailler pour de grands journaux. Il préférait développer sa propre entreprise avec l'aide et le soutien de l'Université à qui il appartenait.

Monsieur Bonti, avocat de renommée nationale, entra d'un pas rapide et passa la porte du bureau de Grég sans y être invité par sa secrétaire.

- Que me vaut l'honneur de cette visi... Ne le laissant pas terminer sa phrase, Monsieur Bonti lança violemment un exemplaire du journal sur le bureau.

LE PROPHETE

NUMERO 2102   **DIMANCHE 16 NOVEMBRE 2008**

UN AVOCAT AU
SERVICE
DE
LA MAFIA

MONSIEUR BONTI,
IMPLIQUE DANS UNE SOMBRE AFFAIRE DE DROGUE

Par Grégory Trémazon

Monsieur Bonti a été entendu par la police en début de week-end dans le cadre d'une enquête sur le trafic de drogue de la mafia de la parisienne. L'avocat de renommée nationale aurait, selon nos sources, perçu des sommes colossales étalés sur plusieurs comptes, dont un dans le paradis un fiscal.

Libéré en fin de journée, hier, Monsieur Bonti s'est refusé à tout commentaire. Un document confidentiel que nous sommes parvenus à nous procurer pourrait faire tomber la tête de l'homme d'affaire le plus courtisé de France.

Grégory Trémazon

- Pouvez-vous m'expliquer ceci ?

- L'information Monsieur Bonti. Les gens ont le droit de savoir que le plus grand avocat de ce pays est différent de ce qu'il laisse paraître.

- Je vous avais pourtant demandé de ne rien publier concernant ma vie privée, je me trompe ? Nous avions un accord ! Alors pourquoi mentionnez-vous ma fille en page deux ? A cet instant, Elor'a arriva telle une bourrasque, plus que furieuse. Elle renversa une table qui ployait sur une quantité astronomique de dossiers dont visiblement, Grég ne savait plus que faire.

- De la diffamation ! Voilà ce qui est écrit dans ce torchon ! Je croyais que le Ministre avait était clair ?

- Je suis surveillé depuis cinq ans à cause de vous, oui. Je suis prudent mais il n'y a rien dans cet article qui pourrait inciter le Ministère à intervenir. Ils m'ont visiblement laissé le publier. Vous me faites perdre mon temps. Laissez-moi je vous prie.

- Tu rigoles ! Tu ignores à qui tu parles ! Crois-moi, ne me provoque plus. Je suis bien plus puissante que le Ministère.

- Elor'a, ma chérie, je suis ravi de te voir mais, clame-toi. Grég pourrait écrire bien pire si nous lui donnons matière à travailler.

- J'en ai pas fini avec toi Grég. Tu paieras pour ça.

- Des menaces ?

- Oui, prends les comme telles.

**Sanctuaire,
Bosquet,
10 h 51.**

Maëve cherchait une trace de Matt. Lorsqu'elle passa devant le Bosquet. Elle entendit le son d'une voix familière. En s'approchant, elle reconnut la silhouette d'Ed, qui se tenait devant le célèbre Livre des Eléments. L'ouvrage semblait très ancien et sentait le moisi, étant toutefois totalement intact. Ses pages étaient cousues à la main. Certainement l'œuvre d'un Maître Druide. Ed s'était lancé semblait-t-il dans une formule. La druidesse ne comprit de quoi il s'agissait que lorsqu'il eut fini son incantation. Il était alors trop tard pour intervenir.

Que ta virilité grandisse,
Que s'allonge ton pénis,
Par cet enchantement sacré,
Que double ta virilité.

Tandis que Ben entrait dans le Bosquet, il prit une onde d'énergie de plein fouet. Quelque chose, en lui, venait de changer. Il ne tarda pas à comprendre de quoi il s'agissait.

- Mais qu'est-ce qu'ils ont les mecs aujourd'hui ! Ils font tous des blagues débiles.
- Ed ! Qu'est-ce que tu viens de me faire ?
- C'est une erreur ! Je ne voulais pas... Je ne me suis pas rendu compte que je lisais la formule à haute voix. Je suis désolé.
- Tu vas arranger ça, n'est-ce pas ? C'est très... inconfortable.
- Il n'y a pas de contre-formule, désolé.
- Je vais te... Maëve laissa les deux hommes régler leurs comptes et continua de chercher Matt. Elle reçut un message télépathique l'invitant à se rendre au Temple au plus vite. Elle se demanda ce qui pouvait bien inquiéter Othon à ce point.

Temple,
16 novembre 2008,
16 samonios 4581.
11 h 00.

Maëve trouva enfin Matt au Temple. A sa droite, près de l'autel sacré, se tenait Elodie. Cette dernière n'avait pas changé en cinq ans. Toujours élégante, aux formes généreuses, la jeune femme arborait toutefois une confiance en elle-même que l'on ne lui avait jamais trouvé jusqu'alors. Ben entra, marchant maladroitement, cachant tant bien que mal son inconfort.

- Pas de commentaire, lança-t-il sur un ton sentencieux et très irrité.
- Matt ! Je te tiens !
- Ça suffit ! Pas d'enfantillages !
- Mais...
- Pas de « mais », Maëve !
- Pourquoi nous avoir réuni Othon ? demanda Elodie.
- Vous formez depuis quelques mois la nouvelle équipe chargée de remplacer Eric'h, Tao, Elor'a et Bron. Comme vous le savez, ils sont devenus des dieux et cela retire leur statut de druides. J'ai une nouvelle mission à vous confier. Il y a huit ans, une jeune femme nommée Gwendolyn nous avait dérobé un CD-ROM contenant des fichiers sensibles du Sanctuaire. Elle souhaitait divulguer des informations essentielles sur l'activité des druides grâce à son oncle, un certain Owen, propriétaire d'un journal. A l'époque, nous étions parvenus à résoudre le problème, mais Gwendolyn est restée en liberté. Sans preuves matérielles, elle ne représentait plus de menace. Aujourd'hui, je viens d'apprendre que les Sentinelles l'ont repérée à la sortie Ouest. Elle nous a apparemment volé l'almanach.
- Qu'est-ce que c'est ? demanda Matt.

- Il s'agit d'un cristal dans lequel sont enregistrés tous les évènements majeurs présent et à venir se déroulant sur Terre. Elle dispose d'un document prophétique de la plus haute importance.

- Un cristal ! s'exclama Maëve.

- Oui. Elle ne dispose pas de moyens pour le lire. Mais entre les mains d'un treitour, les choses pourraient bien se compliquer. Gwendolyn commence sérieusement à m'agacer. Vous avez pour mission de récupérer l'almanach et de faire comprendre une bonne fois pour toute à cette femme qu'il est dangereux de voler les druides.

- Qu'attendez-vous comme genre de sanction ?

- Nous vous laissons prendre cette décision vous-même car il s'agit aussi d'une leçon de sagesse. Bien entendu, il ne s'agit pas de la tuer ou de l'envoyer à Caër Sidi (prison de l'Autre Monde crainte de toutes les créatures, même les plus puissantes). Vous serez surveillés de près tout au long de cette quête. Je vous conseille d'être à la hauteur de mes attentes. D'autant plus que l'almanach est d'une importance capitale.

- Comptez sur nous Othon, lança fièrement Elodie. Tandis qu'Othon sortait du Temple pour les laisser mettre au point une stratégie, Maëve fut déconcentrée par un papillon aux couleurs argentées qui se posa sur l'autel, puis un aboiement intempestif et enfin la dispute d'un couple. Par un vitrail, elle vit un druide trébucher et s'étaler de tout son long, provoquant l'hilarité des dizaines d'enfants.

***

179

Menaces

16 novembre 2008,
16 samonios 4581,
12 h 45.

Le ciel s'obscurcit et le vent se leva. La foudre frappa la bulle temporelle et la pénétra avant de toucher le sol. Un petit cratère se forma et une fumée noire, puis pourpre s'éleva avant de dessiner une silhouette masculine. Tara réagit avant même que les Sentinelles se déplacent. Elle se positionna devant le phénomène et attendit, l'air menaçant. Plusieurs druides accoururent et encerclèrent la forme mobile.

La forme humaine devint de plus en plus distincte et Tara eut un regard flamboyant en reconnaissant Gaël avant tout le monde.

- Vermine ! Que viens-tu faire en ce lieu sacré ? Sous l'insulte, Gaël ne réagit pas et épousseta ses vêtements.
- Tara ! s'exclama-t-il enfin, très surpris. Il comprit alors que pour lui la situation pouvait mal tourner et commença à paniquer intérieurement.
- J'attends !
- Je viens voir mon fils. Où est Ronan petite peste ?
- *Diwall* (attention) Gaël ! Souviens-toi de la défaite de ton Maître. Tu ne voudrais certainement pas que je me m'énerve ? Gaël déglutit et ses genoux tremblèrent sans qu'il ne puisse les contrôler. Il observa la jeune femme d'un œil noir.
- Tu as changé. Tu es devenue une femme, pas la petite fille qui a vaincu Eningann.
- La flatterie ne t'apportera rien de ma part. Tu n'es qu'un *treitour* (traître), rien d'autre ! Un léger spasme contracta le visage du druide.
- Puisque du temps a passé, tu n'as peut-être plus la même puissance ? La magie est décuplée sur l'Autre Monde, tu n'es plus aussi forte sur Terre.
- Es-tu prêt à le vérifier ? Prends-tu le risque ?
- *Foeñv* (bluff)!
- Vraiment ? Présomptueux ! Tara s'éleva du sol, le même halo lumineux que celui qui l'avait enveloppé lors de la *Bataille de Mag Tured* épousa ses formes. Gaël recula, impressionné. Le druide vit ses jambes devenir pierre et ne put rien bouger. Son visage devint blanc comme si la vie le quittait. Tandis que le Pouvoir Ultime faisait son œuvre, Elor'a intervint rapidement.
- Arrête ! Tara ! Relâche-le ! La jeune femme observa la Créatrice de haut avant de redescendre et poser ses pieds au sol. Sa magie si particulière fut interrompue et Gaël retrouva ses couleurs.
- Pourquoi ?

- Il est le père de mon fils ! Allais-tu le tuer ?

- NON ! … Je ne sais pas. Il a besoin d'une leçon.

- C'est juste, mais pas comme ça ! Moi aussi ça me démange de le tuer. Mais ce n'est pas bien ! Il sera conduit devant le Gorsedd dès son retour, et ce sont eux qui décideront de son sort. Tara, tu te rends compte que le Pouvoir Ultime a autant d'effet ici ?

- Je sais.

- Tu sais et tu n'as rien dit ?

- J'ai peur Elor'a. Je sais le contrôler maintenant.

- Peut-être, mais visiblement, pas tes émotions. Ton pouvoir est lié à tes sentiments. Si tu laisses ta colère t'envahir, ton pouvoir suivra le rythme. C'est dangereux Tara ! Je vais en parler aux autres Créateurs. En attendant, je t'interdis d'utiliser la Magie. Sous toutes ses formes.

- Mais…

- Non Tara ! Plus de Magie jusqu'à nouvel ordre.

- Te crois-tu capable de m'en empêcher ?

- Tara, est-ce une menace ?

- Non. Désolée.

Gaël profita de la grande conversation pour leur fausser compagnie. Comme à son habitude, il usa de son pouvoir de métamorphe pour se transformer en aigle royal. En quelques battements d'ailes, il quitta le Sanctuaire, narguant les Sentinelles qui ne parvinrent pas à l'arrêter.

- Et voilà ! Il s'est encore échappé ! Que voulait-il ?

- Voir Ronan, Créatrice, répondit une Sentinelle.

- Laissez-le, il est déjà loin.

- Pourquoi tu n'as rien fait Elor'a ? Tu es une Créatrice…

- Contrairement à toi, je n'ai pas le droit d'utiliser mon statut sur Terre.

- Ah, c'est pratique !

Lorient,
Centre-ville,
14 h 18.

Maëve gara sa Ford Fusion en trombe après avoir repéré Gwendolyn dans le parc. La pluie avait commencé à tomber depuis une heure. Sans parapluie, Ben, Matt et Elodie suivirent la conductrice à la poursuite de la voleuse. Quelque chose dans l'air inquiétait cependant Maëve. Gwendolyn avait elle aussi remarqué un changement dans l'atmosphère. Une sorte de crépitement qui leur fit dresser les poils et leur donna la chair de poule. Lorsqu'une forme étrange et anormale se dessina non loin d'eux, Matt se tint sur ses gardes. Le Créateur Eningann en personne, apparut sous forme humaine. Il s'était approprié le corps d'un cinquantenaire athlétique. Entouré d'une petite armée de traîtres, Matt comprit que c'est la vie de Gwendolyn qui était en danger. Il courut droit vers la voleuse et la bouscula violemment avant de prendre un poignard dans le dos, lancé par Eningann. L'arme blanche était gravée de symboles celtes très anciens et elle absorba les pouvoirs du jeune homme. Le Créateur s'avança et retira la lame en riant.

Au même moment, Monsieur Bonti entrait dans un restaurant avec sa fille. Ils s'installèrent à une table et commandèrent un repas copieux.

- Ça fait longtemps… Je ne me suis jamais intéressé à la vie des druides. A « TA » vie ! Nous sommes restés éloignés trop longtemps. Je veux tout savoir sur toi.
- C'est un peu tard non ? Pourquoi tu n'as jamais essayé de me contacter quand j'étais en âge de comprendre que les druides m'ont élevé mais que j'avais un père quelque part ?
- Tu sais que je l'ai fait ! Le Gorsedd m'en a toujours empêché. Tu avais un grand destin pour eux !
- Il s'est accompli papa. Je ne suis plus druide, je suis bien plus que ça. Je suis devenue une Créatrice.
- Qu'est-ce que ça veut dire ?
- Je suis au-dessus des dieux. C'est le sommet de la hiérarchie divine si tu préfères.
- Je ne sais pas comment faire pour être fier de toi. J'ai toujours détesté les druides pour m'avoir privé de ma petite fille. Maintenant, tu es une femme et j'ai du mal à reconnaître ma fille telle qu'elle était avant…
- Tu es grand-père papa. Ton petit fils s'appelle Ronan.
- Grand-père ! Et tu comptais attendre aujourd'hui pour me le dire ?
- Je crois que l'on s'en veut tous les deux pour ce que les druides ont fait de nous. Je suis heureuse dans ma vie, même si je suis tout le temps en danger. Je voudrais tourner la page avec toi.
- Tu veux qu'on se voie davantage ?
- Oui.

A cet instant, Pat apparut, comme un hologramme (comme l'image translucide d'un fantôme). Ce fut une sorte de message magique à l'attention de Monsieur Bonti et de sa fille, en plein milieu du restaurant, mais seuls capables de le voir.

- Elor'a ! Tu ne dois pas revoir ton père. Dis-lui au revoir et quitte cet endroit. Il n'est pas l'homme gentil et généreux qu'il peut paraître. Afin de protéger ton cœur d'une blessure, écoute ce message. La situation est suffisamment inquiétante pour que je prenne le risque de m'immiscer dans ta vie personnelle. Je sais que tu n'as pas confiance en nous, suite aux évènements du passé qui nous lient. Cependant, tu as été élevée pour savoir faire la différence entre le Bien et le Mal. Tu sais aussi que le Mal peut revêtir une belle et tentatrice forme. Alors obéi à cet ordre et retourne au Sanctuaire me voir. J'ai des choses importantes à te dire au sujet de ton père.

Le message s'acheva et Pat disparut.

- Qu'est-ce que ça veut dire ! Il croit que je vais lui obéir ! Je suis son supérieur maintenant ! Il n'a plus d'ordre à me donner et encore moins dans ma vie privée !

- Elor'a, il a raison. Il y a des choses sur moi que tu ignores et c'est mieux ainsi. Je saurais me contenter d'un dîner avec toi de temps à autre. Je n'en demande pas plus.

- Non ! Nous venions de faire un pas important l'un vers l'autre. Je ne compte pas abandonner.

- Pat doit te parler.

- Ce sera difficile, il est en prison.

- En prison ?

- Dans l'Autre Monde, pas sur Terre. Il paye pour ce qu'il m'a fait et aussi aux autres membres de mon équipe, à mon mari Eric'h.

- Alors parle avec Bann ou Ness.

- Le Gorsedd est en prison papa. Tous.

- Je vois. Et… pour longtemps ?

- Ca fait déjà cinq ans. Mais… je ne peux pas t'en dire plus.

- Je comprends. Je dois partir maintenant.

- Déjà ! Si c'est à cause de Pat, il ne faut pas !

- Il a raison. Tu devras leur parler avant de me revoir. Tu es une déesse alors tu dois pouvoir leur rendre visite.

- Ce n'est pas si simple papa !

- Tu trouveras un moyen, je te fais confiance. A bientôt ma princesse.

- Oh… Je me souviens que tu m'appelais comme ça quand j'étais petite. Je t'aime papa.

- Moi aussi.

Elor'a versa quelques larmes tandis que son père s'éloignait.

Maëve poussa un hurlement qui effraya ses amis. Elle se jeta sur le corps inerte de Matt, tentant de le ramener à la vie… en vain. La jeune femme se réveilla en sursaut dans son lit, arrosée par un seau d'eau.

***

180

Un Air
De
Déjà Vu
(1)

5 ans plus tard,
16 novembre 2008,
16 samonios 4581.

Curieusement, le temps semblait être identique à celui de la veille. Le Temple et la Tour d'Or baignaient encore dans une brume épaisse et la lune était sur le point de se coucher, laissant place à l'aube. Le silence régnait sur un Sanctuaire endormi. Une Sentinelle effectuait sa ronde, passant devant la statue d'une gargouille censée réagir à la présence du Mal. Ce mois de novembre était glacial et s'emmitoufler dans une saie plus appropriée à la situation semblait plus raisonnable. Tout était calme, jusqu'à ce qu'un cri vienne troubler cette paisible fin de nuit.

Maëve, se réveilla en sursaut, toute en sueur, arrosée par un seau d'eau lancé par Matt. Sur le moment, elle n'en crut pas ses yeux. Elle était plus surprise par la présence de Matt vivant, que par l'eau qui dégoulinait sur sa nuisette. Un sentiment de colère ne tarda pas à faire malgré tout surface. Elle venait de hurler si fort, que des druides profondément endormis se réveillèrent à leur tour en sursaut. Sautant du lit avec grâce et rapidité, la jeune femme poursuivit Matt dans les couloirs de l'aile Nord-est du bâtiment. Elle ne parvint pas à le rattraper mais vit cependant sa silhouette près d'un pilier et tenta sa chance. Brandissant son bras en avant, Maëve lança un sort d'immobilisation. Mais tandis qu'elle ouvrait la bouche pour prononcer la formule, sa voix s'enrailla. Matt profita alors de l'occasion pour la semer. Maëve resta sur place un instant, surprise par la répétition des évènements, lui laissant un sentiment de déjà-vu.

Malgré tout, Maëve lança un juron qui lui, fut audible. La jeune druidesse ne fit pas demi-tour pour aller se changer et passa devant la chambre du nouveau dieu Tao qui était affairé à installer ses effets personnels avec l'aide d'Eric'h. Elle sourit à la vue des sous-vêtements posés sur une étagère et à cet instant, réalisa avec plus de certitude que cette matinée, elle l'avait déjà vécue. Mais cela lui parut grotesque et la druidesse se résigna à vivre une autre longue et dure journée. Elle sortit alors du bâtiment en direction de la place centrale.

Sanctuaire,
Cour Centrale,
8 h 58.

Des traces de pas mouillés allaient du carrelage ancien du Temple au Chemin Principal, s'arrêtant à la Cour Centrale. C'est à cet endroit que se tenait Maëve, grelottant dans sa tenue de nuit, trempée jusqu'aux os. La jeune femme secoua ses longs cheveux pour se débarrasser de l'eau et ils étaient aussitôt secs. Elle observa ensuite les gouttes qui tombaient une à une le long de son corps et prononça une formule qui régla son problème.

Que sèchent mes vêtements ici et maintenant.
J'invoque ma tenue sacrée,
Qu'elle m'habille, telle est ma volonté.

- C'est pas terrible, mais ça fera l'affaire, se dit-elle une fois sèche et prête pour commencer la journée. A cet instant, Tim et le Superviseur du Sanctuaire, Othon, passèrent à deux mètres de la jeune femme, lancés dans une grande et profonde conversation.

- Othon… J'ai bien réfléchi et je me disais que si vous savez qui sont les parents d'Eric'h et d'Elor'a, pourquoi ne sauriez-vous pas qui sont les miens ? J'ai besoin de le savoir.

- Mon garçon, il y a des questions dans la vie qu'il est bon de se poser… Et certaines dont il vaut mieux ignorer les réponses. La tienne fait partie de la seconde catégorie. La résolution de cette énigme te serait difficile à entendre.

- Alors… Vous savez ! Depuis ma naissance, vous savez qui… Dites le moi ! Je suis un homme maintenant, je veux savoir !

- Pas si vite Tim. Il est vrai que tu as grandi, mais tu n'es pas devenu mûr pour autant !

- Connaissez-vous des ados qui ont vécu les épreuves que j'ai traversées ? Avez-vous oublié que j'ai réuni, tout seul, les nations Gnomes ? J'ai traversé des territoires très vastes de l'Autre Monde, faisant face à de multiples dangers pour vous assurer la présence d'alliés pour la *3ème Bataille de Mag Tured*. Et maintenant, vous osez vous tenir devant moi, refusant de me donner une simple information ! Que faut-il que je fasse encore pour mériter d'obtenir ce que je vous demande ? s'emporta le jeune homme, les poings serrés, le visage pourpre de colère.

- Je comprends ta détresse. Tu as raison. Tu n'as plus rien à prouver. Il est vrai que dans l'enchaînement des situations qui se sont déroulées il y a cinq ans je n'ai pas prêté suffisamment attention à toi. Je t'ai soumis à des quêtes trop risquées. Même si tu as été à la hauteur, tu étais trop jeune… Ton père est Gwenc'Ron.

- Gwenc'Ron !.. Il ne m'a jamais rien dit. Même à l'époque où il était Superviseur, il ne s'est jamais approché de moi, et vous dites qu'il est mon père ! Depuis qu'il fait partie du Gorsedd, il n'a pas eu le moindre intérêt pour moi. Et… Ma Mère ?

- La réponse est plus cruelle encore Tim. Es-tu vraiment sûr de…

- Oui.

- C'était Kiva, la druidesse aveugle. Ta mère est décédée lors de la destruction du Sanctuaire de Brest pendant la terrible fête de Samain. Gwenc'Phel et Eningann se sont associés pour nous attaquer cette nuit-là. Tu as d'ailleurs participé à la bataille. Tu sais maintenant qui sont tes parents biologiques.

- Pourquoi… Tim tomba à genoux, les larmes aux yeux.

- La vie des adultes est compliquée. Tu t'en rends compte maintenant. A l'époque, lorsque Kiva a perdu la vue, au moment où son pouvoir s'est révélé à elle, Gwenc'Ron s'est rapproché de ta mère. Ils t'ont conçu et ton père a été nommé Superviseur peu de temps après. Ensuite Gwenc'Phel nous a trahi et les attaques répétées des *treitours* mettaient ta vie en danger autant que celle des autres enfants. Tes parents voulaient te protéger. Il fut même question un temps, de t'envoyer dans un autre Sanctuaire, à l'abri. Mais cela n'aurait servi à rien. Le don de voyance de ta mère l'avait averti que tous les druides du Monde seraient en danger. Tu es alors resté et tu as été élevé avec les autres enfants au Sanctuaire.

- Mais ensuite ! Lorsque la *Bataille de Mag Tured* s'est achevée il y a CINQ ANS ! Il pouvait tout me dire ! Le danger s'est écarté durant cinq années !

- Je n'ai pas de réponse. Je suppose que vos vies se sont éloignées trop longtemps pour qu'il vienne vers toi et te dise la vérité. Comment crois-tu qu'il pouvait te dire que ta mère est morte ? Il n'a jamais laissé montrer ses émotions mais je sais qu'il a été anéanti par la mort de Kiva. Il n'a sûrement pas été un père à la hauteur, mais accorde-lui que les circonstances de vos vies ont été exceptionnelles. Vous devez en parler tous les deux. S'il te plait Tim. Je sais que ce sera dur, mais… Essaye de lui pardonner.

- Vous avez été plus un père pour moi que Gwenc'Ron ne le sera jamais, Othon. Comment pourrais-je lui pardonner ? Tim s'éloigna en pleurant, les sentiments se mélangeant en lui. Maëve avait écouté pour la seconde fois la conversation et elle ne put retenir une larme de compassion.

Pendant ce temps, Tara préparait une mixture malodorante. Elle commença la lecture d'une formule afin d'invoquer un génie. Elle avait mitonné cette recette au hasard, avec des ingrédients improbables. Mais comme elle s'y attendait, tout ce qu'elle tentait, réussissait.

De l'Autre Monde à la Terre,
Un Génie je libère.
Viens à moi Créature du Passé,
Qu'ici nos vœux soient exaucés.

Un tourbillon de fumée envahit la hutte. Tara s'asphyxia et quitta très vite les lieux. Des éclairs et le tonnerre frappèrent tandis qu'au même moment, le cromlec'h du Sanctuaire s'activait. Tara était une jeune femme et druidesse hors du commun. Et depuis plusieurs mois, ses pouvoirs commençaient à faire peur. Elle comprit que si quelqu'un savait qu'elle était responsable de l'activation d'un cromlec'h, de sérieux problèmes lui tomberaient dessus. Elle entra avec précaution dans la hutte et perçu la présence d'une curieuse lampe.

- Elle a fonctionné ! Ma formule… Une grande ombre s'échappa du « nez » de la lampe lorsque kiki, le chat de Tara, se frotta à elle.

- Kiki, non ! Tu vas le libérer ! Mais il était trop tard et Gana, un Génie, apparut devant sa nouvelle maîtresse. Au même instant, Tim et Othon continuaient dans une grande conversation concernant les parents du jeune homme. Gana fut bouleversé en entendant les deux hommes s'expliquer. Ulcéré par sa tristesse, Gana décida de lui venir en aide.

- Pauvre Tim. Si tu m'as invoqué, c'est sûrement pour exaucer son vœu.

- Oh non Génie…

- Appelle-moi Gana.

- Il y a toujours une entourloupe lorsque vous exaucez des vœux ! Il n'est pas question que…

- Mais c'est bien toi qui m'as fait venir non ?

- Je ne pensais pas que ça fonctionnerait !

- Une apprentie !

- Quoi ? Tu ne sais pas à qui tu as à faire ? Je suis Tara.

- Par tous les dieux ! L'enfant miracle ! Celle dont tout le monde parle et attend le retour. Celle qui a vaincu le Créateur.

- Oui, bon, ça va lèche-botte !

- *Tim, que ton vœu soit exaucé, d'un Génie c'est la volonté !*

- NON !!! hurla Tara trop tard. Une immense bulle bleue enveloppa le Sanctuaire. A l'intérieur, tous les druides présents furent piégés, ne pouvant ni entrer, ni sortir. Mais la situation s'avéra être bien plus inquiétante.

Université de Brest,
Locaux du journal « Le Prophète »,
10 h 16.

Monsieur Bonti rendit visite à Grég, rédacteur en chef du journal. Sa petite entreprise s'était développé en six ans au point que le Président de l'Université ne parvienne plus à en contrôler la notoriété. Journal local, « *Le Prophète* » trouvait régulièrement ses articles à la « Une », publiés dans des quotidiens nationaux. Toujours sous la surveillance du Ministère de l'Occulte après avoir trop attiré l'attention du Ministre, Grég était devenu célèbre dans toute la région et refusait pourtant de travailler pour de grands journaux. Il préférait développer sa propre entreprise avec l'aide et le soutien de l'Université à qui il appartenait.

Monsieur Bonti entra d'un pas rapide et passa la porte du bureau de Grég sans y être invité par sa secrétaire.

- Que me vaut l'honneur de cette visi… Ne le laissant pas terminer sa phrase, Monsieur Bonti lança violemment un exemplaire du journal sur le bureau.
- Pouvez-vous m'expliquer ceci ? cria presque l'avocat, brandissant la *Une* du journal devant son nez, au risque de le lui écraser.
- L'information, Monsieur Bonti. Les gens ont le droit de savoir que le plus grand avocat de ce pays est différent de ce qu'il laisse paraître.
- Je vous avais pourtant demandé de ne rien publier concernant ma vie privée, je me trompe ? Nous avions un accord ! Alors pourquoi mentionnez-vous ma fille en page deux ? A cet instant, Elor'a arriva telle une bourrasque, plus que furieuse. Elle renversa une table qui ployait sur une quantité astronomique de dossiers dont visiblement, Grég ne savait plus que faire.
- De la diffamation ! Voilà ce qui est écrit dans ce torchon ! Je croyais que le Ministre avait était clair ?
- Je suis surveillé depuis cinq ans à cause de vous, oui. Je suis prudent mais il n'y a rien dans cet article qui pourrait inciter le Ministère à intervenir. Ils m'ont visiblement laissé le publier. Vous me faites perdre mon temps. Laissez-moi je vous prie.
- Tu rigoles ! Tu ignores à qui tu t'adresses ! Crois-moi, ne me provoque plus. Je suis bien plus puissante que le Ministère.

- Elor'a, ma chérie, je suis ravi de te voir mais, clame-toi. Grég pourrait écrire bien pire si nous lui donnons matière à travailler.

- J'en ai pas fini avec toi Grég. Tu paieras pour ça.

- Des menaces ?

- Oui, prends les comme telles.

Sanctuaire,
Bosquet,
10 h 51.

Maëve, ignorant l'ampleur de son air de déjà vu, cherchait une trace de Matt. Lorsqu'elle passa devant le Bosquet, elle entendit le son d'une voix familière. En s'approchant, elle reconnut la silhouette d'Ed qui se tenait devant le célèbre *Livre des Eléments*. Ed s'était lancé semblait-il dans une formule. La druidesse ne comprit de quoi il s'agissait que lorsqu'il eut fini son incantation. Il était alors trop tard pour intervenir.

Que ta virilité grandisse,
Que s'allonge ton pénis,
Par cet enchantement sacré,
Que double ta virilité.

Tandis que Ben entrait dans le Bosquet, il prit une onde d'énergie de plein fouet. Quelque chose, en lui, venait de changer. Il ne tarda pas à comprendre de quoi il s'agissait.

- Mais qu'est-ce qu'ils ont les mecs aujourd'hui ! Ils font tous des blagues débiles. Mais… J'ai déjà dit ça !

- Ed ! Qu'est-ce que tu viens de me faire ? cria Ben, furieux.

- C'est une erreur ! Je ne voulais pas… Je ne me suis pas rendu compte que je lisais la formule à haute voix. Je suis désolé.

- Tu vas arranger ça, n'est-ce pas ? C'est très… inconfortable.

- Il n'y a pas de contre-formule, désolé.

- Je vais te… Maëve laissa les deux hommes régler leurs comptes et continua de chercher Matt. Elle se rendit au Temple avant même de recevoir un message télépathique l'y invitant. Elle savait d'instinct ce qui pouvait bien inquiéter Othon à ce point.

Temple,
16 novembre 2008,
16 samonios 4581.
11 h 00.

Maëve trouva enfin Matt au Temple et lui sauta au cou, rassurée. A sa droite, près de l'autel sacré, se tenait Elodie.

- Qu'est qui te prend ?
- Je te croyais mort, Matt ! Je… A moins que ce ne soit un rêve.
- Tu délires !
- Oh ce n'est pas très étonnant, répliqua Elodie. Tandis que Maëve, perdue, tentait de répliquer, Ben entra en marchant maladroitement, cachant tant bien que mal son inconfort.
- Pas de commentaire, lança-t-il sur un ton sentencieux et très irrité.
- C'est toi le seau d'eau !
- Ça suffit ! Pas d'enfantillages ! intervint le Superviseur.
- Mais…
- Pas de « mais », Maëve !
- Pourquoi nous avoir réuni Othon ? demanda Elodie.
- Vous formez depuis quelques mois la nouvelle équipe chargée de remplacer Eric'h, Tao, Elor'a et Bron. Comme vous le savez, ils sont devenus des dieux et cela retire leur statut de druides. J'ai une nouvelle mission à vous confier. Il y a huit ans, une jeune femme nommée Gwendolyn nous avait dérobé un CD-ROM contenant des fichiers sensibles du Sanctuaire. Elle souhaitait divulguer des informations essentielles sur l'activité des druides grâce à son oncle, un certain Owen, propriétaire d'un journal. A l'époque, nous étions parvenus à résoudre le problème, mais Gwendolyn est restée en liberté. Sans preuves matérielles, elle ne représentait plus de menace. Aujourd'hui, je viens d'apprendre que les Sentinelles l'ont repéré à la sortie Ouest. Elle nous a apparemment volé l'almanach.
- Qu'est-ce que c'est ? demanda Matt.
- Il s'agit d'un cristal dans lequel sont enregistrés tous les évènements majeurs présent et à venir se déroulant sur Terre. Elle dispose d'un document prophétique de la plus haute importance.
- J'ai déjà entendu ça. J'en suis sûre, marmonna Maëve.
- Elle ne dispose pas de moyens pour le lire. Mais entre les mains d'un treitour, les choses pourraient bien se compliquer. Gwendolyn commence sérieusement à m'agacer. Vous avez pour mission de récupérer l'almanach et de faire comprendre une bonne fois pour toute à cette femme qu'il est dangereux de voler les druides.
- Qu'attendez-vous comme genre de sanction ? dit-elle comme si elle récitait un texte.
- Nous vous laissons prendre cette décision vous-même car il s'agit aussi d'une leçon de sagesse. Bien entendu, il ne s'agit pas de la tuer ou de l'envoyer à Caër Sidi (prison de l'Autre Monde, crainte de toutes les créatures, même les plus puissantes). Vous serez surveillés de près tout au long de cette quête. Je vous conseille d'être à la hauteur de mes attentes. D'autant plus que l'almanach est d'une importance capitale.
- Comptez sur nous Othon, lança fièrement Elodie.

Othon sortit du Temple pour les laisser mettre au point une stratégie. Maëve fut déconcentrée par un papillon aux couleurs argentées qui se posa sur l'autel, puis un aboiement intempestif et enfin la dispute d'un couple. Par un vitrail, elle vit un druide trébucher et s'étaler de tout son long, provoquant l'hilarité des dizaines d'enfants. Cette fois, les choses devenaient inquiétantes. Cette matinée, elle l'avait déjà vécue et cela l'effrayait.

181

UN AIR DE DÉJÀ VU
(2)

16 novembre 2008,
16 samonios 4581,
12 h 45.

Tandis que Gaël apparaissait au beau milieu du Sanctuaire, Tara réagit avant même que les Sentinelles se déplacent. Elle se positionna devant lui et attendit, l'air menaçant. Plusieurs druides accoururent et encerclèrent le *treitour*. Tara eut un regard flamboyant envers Gaël.

- Vermine ! Que viens-tu faire en ce lieu sacré ? Sous l'insulte, Gaël ne réagit pas et épousseta ses vêtements.
- Tara ! s'exclama-t-il enfin, très surpris. Il comprit alors que pour lui la situation pouvait mal tourner et commença à paniquer intérieurement.
- J'attends !
- Je viens voir mon fils. Où est Ronan petite peste ?
- *Diwall* (attention) Gaël ! Souviens-toi de la défaite de ton Maître. Tu ne voudrais certainement pas que je me m'énerve ? Gaël déglutit et ses genoux tremblèrent sans qu'il ne puisse les contrôler. Il observa la jeune femme d'un œil noir.
- Tu as changé. Tu es devenue une femme, pas la petite fille qui a vaincu Eningann.
- La flatterie ne t'apportera rien de ma part. Tu n'es qu'un *treitour* (traître), rien d'autre ! Un léger spasme contracta le visage du druide.
- Puisque du temps a passé, tu n'as peut-être plus la même puissance ? La magie est décuplée sur l'Autre Monde, tu n'es plus aussi forte sur Terre.
- Es-tu prêt à le vérifier ? Prends-tu le risque ?
- *Foeñv* (bluff) !
- Vraiment ? Présomptueux ! Tara s'éleva du sol, le même halo lumineux que celui qui l'avait enveloppé lors de la *Bataille de Mag Tured* épousa ses formes. Gaël recula, impressionné. Le druide vit ses jambes devenir pierre et ne put rien bouger. Son visage devint blanc comme si la vie le quittait. Tandis que le *Pouvoir Ultime* faisait son œuvre, Elor'a intervint rapidement.

- Arrête ! Tara ! Relâche-le ! La jeune femme observa la Créatrice de haut avant de redescendre et poser ses pieds au sol. Sa magie si particulière fut interrompue et Gaël retrouva ses couleurs.

- Pourquoi ?

- Il est le père de mon fils ! Allais-tu le tuer ?

- NON ! … Je ne sais pas. Il a besoin d'une leçon.

- C'est juste, mais pas comme ça ! Moi aussi ça me démange de le tuer. Mais ce n'est pas bien ! Il sera conduit devant le Gorsedd dès son retour, et ce sont eux qui décideront de son sort. Tara, tu te rends compte que le *Pouvoir Ultime* a autant d'effet ici ?

- Je sais.

- Tu sais et tu n'as rien dit ?

- J'ai peur Elor'a. Je sais le contrôler maintenant.

- Peut-être, mais visiblement, pas tes émotions. Ton pouvoir est lié à tes sentiments. Si tu laisses ta colère t'envahir, ton pouvoir suivra le rythme. C'est dangereux Tara ! Je vais en parler aux autres Créateurs. En attendant, je t'interdis d'utiliser la Magie. Sous toutes ses formes.

- Mais…

- Non Tara ! Plus de Magie jusqu'à nouvel ordre.

- Te crois-tu capable de m'en empêcher ?

- Tara, est-ce une menace ?

- Non. Désolée.

Gaël profita de l'occasion pour leur fausser compagnie. Il usa de son pouvoir de métamorphe pour se transformer en aigle royal. En quelques battements d'ailes, il quitta le Sanctuaire, narguant les Sentinelles qui ne parvinrent pas à l'arrêter.

- Et voilà ! Il s'est encore échappé ! Que voulait-il ?

- Voir Ronan, Créatrice, répondit une Sentinelle.

- Laissez-le, il est déjà loin.

- Pourquoi tu n'as rien fait Elor'a ? Tu es une Créatrice…

- Contrairement à toi, je n'ai pas le droit d'utiliser mon statut sur Terre.

- Ah, c'est pratique !

**Lorient,
Centre-ville,
14 h 18.**

Maëve gara sa *Ford Fusion* en trombe après avoir repéré Gwendolyn dans le parc. Elle savait précisément où elle pouvait la trouver en suivant son intuition. Malgré la pluie, Ben, Matt et Elodie suivirent la conductrice à la poursuite de la voleuse. Quelque chose dans l'air inquiéta cependant Maëve. Gwendolyn avait remarqué elle aussi un changement dans l'air. Une sorte de crépitement qui leur fit dresser les poils et leur donna la chair de poule. Lorsqu'une forme étrange et anormale se dessina non loin d'eux, Matt se tint sur ses gardes, tandis que Maëve pressentait qu'un évènement dramatique allait se répéter. Le Créateur Eningann en personne, apparut sous forme humaine. Il s'était approprié le corps d'un cinquantenaire athlétique. Entouré d'une petite armée de traîtres, Maëve comprit que c'était la vie de Matt qui était en danger. Ce dernier se précipita pour sauver Gwendolyn, mais Maëve s'interposa à temps. La jeune druidesse prit le poignard en pleine poitrine. L'arme blanche était gravée de symboles celtes très anciens et elle absorba les pouvoirs de Maëve. Le Créateur s'avança et retira la lame en riant.

Au même moment, Monsieur Bonti et sa fille commandaient un repas dans restaurant chic.

- Ça fait longtemps… Je ne me suis jamais intéressé à la vie des druides. A « TA » vie ! Nous sommes restés éloignés trop longtemps. Je veux tout savoir sur toi.
- C'est un peu tard non ? Pourquoi tu n'as jamais essayé de me contacter quand j'étais en âge de comprendre que les druides m'ont élevés mais que j'avais un père quelque part ?
- Tu sais que je l'ai fait ! Le Gorsedd m'en a toujours empêché. Tu avais un grand destin pour eux !
- Il s'est accompli papa. Je ne suis plus druide, je suis bien plus que ça. Je suis devenue une Créatrice.
- Qu'est-ce que veut dire ?
- Je suis au-dessus des dieux. C'est le sommet de la hiérarchie divine si tu préfères.
- Je ne sais pas comment faire pour être fier de toi. J'ai toujours détesté les druides pour m'avoir privé de ma petite fille. Maintenant tu es une femme et j'ai du mal à reconnaître ma fille telle qu'elle était avant…
- Tu es grand-père papa. Ton petit fils s'appelle Ronan.
- Grand-père ! Et tu comptais attendre aujourd'hui pour me le dire ?
- Je crois que l'on s'en veut tous les deux pour ce que les druides ont fait de nous. Je suis heureuse dans ma vie, même si je suis tout le temps en danger. Je voudrais tourner la page avec toi.
- Tu veux qu'on se voie plus ?
- Oui.

A cet instant, le message de Pat apparut en plein milieu du restaurant.

- Elor'a ! Tu ne dois pas revoir ton père. Dis-lui au revoir et quitte cet endroit. Il n'est pas l'homme gentil et généreux qu'il peut paraître. Afin de protéger ton cœur d'une blessure, écoute ce message. La situation est suffisamment inquiétante pour que je prenne le risque de m'immiscer dans ta vie personnelle. Je sais que tu n'as pas confiance en nous, suite aux évènements du passé qui nous lient. Cependant, tu as été élevée pour savoir faire la différence entre le Bien et le Mal. Tu sais aussi que le Mal peut revêtir une belle et tentatrice forme. Alors obéi à cet ordre et retourne au Sanctuaire me voir. J'ai des choses importantes à te dire au sujet de ton père.

Le message s'acheva ainsi.

- Qu'est-ce que ça veut dire ! Il croit que je vais lui obéir ! Je suis son supérieur maintenant ! Il n'a plus d'ordre à me donner et encore moins dans ma vie privée !

- Elor'a, il a raison. Il y a des choses sur moi que tu ignores et c'est mieux ainsi. Je saurais me contenter d'un dîner avec toi de temps à autre. Je n'en demande pas davantage.

- Non ! Nous venions de faire un pas important l'un vers l'autre. Je ne compte pas abandonner.

- Pat doit te parler.

- Ce sera difficile, il est en prison.

- En prison ?

- Dans l'Autre Monde, pas sur Terre. Il paye pour ce qu'il m'a fait et aussi aux autres membres de mon équipe, à mon mari Eric'h.

- Alors parle avec Bann ou Ness.

- Le Gorsedd est en prison papa. Tous.

- Je vois. Et… pour longtemps ?

- Ca fait déjà cinq ans. Mais… je ne peux pas t'en dire plus.

- Je comprends. Je dois partir maintenant.

- Déjà ! Si c'est à cause de Pat, il ne faut pas !

- Il a raison. Tu devras leur parler avant de me revoir. Tu es une déesse alors tu dois pouvoir leur rendre visite.

- Ce n'est pas si simple papa !

- Tu trouveras un moyen, je te fais confiance. A bientôt ma princesse.

- Oh… Je me souviens que tu m'appelais comme ça quand j'étais petite. Je t'aime papa.

- Moi aussi.

Elor'a versa quelques larmes tandis que son père s'éloignait.

Maëve sentit son cœur battre plus lentement. Elodie et Ben tinrent les traitres en respect et Matt prit Maëve dans ses bras. Il poussa un hurlement qui effraya ses amis. La jeune femme se réveilla en sursaut dans son lit, hurlant, arrosée par un seau d'eau.

***

182

Petits Détails

(1)

**5 ans plus tard,
16 novembre 2008,
16 samonios 4581.**

Le matin arriva dans la brume. Le silence régnait sur un Sanctuaire endormi. La Sentinelle passa de nouveau devant la statue d'une gargouille censée réagir à la présence du Mal, emmitouflée dans une saie plus chaude. Tout était calme, jusqu'à ce que le cri de Maëve perce le calme.

La jeune druidesse se réveilla en sursaut, toute en sueur, une fois de plus arrosée par Matt. Elle reprit sa respiration bruyamment, surprise d'être en vie. Elle serra sa nuisette, terrifiée par ce qu'elle venait de vivre. Il n'y avait y plus de doute. Elle venait d'être tuée par Enningan et pourtant, elle respirait encore. Matt ne semblait pas inquiet. Comme si tout cela ne s'était, pour lui, jamais produit. Elle venait de hurler si fort, que des druides profondément endormis se réveillèrent à leur tour en sursaut. Sautant du lit sans grâce et énervée, la jeune femme poursuivit Matt dans les couloirs de l'aile Nord-est du bâtiment. Non pour le tancer de l'avoir ainsi arrosée, mais pour lui parler des évènements qui risquaient à nouveau de se produire. Elle ne parvint toutefois pas à le rattraper mais bondit directement vers le pilier qui le cachait. Brandissant son bras en avant, Maëve lança son sort d'immobilisation. Tandis qu'elle ouvrait la bouche pour prononcer la formule, sa voix s'enrailla. Matt profita de l'occasion pour la semer. Maëve resta sur place un instant, pestant de ne pas s'être souvenue de ce problème.

Maëve lança réprima son juron et ne fit pas demi-tour pour aller se changer, passant devant la chambre du nouveau dieu Tao qui était affairé à installer ses effets personnels avec l'aide d'Eric'h. Elle ne fit pas attention aux sous-vêtements posés sur une étagère, trop inquiète et désireuse de trouver quelqu'un à qui en parler. Elle sortit alors du bâtiment en direction de la place centrale.

**Sanctuaire,
Cour Centrale,
8 h 58.**

Des traces de pas mouillés allaient du carrelage ancien du Temple au Chemin Principal, s'arrêtant à la Cour Centrale. C'est à cet endroit que se tenait Maëve, grelottant dans sa tenue de nuit, trempée jusqu'aux os. La jeune femme observa les gouttes qui tombaient une à une le long de son corps et prononça une formule sur un ton irrité et pressé.

Que sèchent mes vêtements ici et maintenant.
J'invoque ma tenue sacrée,
Qu'elle m'habille, telle est ma volonté.

- Ca, c'est fait, se dit-elle une fois sèche. A cet instant, Tim et le Superviseur du Sanctuaire, Othon, passèrent à deux mètres de la jeune femme, lancés dans une grande et profonde conversation.

- Othon… J'ai bien réfléchi et je me disais que si vous savez qui sont les parents d'Eric'h et d'Elor'a, pourquoi ne sauriez-vous pas qui sont les miens ? J'ai besoin de le savoir.
- Mon garçon, il y a des questions dans la vie qu'il est bon de se poser… Et certaines dont il vaut mieux ignorer les réponses. La tienne fait partie de la seconde catégorie. La résolution de cette énigme te serait difficile à entendre.
- Alors… Vous savez ! Depuis ma naissance, vous savez qui… Dites le moi ! Je suis un homme maintenant, je veux savoir !
- Pas si vite Tim. Il est vrai que tu as grandi, mais tu n'es pas devenu mûr pour autant !
- Connaissez-vous des ados qui ont vécu les épreuves que j'ai traversées ? Avez-vous oublié que j'ai réuni, tout seul, les nations Gnomes ? J'ai traversé des territoires très vastes de l'Autre Monde, faisant face à de multiples dangers pour vous assurer la présence d'alliés pour la *3ème Bataille de Mag Tured*. Et maintenant, vous osez vous tenir devant moi, refusant de me donner une simple information ! Que faut-il que je fasse encore pour mériter d'obtenir ce que je vous demande ? s'emporta le jeune homme, les poings serrés, le visage pourpre de colère.
- Je comprends ta détresse. Tu as raison. Tu n'as plus rien à prouver. Il est vrai que dans l'enchaînement des situations qui se sont déroulées il y a cinq ans je n'ai pas prêté suffisamment attention à toi. Je t'ai soumis à des quêtes trop risquées. Même si tu as été à la hauteur, tu étais trop jeune… Ton père est Gwenc'Ron.

Maëve n'écouta pas la suite de la conversation, en connaissant la teneur.

Pendant ce temps, Tara préparait sa nouvelle bêtise et prononça sa formule.

De l'Autre Monde à la Terre,
Un Génie je libère.
Viens à moi Créature du Passé,
Qu'ici nos vœux soient exaucés.

Un tourbillon de fumée envahit la hutte. Tara s'asphyxia et quitta très vite les lieux. Des éclairs et le tonnerre frappèrent tandis qu'au même moment, le cromlec'h du Sanctuaire s'activa. Elle entra plus tard avec précaution dans la hutte et perçut la présence d'une curieuse lampe.

- Elle a fonctionné ! Ma formule… Une grande ombre s'échappa du « nez » de la lampe lorsque kiki, le chat de Tara, se frotta à elle.

- Kiki, non ! Tu vas le libérer ! Mais il était trop tard et Gana, un Génie, apparut devant sa nouvelle maîtresse. Au même instant, Tim et Othon entrèrent dans une grande conversation concernant les parents du jeune homme. Gana fut bouleversé en entendant les deux hommes s'expliquer. Ulcéré par sa tristesse, Gana décida de lui venir en aide.

- Pauvre Tim. Si tu m'as invoqué, c'est sûrement pour exaucer son vœu.

- Oh non Génie…

- Appelle-moi Gana.

- Il y a toujours une entourloupe lorsque vous exaucez des vœux ! Il n'est pas question que…

- Mais c'est bien toi qui m'a fait venir non ?

- Je ne pensais pas que ça fonctionnerait !

- Une apprentie !

- Quoi ? Tu ne sais pas à qui tu as à faire ? Je suis Tara.

- Par tous les dieux ! L'enfant miracle ! Celle dont tout le monde parle et attend le retour. Celle qui a vaincu le Créateur.

- Oui, bon, ça va lèche-botte !

- *Tim, que ton vœu soit exaucé, d'un Génie c'est la volonté !*

- NON !!! hurla Tara trop tard. Une immense bulle bleue enveloppa le Sanctuaire.

Université de Brest,
Locaux du journal « Le Prophète »,
10 h 16.

Monsieur Bonti rendit visite à Grég, entrant d'un pas rapide et passant la porte du bureau sans y être invité.

- Que me vaut l'honneur de cette visi… Ne le laissant pas terminer sa phrase, Monsieur Bonti lança violemment un exemplaire du journal sur le bureau.

- Pouvez-vous m'expliquer ceci ? cria presque l'avocat, brandissant la *Une* du journal devant son nez, au risque de le lui écraser.

- L'information, Monsieur Bonti. Les gens ont le droit de savoir que le plus grand avocat de ce pays est différent de ce qu'il laisse paraître.

- Je vous avais pourtant demandé de ne rien publier concernant ma vie privée, je me trompe ? Nous avions un accord ! Alors pourquoi mentionnez-vous ma fille en page deux ? A cet instant, Elor'a arriva telle une bourrasque, plus que furieuse. Elle renversa une table qui ployait sur une quantité astronomique de dossiers dont visiblement, Grég ne savait plus que faire.

- De la diffamation ! Voilà ce qui est écrit dans ce torchon ! Je croyais que le Ministre avait était clair ?

- Je suis surveillé depuis cinq ans à cause de vous, oui. Je suis prudent mais il n'y a rien dans cet article qui pourrait inciter le Ministère à intervenir. Ils m'ont visiblement laissé le publier. Vous me faites perdre mon temps. Laissez-moi je vous prie.

- Tu rigoles ! Tu ignores à qui tu t'adresses ! Crois-moi, ne me provoque plus. Je suis bien plus puissante que le Ministère.

- Elor'a, ma chérie, je suis ravi de te voir mais, clame-toi. Grég pourrait écrire bien pire si nous lui donnons matière à travailler.

- J'en ai pas fini avec toi Grég. Tu paieras pour ça.

- Des menaces ?

- Oui, prends les comme telles.

Sanctuaire,
Bosquet,
10 h 51.

Maëve passa directement devant le *Bosquet*, sans chercher Matt qu'elle retrouver au Temple. Elle entendit la voix d'Ed qui se tenait devant le célèbre *Livre des Eléments*. Ed s'était lancé semblait-il dans une formule. La druidesse comprit ce qu'il allait faire, ce qui ne manqua pas de lui arracher un léger sourire.

> *Que ta virilité grandisse,*
> *Que s'allonge ton pénis,*
> *Par cet enchantement sacré,*

Que double ta virilité.

Tandis que Ben venait d'entrer dans le Bosquet, il prit l'onde d'énergie de plein fouet.

- Sacré Ed, dit-elle en rejoignant le Temple, sans attendre le message télépathique. Elle laissa les deux hommes se disputer.

Temple,
16 novembre 2008,
16 samonios 4581.
11 h 00.

Maëve entra dans le Temple blanche comme un linge.

- Qu'est que tu as ? lui demanda Matt.
- J'ai un problème. Nous avons un problème.
- De quoi s'agit-il ? questionna Elodie au moment où Othon arrivait.
- Je sais Othon. Gwendolyn a subtilisé l'almanach que nous devons retrouver. C'est cristal dans lequel sont enregistrés tous les évènements majeurs présent et à venir se déroulant sur Terre. Elle dispose d'un document prophétique de la plus haute importance, mais elle ne peut pas les lire. Si les *treitours* (traîtres) se l'accaparent, ce serait une catastrophe.
- Maëve ! Il est impossible que tu saches…
- Ecoutez-moi. Je crois que je revis sans cesse la même journée. A la fin, on retrouve Gwendolyn, mais Eningann veut la tuer. Matt, en sauvant la vie de la voleuse, prend un poignard dans le dos à sa place. Ça fait deux fois que la journée se répète.
- Par tous les dieux Maëve ! Ce que tu dis est tout de même extrême, réagit Othon, sceptique.
- D'accord. Dans un instant, un papillon aux ailes argentées se posera sur l'autel, puis un chien aboiera pendant qu'un couple se disputera.

A cet instant, le papillon vola au-dessus d'Elodie avant de se poser devant elle, sur l'autel. Le chien poussa son cri et les deux druides firent voler des éclairs d'énergie. Matt, Elodie, Ben et Othon regardèrent Maëve, surpris.

- Les numéros du loto ? Je t'écoute, réagit Matt.
- Et Matt meurt deux fois ? continua Elodie.
- Non. Je me suis souvenue à temps des détails pour le sauver. Je suis morte à sa place.
- Tu te portes bien pour une morte.
- Ca suffit Ben ! Il n'y a rien de drôle là-dedans. Il semble que seul ce détail change. Ce n'est pas la même personne qui meurt. Tu dois trouver quel évènement

inhabituel s'est produit dans ton entourage pour provoquer cela. Je ne pense pas Qu'Eningann soit à l'origine de tout ça. Il en a à peine les pouvoirs mais surtout, il s'arrangerait pour tuer la même personne à chaque fois. Non, il est arrivé quelque chose et tu dois trouver de quoi il s'agit. Mais retrouver l'almanach est aussi urgent. Tu dois changer un détail bien précis pour mettre fin çà la boucle temporelle. Sans cela, aujourd'hui se répètera à l'infini. Tu devras m'en reparler demain... ou plutôt tout à l'heure... Oh, je ne m'y fait pas avec le Temps.

- Tout à l'heure ! répondit-elle sans comprendre.
- Oui, demain ne peut pas être demain si aujourd'hui se répète.
- Aïe la migraine, plaisanta Matt.
- Bon courage, termina Othon quittant le Temple. Un druide s'étala à ses pieds, provoquant l'hilarité de dizaines d'enfants.

183

PETITS DÉTAILS

(2)

**16 novembre 2008,
16 samonios 4581,
12 h 45.**

Gaël apparut au milieu du Sanctuaire et Tara s'opposa à lui.

- Vermine ! Que viens-tu faire en ce lieu sacré ? Sous l'insulte, Gaël ne réagit pas et épousseta ses vêtements.

- Tara ! s'exclama-t-il enfin, très surpris. Il comprit alors que pour lui la situation pouvait mal tourner et commença à paniquer intérieurement.

- J'attends !

- Je viens voir mon fils. Où est Ronan petite peste ?

- *Diwall* (attention) Gaël ! Souviens-toi de la défaite de ton *Maître*. Tu ne voudrais certainement pas que je me m'énerve ? Gaël déglutit et ses genoux tremblèrent sans qu'il ne puisse les contrôler. Il observa la jeune femme d'un œil noir.

- Tu as changé. Tu es devenue une femme, pas la petite fille qui a vaincu Eningann.

- La flatterie ne t'apportera rien de ma part. Tu n'es qu'un *treitour* (traître), rien d'autre ! Un léger spasme contracta le visage du druide.

- Puisque du temps a passé, tu n'as peut-être plus la même puissance ? La magie est décuplée sur l'Autre Monde, tu n'es plus aussi forte sur Terre.

- Es-tu prêt à le vérifier ? Prends-tu le risque ?

- *Foeñv* (bluff) !

- Vraiment ? Présomptueux ! Tara s'éleva du sol, le même halo lumineux que celui qui l'avait enveloppé lors de la *Bataille de Mag Tured* épousa ses formes. Gaël recula, impressionné. Le druide vit ses jambes devenir pierre et ne put rien bouger. Son visage devint blanc comme si la vie le quittait. Tandis que le Pouvoir Ultime faisait son œuvre, Elor'a intervint rapidement.

- Arrête ! Tara ! Relâche-le ! La jeune femme observa la Créatrice de haut avant de redescendre et poser ses pieds au sol. Sa magie si particulière fut interrompue et Gaël retrouva ses couleurs.

- Pourquoi ?

- Il est le père de mon fils ! Allais-tu le tuer ?

- NON ! … Je ne sais pas. Il a besoin d'une leçon.

- C'est juste, mais pas comme ça ! Moi aussi ça me démange de le tuer. Mais ce n'est pas bien ! Il sera conduit devant le Gorsedd dès son retour, et ce sont eux qui décideront de son sort. Tara, tu te rends compte que le Pouvoir Ultime a autant d'effet ici ?

- Je sais.

- Tu sais et tu n'as rien dit ?

- J'ai peur Elor'a. Je sais le contrôler maintenant.

- Peut-être, mais visiblement, pas tes émotions. Ton pouvoir est lié à tes sentiments. Si tu laisses ta colère t'envahir, ton pouvoir suivra le rythme. C'est dangereux Tara ! Je vais en parler aux autres Créateurs. En attendant, je t'interdis d'utiliser la Magie. Sous toutes ses formes.

- Mais…

- Non Tara ! Plus de Magie jusqu'à nouvel ordre.

- Te crois-tu capable de m'en empêcher ?

- Tara, est-ce une menace ?

- Non. Désolée.

Gaël leur faussa compagnie en usant de son pouvoir de métamorphe pour se transformer en aigle royal.

- Et voilà ! Il s'est encore échappé ! Que voulait-il ?

- Voir Ronan, Créatrice, répondit une Sentinelle.

- Laissez-le, il est déjà loin.

- Pourquoi tu n'as rien fait Elor'a ? Tu es une Créatrice…

- Contrairement à toi, je n'ai pas le droit d'utiliser mon statut sur Terre.

- Ah, c'est pratique !

**Lorient,
Centre-ville,
14 h 18.**

Une Ford Fusion se gara au parking du parc. Toute l'équipe s'attendait à tomber sur Enningan. Ils savaient ce qui devait se produire et ils s'étaient organiser pour éviter de mourir. Sous une pluie battante, ils s'approchèrent prudemment de Gwendolyn.

- Surtout ne bouge plus ! lui cria Maëve.

L'air se mit à crépiter, Gwendolyn remarqua un changement. Les oiseaux s'échappèrent, effrayés par quelque chose qu'ils ne purent définir. L'ancien Créateur s'éleva devant eux. Tous étaient sur leurs gardes, tandis que Maëve pressentait qu'un évènement dramatique allait se répéter. Entouré de sa petite armée de traîtres, il se rendit compte qu'il était attendu mais n'en laissa rien paraître. Matt plongea vers Gwendolyn et se retournant, la mettant à l'abri. Maëve s'apprêta à réceptionner le poignard, mais Enningan comprit la manœuvre et lança son arme vers une autre cible. A genoux, les mains sur son ventre, crachant un filet de sang, Ben s'écroula face contre terre. Les symboles celtes très anciens gravés sur l'arme, absorbèrent ses pouvoirs, le Créateur s'avançant pour retirer la lame en riant. Au même moment, Monsieur Bonti et sa fille commandèrent leur repas dans un restaurant chic.

- Ça fait longtemps… Je ne me suis jamais intéressé à la vie des druides. A TA vie. Nous sommes restés éloignés trop longtemps. Je veux tout savoir sur toi.
- C'est un peu tard non ? Pourquoi tu n'as jamais essayé de me contacter quand j'étais en âge de comprendre que les druides m'ont élevés mais que j'avais un père quelque part ?
- Tu sais que je l'ai fait ! Le Gorsedd m'en a toujours empêché. Tu avais un grand destin pour eux !
- Il s'est accompli papa. Je ne suis plus druide, je suis bien plus que ça. Je suis devenue une Créatrice.
- Qu'est-ce que veut dire ?
- Je suis au-dessus des dieux. C'est le sommet de la hiérarchie divine si tu préfères.
- Je ne sais pas comment faire pour être fier de toi. J'ai toujours détesté les druides pour m'avoir privé de ma petite fille. Maintenant tu es une femme et j'ai du mal à reconnaître ma fille telle qu'elle était avant…
- Tu es grand-père papa. Ton petit fils s'appelle Ronan.
- Grand-père ! Et tu comptais attendre aujourd'hui pour me le dire ?
- Je crois que l'on s'en veut tous les deux pour ce que les druides ont fait de nous. Je suis heureuse dans ma vie, même si je suis tout le temps en danger. Je voudrais tourner la page avec toi.
- Tu veux qu'on se voie plus ?
- Oui.

A cet instant, le message de Pat apparut en plein milieu du restaurant.

- Elor'a ! Tu ne dois pas revoir ton père. Dis-lui au revoir et quitte cet endroit. Il n'est pas l'homme gentil et généreux qu'il peut paraître. Afin de protéger ton cœur d'une blessure, écoute ce message. La situation est suffisamment inquiétante pour que je prenne le risque de m'immiscer dans ta vie personnelle. Je sais que tu n'as pas confiance en nous, suite aux évènements du passé qui nous lient. Cependant, tu as été élevée pour savoir faire la différence entre le Bien et le Mal. Tu sais aussi que le Mal peut revêtir une belle et tentatrice forme. Alors obéi à cet ordre et retourne au Sanctuaire me voir. J'ai des choses importantes à te dire au sujet de ton père.

Le message s'acheva ainsi. Elor'a pesta et son père prit congé. Elle versa quelques larmes tandis que son père s'éloignait.

Maëve, Matt et Elodie restèrent figés sur place de stupeur. Leur plan venait d'échouer.

- Oh non. Dieux, faites que cette journée se répète encore une fois. Juste une fois.

- Maëve, il faut que tu… Mais   avant la fin de cette phrase, Maëve se réveilla dans son lit, en sursaut, arrosée par Matt. Elle recracha de l'eau en hurlant une nouvelle fois.

✷✷✷

184

Découverte

(1)

**5 ans plus tard,
16 novembre 2008,
16 samonios 4581.**

La brume ne s'était pas encore levée que le silence qui régnait au Sanctuaire fut rompu. La Sentinelle passa de nouveau devant sa statue et Maëve poussa un cri comme si elle y était obligée. Juste pour se rappeler que la journée venait de recommencer. Elle se leva en sursaut, toujours mouillée de la tête aux pieds. Elle reprit sa respiration en pensant à son échec.

- Encore ! râla-t-elle, sachant ce qui l'attendait.

Elle se leva du lit, enragée, et poursuivit Matt dans les couloirs de l'aile Nord-est du bâtiment. Non pour le tancer de l'avoir ainsi arrosée, mais pour lui parler des évènements qui risquaient à nouveau de se reproduire. Elle ne put le rattraper mais bondit directement vers le pilier qui le cachait. Elle ne fit même pas l'effort de lui lancer son sort d'immobilisation.

Maëve réprima son juron et passa au pas de course sans s'arrêter devant la chambre de Tao. Elle sortit directement du bâtiment en direction de la place centrale.

**Sanctuaire,
Cour Centrale,
8 h 58.**

Des traces de pas mouillés allaient du carrelage ancien du Temple au Chemin Principal, s'arrêtant à la Cour Centrale. C'est à cet endroit que se tenait Maëve, grelottant dans sa tenue de nuit. La jeune femme observa les gouttes qui tombaient une à une le long de son corps et prononça une formule sur un ton irrité et pressé.

*Que sèchent mes vêtements ici et maintenant.
J'invoque ma tenue sacrée,*

Qu'elle m'habille, telle est ma volonté.

- J'en ai marre, se dit-elle en serrant les dents. A cet instant, Tim et le Superviseur du Sanctuaire, Othon, passèrent à deux mètres de la jeune femme, lancés dans une grande et profonde conversation qu'elle n'écouta pas. Elle réfléchit un instant sur la chronologie des évènements de la journée. Au lieu de rester près de Tim et Othon, elle se rendit vers les habitations, à la recherche de la présence d'un détail inhabituel. C'est au cours de cette quête qu'elle surprit Tara préparant sa nouvelle bêtise et prononçant sa formule.

De l'Autre Monde à la Terre,
Un Génie je libère.
Viens à moi Créature du Passé,
Qu'ici nos vœux soient exaucés.

Maëve écarquilla des yeux lorsqu'elle vit un tourbillon de fumée envahir la hutte. Tara s'asphyxia et quitta très vite les lieux. Des éclairs et le tonnerre frappèrent tandis qu'au même moment, le cromlec'h du Sanctuaire s'activa. Elle entra plus tard avec précaution dans la hutte et perçut la présence d'une curieuse lampe.

- Elle a fonctionné ! Ma formule… Une grande ombre s'échappa du « nez » de la lampe lorsque kiki, le chat de Tara, se frotta à elle.

- Kiki, non ! Tu vas le libérer ! Mais il était trop tard et Gana, un Génie, apparut devant sa nouvelle maîtresse. Au même instant, Tim et Othon entrèrent dans une grande conversation concernant les parents du jeune homme. Gana fut bouleversé en entendant les deux hommes s'expliquer. Ulcéré par sa tristesse, Gana décida de lui venir en aide.

- Pauvre Tim. Si tu m'as invoqué, c'est sûrement pour exaucer son vœu.

- Oh non Génie…

- Appelle-moi Gana.

- Il y a toujours une entourloupe lorsque vous exaucez des vœux ! Il n'est pas question que…

- Mais c'est bien toi qui m'as fait venir non ?

- Je ne pensais pas que ça fonctionnerait !

- Une apprentie !

- Quoi ? Tu ne sais pas à qui tu as à faire ? Je suis Tara.

- Par tous les dieux ! L'enfant miracle ! Celle dont tout le monde parle et attend le retour. Celle qui a vaincu le Créateur.

- Oui, bon, ça va lèche-botte !

- *Tim, que ton vœu soit exaucé, d'un Génie c'est la volonté !*

- NON !!! hurla Tara trop tard. Une immense bulle bleue enveloppa le Sanctuaire.

- C'est donc ça ! Petite idiote ! s'exclama Maëve.

Université de Brest,
Locaux du journal « Le Prophète »,
10 h 16.

Monsieur Bonti rendit visite à Grég, entrant d'un pas rapide et passant la porte du bureau sans y être invité. Il lui reprocha la publication d'un article peu flatteur mais surtout le fait d'y avoir mentionné le nom de sa fille.

- J'en ai pas fini avec toi Grég. Tu paieras pour ça, lança Elor'a furieuse.

- Des menaces ?

- Oui, prends les comme telles.

Sanctuaire,
Bosquet,
10 h 51.

Maëve passa devant le Bosquet, sans chercher Matt qu'elle savait pouvoir retrouver au Temple. Elle entendit la voix d'Ed qui se tenait devant le célèbre Livre des Eléments. Il s'était lancé dans une formule. La druidesse comprit ce qu'il allait faire, mais ne sourit pas cette fois.

Que ta virilité grandisse,
Que s'allonge ton pénis,
Par cet enchantement sacré,
Que double ta virilité.

Tandis que Ben venait d'entrer dans le Bosquet, il prit l'onde d'énergie de plein fouet.

- Il y a des choses sur cette Terre qui ne changeront jamais, se dit-elle en rejoignant le Temple, sans attendre le message télépathique. Elle laissa les deux hommes se disputer.

Temple,
16 novembre 2008,

16 samonios 4581.
11 h 00.

- Qu'est que tu as ? lui demanda Matt, la voyant arriver en trombe.

- Nous avons un problème. J'en assez de me répéter alors ne m'interrompez pas. Othon, Gwendolyn a subtilisé l'almanach que nous devons retrouver. C'est un cristal dans lequel sont enregistrés tous les évènements majeurs présent et à venir se déroulant sur Terre. Elle dispose d'un document prophétique de la plus haute importance, mais elle ne peut pas les lire. Si les treitours se l'accaparent, ce serait une catastrophe.

- Maëve ! Il est impossible que tu saches…

- J'ai dit ! Sans m'interrompre ! Je revis sans cesse la même journée. A la fin, on retrouve Gwendolyn, mais Eningann veut la tuer. Matt, en sauvant la vie de la voleuse, prend un poignard dans le dos à sa place. Ca fait la troisième fois que la journée tourne en boucle. Pour vous le prouver, regardez attentivement. Un papillon aux ailes argentées se pose sur l'autel, puis un chien aboie pendant qu'un couple se dispute, dit-elle au même moment où les évènements se produisirent. Matt, Elodie, Ben et Othon regardèrent Maëve, bouche bée.

- Si je peux me permettre de t'interrompre, chaque fois, c'est un membre de cette équipe qui meurt ou seulement Matt ? demanda Othon.

- Non. La première fois c'était Matt, puis moi et ensuite Ben. Nous avions pourtant préparé un plan pour éviter cela. Ça n'a pas fonctionné. Enningan a choisi une autre cible.

- Il semble que seul ce détail change. Ce n'est pas la même personne qui meurt. Tu dois trouver quel évènement inhabituel s'est produit dans ton entourage pour provoquer cela. Sinon, aujourd'hui se répètera à l'infini.

- Vous me l'avez déjà dit et je crois que j'ai trouvé. Tara a invoqué un Génie. C'est lui qui a lancé le sort sur nous. J'ignore pourquoi je suis la seule à garde mes souvenirs. Mais c'est lui qui est à l'origine du problème. Qu'est-ce que je dois faire Othon.

- D'abord, rien ne sert de s'en prendre à Tara ou au Génie. Il est trop tard, le sort est jeté. Cependant, je crois qu'indéniablement, une personne précise doit mourir aujourd'hui. Trouve de qui il s'agit et laisse le destin s'accomplir.

- Facile à dire. Comment je déniche le « chanceux » moi ?

- Si tu échoues, tu devras m'en reparler demain… ou plutôt tout à l'heure… Oh, je ne m'y fait pas avec le Temps.

- Tout à l'heure ! répondit-elle sans comprendre.

- Oui, demain ne peut pas être demain si aujourd'hui se répète.

- Aïe la migraine, plaisanta Matt.

- Bon courage, termina Othon quittant le Temple. Un druide s'étala à ses pieds, provoquant l'hilarité de dizaines d'enfants.

***

185

Découverte

(2)

**16 novembre 2008,
16 samonios 4581,
12 h 45.**

Gaël apparut au milieu du Sanctuaire et Tara s'opposa à lui. Maëve passa devant eux.

- Oh j'en ai marre ! Qu'ils se débrouillent ! s'exclama-t-elle.
- Vermine ! Que viens-tu faire en ce lieu sacré ? Sous l'insulte, Gaël ne réagit pas et épousseta ses vêtements.
- Tara ! s'exclama-t-il enfin, très surpris. Il comprit alors que pour lui la situation pouvait mal tourner et commença à paniquer intérieurement.
- J'attends !
- Je viens voir mon fils. Où est Ronan petite peste ?
- *Diwall* (attention) Gaël ! Souviens-toi de la défaite de ton Maître. Tu ne voudrais certainement pas que je m'énerve ? Gaël déglutit et ses genoux tremblèrent sans qu'il ne puisse les contrôler. Il observa la jeune femme d'un œil noir.
- Tu as changé. Tu es devenue une femme, pas la petite fille qui a vaincu Enningan.
- La flatterie ne t'apportera rien de ma part. Tu n'es qu'un *treitour* (traître), rien d'autre ! Un léger spasme contracta le visage du druide.
- Puisque du temps a passé, tu n'as peut-être plus la même puissance ? La magie est décuplée sur l'Autre Monde, tu n'es plus aussi forte sur Terre.
- Es-tu prêt à le vérifier ? Prends-tu le risque ?
- *Foeñv* (bluff) !
- Vraiment ? Présomptueux ! Tara s'éleva du sol, le même halo lumineux que celui qui l'avait enveloppé lors de la *Bataille de Mag Tured* épousa ses formes. Gaël recula, impressionné. Le druide vit ses jambes devenir pierre et ne put rien bouger. Son visage devint blanc comme si la vie le quittait. Tandis que le Pouvoir Ultime faisait son œuvre, Elor'a intervint rapidement.

**Lorient,
Centre-ville,
14 h 18.**

Au parc, toute l'équipe s'attendait à tomber sur Eningann. Ils savaient ce qui devait se reproduire sans toutefois savoir qui serait le prochain sur la liste. Mais

Elodie savait qu'elle n'était pas encore passé à la casserole et s'attendait au pire. La pluie ne les ralentit pas, ils s'approchèrent prudemment de Gwendolyn.

- Surtout ne bouge plus ! lui cria Maëve.
- Vous êtes prêts ? demanda Matt qui reçut l'affirmative.

L'air se mit à crépiter, Gwendolyn remarquant un changement. Les oiseaux s'échappèrent, effrayés par quelque chose qu'ils ne purent définir. Pris de chair de poule, l'ancien Créateur s'éleva devant eux. Tous étaient sur leurs gardes. Entouré de sa petite armée de traîtres, il se rendit compte qu'il était attendu. Cela l'amusa. Matt et Maëve plongèrent sur Gwendolyn, se mettant tous trois à l'abri. Ben se prépara à une cascade pour éviter le poignard et Elodie l'imita. Tous étaient sains et sauf. Mais contre toute attente, Cernunnos, le dieu qui avait perdu ses pouvoirs lors de la *Bataille de Mag Tured* arracha l'arme des mains de son Maitre et retira la vie à Elodie. La gorge tranchée, la jeune femme regarda ses amis avec surprise et dit à Maëve :

- A toi de jouer ma belle.
- Qu'est-ce que ça veut dire ? questionna le *Créateur.*

Au même moment, Monsieur Bonti et sa fille commandèrent leur repas dans un restaurant chic, recevant le message de Pat.

Maëve, Matt et Ben restèrent figés sur place. Leur plan venait à nouveau d'échouer.

- Oh non. Pas encore ! Et c'est reparti. La jeune femme s'apprêta à se réveiller, trempée.

***

186

Du Jour
Au Lendemain

(1)

5 ans plus tard,
16 novembre 2008,
16 samonios 4581.

La lune tentait de percer la brume qui recouvrait le Sanctuaire.

- Elodie ! prononça Maëve en se réveillant.

Elle se leva du lit prestement, bien décidée à en finir une bonne fois pour toute. Elle laissa Matt prendre la fuite et décida d'aller voir Tara et son Génie de malheur. Lassée de perdre ses amis les uns après les autres pour les revoir vivants ensuite, la jeune druidesse ne suivit plus les étapes de cette journée, dans l'ordre.

Sanctuaire,
Cour Centrale,
8 h 58.

Maëve resta mouillée et surprit Tara juste après l'apparition du Génie.

- Maintenant ça suffit ! Tu vas tout remettre dans l'ordre, MAINTENANT !
- Alors c'est toi ?
- Moi quoi ?
- Tu vois cette journée tourner en boucle comme moi et Gana ? demanda Tara.
- Oui. Et c'est de votre faute à tous les deux ! Gana, j'exige que tu annules ce sort.
- Je ne peux pas. Othon t'as déjà dit que je ne pouvais rien y faire.
- Tu es au courant !
- Oui. Je ne peux pas empêcher cette journée de recommencer depuis le début. Par contre, toi tu peux intervenir.
- Comment ?

- Réfléchis calmement. Trouve le seul évènement de cette journée qui ne se répète pas de la même manière.

- Je le sais déjà. Chaque fois, un membre différent de mon équipe perd la vie.

- Exact. Mais…

- Mais… quoi ?

- Qui n'est pas encore mort ? Lorsque tu affrontes Eningann dans le parc, qui est présent ?

- Mon équipe et…

- Et oui.

- Gwendolyn…

- Doit mourir. Lorsque la journée s'est déroulée pour la toute première fois, Matt a sauvé la vie de la voleuse alors que son destin était de mourir. Matt a interféré dans l'organisation des choses. Pour que cette journée trouve un lendemain, Gwendolyn doit perdre la vie.

- Non. Tu suggères que j'aille assister à son exécution sans rien faire ?

- Je suis désolé. Ce n'est pas moi qui écris le destin des gens. C'est le travail des Eternels.

- Gwyon'Bach ! C'est un Eternel ! Il peut surement m'aider !

- Non, je regrette. Gwyon'Bach ne peut pas bouleverser l'Histoire. Il y a des choses dans ce Monde qui doivent arriver même si c'est injuste. Il faut qui tu sois courageuse Maëve. Avant de partir, puisque *aujourd'hui* semble aller vers un *lendemain*, je souhaite faire un cadeau à Tim.

- Ah non ! s'exclama Tara, s'attendant au pire.

- Ne crains rien. Il n'y a pas de soucis à se faire. C'est juste un cadeau qu'il mérite.

Gana s'approcha de Tim qui discutait avec Othon, non loin. Il ferma les yeux et Kiva, la druidesse aveugle, mère de Tim, apparut pour un court moment.

- Tim ! Mon garçon ?

- Kiva ? Maman ! Il ne pouvait pas la prendre dans ses bras. Mais le jeune homme fondit en larmes.

Laissant Tim à ses émouvantes retrouvailles, Maëve se pressa de se rendre au Temple. Elle ne laissa pas le temps à Othon d'expliquer la situation. Elle ordonna à ses amis de la suivre sans poser de questions. Habitués à ses excentricités, ils ne rechignèrent pas et obéirent.

**Parc de Lorient
16 novembre 2008,
16 samonios 4581.
14 h 18.**

Tandis que l'air crépitait, Maëve retint Matt par le bras, les larmes aux yeux. Ben, Elodie et le jeune homme ne comprirent rien à la situation. Eningann apparut et fut surpris de ne trouver aucune résistance.

- Tue-la, qu'on en finisse !
- Quoi ? Tu es folle ! s'exclama Ben, choqué.
- Curieux. Mais avec plaisir.

Le couteau se planta dans le cœur de la voleuse. Elle s'écroula, face contre terre, une mare de sang entourant son corps inerte. L'ancien Créateur éclata de rire mais avant que la magie de l'arme n'agisse, Maëve se précipita et ramassa dans la main de Gwendolyn, l'almanach.

- Tu ne mettras pas la main dessus pourriture ! Je savais que les symboles celtes gravés sur le couteau allaient absorber le contenu du cristal. Il n'est pas question que je vive tout ça pour qu'au final, tu finisses par gagner.
- Parce que tu as gagné ma belle ! Elle est morte ! Tu appelles ça une victoire ?
- Non. J'ai compris il y a peu que certaines choses doivent arriver et que l'on n'y peut rien.
- De la sagesse ! Dommage. J'espérai te faire rallier mon camp.
- Jamais. Trop de choses nous séparent. Ce cadavre par exemple.
- Tant pis. Mes salutations à Eric'h.
- Je vais… bondit Matt en avant, arrêté in extremis par Maëve.
- Non ! C'est ce qu'il veut. Gwendolyn est morte, maintenant c'est fini. Enfin.

***

187

Du Jour
Au Lendemain

(2)

**Sanctuaire,
17 novembre 2008,
17 samonios 4581,
08 h 28.**

Pas de brume, pas un nuage n'obstruait le ciel. Les nouveaux Créateurs convoquèrent l'équipe de Maëve, suite à une journée bien particulière. A leur côté, Gwyon'Bach vint observer le jugement des nouveaux dieux. A cette occasion, tous les druides du Sanctuaire se réunirent autour d'eux. Nombreux furent ceux qui vinrent d'autre Sanctuaires à travers le Monde pour assister à ce rassemblement évènementiel.

- Mes frères et Sœurs, j'ai décidé de réduire la peine du Gorsedd. Sentinelles, faites-les venir ! Sur les ordres d'Eric'h, le Gorsedd fut libéré et revient au Sanctuaire.

- Vous avez passé cinq ans dans la prison de Caër Sidi. Vous n'y étiez pas en geôle, mais avez observé. Vous avez payé le prix de nous avoir kidnappés. Cette sanction nous semble juste mais elle doit s'achever aujourd'hui, continua Bron.

- Nous comprenons. Ce séjour nous a marqué. Nous ne serons plus les mêmes, répondit Ness en sanglots.

- Maintenant, une autre personne semble devoir requérir notre jugement. Tara ! Depuis que tu disposes du Pouvoir Ultime, nos frères druides te craignent. Je ne pense pas que tu puisses rester sur Terre plus longtemps, sanctionna Elor'a.

- Tara, tu vas venir sur l'Autre Monde à mes côtés. Je vais t'apprendre à maitriser ce qui est en toi. Et nous ferons de toi une Eternelle, sous peu, dit Gwyon'Bach. Mais contre toute attente, un halo lumineux entoura à nouveau la jeune femme. Sa taille se réduisit et elle perdit physiquement cinq ans. Redevenue l'enfant qu'ils ont toujours connu, Tara dit un discours stupéfiant.

- Amis Créateurs, Eternel et druides, je suis déjà immortelle. Sur l'Autre Monde, l'on me nomme désormais l'Enfant Miracle. Gana le Génie, m'a expliqué qui je suis. Mon pouvoir dépasse l'entendement. Il ne faut pas me craindre. Je suis le lien qui unira, dans le futur, dieux celtes et le Dieu Unique chrétien. J'ai bu le contenu du *Graal*. Les peuples ont besoin de croire que l'oppression des dieux a pris fin. Je sais Eric'h, que ton Panthéon agira différemment. Mais le Pouvoir peut vite corrompre les cœurs des dieux les meilleurs. Je suis garante de ce changement. Plus un dieu ne gouvernera par la force, ne trahira votre serment de protéger vos sujets, de persécuter et de torturer les forts pour les asservir à une volonté supérieure. Connaissez et redoutez Tara, l'Enfant Miracle, vous les plus cruels ! Eningann ! Tremble devant ma présence ! Entend ce message toi, *treitour* (traître)! Tu as rompu ta promesse sacrée le jour où tu as écrasé le premier peuple qui s'opposait à toi. Les Fir Bolg ! Souviens-toi qu'en leur mémoire, je suis là pour t'empêcher de nuire. Je sais que sous peu, tu lèveras une nouvelle armée pour conquérir tes terres perdues. Mais je serais là, en ultime recours, pour te faire face et te faire plier comme les peuples que tu as réduit jadis à l'esclavage. L'Enfant Miracle a parlé. Que son message soit porté jusqu'aux peuples les plus éloignés ! Eric'h, Bron, Tao, Elor'a, une lourde tâche vous attend. Le Thésauriseur, votre lien avec le Palais Divin vous attend. Retournez sur l'Autre Monde. Votre destin est loin d'être achevé.

Le halo lumineux s'effaça et Tara sourit alors que toute l'Assemblée restait bouche bée. A cet instant, une armée de mouche toute entière aurait pu être gobée. Tara se présenta ensuite devant le cromlec'h qui s'activa sans aucune formule et laissa la jeune fille accéder à l'Autre Monde. Ses nouvelles capacités semblaient dépasser celles des Eternels eux-mêmes. Gwyon'Bach, déstabilisé, se rendit aussitôt auprès des autres Eternels pour tenter de comprendre la situation et la manière d'y réagir.

Tim vit Kiva disparaître pour toujours et sa meilleure amie s'éloigner. Il demanda à Eric'h de l'envoyer à son tour dans l'Autre Monde afin de retrouver Tara. Le Créateur accepta avant de recevoir un message écrit de la main du Thésauriseur.

« Revenez au Palais Divin. Plusieurs peuples craignent maintenant le retour d'Enningan depuis le message de Tara. Dans cette éventualité funeste, nombre d'entre eux souhaitent former une Alliance. Cela ne s'est jamais produit. Vous devez impérativement signer le plus d'accords possibles. Une lourde tâche vous attend. Et moi aussi. »

Le Thésauriseur,
Gardien du Palais Divin.

***

« Un jour, nous sommes tout puissants, le lendemain nous apprenons qu'une fillette est plus impressionnante qu'Eningann. Ma vie n'a pas finie de me surprendre. Un jour, nous sommes sur Terre pour y apprécier des moments savoureux, le lendemain, nous sommes appelés à accomplir un grand projet. Un jour, nous sommes maîtres de nos choix, le lendemain d'autres nous les imposent. Un jour, notre Pouvoir est le plus grand, le lendemain, une Enfant Miracle nous vole la vedette. Un jour, nos mentors nous kidnappent, le lendemain, c'est nous qui les punissons. Si pour certaines personnes un jour se répète, un lendemain, pour nous, est bien différent. »

ELOR'A,
Créatrice.

A SUIVRE...

SAISON 5
EPISODE 3

ALLIANCE
(partie 1)

COMPLOTS

19

« La puissance ne consiste pas à frapper fort ou souvent,

mais à frapper juste. »

HONORE DE BALZAC,

Physiologie du mariage.

SOUVENEZ-VOUS...

Dans les épisodes précédents de la collection « **La Légende Des Maîtres** » :

Après avoir vaincu *Méduse* et *Mandragoria*, l'équipe doit se préparer à une *Bataille* d'une toute autre envergure… Gwyon'Bach prend le temps d'effectuer la cérémonie protocolaire pour qu'Eric'h, Elor'a, Tao et Bron obtiennent leurs nouveaux pouvoirs divins… Le rituel de mariage royal, le *Bannis Rigi*, a lieu à la frontière de *Mag Tured*… Une Bataille historique commence…

Eric'h prend le commandement des armées. Elor'a, sa femme, dirige les Elfes avec Roc'h. A dos de Licorne, la guerre débute…

Tao prend la tête des Fées et leur reine, Glovinna, finit par perdre la vie…

Devant une *Compagnie des courageux Gnomes* médusée, Tara utilise le *Pouvoir Ultime* qu'elle a obtenu en buvant, sans le savoir, le contenu du Graal… Gwyon'Bach est ravi que son plan arrive à terme, malgré la colère de ses pairs. La fillette parvient à vaincre *Enningan*, forcé de se réfugier dans un corps humain, affaibli… Ness confesse Maëve…

Eric'h voit la défaite poindre le bout de son nez. Mais la résistance s'organise et ne baisse pas les bras… Hélas, *Ailén* est dévorée par un *Gargwa*, ce qui plonge le camp d'Eric'h dans le désarroi et la panique. Tara, furieuse, décime ces chiens maudits jusqu'à l'extinction de leur espèce…

Tandis que la défaite devient certaine, la fillette invoque à nouveau le *Pouvoir Ultime* et réveille les *âmes perdues*. Elle détruit tous les ennemis sur deux kilomètres à la ronde… L'espoir renaît…

Bron prive *Cernunnos* et *Dispater* de leurs pouvoirs grâce au *Cercle de Feu Sacré*… Eric'h fait appel aux *Milésiens* pour faire plier la seule armée qui le met en déroute : les *Tùathas de Danann*…

Au Palais Divin, le traité de paix est signé… *Mew* et *Oiwn* partent en retraite et l'équipe obtient d'eux leurs *Cercles Royaux*… La prison de *Caër Sidi* est transférée dans l'au-delà abyssal. Le *Gorsedd* y est condamné à un séjour d'une saison…

Eric'h créé Meath, la 5ème île, pour y loger les Tùathas, où ils seront isolés pour une période de 7 années de l'Autre Monde… Puis, il constitue son propre Panthéon et nomme ses nouveaux Ambassadeurs… De retour sur Terre, tous savent qu'*Enningan* s'y est réfugié…

5 ans plus tard, Maëve est victime du sort lancé par un *Génie*, lui-même invoqué par Tara… La jeune druidesse vit la même journée en boucle au terme de laquelle *Gwendolyn*, la voleuse (lire la saison 1), meurt, victime d'*Enningan*…

Othon nomme une nouvelle équipe qui remplace Eric'h, Elor'a, Tao et Bron au Sanctuaire : Maëve, Elodie (ancienne ennemie de l'équipe), Ben (compagnon de Bron) et Matt (camarade Mage d'Ed)…

Le Gorsedd bénéficie d'une remise de peine et reprend la direction du *Sanctuaire*… Le *Pouvoir Ultime* de Tara fait peur. Elle apprend à tous qu'elle est devenue immortelle. Nommée l'*Enfant Miracle* par les peuples oppressés de l'*Autre Monde*, la jeune femme redevient enfant… Elle énonce une prophétie surprenante :

« J'unirai dieux celtes et Dieu Unique chrétien dans l'avenir. Enningan ! Tremble devant ma présence ! Entend ce message toi, treitour ! Tu as rompu ta promesse sacrée le jour où tu as écrasé le premier peuple qui s'opposait à toi. Les Fir Bolg ! Souviens-toi qu'en leur mémoire, je suis là pour t'empêcher de nuire. Je sais que sous peu, tu lèveras une nouvelle armée pour conquérir tes terres perdues. Mais je serais là, en ultime recours, pour te faire face et te faire plier comme les peuples que tu as réduit jadis à l'esclavage. L'Enfant Miracle a parlé. Que son message soit porté jusqu'aux peuples les plus éloignés ! »… Tara part sur l'Autre Monde. Abandonné, Tim obtient d'Eric'h d'être envoyé là-bas, à sa recherche… Les nouveaux Créateurs retournent au Palais Divin en vue de créer une *Alliance*…

Suite...

188

UNE NOUVELLE ÈRE

**Autre Monde,
Palais Divin,
17 novembre 2008,
28 samonios 4576.**

Une brume flottait au-dessus de terres rouges, gorgées du sang de toutes les créatures ayant perdu la vie lors de la récente *3ème Bataille de Mag Tured*. Une petite ombre pourvue d'ailes ondula sur plusieurs mètres avant d'atterrir, émettant un petit sifflement musical. La fée vint se poser à côté d'un Elfe et d'un Gnome. Derrière eux, six représentants d'autres races vinrent assister à une grande assemblée de la plus haute importance. Dès leur arrivée, un terrible silence régna.

- Personne n'a voulu résider sur ces terres, commenta Paddy, la nouvelle Ambassadrice fées, désignée par Eric'h, le nouveau Créateur.
- Ce n'est pas étonnant ! Qui voudrait vivre ici, hanté par les fantômes et les résidus d'énergie de toutes les Magies mélangées qui se sont violemment battus sur des kilomètres à la ronde ? Même les animaux refusent de revenir. Il nous faut empêcher qu'un tel drame ne se reproduise, continua Seamus, Ambassadeur Gnome au Palais Divin.
- Je suis d'accord, mais il me semble que les nouveaux Créateurs ont déjà pris des mesures en ce sens.
- Ils viennent seulement d'acquérir des pouvoirs qu'ils ne maîtrisent pas encore. Je pense qu'il leur faut être soutenus, approuva Roc'h, Ambassadeur Elfe.

Une créature mi-homme, mi-cheval imposa sa présence, faisant s'écarter les ambassadeurs sur son passage.

- Mes amis, je me nomme Elwyn. Bron m'a nommé au poste d'Ambassadeur pour les Centaures. C'est moi qui ai pris l'initiative de cette rencontre. Les Centaures ont pris une décision qu'ils souhaitent vous soumettre. Après avoir combattus auprès des nouveaux Créateurs, il a fallu du temps à toutes les races pour se remettre d'un tel évènement. Nous pensons qu'est venu le temps, pour nous, tous de former une Alliance. Nous nous soutenons depuis des siècles. Les Centaures estiment qu'il faut formaliser cette Alliance à laquelle nous souhaitons permettre aux Hommes d'adhérer le moment venu. Les Grandes Familles ont toujours eu un poids énorme au Palais Divin parce qu'ils votent d'une même voix. Selon nous, un contre-pouvoir pourrait leur faire obstacle. Cessons de nous isoler et luttons ensemble chaque fois que les Créateurs nous demanderons notre soutien. Nous leur devons la vie.

- C'est plutôt à l'Enfant Miracle que nous la devons, Elwyn !

- Mais Paddy, ceux sont les Créateurs et les druides qui ont élevé cette enfant. Je crois savoir que c'est Bron qui l'a ôtée des griffes de son père il y a quelques années. Il la battait. C'est ici que tout a commencé. Nous avons sacrifié des vies mais nous étions côte à côte. Nous ne devons pas abandonner les Créateurs maintenant. Le Thésauriseur s'emploiera à leur apprendre les subtilités de notre jeu politique. Mais il ne suffira pas de les guider. Il leur faut notre appui et nos votes. Les Centaures proposent cette motion. Il vous revient d'y réfléchir avec le plus grand sérieux.

Sidh,
Cythraul,
Enfer Celte,
Territoire d'Ed.

Ed apparut, assis sur un trône composé de crânes et d'os de créatures de toutes sortes, qu'il ne connaissait pas. Lorsqu'il posa les yeux sur les accoudoirs et sentit l'inconfort du siège, il se leva en sursaut, sous les ricanements du peuple dont il avait désormais la charge. Si cinq années s'étaient déjà écoulées sur Terre, ici, dans les entrailles de l'Autre Monde, Ed avait le sentiment que seules quelques journées le séparaient de son arrivée et de la *Grande Bataille*. Une immense et ignoble bête ressemblant à un mélange de dragon et de serpent, avec une queue de scorpion de huit mètres et des ailes d'os, se dressa devant lui.

- *Que fait un humain sur mon trrrône ! Comment est-ce posssible ! Tu n'en a pas le pouvoirr* ! (langage du Sidh dont les « R » et les « S » ce comptent par 3 dans les mots).

- *Diafwl* je présume ?

- *Lui-même.*

- J'ai un message pour toi, putride bête immonde. Le Thésauriseur m'envoie te déloger de ce Monde.

Ce qui sembla être un ricanement fit trembler les fondations du Sidh. Diafwl déploya ses ailes et s'apprêta à frapper Ed de son dard.

- Un instant, tas d'immondices. Je suis porteur de nouvelles de la surface.

- *Dispaterrr est mon lien avec le Palais Divin* !

- Je sais, mais le dieu des morts est indisponible. Il a fait allégeance aux nouveaux Créateurs. Une *3ème Bataille de Mag Tured* a eu lieu au terme de laquelle Eningann, le dernier ancien Créateur refusant de prendre congé, a été vaincu. Désormais, Eric'h, Tao, Bron et Elor'a sont tes supérieurs.

- *Des drrruides ! Non !*

- Je me nomme Ed ! Je suis le nouveau Seigneur de *Cythraul* ! Que tous se mettent à genoux devant moi !

- *Jamais !* hurla *Diafwl*.

- Que vas-tu faire ? Eningann est venu vider Cythraul pour constituer une armée qui a été en grande partie anéantie. Les rescapés sont peu nombreux et ils se trouvent derrière toi. Tu ne m'impressionnes pas vraiment. J'ajoute que tous ceux qui se dresseront contre moi et les nouveaux Créateurs obtiendront un billet d'entrée gratuit pour Caër Sidi.

A ces mots, tous les monstres reculèrent, laissant Diafwl seul pour affronter la colère d'Ed.

- *Je n'ai pas besoin de ces tas de bouses pour t'arrracher le cœurrr et consssumer ton âme, humain.*

- Je vais sûrement te surprendre, mais je suis un dieu maintenant. Eric'h m'a confié la charge de cet endroit. J'admets que j'aurai rêvé mieux, mais ce poste est tout de même prestigieux. Si je parviens à te botter les fesses, il ne fait aucun doute que mon capital sympathie auprès des peuples de ce Monde grimpera en flèche. Alors, si tu lèves ne serait-ce qu'une griffe vers moi, je te réserverai la suite nuptiale de Caër Sidi.

Mais Diafwl s'énerva et son corps composé essentiellement d'os s'embrasa. Ed reconnut aussitôt l'origine du danger.

- Le Feu Sacré… Voilà comment tu fais pour régner ici et tenir les autres dieux à distance ! Lorsque tu t'arranges pour tracer un cercle de feu autour du corps d'un dieu, celui-ci perd ses pouvoirs et son immortalité. Aucun d'eux ne se risque à mettre les pieds ici. Pourquoi es-tu le seul à posséder ce pouvoir interdit ?

- *Cadeau d'un Eterrrnel. Il m'est bien utile. L'Eterrrnelle Nanta a fait de moi sssa carrrte secrrrète dans ssson jeu de manipulation. Les Eterrrnels n'interrrviennent jamais dirrrectement dans le courrrs des évènements, mais ce que tous ignorrrent, c'est qu'elle ne se gêne pas pourrr manipuler les peuples à son compte.*

L'immense crâne du monstre, Satan celte, s'approcha d'Ed et lui adressa ce qui ressembla à un sourire menaçant avec ses mâchoires imposantes et surdimensionnées. Diafwl cracha un jet de flamme, tentant de tracer un cercle autour du nouveau dieu. Ed fut rapide et d'un geste de la main, fit apparaitre son surf volant magique. Il fut lui-même surpris de constater que son surf était désormais en or et qu'il possédait un nouveau look et de nouveaux pouvoirs. Prestement, il sauta sur sa monture et s'envola très haut vers la voûte de terre. Il zigzagua autour de son adversaire et sauta lorsque la queue de Diafwl s'abattit sur lui. Le dard passa sous ses pieds avant qu'ils ne retombent sur le surf. Ed cria, excité par l'action.

Tréhoranteuk,
Palais Divin.

Une femme marchait d'un pas rapide et décidé, forçant toute personne à s'écarter sur son passage. Les gardes du Palais la laissèrent entrer dans la salle d'audience des Créateurs. Elle s'attendait à y trouver Eric'h mais fut déçue lorsqu'elle aperçut le Thésauriseur entrer dans son champ de vision.

- Lucina. Que me vaut l'honneur de ta visite ? Comment se portent les Sorcières, belle déesse ?

- Ce n'est pas au nom de mes protégées que je viens voir Eric'h.

- Il n'est pas… disponible.

- Il va pourtant falloir qu'il me reçoive.

- Fais attention Lucina ! Tu ne peux pas te comporter avec Eric'h comme tu le faisais avec Mew. Je sais que tes charmes ne le laissaient pas indifférent. Mais Eric'h est marié et…

- Qu'elle idée ! Thésauriseur ! Ne suis-je à vos yeux qu'une opportuniste ?

- Tu navigues dans les sphères du pouvoir en fonction de tes intérêts. Et je sais que les Sorcières ne sont pas forcément très bien vues par les peuples opprimés. Elles n'ont que trop souvent apporté leur soutien à Eningann. Sans la protection de Mew dont tu bénéficiais, tu séjournerais depuis longtemps à Caër Sidi pour toutes tes trahisons…

- …que tu n'es jamais parvenu à prouver.

- C'est juste.

- Quel venin as-tu à cracher aujourd'hui ?

- Seules les oreilles d'Eric'h sont concernées.

- Je le représente. Je guide les Créateurs dans l'apprentissage de leur nouvelle fonction. Je ne puis les conseillers si je n'ai pas toutes les informations à ma disposition.

- Je me demande qui est le plus opportuniste de nous deux !

- Il suffit ! Mon temps est précieux et je ne puis prendre le luxe d'en perdre.

C'est à cet instant qu'Eric'h et Bron entrèrent dans la salle d'audience, suivis par une ribambelle de valets.

- Qui êtes-vous ?

- Lucina, mon Seigneur. Déesse des Sorcières.

- Alliée ou ennemie ?

- Je ne saurais m'opposer à mon Seigneur.

- *Je rêve ou elle nous lèche les bottes ?* se moqua Bron par télépathie. Depuis deux jours, moment où il s'était rendu compte de ce nouveau pouvoir, il en usait sans cesse, entrant dans l'esprit de ses amis dès que l'occasion se présentait. Eric'h, sous pression sans discontinuer, ne résistait pas à l'envie de lui répondre, s'amusant à converser et à se moquer en secret.

- *Elle cherche à nous plaire.*

- *Aucune chance avec moi. Seul Ben me fait craquer,* termina-t-il dans un sourire.

- J'ai une nouvelle importante à vous communiquer. Il fallait que je le fasse en personne. Trop souvent, les informations sont escamotées lorsqu'elles passent entre plusieurs lèvres. L'évènement est suffisamment inquiétant pour ne pas prendre ce genre de risque.

- Vous avez nôtre attention.

- Les Grandes Familles prévoient de se réunir pour organiser une opposition à votre pouvoir. Depuis l'absence de leur Maître Eningann, elles se sont disputées les territoires et ont accentué leur tyrannie. Il faut intervenir pour continuer de les séparer. Si elles se rencontrent, elles pourraient trouver un accord et s'unir contre vous. Après les Tùathas, les Grandes Familles sont les plus dangereuses.

- Si les Grandes Familles cherchent un point de rassemblement, c'est que leurs disputent ont pris fin. Je comptais sur cette déchirure pour gagner du temps et vous permettre d'étendre votre assise sur les territoires qui entourent le Palais. Maintenant, le temps nous manque. La 3ème *Bataille de Mag Tured* a pris fin depuis suffisamment longtemps pour que tous se remettent de cette guerre. Il ne fait nul doute qu'il va falloir imposer votre domination par la force avant de réunir le Panthéon pour informer les peuples de votre politique et de vos projets.

- Nous ne cherchons pas à gouverner par la force, Thésauriseur. Sur Terre, c'est la démocratie qui domine. Bien sûr, ce n'est pas parfait, mais je crois que c'est mieux que ce qui se passe ici.

- Je comprends Bron, mais vous ne pouvez pas comparer ce Monde avec la Terre.

- Peut-être. Mais je rappelle que c'est nous qui avons le pouvoir, Thésauriseur, pas vous ! Il en sera tel qu'il nous plaira, dit Eric'h en levant le ton.

- Bien sûr, mon Seigneur, répondit-il en se courbant, le nez touchant presque le sol.

Terre,
Sanctuaire,
18 novembre 2008,
29 samonios 4576,
9 h 19.

Un pied écrasa une brindille au sol, tout près de l'entrée du Sanctuaire. Aucune Sentinelle ne remarqua la présence du traître. Rak-Kêr, Maître Druide des Ténèbres, était l'élève préféré de Gwenc'Phel lorsque celui-ci dirigeait encore l'école des Maîtres Druides. Depuis le début du conflit opposant les druides et les traîtres, menés par l'ancien membre du Gorsedd il y a 7 ans, Gwenc'Phel a fait appel à tous ses anciens élèves qu'il avait longuement préparés dans le but de prendre le pouvoir. Rak-Kêr portait des chausses légères pour la saison. Mais le froid ne semblait pas l'incommoder. Il longea le mur Est jusqu'à la tour de guet. Il avait pris soin d'assassiner la Sentinelle en charge de la surveillance à l'aide d'un sort horrible mais rapide, qui consistait à brûler la peau jusqu'aux organes, faisant bouillir le sang par la même occasion. Une fois débarrassé du problème, il entra par une ouverture qu'il créa lui-même par Magie. Gwenc'Phel à ses côtés, le traître parvint à ne pas activer les autres défenses magiques. Pourtant, une inquiétude se lisait sur leurs deux visages. Rak-Kêr intensifia alors son effort pour épaissir davantage le brouillard, juste par acquis de conscience.

Autre Monde,
Brug Na Boïnne,
Palais des Merveilles.

Le Palais des Merveilles portait bien son nom. S'élevant sur une haute colline, bordé du fleuve Boïnne, il était sculpté dans du cristal. Il aurait pu sembler fragile mais grâce à la Magie, il n'en n'était rien. Dans une pièce parmi les plus grandes du Palais, une fontaine trônait au centre, entourée de dalles piégées. Selon la légende, seuls les dieux et de légendaires druides pouvaient s'en servir à des fins inconnues de tous. Fait inhabituel et intriguant pour les habitants des lieux, depuis plusieurs jours déjà, des convois impressionnants entraient et sortaient, libérés de leurs chargements. Qu'avait pu commander l'Inquisiteur (autorité suprême au Palais des Merveilles) d'aussi important qui nécessitait autant de livraisons ? Une chose est certaine, outre les vas et viens incessants, jours et nuits, la sécurité était maximale. Nul n'avait vu l'Inquisiteur depuis des cycles. La curiosité avait vite laissé place à la peur. Les habitants se gardèrent bien de poser des questions.

Lorsqu'une foudre tomba dans la cour principale alors que le ciel était mauve, dépourvu de nuages, la peur se transforma en terreur à l'apparition de Miach, fils de Diancecht, le dieu médecin. La salle de la Fontaine était encombrée de colis. Miach sourit et leva une toile qui cachait le contenu d'un tonneau de dix-mètres de haut. Il contenait un bras velu et très musclé. Il semblait intact et l'endroit sectionné très net, sans déchirure des tissus. L'amputation avait été rapide et la plaie avait été brûlée peu après, permettant une désinfection. Un tatouage était dessiné sur le biceps. Miach le reconnut aussitôt et fut satisfait.

- Ils sont tous arrivés mon Seigneur. J'ai eu du mal à retrouver celui-ci. Mais je puis vous assurer qu'il est l'un des rares à être entier, annonça l'Inquisiteur en entrant dans la pièce.
- Tu as fait du bon travail, Inquisiteur. Tu seras récompensé de tes efforts.
- Mes demandes sont modestes mon Seigneur.
- Cesse de me cirer les pompes ! Apelle-moi par mon nom.
- Bien, Miach. Que puis-je faire d'autre pour vous servir ?
- Me laisser. Je dois finir cette tâche avant que mon père ne se rende compte de mon œuvre.
- Nul ne vous dérangera. Prenez votre temps.

***

189

ANTALIA

**Autre Monde,
Mag Tured,
18 novembre 2008,
29 samonios 4576.**

Les Gnomes, Elfes, Fées et Centaures, qui s'étaient retirés quelques heures pour réfléchir à l'offre d'Elwyn, revinrent le lendemain. Un traité d'Alliance fut signé. Il leur fallut alors décider de la politique à mener pour rendre cette union concrète.

- Les Eternels ont décidé qu'il était temps pour les Créateurs de tirer leur révérence. Mais le problème c'est qu'ils ont laissé derrière eux, leurs dieux ! Même si les nouveaux Créateurs ont dessiné un nouveau Panthéon, cela ne reste qu'une esquisse. Il fut constitué en hâte pour répondre aux affaires courantes. Mais le jeu politique va très bientôt reprendre ses droits et les problèmes vont s'enchaîner, empêchant Eric'h de gouverner pleinement. Nous devons agir sur les affaires que les Créateurs ne pourront gérer, faute d'expérience.

- Que veux-tu dire, Elwyn ? demanda Paddy pour les Fées.

- Je pense au Crépuscule des dieux.

- NON ! Comment crois-tu que nos quatre peuples feront tomber les dieux à eux seuls ? C'est impossible ! Ils vont nous exterminer !

- Je partage l'inquiétude des Fées. Cependant, il serait logique de déchoir les dieux afin que ceux qui seront nommés par Eric'h puissent les remplacer. La naissance d'une nouvelle génération de dieux passe par l'extinction de la précédente, réagit Roc'h pour les Elfes.

- Je soutiens l'idée, poursuivit Seamus, tout tremblant.

- Il va de soi que nous ne pourrons agir seuls. Les Centaures ont établi une liste d'enchaînement de situations qui devraient provoquer le Crépuscule des dieux. Mais nous ne garantissons pas le succès de l'entreprise. Bien des impondérables entraveront notre projet. Si un seul dieu apprend notre secret, il interviendra et avertira les autres. J'ai choisi ces terres pour notre rencontre parce que les dieux ont déserté cet endroit et ne veulent plus y revenir pour l'instant. Ce qui nous garantit une confidentialité totale pour nos débats.

- Ceci est… risqué. Nous engageons-là un complot pouvant mener à l'extinction de nos espèces.

- Oui Paddy. Mais les laisser gouverner entraînera le même résultat. Ils se sont remis de la Bataille depuis peu. Ils vont très vite reprendre les mauvaises habitudes et commencerons par nous faire payer notre victoire. La question est : allons-nous les laisser faire et leur opposer résistance ?

- … Les Fées adhèrent à votre proposition.

- Donc nos peuples viennent de voter à l'unanimité. Préparons-nous à convoquer les dieux. Ils doivent savoir que notre *Alliance* existe.

Cythraul,
Enfers celtes.

L'immense mâchoire de Diafwl manqua de déchiqueter Ed. Le nouveau Seigneur de Cythraul virevolta autour de la tête du monstre.

- Eningann a vidé le Sidh de toutes les créatures dont tu avais la garde ! Il en avait besoin pour mener sa guerre. Aujourd'hui, il est en fuite et mes amis ont pris soin d'exterminer la quasi-totalité des créatures du Cercle Inférieur. Un quart de celles du Cercle Médian ont été envoyé à Caër Sidi. Les Tùathas sont piégés sur Meath, la 5ème île.

- *Gouverrrnerai-je avec le ssseul Cercle Supérieur que je rrreste Maîtrrre de Cythraul. Les bassses crrréaturrres sssont rrremplaçables.*

- Tu ne comprends pas ! Les nouveaux *Créateurs* ne te laissent pas le choix ! Tu dois disparaître ! hurla Ed qui enfonça son sceptre dans sa carapace. Celui-ci brilla et le cuir du monstre se fendit. Ed élargit la blessure autant qu'il put. Du Feu Sacré commença à se déverser au sol par la plaie. Diafwl chancela de droite à gauche, les yeux devenant blancs. Des gerbes de pouvoirs s'échappèrent et furent incontrôlables. L'équivalent celte de Satan poussa des hurlements à faire frémir. Ed s'approcha de la victoire mais des coups de dard répétés parvinrent à le faire tomber de son surf d'or. L'engin partit en vrille et s'enfonça dans le dos de Diafwl, provoquant une nouvelle faille dans sa protection. Deux jets de Feu Sacré se déversèrent alors au sol et contre les parois de granit.

Antalia,
Capitale des Gnomes.

Tim avait quitté le Sanctuaire et demandé à Eric'h la permission de partir à la recherche de Tara. Il ne connaissait que peu d'endroits sur l'Autre Monde et il avait besoin à la fois d'un foyer et d'aide. Bien entendu, il se souvint de l'amitié qu'il avait nouée avec les Gnomes. Il pensa à la Compagnie qu'il avait fondée avec quelques amis et se dit qu'ils seraient ravis de le revoir. Il ne les avait pas revus depuis la fin de la 3ème *Bataille de Mag Tured*. Cinq années s'étaient écoulées sur Terre et le Temps s'écoulait différemment sur l'Autre Monde. Les retrouvailles furent chaleureuses mais, comme chaque fois qu'il avait besoin d'entrer sur leur territoire, il devait demander aux Tisseurs de Sorts Elfes de réduire sa taille jusqu'à n'atteindre que seize centimètres. Il sortit de son sac son bonnet pointu rouge, vêtement indispensable pour être accepté par ce peuple, qu'il avait conservé tout ce temps. Froissé, il passa sa main dessus pour le redresser.

Luna arrachait des carottes qui faisaient deux fois sa taille pendant que son mari Pouf rassemblait celles qu'elle avait déjà déposées au sol. Lorsqu'elle aperçut le jeune homme, elle laissa tomber la carotte qui s'écrasa sur le pied de Pouf. Il l'accueillit avec un grognement audible.

- Tim ! cria-t-elle en lui sautant au cou.

- Moi aussi je suis ravi. Tu m'étouffes Luna. Décidemment, je ne m'habituerai jamais à cette taille !

- Dis-moi Tim ! Ca fait des cycles que nous ne t'avons pas vu ! Depuis…

- Je sais. Je ne peux pas aller et venir comme bon me semble entre nos Monde, Pouf.

- Alors tu n'es pas venu que pour nous revoir ?

- Non. En effet. Tara est ici. Quelque part. Et je la recherche. Son pouvoir est devenu colossal et, sur Terre, les druides commencent à la craindre. Elle sait qu'il n'y a que sur ce Monde que la Magie peut être utilisée presque sans restriction.

- Tara n'est pas sur nos terres. Nous le saurions si elle était dans les parages.

- J'ai besoin de la Compagnie pour la retrouver et la raisonner.

- Tim, Tara est devenue très célèbre depuis votre départ. Tous les peuples attendent son retour. L'Enfant Miracle nous a parlé à tous depuis la Terre. Tu te rends compte ? Elle est capable de s'adresser à tous les peuples tout en étant de l'autre côté de la « barrière ». Elle est attendue pour mettre fin aux dictatures et arrêter les despotes. L'espoir qu'elle suscite est à peine imaginable. Tout le monde a encore en mémoire son intervention qui a couté ses pouvoirs à Eningann. Elle fait presque de l'ombre aux nouveaux Créateurs qui ne la voient pas d'un très bon œil en ce moment.

- Vous savez où elle pourrait se trouver ?

- Non. Si elle est revenue, en tout cas, il n'y a pas eu d'échos, répondit Luna.

- C'est quoi ce désordre ? dit-il en entendant des bruits étranges de cris et de musiques.

- Oh ! C'est l'anniversaire du Prince des Gnomes. Tous nos cousins sont venus. Nous ne les avions pas non plus revus depuis la guerre. Il y a aussi eu de nouvelles naissances, dit Pouf en regardant sa femme avec insistance.

- Luna ! Non ! C'est vrai ? Tu as eu un enfant ?

- Oui. Un robuste mâle. Il fait déjà huit centimètres. C'est exceptionnel pour son âge ! Notre roi a déjà décidé qu'il sera un guerrier royal. Tu imagines ? Notre petite famille entre dans la noblesse !

- Félicitations ! C'est une incroyable nouvelle ! Et vous comptez agrandir votre famille ?

- C'est impossible Tim ! Tu ne sais pas que les Gnomes ne peuvent avoir qu'un enfant par génération. C'est pour cela que notre roi s'est empressé de le nommer guerrier royal. Il n'est pas courant de voir naître un mâle aussi robuste dès son jeune âge. Luna est passée très près de la mort en le mettant au monde.

- Je suis désolé. Il fallait me prévenir ! Je serais venu et Tara aussi ! Nous formons la Compagnie des Courageux Gnomes, non ?

- Nous ne pouvions pas vous joindre. A vrai dire, nous ne pouvons pas quitter nos terres depuis que les dieux se font la guerre pour déterminer le plus fort. La sécurité n'est plus assurée en ce moment. Même aller chercher de la nourriture devient risqué. Notre roi a envisagé de demander à la reine des fées de faire grandir notre garçon plus vite par Magie, pour qu'il devienne un guerrier plus tôt. Nous manquons de bras armés. La situation est difficile et des journées de fête comme celle-ci se font rares.

- Eh bien ! Je crois qu'il est grand temps que la Compagnie reprenne du service !

- Je ne suis pas sûre de vouloir… Tu comprends… Maintenant que je suis mère, je ne peux plus prendre de risques comme avant.

- Luna ! Je sais que les choses ont changé mais, si tu veux que ton fils ne devienne pas un guerrier dans un proche avenir, il nous revient de rendre ce Monde plus sûr.

- Qui a dit que je ne voulais pas qu'il devienne un guerrier ? C'est un immense honneur !

- Je croyais que…

- La Compagnie ne pourra jamais assurer la sécurité de tous à elle seule, Tim.

- Tara le peut ! Il suffit de la retrouver et la Compagnie sera crainte de tous les peuples belliqueux ! Lorsqu'Eric'h aura installé sa domination sur tous les territoires, il n'y aura plus à envisager que ton fils devienne un guerrier qui risquera sa vie ! De toute façon, il ne pourra pas prendre les armes avant au moins un siècle humain. Nous avons le temps de lui préparer un meilleur avenir.

- Je propose que tu te joignes aux festivités. Tu dois être fatigué et la détente est rare ces temps-ci. Profitions-en ! coupa Pouf avant de démontrer son profond désaccord dans leur manière de voir les choses.

Ils entrèrent dans un immense jardin décoré pour l'occasion. Des fourmis travaillaient à la réparation des dégâts causés par les plus ivres. Le miel coulait à flot. Et la substance avait un effet très étrange sur les Gnomes. Les cuites se multiplièrent et le Prince lui-même commençait à divaguer et à marcher à cloche-pied. Le roi était ravi de voir son peuple enfin détendu. Des fleurs multicolores poussaient sur les côtés et les murs. Une Fée était venue pour assurer le spectacle, volant au-dessus des invités dans une danse dont elle avait le secret. Enchantés, tous les Gnomes entrèrent dans une marche particulière au rythme d'une danse traditionnelle qui clôtura le « show » de la Fée.

Tim ne sembla pas intéressé par la fête. Il avait trouvé un moyen d'échapper à l'euphorie générale et s'isola, ne pensant qu'à Tara et au lieu où elle pouvait bien se trouver en ce moment. Il se demanda si elle aussi pensait à lui. Il se concentra avec force sur un message télépathique qu'il souhaita lui envoyer mais il renonça.

- Je n'ai jamais été doué dans les études et maintenant que j'ai besoin d'utiliser la Magie, je ne sais pas comment faire, marmonna-t-il dans son coin. Il revint une heure plus tard, portant des bûches. Il traversa Antalia et se rendit compte de la beauté de la cité, qu'il n'avait pas eu l'occasion de remarquer malgré ses nombreuses visites. Les petites maisons étaient décorées avec goût, le dôme de pierre servant aux cérémonies importantes et le lac où nageaient les animaux qui vivaient en harmonie avec le peuple Gnome. Tim retrouva Pouf et Luna dans leur maison, au calme.

- Retrouver Tara pourrait prendre des mois, voire une année s'il faut fouiller ce Monde, lâcha Tim sentant son courage faiblir.

- Pas exactement. Tout d'abord, notre Gnome-Magicien nous donnera des potions qui nous donneront suffisamment d'énergie pour ne dormir qu'une nuit sur deux. Ensuite, certains de nos amis nous aideront à nous déplacer plus vite, tu verras comment le moment venu. Il nous faudra être très prudent. Ce Monde recèle de dangers et de pièges mortels. Même si les grosses créatures telles que les Géants ne s'intéressent pas à nous du fait de notre petite taille, nos prédateurs tomberont probablement sur nous. Je rappelle que le trajet couvre chaque état en dehors des abîmes bien sûr, renseigna Pouf.

- J'y pense, où est Seamus ?

- Oh ! Monsieur l'Ambassadeur est en mission. Des rumeurs prétendent qu'il s'est rendu à Mag Tured. Elles ne disent pas pourquoi.

- C'est vrai qu'Eric'h l'a nommé Ambassadeur des Gnomes ! Ça m'était sorti de la tête.

- Et Raphy ?

- Il nous attend dans le jardin.

- Nous partirons demain. Nous devons assister à la cérémonie des 200 bougies. C'est l'âge du Prince.

- Dis-moi, il n'est pas tout jeune !

Le couple et Tim entrèrent dans le jardin où avaient lieu les festivités. Ils admirèrent la présentation des inventions des gnomes ayant achevé leur quête : une montre en quartz rose, un fourreau pour raffiner le minerai et l'épurer pour le rendre plus résistant, une nouvelle arme sur laquelle le Prince s'attarda, une armure, un navire et un chariot fait avec un demi-tonneau monté sur des roues en bois, tiré par trois hamsters. Ils croisèrent Raphy qui fut fou de joie de revoir son ami Tim. Il sembla ensuite nerveux et expliqua les raisons de son malaise.

- C'est le livre de mes ancêtres. Je dois achever une quête commencée par mes arrières, arrières, arrières, grands-parents. Tout est noté sur mon carnet. J'ai besoin d'aide, même si la quête est censée être personnelle.

- Tu veux attirer la honte sur ta famille ? lança Pouf en colère.

- Du calme Pouf ! Dans notre Compagnie, nous n'abandonnons pas nos frères. Si tu as besoin de nous, nous sommes là Raphy.

- Merci. Je ne sais pas comment te remercier.

- Tu n'as pas à le faire. C'est normal de s'entre-aider.

- Chez les humains peut-être. Mais chez les Gnomes.., dit-il en regardant Pouf d'un air réprobateur. C'est alors que le nez de Pouf devint rouge pivoine.

Le Prince souffla enfin ses bougies mais fut interrompu par une alerte. Le corps pétrifié d'un gnome fut trouvé non loin de la frontière. La famille du chef de clan fut consternée. Le Conseil Plénipotentiaire se réunit en urgence et un guerrier exposa la situation.

- Nous avons repéré des Kobolds à quelques kilomètres de nos frontières. Ils marchent aux côtés de Trolls.
- Impossible !
- Pourtant les deux espèces s'entendent.
- La *Bataille de Mag Tured* a laissé un beau *kaoc'heg* (merdier) ! Ces créatures s'entretuent d'habitude. Ce Monde ne tourne plus rond. Que lui est-il arrivé ? s'inquiéta le Prince.
- J'ai vu une lueur bleue dans les bois. J'ai trouvé douze guerriers dans cet état. Les autres sont dans… ces sacs. Le guerrier vida le contenu et des statues de pierres en morceaux et en poussières s'étalèrent au sol. Le Conseil hurla.
- C'est monstrueux ! Ils le paieront de leurs vies ! s'insurgea le Prince.
- Non ! intervint le Chef de Clan. Ce n'est pas tout, mon fils. Depuis plusieurs cycles, d'autres de mes soldats et messagers ont été retrouvés dans des sacs. Le Palais des Merveilles est en péril. Des Kobolds et des Trolls sont en route pour anéantir notre famille royale.
- Quoi ?
- J'ai pris une décision. Afin de protéger nos frontières et nos murs, mon fils, tu resteras à mes côtés.
- Père ! cria-t-il, tapant du pied.
- Je crois savoir que Tim est venu nous rendre visite. Faites venir la Compagnie des Courageux Gnomes, sauf Tara qui est introuvable bien sûr et Seamus qui est en mission dans ses fonctions d'Ambassadeur !

Il ne fallut pas longtemps pour réunir la Compagnie devant le Conseil.

- Notre Capitale est en péril. Des Kobolds associés à des Trolls, s'apprêtent à nous combattre. Des informations me sont parvenues selon lesquelles deux dieux sont en train de se battre à mort au sein même de notre Capitale. Le Palais des Merveilles est mis à sac et les nôtres se font exterminer par des dégâts collatéraux. Je veux que vous alliez chercher l'aide des chefs de clan. Il me faut un tiers des guerriers des neiges, vous les trouverez dans les Montagnes de l'Est, celles du Nord ayant été détruites par l'explosion de Méduse ; les Elfes sont à deux jours de marche du Palais, il me faut leur soutien. La moitié des guerriers des dunes du Désert du Sud et tous les guerriers de l'Océan, même s'il en reste peu, doivent être mobilisés. Me suis-je bien fait comprendre ?

- Chef ! Je suis revenu pour chercher Tara. Je n'ai pas le temps de…

- Tu le prendras Tim ! Toutefois, cette mission n'est pas incompatible avec la recherche de votre amie. Vous aurez à traverser bien des terres avant de vous rendre à Brug na Boïnne. Tu y trouveras certainement des informations précieuses.

- Bien, répondit Tim pour ne pas froisser le Chef de Clan.

Tim se prépara pour le départ. Il remplit un sac avec un minimum d'affaires. Une dizaine de potions pour se nourrir garnissait le fond du sac. Il emporta cependant quelques aliments, ne serait-ce que pour le goût et l'estomac. Il sortit ensuite de la maison de Pouf et croisa Ortie, la mégère du village. Elle souhaitait déjà savoir à qui irait leurs héritages, maison et terres.

- Ne nous enterre pas trop vite vieille pie.

- Oh, mais les méchants aurons sûrement raison de vous ! Je voulais juste vous rendre service.

- Va prêter tes bons offices à quelqu'un d'autre. Quelle plaie cette femelle !

Tim salua les gnomes du village et la famille du Chef de Clan. Le Prince parut irrité et frustré de ne pouvoir participer à l'aventure. Tim passa devant Lya, une femelle de presque vingt centimètres, en quelque sorte, une hôtesse de l'air gnome. Ses jambes n'en finissaient plus de le distraire. Il se concentra un instant et se rappela de cette femelle souvent mélancolique. Elle lui avait raconté qu'un soir d'été, un orage avait durement frappé le village et que ses parents, rentrant d'une promenade en chariot, avaient trouvé la mort lors de l'explosion de leur charrette. Cet évènement tragique s'était produit deux ans plus tôt. Il déposa un tendre baiser sur sa joue au lieu du traditionnel salut gnome qui consistait à se frotter le nez.

Une demi-journée après avoir quitté le village, la Compagnie des Courageux Gnomes, composée de Luna, Pouf, Raphy et Tim, avançait dans la forêt. Pouf avait pris la tête du groupe et tomba dans un trou. Il s'agissait de l'empreinte laissé par un cerf. Il se releva courbaturé et poussa un grognement, agacé. Une ombre passa alors au-dessus d'eux, provoquant une vague d'inquiétude. Ils se précipitèrent à l'abri d'un chêne vieux de quatre siècles, au bas mot.

- N'ayez crainte ! C'est Carla ! Une chouette effraie, dit Luna, reconnaissant son amie.

- Drôle de nom pour un oiseau ! Moi aussi je connais une Carla. Et elle n'est pas chouette celle-là ! plaisanta Tim. Luna vit ensuite un lapin sortir de son terrier.

- Aelig ! sauta-elle de joie.

- Elle en connaît du monde ! réagit Tim.

- Les gnomes sont très proches des animaux, même s'ils semblent gigantesques pour nous.

- Vous n'êtes pas en ballade, fit remarquer la chouette qui, curieusement, pouvait parler, contrairement à notre Carla nationale.

- Nous sommes en mission et nous pourrions avoir besoin de toi et des autres. Nous devons traverser plusieurs territoires très rapidement, sans prendre trop de risques.

- Pour toi Luna, nous vous mènerons jusqu'à Cythraul s'il le faut.

- Non merci Carla, je n'en demande pas tant.

- Si tu pouvais arrêter de l'appeler par son nom, ça me fait tellement bizarre. Si la première Dame de France savait qu'une chouette porte son nom !

- Qui ça, Tim ?

- Ce n'est rien. Une histoire entre humains c'est tout. Si vous pouviez être discret et éviter de dire que vous nous avez vus…

- Je serai muet ! s'exclama Aelig.

- Ha ! Un lapin ne tient jamais sa langue, pesta Pouf. C'est alors que la chouette lui donna un coup de bec, amusée. Raphy monta le premier sur le dos de l'animal, suivit de ses compagnons.

Une heure plus tard, Carla volait au-dessus d'un ruisseau dans lequel s'abreuvaient plusieurs animaux. Un chevreuil leur adressa un salut.

-Vous partez en mission ? Secrète ? Quand les copains vont entendre ça !

- Aelig ! Saleté de lièvre ! Il n'a pas perdu de temps celui-là ! Luna cria sur le lapin qui se précipitait vers son terrier.

- S'il te plaît chevreuil ! Garde le pour toi, ou nous serons morts avant même d'avoir commencé la mission ! supplia Raphy.

- D'accord, répondit-il à contre cœur.

Ils quittèrent les bois et approchèrent des frontières. Une fée, Teïla, les attendait depuis des heures.

- Sans vouloir t'offenser Carla, je pense que nous devrions faire appel aux oies sauvages. Nous irons bien plus vite ! Moi je peux voler mais pas vous ! Elles peuvent nous faire gagner des dizaines de kilomètres.

- La dernière fois que je suis monté là-dessus, je suis tombé à la renverse dès le décollage, grogna encore Pouf.

- C'est la seule solution, insista Teïla.

Carla s'envola, allégée de son fardeau, et leur adressa une danse pour leur souhaiter bonne chance. La Fée siffla ensuite dans plusieurs directions pour attirer les oies. Sitôt arrivées, chacun prit une monture et ils se dirigèrent vers les Montagnes de l'Est à la recherche des Gnomes des Neiges. Ils ne perdirent pas de temps dès qu'ils eurent obtenu le départ du tiers de leurs troupes.

- Les guerriers des Dunes et de l'Océan sont déjà en route d'après le Chef de Clan des Neiges. Notre mission sera d'autant écourtée. Il ne nous reste plus qu'à rejoindre les Elfes et nous ne serons qu'à deux jours de marche du Palais des Merveilles.

Terre,
Sanctuaire de Lorient,
18 novembre 2008,
28 samonios 4576.

Rak-Kêr, Gwenc'Phel, Gaël et leurs sbires entrèrent dans l'enceinte des terres sacrées de Lorient. Des zombies, squelettes et autres créatures de la nuit semèrent le trouble et commencèrent à assassiner des druides. Gwenc'Phel fit face aux Sentinelles qui se regroupèrent face au groupe d'ennemis.

- Enfin de retour à la maison, souffla-t-il.

Gwenc'Phel surprit tous les druides lorsque, d'un simple geste de la main, il décapita toutes les Sentinelles. De l'autre main, il plongea les enfants présents dans le coma. Les autres adultes furent attaqués par ses sujets. L'équipe de Maëve intervint aussitôt et parvint à libérer les enfants du sort des treitours. Le Gorsedd descendit de la Tour d'Or et s'interposa pour protéger les druides. Ben et Matt conduisirent les enfants à l'abri avant de revenir pour combattre. Mais à leur retour, ils assistèrent, impuissants, à la défaite du Gorsedd.

- Pas si vite Gwenc'Phel ! Tu as eu tort de revenir.
- Je ne pense pas Gwenc'Ron. J'ai une petite surprise pour vous. Eningann vous passe le bonjour. Il n'a pu être présent aujourd'hui, mais ses pensées mortelles vous sont adressées avec passion, et haine.

Les membres du Gorsedd furent pris de court quand Gwenc'Phel leur lança un sort parfaitement inattendu. Un globe de lumière noir vola jusqu'à eux et les absorba. Piégé dans cette sphère, leurs pouvoirs furent bridés.

- Nul ne peut les libérer ! Druides ! Je vous ordonne la reddition ! Cessez de combattre et vous vivrez… un certain temps. Opposez-vous à moi et vous mourrez… assez vite.
- Et puis quoi encore ! Tu veux qu'on te donne nos pouvoirs ? intervint Maëve.
- C'est une bonne idée !
- Non mais ça va pas ! Il manquait plus que ça ! Maëve ! reprocha Matt.
- Oups, j'aurais dû me taire. Je prends Gaël, je vous laisse les autres.
- Que la fête commence ! cria Matt en fonçant dans le tas à coups de sceptres. Il parvint à désosser quelques squelettes et foudroya des créatures de la

nuit. Mais ils étaient nombreux et il fut vite débordé. Ben lui prêta main forte pendant qu'Elodie fit face à son ancien Maître.

- Toi ! Infâme treitour ! cracha-t-il le regard haineux.

- Tu ferais mieux de te regarder. Vois ce que tu es en train de faire ! Nous sommes tes frères et sœurs ! Ceci était ta maison. Les humains ne sont pas prêts à accueillir la Magie.

- Ta naïveté me dépasse ! Tu espères encore pouvoir me raisonner ? Tu crois que j'ai tort ?

- J'aurai au moins essayé… une dernière fois.

- Meurs ! répondit Gwenc'Phel en lui jetant un sort de mort violente qu'elle évita de justesse. La jeune druidesse se blessa au crâne en se cognant la tête contre une pierre. Gwenc'Phel lui enfonça son sceptre dans les côtes. Un rayon d'énergie la tortura, lui laissant à peine suffisamment de souffle pour pousser un horrible hurlement de douleur. Maëve jeta un regard de fureur sur son bourreau.

190

DÉSORDRE

Autre Monde,
Mag Tured,
18 novembre 2008,
29 samonios 4576.

Elwyn, ambassadeur des Centaures, avait obtenu des autres races l'accord pour invoquer les dieux. Les terres de Mag Tured allaient accueillir pour la première fois les nouveaux dieux. Ils arrivèrent les uns après les autres, à mesure qu'Elwyn les nommait, afin de respecter le protocole.

- Tethra, dieu des voyages et des morts au-delà de l'Océan ; Dispater, dieu des morts ; Bélénos, dieu de la beauté et de l'intelligence ; Lug, dieu des marchands et Conseiller royal à la guerre ; Diancecht, dieu Médecin ; Ana, ancienne déesse-Mère désormais en charge des saisons ; Arduinna, protectrice des forêts et des Elfes ; Bélisama, en charge de la chasse et Coipre, barde divin.
- Que signifie c'est étrange appel ? s'insurgea Tethra.
- Surtout ici ? Sur des terres maudites ! répliqua Ana, vêtue d'une robe splendide aux couleurs des quatre saisons.
- Un instant s'il vous plaît ! J'appelle les ambassadeurs !
- Je rêve ou il invoque le Panthéon tout entier ! dit Lug en écarquillant les yeux. Ainsi, les ambassadeurs apparurent à leur tour au centre d'un nouveau cromlec'h qui avait été installé au Sud de Mag Tured afin de remplacer celui qu'avait détruit Eningann lors de la Bataille. Shane (pour les Gobelins), Tomey (pour les Génies), Ungus (pour les Efreet), Lothar (pour les Kérions), Gus (pour les Lutins), Finn (pour les Vampires de seconde classe), Fochmarc (pour les Loups-garous), Fionna (pour les Morganezed) et Connan (pour les Fomoirés) s'installèrent autour des membres de l'Alliance.
- Que les Créateurs nous honorent de leur présence !

Les quatre anciens druides apparurent instantanément et Elwyn s'empressa d'expliquer la situation avant que l'un des dieux ne s'énerve.

- Je m'excuse de vous convoquer ainsi sans préambule, mais les évènements nous obligent à rapidement réagir. Comme vous le savez, nos Créateurs nous ont nommé il y a peu. Nos prises de fonction furent longues et difficiles. Cependant, nous ne pouvons attendre plus longtemps. De source sûre, les Centaures que je représente ont appris que les Grandes Familles ont formé une armée qui marche vers ces terres. De plus, mes Seigneurs Créateurs, vous n'avez pas encore obtenu le soutien de la récente Alliance que viennent de former les Centaures avec les Elfes, les Fées et les Gnomes.

- Qu'avez-vous fait ? La fusion des pouvoirs des Elfes avec ceux des Fées a toujours été interdite en raison de la puissance qu'elles auraient en cas d'Alliance. Vos pouvoirs seraient alors capables de rivaliser avec ceux d'un dieu. Vous ne respectez pas la hiérarchie… commença Lug, mal à l'aise dans le nouveau costume qu'avait confectionné Gwyon'Bach pour chacun d'eux, coupé par le Centaure.

- …en effet et en associant les capacités guerrières des légions Gnomes à celles des Centaures, notre nouvelle Alliance est en mesure de faire trembler un dieu.

- C'est inadmissible ! s'emporta Dispater.

- Que signifie cette menace ? Je croyais que vous étiez de notre côté ? demanda Bron.

- Vous faites erreur. Selon le protocole, les Créateurs doivent subir une épreuve afin d'obtenir le soutien d'un peuple. Votre puissance ne se mesure pas seulement à celle de vos pouvoirs mais aussi de votre charisme et capacités à gouverner. Nous sommes de votre côté mais il faut officialiser notre concours. C'est pour cela que vous êtes ici aujourd'hui. Les drames ont commencé sur ces terres et nous souhaitions vous rassembler ici   pour que vous n'oubliiez pas d'où vous venez, vous, les nouveaux dieux. Vous devez être les témoins de la réussite de nos Seigneurs et Maîtres. L'action des Grandes Familles nous oblige à accélérer votre apprentissage et en l'absence de gouvernance actuelle, à cause de votre inexpérience, nous avons décidé de braver l'interdit et de demander votre bénédiction. Nous avons appris que Taranis, le dieu du tonnerre, tient Magaria sous sa domination.

A ces mots, tout sembla s'éclairer dans l'esprit des dieux. Eric'h et ses amis ne comprirent pas.

- J'ai loupé une information importante ? réagit Bron.

- Oui. Magaria est la cité capitale des Mages. Si Taranis se l'est appropriée, cela signifie qu'il a vaincu les plus puissants Mages. Or, ils ont toujours bénéficié d'une immunité en raison de leur capacité à préserver la Magie. S'il devait arriver quoi que ce soit à ce Monde, ils seraient missionnés pour conserver la Magie à l'abri, répondit Bélisama.

- Et Taranis ignore ce qui s'est produit ici. Il y a donc plusieurs cycles qui se sont écoulés depuis qu'il a pris Magaria. Il ne fait aucun doute que les Grandes Familles vont chercher à obtenir son aide et vont finir par disposer de l'armée des Mages. Si cela devait arriver, ce Panthéon risque de disparaître.

- Une minute Elwyn ! Nous ne sommes pas en mesure de les vaincre avec nos pouvoirs ? Je pensais qu'en devenant Créateurs, nous aurions le pouvoir sur tous ! Nous sommes au-dessus des dieux ! Nos pouvoirs sont censés n'avoir aucune limite !

- C'est exact Elor'a. Mais pour l'instant, vous ne savez pas les utiliser. Du moins, les plus puissants d'entre eux. Il vous faudra du temps pour les apprivoiser comme vous l'avez déjà fait avec vos pouvoirs de druides. Mais ceux dont nous parlons ici, ont une tout autre ampleur. Comprenez que nous n'avons pas le temps d'attendre que vous réussissiez à les maîtriser. En cette période de vacance de pouvoir, il va vous falloir des alliés extrêmement puissants et suffisamment nombreux pour faire plier vos ennemis ou s'élever à leur niveau. Vos dieux sont peu nombreux pour le moment et ont beaucoup à faire pour maintenir en place la propriété des terres des peuples qui vous sont acquis. De là à étendre votre domination, qui est nécessaire, il y a un fossé.

- Je dirai un canyon, mais bon, commenta Coipre.

- Tu veux que l'on déloge Taranis ? demanda Tao.

- Oui, cela nous permettra d'empêcher les Grande Familles de mettre la main sur une armée invincible.

- Tu as raison. Merci de nous avoir informés de cette nouvelle. Je savais déjà que les Grandes Familles s'apprêtaient à venir Mag Tured, mais pas qu'ils viendraient avec des renforts au-delà de toutes mesures. Je reconnais devant mes dieux l'existence de l'Alliance et nous nous soumettons à votre jugement sur nos capacités à gouverner ce Monde. Vous avez ma confiance pour toute la durée de la vacance de pouvoir pour rassembler des peuples et faire obstacle à toute créature ou dieu qui menacerait notre trône ou notre influence. Seront délogés les tyrans, condamnés à Caër Sidi les traîtres et coupables de crimes qui, à nos yeux, seront jugés inacceptables. Nous affronterons Taranis pour vous prouver notre valeur et je sais que vous nous portez de grands espoirs que je m'évertuerai à ne pas décevoir, déclara Eric'h sous les applaudissements.

- Eric'h, j'en connais un qui ne nous pardonnera pas de ne pas l'avoir invité à notre petite fête, rappela Tao.

- Bon sang, j'allais l'oublier. Ed essayerai de m'étriper si je ne le mets pas au courant du massacre que subissent les Mages. Lui-même en est un. Ce sont ses frères et sœurs qui sont tyrannisés.

Cythraul.

Ed hurla lorsque le dard de Diafwl lui érafla le biceps droit. Furieux, il récupéra son surf d'or et, à l'aide de son sceptre, déplaça la lave de Feu Sacré qui se déversait encore des deux plaies de son ennemi. Il tenta de dessiner un cercle autour de la créature avec la lave qui, pour elle, faisait office de sang. Après un gémissement sourd, Diafwl se releva mais il était trop tard. Piégé, il perdit ses pouvoirs, sa taille rétrécit et il devint mortel. Les deux lésions achevèrent de lui ôter la vie. Son corps devint cendres et Ed put enfin souffler. Cet acte fit de lui un Seigneur de Cythraul reconnu. Toutes les sphères lui firent allégeance. Il prit alors officiellement le trône des Enfers Celtes.

Quelques heures plus tard, il entendit l'appel d'Eric'h et il s'empressa de remonter les sphères jusqu'à la surface. A cet instant, il sentit quelque chose changer en lui. Gwyon'Bach apparut à ses côtés, à Mag Tured.

Mag Tured.

- Qu'as-tu fait ?

- Tu viens de découvrir un secret que même les anciens Créateurs redoutaient. Le sang du Seigneur de Cythraul est composé…

- …De Feu Sacré. Le seul pouvoir capable de priver un dieu de ses pouvoirs et de le rendre mortel.

- Oui, mais pas seulement. Bron est le seul à posséder ce don mais il n'a d'effet que sur les dieux. Ton sang est maintenant composé de Feu Sacré et peut détruire un Créateur.

- Quoi ? Depuis le début tu savais qu'il existait un pouvoir susceptible de vaincre Enningan ?

- Oui. Etant avant tout, un Mage, Gardien de la Magie, tu es incompatible avec le Feu Sacré. Il amplifiera ta haine jusqu'au point de non-retour. Je suis désolé mais il fallait…

A cet instant, une forme tout d'abord floue, puis de plus en plus distincte remplaça Gwyon'Bach.

- Tu sais qui je suis ? dit calmement une vieille voix.

- Oui ! Je t'ai déjà vu il y a longtemps.

- Je viens du futur. Je suis toi. Je n'ai pas beaucoup de temps.

- Je croyais que Gwyon t'avait détruit ?

- Ah, ah, non. Il ne peut pas. Il a juste coupé la connexion magique qui me reliait à ton époque. C'est vrai que c'est très douloureux. Je viens te voir pour t'avertir. Je sais que tu as accepté la charge des Enfers Celtes, malgré mon avertissement. Tu ignores ce qu'implique cette décision. D'ici peu, un évènement scellera ton destin. Ne vas pas à Magaria. Je t'en supplie. Ravale ta colère, retiens-toi, même si cela te paraîtra impossible. Je sais que ce sera difficile, mais ton avenir est en jeu. Mon présent aussi en dépend. Eric'h a profité de ta faiblesse pour te faire entrer dans le Sidh et te demander de le diriger. Je me souviens encore de ses mots. Ils raisonnent dans ma tête. « …j'ai besoin d'une âme perturbée pour pouvoir accéder aux souterrains de l'Autre-Monde. Je suis conscient de ce que suppose une telle mission, mais ne le prend pas pour une punition. Je veux que les choses changent en profondeur y compris en Enfer. Je te donnerai mes ordres plus tard ». Il avait de justes intentions mais les choses ont mal tournées depuis que j'ai mis les pieds à Magaria.

- Je ne lui en veux pas. Je sais qu'il fallait que l'un de nous prenne le Sidh. J'étais en mesure de m'en occuper. Je le changerai pour qu'il soit craint des créatures de ce Monde et qu'elles se tiennent à carreau.

- Oui, avant d'aller à Magaria cela était peut-être possible, mais les choses sont tellement différentes. Il ne faut pas que tu y ailles. Tu deviendras comme Diafwl. Il y a une bonne raison qui me pousse à défier les Eternels en venant te voir.

- Si je suis devenu si maléfique que ça, pourquoi le vieillard qui est devant moi ne ressemble pas au Diable ?

- Tu le sais déjà. Le pire des monstres peut prendre d'agréables formes. Mais si je t'étais apparu sous mon vrai jour, j'aurai aussi révélé aux Eternels ce que je suis en train de faire. Je n'ai pas beaucoup de temps. Gwyon cherche déjà à couper la connexion. Retiens bien ceci. Ne vas pas à Magaria.

Gwyon'Bach apparut à la place du futur Ed de façon violente.

- ED ! Je ne sais pas ce que ce vieillard t'a dit mais ne l'écoute pas !

- C'était moi. Dans le futur. Tu me caches des choses Gwyon !

- Oui. Je redoute cet instant depuis des années. Mais il le faut. L'équilibre doit être restauré. Cythraul a besoin d'un dirigeant.

- Je sais, c'est moi.

- Tu ne comprends pas. Il ne faut pas que tu saches. Tu m'en voudras, mais je suis prêt à sacrifier notre amitié pour le bien de ce Monde. Tu es attendu. Une mauvaise nouvelle t'attend. Je ne te retiens pas davantage, dit l'Eternel en disparaissant dans un beau nuage. Ed fit quelques pas pour rejoindre le Panthéon. Le visage fermé de ses amis l'inquiéta.

- Salut Ed, l'embrassa Elor'a avec un léger sourire. Il serra les mains de ses amis.

- Vous en faites une tête !

- J'ai appris que Magaria est tyrannisé par Taranis, répondit Eric'h.

- Magaria…

- La cité capitale des… Mages. Ils se font exterminer. Les Eternels sont inquiets car les Mages sont les Gardiens de la Magie. S'il devait arriver un malheur à ce Monde, ils sont les seuls capables de mettre la Magie à l'abri et de la préserver. Les Mages bénéficient d'une immunité pour cette raison. Mais comme tu les connais, les Eternels n'interviendront pas. Taranis a bafoué les règles en plus de s'être montré cruel.

- Je… Je ne peux pas les laisser ! pensa Ed. Il décida donc de ne pas obéir à sa propre recommandation.

- Eric'h, je veux sa tête. Laisse-moi le prendre dans le Sidh.

- Je ne sais pas Ed. Depuis le départ d'Hélène, je sais que tu ne vas pas bien. Je ne voudrais pas que tu te venges sur lui. C'est la justice qu'il faut rendre.

- Ca fait cinq ans Eric'h. Je ne l'ai pas oubliée mais je vais mieux. Par contre, si tu veux savoir si je veux venger mes frères, tu as raison. Il ne touchera plus la tête d'un Mage. Ni aucun autre dieu ! Vous m'entendez ! cria-t-il à l'adresse du Panthéon présent.

- Calme-toi Ed. Tu vas venir avec nous, céda Bron.

- Nous ne pouvons pas appeler Matt qui est sur Terre et le seul 1er Mage après toi.

- Ce morveux a eu le titre ? Il est plus doué que je ne pensais.

- Il fait partie, avec Ben et Elodie, de la nouvelle équipe qui nous remplace au Sanctuaire de Lorient. C'est Maëve qui la dirige.

- Je passe un peu de temps sous terre et tout change ! Bon, je ne laisserai pas Taranis à Magaria plus longtemps. A notre retour, je veux que ce Panthéon vote l'interdiction absolue à un dieu de mettre les pieds là-bas.

- Nulle terre ne peut échapper aux dieux, tenta Lug, aussitôt surpris par les yeux en feu d'Ed. Il ne risqua pas la moindre menace.

- J'y pense, où es Mac Oc, le dieu du Temps ? demanda Tao avant de partir.

Brug Na Boïnne,
Palais des Merveilles.

Le Palais s'élevait jusqu'aux nuages. La troisième lune venait d'apparaître, visible durant ce seul mois de l'année. La couleur argentée du ciel donnait à ce début de nuit une étrange clarté. Ce sublime tableau au silence apaisant fut bouleversé par des cris, des pleurs et par un violent combat entre deux dieux.

Mac Oc, le dieu du Temps et ancien dieu de la jeunesse, se pavanait et exposait sa beauté à tous comme à son habitude. Face à lui, Dagda (l'ancien roi des dieux) arborait une assurance insolente. Fort et charismatique à souhait, il défia le jeune dieu sans en exposer les raisons. Les querelles incessantes entre ces deux êtres divins étaient connues de tous, mais cette fois, Dagda n'était plus le roi, ayant perdu son trône à l'arrivée des nouveaux Créateurs.

Mac Oc sauta en l'air et vola jusqu'à son adversaire en hurlant. Dagda le réceptionna et lui fit une clé de bras en serrant le plus possible sa prise. Le jeune dieu étant immobilisé, il se changea en nuage de fumée avant de réapparaître six mètres plus loin, de nouveau coincé sous le bras musclé de Dagda.

- Tu crois pouvoir m'échapper ? Tu te trompes ! Je peux neutraliser ta Magie autant de temps que durera un contact physique. Mais, astucieux, Mac Oc lui glissa entre les mains et retrouva une relative liberté. C'est alors que Dagda fit apparaître un Gargwa.

- C'est... Impossible ! Ils ont tous été tués ! Les Créateurs ont dit que l'espèce s'était éteinte !

- C'est exact. Ils n'existent plus. C'est un clone, conçu à partir d'une touffe de poils que j'ai soigneusement conservée pour ce jour.

Une cheminée extérieure trônait au centre de la cour. En cristal, le feu dansait dans le foyer. Le Gargwa était allongé devant l'âtre, couché en boule comme un chien gigantesque cherchant une chaleur apaisante. Une horrible caricature. Mac Oc sentait son souffle rauque à l'odeur pestilentielle s'échapper des deux trous informes lui servant de narines, au rythme de sa respiration.

- Sale bête ! Tu penses me faire peur avec cette… chose ? dit-il d'une voix de plus en plus ferme, à mesure que le courage lui revenait.

- Ils sont très attachants quand on les connait bien.

- Bleiz (loup) ! cria Mac Oc en se transformant en canidé au pelage gris jaunâtre, aux yeux obliques et aux oreilles dressées. Il se jeta sur le Gargwa et l'égorgea avant même que le paresseux ne se lève. Il le déchiqueta et envoya les restes aux pieds de Dagda. Lors du carnage, des gnomes furent écrasés par les morceaux de chairs volant en tous sens.

Tim arriva à cet instant avec le reste de la Compagnie des Courageux Gnomes. Les légions rassemblées par Tim se rendirent au village Gnome pour prêter main forte au Chef de Clan, attaqué par les Kobolds et les Trolls. La Compagnie se retrouva seule pour raisonner deux dieux en plein conflit. Tim absorba une potion préparée par les Tisseurs de Sorts Elfes qui lui permet de réduire sa taille à celle d'un gnome ou, à l'inverse, reprendre sa taille humaine. En l'occurrence, il lui fallut grandir afin de montrer la présence d'un druide au Palais des Merveilles.

- ASSEZ ! hurla-t-il, s'étonnant lui-même.

**Terre,
Lorient,
Sanctuaire
20 novembre 2008,
30 samonios 4576.**

Les Gargouilles poussèrent un gémissement qui sonna l'alerte. Ce fut un peu tard, mais elles quittèrent enfin leurs piédestaux pour défendre le sol sacré. Les traîtres accompagnants Gwenc'Phel se chargèrent de les occuper. Gaël, aux prises avec Maëve, échangea des regards menaçants entre deux attaques physiques d'une violence rarement utilisées par les druides. La jeune femme fut rapidement acculée près du cromlec'h.

Gwenc'Phel ricana en regardant les membres du Gorsedd prisonniers de la sphère noire. Il jeta un œil vers Maëve et un autre sourire, plus vicieux, plus inquiétant, prouvait qu'il venait de trouver une idée réjouissante. Il tendit son spectre incrusté d'ossements humains vers le cromlec'h. Il rassembla toute la Magie dont il disposait pour rassembler les énergies telluriques. Incapable de maîtriser les éléments, les énergies lui échappèrent et se déchaînèrent. Visiblement, il venait d'obtenir ce qu'il espérait. Le chef de l'équipe des druides était piégée près du cromlec'h et il désirait se débarrasser des deux. Les pierres vibrèrent et se fissurèrent. Une explosion survint et les énergies telluriques se rassemblèrent autour du corps de Maëve. Les pierres volèrent dans toutes les directions, ne manquant pas de blesser druides et traîtres au passage. Maëve fut soulevée à plusieurs mètres du sol et celle-ci hurla de frayeur. Lorsqu'elle retomba lourdement au sol, tous se figèrent.

Matt accourut et la prit dans ses bras, mais c'est une Maëve au physique d'une personne âgée de soixante-dix ans qu'il tenait.

- Maëve ? C'est toi ? dit-il en écarquillant les yeux, aussi surpris que l'était Gwenc'Phel, cependant ravi du résultat obtenu.

- Joli lifting ma vieille ! plaisanta-t-il, rendant Matt furieux.

✳✳✳

191

COMBATS TITANESQUES

Autre Monde,
Magaria,
20 novembre 2008,
30 samonios 4576.

Les Créateurs et Ed arrivèrent à la cité sans discrétion. Les nuages dans le ciel dessinèrent leur visage et au pied d'un éclair qui frappa le sol, ils apparurent, portant les cercles royaux autour de leur cou.

- TARANIS ! prononça Eric'h d'une voix puissante et surnaturelle.

Le dieu sortit d'un Temple qu'il avait fait ériger pour lui. Dès qu'Ed l'aperçut, il bondit sur le dieu. Surpris par l'attaque, mais rapide, il parvint à faire tomber Ed de son surf volant, le faisant atterrir dans un parterre de jonquilles, poussant malgré la saison hivernale. Eric'h s'interposa avant qu'Ed ne reprenne son offensive.

- Taranis, tu es jugé coupable de haute trahison. Tu as asservi un peuple protégé.
- J'ai eu vent de votre prise de pouvoir. Vous prétendez être des Créateurs mais vous n'avez même pas l'envergure de dieux. Vous…
- SILENCE ! Bron va te retirer tes pouvoirs et tu passeras le temps qu'il faudra à Caër Sidi pour que tu comprennes ce que tu as osé faire, coupa Elor'a rouge de colère.
- Ne t'avise pas de nous défier ! prévint Tao tout aussi furieux.

Bron s'apprêtait à intervenir mais Ed ne lui laissa pas le temps d'agir.

- Non ! Il est à moi ! S'il te plait Eric'h, il s'agit de mon peuple. Tu m'as donné un rang qui me permet d'en être responsable. Je ne veux pas d'ingérence de ta part. Je suis et resterais un Mage avant d'être un de tes dieux.
- Je te permets de lui botter le train jusqu'à la prison mais je ne veux pas de vengeance. Tu as compris ?
- Non. Il doit payer pour ça. Il mérite bien plus que Caër Sidi. Tu sais très bien que le laisser passer autant de temps que tu voudras là-bas ne le changera pas.
- Tu n'en sais rien ! C'est endroit a été conçu pour ça ! Pour lui ! Pour toutes les pourritures en son genre !
- Ce n'est pas suffisant !

Ed sentit monter en lui une haine indescriptible. Le Mal dans toute sa dureté s'emparait de lui. Ed avait accepté de devenir le Seigneur du Sidh et il était venu à Magaria malgré deux avertissements qu'il s'était lui-même envoyés. Le futur Ed savait-il que son intervention ne suffisait pas à le faire changer d'avis ? Etait-il naïf au point de croire qu'apparaître devant lui-même, tel un miroir, bouleverserait son passé, faisant de lui un être différent dans son présent ? Ed venait en cet instant précis de sa vie de choisir une voie que plusieurs années plus tôt il n'aurait cru possible. Si le Diable représente le Mal dans toute sa puissance, Ed venait de le remplacer, doté qui plus est d'une arme redoutable qui pouvait à tout instant se retourner contre ses propres amis, désormais incapables de le raisonner. Gwyon'Bach intervint à ce moment.

- Il est trop tard mes amis. Son âme vient d'être consumée. Vous ne pouvez plus rien.

- Non ! Je t'en prie Ed ! Que se passe-t-il ? cria Elor'a en proie à la panique. Le surf d'or vira au rouge et des pointes dangereuses poussèrent sur les côtés, imbibées de lave de Feu Sacré.

- Je rêve ! s'exclama Bron dont les visions semblaient incapables de l'avoir averti de l'imminence de cet évènement.

- Je me sens tellement bien ! Ma puissance est démesurée, murmura Ed, des flammes dansant dans les yeux.

- Contrôle-toi Ed ! ordonna Eric'h, espérant le rappeler à lui.

- Je me sens maître de moi comme jamais auparavant.

Il se tourna vers Taranis, le regard haineux. Les Mages reconnurent dans ses yeux, ceux de celui qui les avait depuis si longtemps torturés. Ils eurent peur d'Ed, pourtant censé être leur sauveur. Le Feu Sacré brûla de manière incontrôlable et se jeta sur le dieu qui se recroquevilla de peur. Il s'embrasa, ses pouvoirs furent détruits et irrécupérables. Il devint mortel, puis cendres. Il ne restait rien de Taranis, le dieu du Tonnerre. Le ciel se déchaîna, le tonnerre retentit partout sur l'Autre Monde, puisqu'aucun dieu ne le contrôlait alors. Elor'a dut faire preuve d'une immense puissance pour faire appel à ses pouvoirs de druide dont elle maîtrisait l'élément de l'Air. Elle parvint à rétablir l'ordre à l'échelle de l'Autre Monde tout entier.

Ed ne gérait plus sa colère. Il se déchaîna sur les Créateurs qui avaient refusé de lui laisser décider du sort de Taranis.

- Il était à moi ! hurla-t-il en projetant des jets de Feu Sacré sur eux. Tao esquiva la première attaque, Bron la seconde et, les larmes aux yeux, Elor'a éleva une tornade qui piégea Ed et le ramena au Sidh par la force sans qu'il puisse y résister. En sanglots, elle créa une barrière d'énergies telluriques à l'entrée et à la sortie du Sidh, piégeant Ed à jamais en ce lieu. Eric'h, Tao et Bron ajoutèrent leurs pouvoirs afin de s'assurer que personne d'autre qu'eux ne puissent un jour le libérer.

Les Mages remercièrent les nouveaux Créateurs et leur prêtèrent allégeance, mettant leur Magie au service du Bien.

- Nous attendrons le 1er d'entre nous, ici, à Magaria. Nous décidons de retirer à Ed son titre et le bannissons de notre Cité.
- Matt est sur Terre. Je crois que l'honneur de devenir le 1er Mage lui revient de droit. Je vous promets de lui transmettre le message et sachez qu'il viendra à vous chaque fois que vous aurez besoin de votre nouveau Chef.
- Merci, Créateur Bron.

Les quatre anciens druides quittèrent Magaria, enfin libérée du joug de la tyrannie, et retournèrent près du Panthéon.

Mag Tured.

Elwyn avait le regard triste. Ils venaient de perdre un ami. Cependant, il restait un espoir, même si tous l'ignoraient. Après tout, devenu le Mal incarné, dans l'avenir, Ed s'était envoyé un message, espérant changer de voie tant que cela était possible. Ce qui prouvait qu'à ce moment-là, il avait regretté cette erreur et était disposé à la corriger. Amertume, nostalgie du passé, bien des évènements s'étaient déroulés entre temps, l'ayant conduit à adopter cette attitude. Est-il possible de le revoir un jour aux côtés de ses amis ? Est-il vraiment perdu à jamais ? Quittera-t-il un jour le Sidh pour revenir sur Terre ? Eric'h, Elor'a, Bron et Tao avaient perdu un ami de plus. Combien de drames allaient-ils à nouveau devoir supporter ? Roc'h eut des difficultés à les rappeler à leurs responsabilités. La vie continuait malgré les chagrins. Le prix à payer fut lourd pour acquérir le soutien de l'Alliance. Mais désormais, les nouveaux Créateurs disposaient de forces suffisamment impressionnantes pour défier les Grandes Familles.

Brug Na Boïnne,
Palais des Merveilles.

Mac Oc et Dagda ne prêtèrent pas attention à l'invective de Tim. Le jeune homme se sentit tout petit face aux pouvoirs démesurés de ses adversaires. Il n'avait pas le choix. A chaque attaque, des gnomes étaient victimes de chutes d'objets ou écrasés par les pieds des deux dieux. Il devait agir vite sans risquer lui-même de devenir leur cible. Encore que cela valait mieux que de voir ses amis se faire exterminer un à un.

Lui vint alors une idée aussi originale que dangereuse. Puisqu'ils semblaient se disputer pour posséder les lieux, Tim commença par détruire les colonnes porteuses du bâtiment. L'édifice tremblait davantage à chaque atteinte de sa structure.

- C'est ce Palais que vous voulez ? Je dois continuer ? hurla-t-il à pleins poumons. Le combat prit fin instantanément.

- Es-tu fou petit ? gronda Dagda dans l'espoir de le menacer. Ignorant visiblement les mots du dieu, Tim concentra sa magie sur une boule d'énergie suffisamment grande pour faire des dégâts bien plus importants.

- Tout de même ! Que ne faut-il pas faire pour que vous daigniez m'accorder un peu d'intérêt ! Puis-je savoir ce qui vous prend ? Pourquoi vous battez-vous ? A ces mots, les deux dieux éclatèrent de rire. Ils ne pouvaient s'arrêter.

- Pourquoi nous battons-nous ? Ah ! Ah ! Ah ! Mais en quoi cela peut-il bien regarder un être aussi insignifiant que toi ? lâcha enfin Mac Oc. Furieux, Tim libéra la boule d'énergie. Mais avant qu'elle atteigne son but, Dagda immobilisa Tim pendant que l'autre dieu interceptait le tir.

- Pour qui te prends-tu ? Oser ainsi déchaîner notre colère…

- Désolé de vous contredire, mais pour ça, vous semblez très bien vous débrouiller tout seul.

- Il suffit insolent ! Dis-nous pour quelle raison nous devrions t'épargner ?

- D'une part, vous êtes en train de détruire la Capitale des Gnomes dont je suis un représentant. Ensuite, je suis un proche d'Eric'h, le nouveau Créateur. Il ne sera pas vraiment ravi en apprenant ce que vous êtes en train de faire. Soit vous m'exposer l'origine de votre dispute et je tente de le résoudre avec l'aide des Créateurs au besoin, soit vous persistez à menacer ma vie et vous en répondrez devant vos Seigneurs.

- Eric'h ? Tu connais les…

- Oui. Bron, Tao et Elor'a sont mes amis. Je connais aussi l'Enfant Miracle. Maintenant, j'attends vos explications. Dagda ?

- Mac Oc m'a volé ces lieux de manière toute à fait ingénieuse. Il y a fort longtemps, il m'a demandé de lui prêter ce Palais pour un jour et une nuit. Mais le problème, c'est que ce laps de temps est un symbole d'éternité sur ce Monde. Le transfert de propriété a donc été définitif ! C'est un vol manifeste !

- Tout est légal ! Regarde dans quel état il est maintenant ! Tu vas payer…

- Assez ! On dirait des gosses ! Dagda, relâche-moi.

- Tu n'as aucun ordre à me donner, insecte.

- Dans ce cas, Eric'h règlera le problème à sa manière.

L'ancien roi des dieux sembla se calmer. Il libéra Tim qui, depuis le début, tentait un coup de bluff. Il ne savait absolument pas si les deux dieux croiraient un seul instant ce qu'il racontait. Mais il comptait sur la chance et son assurance. Tim parlait avec conviction et son ton ne laissait aucun doute. Il connaissait personnellement les Créateurs et cela suffisait à les impressionner.

- J'ai une solution à vous proposer. Elle est pourtant toute bête mais elle résoudrait votre différend à la condition de faire des efforts. Dans le cas contraire, connaissant Eric'h, je sais déjà ce qu'il ferait. Il vous confisquera le Palais.

- Sûrement pas ! Je le défierai ! s'emporta Mac Oc.

- Ne dis pas de telles idioties ! J'étais le roi des dieux et pourtant j'ai fini par lui céder le pouvoir. Je préfère Eric'h sur le trône plutôt qu'Enningan.

- Mac Oc, tu possèderas la garde du Palais la nuit et Dagda, le jour.

- Donc cela signifie que cet accord est pris pour l'éternité. Mais comment annuler le sort actuel ?

- Je connais quelqu'un qui peut vous aider. Un Eternel.

- Tu es le jeune garçon qui a combattu aux côtés de l'Enfant Miracle lors de la Bataille n'est-ce pas ? Je te reconnais maintenant, dit Dagda détendu.

- Oui. Bien des dieux doivent leur liberté aux druides. J'en suis un. J'ai contribué à vous débarrasser d'Eningann.

- Bien. Entendu. J'ai mieux à faire, dit Dagda disparaissant avant Mac Oc.

- Surtout ne me remerciez pas ! De rien ! C'est naturel ! cria Tim dans le vide.

Les Gnomes sortirent de leurs cachettes et la Compagnie des Courageux Gnomes vint féliciter Tim. Le jeune homme vacilla. Il ne pouvait plus cacher la peur qui lui nouait le ventre depuis son arrivée, ce qui lui fit perdre connaissance.

**Terre,
Sanctuaire de Lorient,
20 novembre 2008,
30 samonios 4576.**

Gaël s'écarta du nuage de poussière provenant de l'explosion du cromlec'h. Se réfugiant près d'une hutte, il entendit les pleurs d'un petit garçon et il pencha la tête dans une fenêtre. Il reconnut aussitôt son fils. Ronan, âgé de six ans, était effrayé par le vacarme qui régnait. Elor'a savait que si l'enfant était resté sur l'Autre Monde, la Magie ambiante aurait favorisé sa croissance rapide. Or, elle était inquiète du chemin qu'avait choisi son fils le jour où il était devenu un homme. Glovinna, la défunte reine des fées, avait dû lui rendre sa forme de bébé car il devenait trop dangereux. La Créatrice avait alors décidé de confier l'éducation de fils aux druides, malgré le risque de voir le père tenter de le récupérer.

Ce jour, hélas, arriva. Il était là, devant lui. L'occasion était inespérée. Elor'a était absente, le Gorsedd, temporairement neutralisé et l'équipe de Maëve complètement désorganisée. Gaël sauta à l'intérieur et rassura l'enfant qui le reconnut. Souriant, Ronan tendit les bras vers son père qui le saisit sans attendre. Il prit aussitôt la fuite en ordonnant à des acolytes de lui frayer un chemin.

***

192

LES DRUIDES
PRIMORDIAUX

(1)

Autre Monde,
Mag Tured,
21 novembre 2008,
31 samonios 4576.

Il était encore très tôt le matin. La lune était visible et son disque argenté était figé au milieu des étoiles, baignant dans un filet de nuage. Un elfe se tenait à l'écart des autres ambassadeurs. Il semblait attendre quelqu'un ou quelque chose. Lorsque Tao apparut dans son dos, Roc'h resta figé, le regard perdu dans ses pensées.

- Toujours aussi solitaire je vois. Elwyn m'a dit que tu voulais me parler.
- J'ai une mauvaise nouvelle de plus pour toi, je le crains.
- Le sort ne nous épargne pas.
- Je regrette. Ma sœur a été promue.
- J'ai connu pire. Et… c'est de mauvais augure ?
- Elle va devenir une Gardienne d'Avallon.
- L'île dont nul ne revient ?
- Pas même les anciens Créateurs qui y ont pris retraite. Tu dois renoncer à elle.
- Mais elle est ma femme ! N'a-t-elle pas aussi un statut équivalent ici ?
- Justement. C'est un immense honneur ! Tu dois l'oublier.
- Non ! Je suis un Créateur. J'interdis cette nomination.
- Tu le peux, en effet. Elle n'a pas encore pris sa fonction mais cela ne saurait tarder. Mais il s'agit de son choix avec l'accord d'Elor'a. Elle savait que tu refuserais. C'est pour cela qu'elle s'est adressée à la Créatrice.
- Je vais lui dire deux mots ! IGUILT ! hurla-t-il en la faisant apparaître aussitôt. La belle elfe, vêtue du costume commun aux Gardiennes d'Avallon, composé d'une robe blanche presque transparente, d'une ceinture en or à la boucle en forme de deux croissants de lunes formant un « S » (rappelant le logo du Sanctuaire), d'une émeraude au cou et d'un sceptre confié par un druide. Ses longs cheveux blonds noués en arrière avec un tissu en or finissaient de la rendre lumineuse.
- Je suis désolée keur (cœur) !
- Non ! J'ai… besoin de toi.

- Un Créateur ne peut avoir de relation physique. Tu es pure Magie désormais. Tu me consumerais.

- Jamais !

- Sans le vouloir bien entendu. Il en est de même pour Bron, qui devra renoncer à Ben. Devenir une Gardienne d'Avallon est l'aboutissement d'une vie pour une elfe. C'est une mission sacrée qui ne se refuse pas. Une seule elfe toutes les six générations est appelée par l'Ordre des Gardiennes. J'ai été choisie par elles.

- J'en ai assez que l'on me dise que je suis un Créateur censé être au-dessus de tout et qu'au final je ne décide de rien ! s'énerva-t-il les larmes aux yeux.

- La politique est un exercice difficile. Nul ne peut gouverner seul.

- J'ai déjà entendu ça. Tu as renoncé à l'immortalité pour te marier avec un mortel et c'est moi qui deviens immortel. Le sort nous joue des tours qui ne m'amusent pas !

- Tout a un sens Tao. Tu peux déplacer des montagnes, créer de nouvelles créatures magiques selon ton désir, mais… C'est mon choix d'accepter cette charge.

- Nous ne pourrons plus nous revoir. N'ai-je pas le pouvoir de t'y rendre visite ?

- Non. Cette île est le produit du mariage de deux magies. Celles des Créateurs et des Eternels.

- Je t'aime Iguilt. Je ne peux pas te laisser me quitter. Je ne peux pas vivre sans toi !

- Pourtant, il va falloir me laisser vivre le plus important moment de ma vie.

- Parce que m'épouser ne l'était pas ? Je n'arrive pas à y croire ! Cette mission passe avant moi ? Je… Fou de rage, Tao fit trembler le sol en disparaissant, laissant Iguilt en sanglot.

Bron reçut une nouvelle similaire. N'étant plus humain, sa relation avec Ben était contrariée. Le Thésauriseur lui apprit qu'il lui faudrait rompre avec son compagnon. Mais une vision l'avait prévenu et pour lui, la nouvelle n'était pas si inédite que cela. Néanmoins, il n'acceptait pas plus cette idée que Tao.

Les conversations furent interrompues par l'arrivée inattendue de trois vieillards portants des saies de druides. Mais les oghams gravés dessus leur étaient étrangers. Les ambassadeurs de l'Alliance leur firent une révérence qui surprit les Créateurs.

- Qui sont-ils ? demanda discrètement Eric'h à Elwyn.

- Les Druides Primordiaux. Ils sont censés avoir disparus depuis des siècles. Ce sont les fondateurs des druides. Ils ont fait de vous des intermédiaires entre les humains et les dieux. Ce sont les… premiers druides de l'Histoire.

- Créateurs, permettez-nous de nous présenter. Fiss, le Savoir, commença le plus petit des trois.

- Fochmarcus, la recherche, continua le second au visage rubicond.

- Eoloas, la Connaissance, termina le troisième dont la sagesse se lisait sur les traits.

- Les Eternels nous ont envoyé. C'est un honneur et une joie immense de voir les nôtres sur les trônes des Créateurs. Nous souhaitons nous voir accorder une audience entre druides.

- Bien entendu Fochmarcus, lâcha Bron impressionné par une telle rencontre.

Terre,
Sanctuaire de Lorient,
21 novembre 2008,
31 samonios 4576.

Les énergies telluriques s'affolèrent. Maëve observa ses mains avec angoisse. Les rides et les plis se multiplièrent, sa peau blanchit et l'arthrite commença à lui ronger les articulations. Ses beaux yeux verts sortirent de leurs orbites, les paupières s'enfonçant dans les trous de son crâne. Sa voix trembla lorsqu'elle tenta de s'en servir. Cela ne fit qu'accroître sa panique. Elle sentit son cœur cogner contre sa poitrine. Ses seins retombèrent inexorablement, achevant d'anéantir son « sex appeal ». La jeune femme ne pouvait plus se battre. Matt reçut un jet de flammes qui l'éloigna d'elle de plusieurs mètres.

Gwenc'Phel la tenait à sa merci. Il saisit son cou devenu fragile et affermit sa prise. Ne pouvant plus respirer, Maëve suffoqua. Son visage devint rouge et Elodie n'attendit pas qu'il vire au bleu. Elle surgit dans le dos du treitour mais, de son autre main, Gwenc'Phel la renvoya de la même manière que Matt.

Les membres du Gorsedd étaient en agitation. Gwenc'Ron força sa concentration et parvint à donner ses ordres malgré la sphère noire.

- Gargouilles ! Quittez la Terre et alertez le Palais Divin ! Que les Créateurs nous viennent en aide ! Gargouilles portez ces mots, vous seules pouvez atteindre l'Autre Monde sans l'aide du cromlec'h.

Libérez-vous de vos chaînes de pierre !
Volez et traversez les frontières !
Que nôtre Magie vous soutienne !

Dès qu'il eut fini de prononcer l'incantation, les Gargouilles se déchaînèrent. Les traîtres ne parvenaient plus à les maîtriser. Leurs hurlements s'entendirent à des kilomètres à la ronde. Une fissure argentée fendit le ciel au-dessus du Sanctuaire. Gwenc'Ron brandit un anneau entourant son index droit, confié par Eric'h avant son départ dans le but de permettre d'ouvrir une porte entre les deux Mondes en cas d'extrême urgence. Aussitôt que cinq gargouilles eurent traversé, l'anneau se désintégra et la fissure se referma. Gwenc'Phel était fou furieux.

Autre Monde,
Palais Divin.

Un vol de Gargouilles intrigua les peuples. L'alerte s'entendit avant même leur arrivée. Le Thésauriseur se tenait sur le balcon de la plus haute tour, attendant les messagers. L'une des cinq créatures de pierre atterrit à ses côtés. Elle poussa quelques cris dans un langage que semblait comprendre le destinataire. Puis elle se figea, redevenant une statue immobile.

Le Thésauriseur convoqua en hâte les Traqueurs Elfes qu'il envoya auprès des druides en renfort. Ils utilisèrent le cromlec'h le plus proche, activé par la Grande Incantation que récita le Thésauriseur. Ils arrivèrent à Brest et firent route pour Lorient, l'atteignant en cinq minutes grâce à la magie. Les flèches tombèrent telle une pluie, fauchant plusieurs traîtres. Mais la détermination de Gwenc'Phel restait intacte et en représailles, il réduisit la taille de la sphère noire, provoquant les cris de douleurs des membres du Gorsedd.

Autre Monde,
Brug Na Boïnne,
Palais des Merveilles.

Tim était toujours inconscient. Il était parvenu, à lui seul, à mettre fin à la dispute entre les deux dieux. Le Palais des Merveilles avait subi de nombreux dommages. Des arbres centenaires avaient été déracinés durant la bataille. Un hêtre au tronc massif vacilla à seulement un mètre du jeune homme. L'arbre tomba directement sur Tim. Mais, sur le point d'être écrasé et de perdre la vie, une lumière brillante sembla figer le temps. Les bras d'une jeune fille tirèrent le corps inerte de Tim, sous les yeux médusés de la Compagnie des Courageux Gnomes.

- Tara ! s'exclama Luna. Sitôt hors de danger, Tara rétablit le cours du Temps.
- Tu es de retour ! C'est merveilleux ! Tim te cherche, ma belle, continua Raphy.
- Je sais. Mais il doit me laisser.
- Il ne vit que pour toi. Il ne le dit pas mais, il t'aime.
- C'est… Tim. Pourquoi me rends-tu les choses si difficiles ? murmura-t-elle à l'oreille de son ami inconscient. Tara se releva ensuite et disparut dans la même lumière qu'à son arrivée.
- Prenez soin de lui ! dit-elle en partant.

***

193

LES DRUIDES
PRIMORDIAUX

(2)

Autre Monde,
Mag Tured,
21 novembre 2008,
31 samonios 4576.

Tandis que les Druides Primordiaux, Fiss, Fochmarcus et Eoloas s'apprêtaient à être reçus en privé par les Créateurs, ils disparurent sans laisser la moindre trace. Elwyn s'affola et organisa aussitôt des recherches qui ne donnèrent aucuns résultats.

Brug Na Boïnne,
Palais des Merveilles,
Salle de la Fontaine de Santé.

- Miach ! Fils du dieu de la Médecine ! Que faisons-nous ici ? Les Créateurs étaient sur le point de nous recevoir. Tu as intérêt d'avoir une bonne raison de… dit Fiss en colère, coupé dans son élan.

- Silence ! J'ai peu de temps avant leur arrivée. Ils disposent hélas du pouvoir de me retrouver. Mettons-nous à l'œuvre immédiatement !

- Que veux-tu vermine ? Tu n'as pas la capacité de nous contraindre à quoi que ce soit, répondit Fochmarcus nullement impressionné.

- Si je ne m'abuse, vous devez votre survie à cette fontaine qui a interrompu le processus de votre vieillissement. Ce qui vous a permis de vivre durant des siècles. Si je la détruis, vous perdrez aussitôt la vie.

- J'avais tort, tu n'es pas une vermine. Tu es plus pernicieux. Qu'attends-tu de nous ?

- Réunissez-vous autour de la Fontaine de Santé. J'ai préparé avec le plus grand soin des herbes médicinales. J'ai respecté à la lettre la préparation minutieuse des potions. J'ai une surprise pour vous et plus spécialement pour les Créateurs. Lorsqu'ils arriveront, il sera trop tard.

- Pourquoi l'eau sacrée de la Fontaine boue-t-elle ? demanda Eoloas, la tête penchée au-dessus du bassin.

- Il… y a quelque chose à l'intérieur, précisa Fiss qui sortit ses lunettes d'une poche cachée de sa saie.

- En effet. Depuis plusieurs jours, je fais venir des convois spéciaux en provenance de *Mag Tured*.

- Tu as osé ! Je sais maintenant ce que tu veux ! Nous préférons mourir !

- Je m'attendais à cette réaction. C'est pourquoi j'ai pris le soin de jeter un sort à cette fontaine pour qu'elle absorbe la santé qu'elle a restauré à tous ceux qui se sont présentés à elle depuis sa conception. Vous seriez surpris à la fois du nombre et des noms qui figurent sur la liste.

- Tu es un poison, Miach. Ton père sera déçu et mettra fin à ta misérable vie lui-même.

- Diancecht, mon paternel, ne pourra rien contre moi. Rendez la vie aux Tùathas De Danann morts au combat lors de la *3ème Bataille de Mag Tured* dont j'ai réunis les restes ici et plongez dans cette Fontaine de Santé ! Ah ! Ah ! Ah !

Menacés de mort avec tous ceux que la Fontaine avait sauvés, les Druides Primordiaux obéirent et jetèrent les herbes dans l'eau. Ils prononcèrent une série de formules vieilles de plusieurs siècles et exercèrent des mouvements avec leurs bras et leurs mains. A mesure que le rituel s'effectuait, les membres séparés formèrent des corps qui, un à un, sortirent de la Fontaine.

Une immense femme jaillit la première et se sécha près de Miach. Il s'agissait de Danann, la première et Mère de tous les Tùathas. Le plafond de la salle se mit à vibrer.

- Ils arrivent ! Je sens les Créateurs m'observer. Dépêchez-vous !

A la surprise de Miach, Danann lui permit de gagner du temps. Elle semblait disposer du pouvoir d'empêcher les Créateurs de se rendre à Brug Na Boïnne, au moins un certain temps. Le risque de voir ces titans en liberté grandit et terrifia les Druides Primordiaux.

***

A SUIVRE...

« Nul ne dispose du pouvoir absolu. Pas même nous. Pourtant, c'est ce que je croyais. Mais le jeu politique de l'Autre Monde prend le pas sur les gouvernants. Je continue de rédiger ces lignes sur les Chroniques des Druides car je me sens à ce jour plus druide que Créateur. J'ignore qui lira ces mots. Peut-être la nouvelle équipe qui nous remplace au Sanctuaire. Je me sens si loin de chez moi. La Chine aussi me manque. Avec les cromlechs, au moins, je pouvais m'y rendre très vite de temps à autres. J'ai même perdu le contact avec l'Ordre. Je ne sais pas si je reverrai un jour ma femme, Iguilt. Nous avons tous payé un prix astronomique pour arriver là où nous sommes. Et malgré tous ces efforts, notre volonté reste bridée. Non par nos supérieurs druides, mais par les peuples et les dieux que nous devons protéger. Rien n'est facile dans la vie et pas davantage dans l'Autre Monde. Mais il est vrai que nous sommes mieux placés pour empêcher des drames de se produire. J'ai toujours à cœur de mettre un terme aux agissements d'Eningann et des treitours qui sévissent toujours sur Terre. Nous rendrons justice un jour, sans l'ombre d'un soupçon de vengeance. J'apprends encore aujourd'hui. Et devenir un être suprême ne facilite pas notre quotidien. Si durant cinq ans nous avons profité d'une accalmie, la tempête qui fait de nouveau rage aujourd'hui pourrait nous anéantir. Notre détermination reste intacte et celui ou celle qui osera s'opposer à nous devra prendre ses responsabilités. Nul n'échappera à notre vigilance. Je songe à cette enfant, Tara, que mon si fidèle ami Bron a sauvé un jour de son père. J'ignore qu'elle attitude adopter face à elle. Le Thésauriseur est incapable de me dire si elle dispose d'une Magie assez puissante pour tuer un Créateur. Elle est parvenue à anéantir les pouvoirs d'Eningann mais elle a vite perdu sa force. Tara est un atout dont nous saurons user au moment opportun. Je redoute l'avenir. Mais nous saurons y faire face, comme nous l'avons toujours fait. »

Tao,
Créateur.

SAISON 5
EPISODE 4

ALLIANCE
(partie 2)

LES 3 TRIOS ET
LES 3 MUSES

20

« **La confiance doit venir d'en bas**

et le pouvoir d'en haut. »

SIEYES

SOUVENEZ-VOUS...

Dans les épisodes précédents de la collection « La Légende Des Maîtres » :

Eningann a trouvé refuge sur l'île de Groix où il se cache avec les traîtres, attendant le moment propice pour son retour et sa vengeance....

En mission de sauvetage, l'équipe arrive sur l'île de Thira (l'Atlantide), déviée par une tempête perturbant les énergies telluriques du cromlec'h. Elle se retrouve sur l'île 3000 ans dans le passé, faisant la rencontre de Cillisia, fille de Ness, piégée dans le passé par Gwenc'Phel, qui a fini par mourir loin des siens… Ness a enfin retrouvé sa fille…

Une vision envoie Bron dans la Salle du Conseil des Eternels où il apprend qu'il doit, avec ses amis, devenir un dieu et se rendre sur l'Autre Monde, défier les Créateurs, et de les remplacer à la tête du Panthéon. Mais auparavant, ils doivent réunir les 3 cercles royaux, possession des Créateurs. Le Paradis celte reviendra alors à Elora, la porte vers l'au-delà abyssal à Tao, la sphère des épreuves à Eric, Bron sera Prophète Royal et Cythraul (l'Enfer celte) sera attribué à Ed. Un vieillard venu du futur a demandé à Ed de refuser la charge des Enfers quand cela lui serait demandé, avant de disparaître...

Sauvée de Mandragoria, Hélène refuse de revenir à Lorient et quitte travail et amis. Profondément transformée physiquement, elle ne supporte plus la Magie et veut s'éloigner des terres celtes où elle a été torturée par les pires sorts que la Magie peut engendrer. C'est pour cette raison qu'elle a toujours eu une forte appréhension lorsqu'elle devait se rendre au Sanctuaire… Ed a fait son deuil d'Hélène…

Désormais immortels sur Terre et sur l'Autre Monde, Eric'h, Elor'a, Bron et Seigneur Tao sont devenus des dieux… Après une effroyable *Bataille à Mag Tured*, ils sont parvenus à réunir les trois cercles royaux, devenant des *Créateurs*. Malgré leur nouveau titre, il leur faut s'imposer et se faire accepter par les dieux et les peuples de l'Autre Monde… La Compagnie des Courageux Gnomes s'est réunie pour combattre, Tara devenant le 6ème membre… Celle-ci dispose du pouvoir ultime grâce au *Graal*… Le Thésauriseur devient le lien des nouveaux Créateurs avec le Palais Divin…

Les Milésiens permettent à l'équipe de « gagner » la Bataille… Eric'h créé Meath, la 5ème île (composée d'une parcelle des quatre autres îles du Nord) pour y emprisonner les Tùathas Dé Danann… Abarta et Cernunnos ont perdu leurs pouvoirs mais soutiennent encore Eningann… Eric'h a constitué son propre Panthéon comme suit :

Tethra, dieu des voyages et des morts au-delà de l'océan.

Dispater, dieu des morts.

Bélénos, dieu de la beauté et de l'Intelligence.

Lug, dieu des marchands et Conseiller Royal à la guerre.

Mac Oc, dieu du Temps.

Diancecht, dieu médecin.

Ana, ancienne déesse-Mère prend en charge des saisons.

Arduinna, protectrice des forêts et des Elfes.

Bélisama se chargera de la chasse.

Coipre remplacera Loch.

Pour les Ambassadeurs :

Elwyn pour les Centaures.

Roc'h pour les elfes.

Paddy pour les fées, devient leur nouvelle reine.

Seamus pour les Gnomes,

Shane pour les Gobelins.

Tomey pour les Génies.

Ungus pour les Efreet.

Lothar pour les Kérions.

Gus pour les Lutins.

Finn pour les Vampires de seconde classe.

Fochmarc pour les loups-garous.

Fionna pour les Morganezed

Connan « le Conquérant » pour les Fomoirés.

Eningann s'est enfui sur Terre sous forme humaine avec des pouvoirs affaiblis…

Les Fées, Elfes, Gnomes et Centaures forment une nouvelle Alliance avec pour but de détruire les anciens dieux pour que les nouveaux prennent leur place…

Les Grandes Familles marchent vers *Mag Tured* et complotent pour faire tomber les nouveaux *Créateurs*… Ed parvient à vaincre Diafwl en Enfer pour lui prendre le trône, non sans faire deux découvertes de taille. Celui qui dirige Cythraul voit son se sang changer en Feu Sacré, seule arme capable de tuer un Créateur… Et ce pouvoir est un cadeau offert par l'Eternelle Nanta qui a fait de Diafwl sa carte secrète dans son jeu de manipulation. Les Eternels n'interviennent jamais directement dans le cours des évènements, mais ce que tous ignorent, c'est qu'elle ne se gêne pas pour manipuler les peuples à son compte...

Sur Terre, Gwenc'Phel, Gaël et Rak-Kêr attaquent le Sanctuaire. Privés du Gorsedd car prisonnier d'une sphère noire magique, les druides sont désorganisés. Lorsque Maëve est victime de l'explosion du cromlec'h, les choses s'aggravent. Elle subit un vieillissement prématuré qui la transforme en vieille femme... Gaël finit par mettre la main sur son fils, Ronan... Le Gorsedd parvient à envoyer les Gargouilles au Palais divin pour demander des renforts. Le Thésauriseur missionne les Traqueurs Elfes...

A Antalia, cité des Gnomes, l'anniversaire du Prince est fêté en grande pompe. Apprenant que les Trolls et les Kobolds se sont associés pour attaquer Antalia, la Compagnie des Courageux Gnomes part chercher des renforts. Une fois la mission effectuée, elle se rend Au Palais des Merveilles de Brug Na Boïnne, où deux dieux (Mac Oc et Dagda) se querellent, détruisant les lieux et tuant des gnomes par la même occasion... Tim parvient à résoudre la situation mais, victime de sa propre témérité, il passe près de la mort, sauvé par Tara qui ne reste pas à ses côtés...

Ed et les Créateurs se rendent à Magaria, la cité des Mages, tyrannisée par Taranis, le dieu du Tonnerre. A l'occasion de cet affrontement, Ed perd son âme, rongée par le Mal. Il devient le nouveau Diable celte et Elor'a, à contre cœur, doit l'enfermer à Cythraul pour toujours...

Tao doit renoncer à Iguilt qui se rend à Avallon pour ne plus revenir, et Bron doit rompre avec Ben car il n'est plus un humain...

Miach, fils de Diancecht, le dieu de la médecine, rassemble à Brug Na Boïnne les restes des cadavres des Tùathas Dé Danann dans la Fontaine de Santé. En kidnappant les Druides Primordiaux (premiers druides de l'Histoire), il acquiert le pouvoir de les ramener à la vie... Tandis que les Créateurs se rendent compte du stratagème, il est trop tard, Danann, première et Mère de tous les Tùathas, reprend vie et bloque l'accès au Palais...

Suite...

194

LES DRUIDES PRIMORDIAUX

(3)

« Cher journal… Non, je ne peux pas commencer comme cela. C'est la première fois que j'ai l'honneur de retranscrire mes sentiments sur mon journal. Un journal rien qu'à moi. Il paraît que tous les druides en tiennent un ! Ils appellent ça « Les chroniques du Sanctuaire ». Mais je pense que « *La Légende des Maîtres* » serait un titre plus approprié. Mais bon, c'est pas moi qui décide. Je me demande ce que les autres ont bien pu raconter. En tout cas, moi il m'est déjà arrivé quelques aventures. J'ai vécu une journée en boucle (et ça, c'est pas rien !), j'ai été attaquée par Gaël et Gwenc'Phel en personne (quel honneur !). Et ces deux-là sont déjà devenus des légendes à eux seuls. Je viens de vieillir inopinément et Gwenc'Phel m'a étranglée. Je ne vous apprends rien en disant que c'est assez inconfortable. Je n'imaginai pas perdre ma jeunesse si vite. Il faut dire que nul n'a vu venir cette attaque. Cinq années sans le moindre crime d'origine surnaturelle nous ont ramollis. Je suppose qu'Eningann a permis à Gwenc'Phel de trouver de nouveaux pouvoirs parce que sa puissance a étonné toute le monde. Mais d'où vient cette mystérieuse sphère noire dans laquelle il a emprisonné le Gorsedd ? Le Livre des Eléments n'en parle même pas ! Si je parviens à retrouver mon corps d'origine, j'aurai échappé à un sort bien cruel. La situation semble désespérée pour moi. Je dirige l'équipe d'élite des druides depuis peu et je dois admettre que j'ignore pourquoi ils m'ont choisie. C'est vrai ! Je suis une catastrophe ambulante. Mais je suppose que si le choix s'est porté sur moi, c'est qu'ils avaient une bonne raison. C'est ce que je préfère croire. Je crois que c'est tout pour le moment. »

**Maëve,
Grande Druidesse.**

**Autre Monde,
Brug Na Boïnne,
21 novembre 2008,
31 samonios 4576.**

La Fontaine de Santé bouillonnait, éclaboussant les coins de la structure de pierre. Des bras, puis des corps entier en sortirent. Les géants Tùathas Dé Danann reformèrent vite l'armée qui s'était battue à la *Bataille*. Dès qu'ils aperçurent leur Mère, Danann, ils courbèrent l'échine, entonnant un étrange chant incompréhensible.

- Ainsi, ce n'était pas une légende. Ils obéissent réellement à la Première Tùatha, se dit Miach, le fils de Diancecht (dieu de la Médecine).

Elle tendit les mains vers ses sujets avant de se tourner vers les Druides Primordiaux. Elle les observa avant d'arracher la tête de Fiss d'une seule main. Les deux autres paniquèrent, cherchant un moyen de fuir. Ils n'eurent pas le temps de lancer un sort de diversion. Fochmarcus eut la colonne vertébrale brisée sans le moindre effort et Eoloas fut projeté contre un mur avec violence. Danann lui transperça ensuite le torse avec son propre sceptre. Exterminés, Danann obtint les pouvoirs des Druides Primordiaux en criant de plaisir. Une Magie exceptionnelle acquise au fil des siècles de leur existence. Des sorts extraordinaires issus d'un apprentissage minutieux auprès des peuples et des dieux qu'ils avaient rencontrés sur ce Monde. Danann devint ainsi surpuissante, additionnant ces nouveaux dons, aux siens. Si Mandragoria disposait d'une magie similaire, elle n'était cependant qu'une créature à l'instinct développé. A la différence, Danann était intelligente et possédait une subtilité dont Mandragoria était dépourvue. Elle n'en n'était que plus dangereuse. Miach était ravi du travail accompli. Et un large sourire illumina son visage.

Terre,
Sanctuaire de Lorient,
10 h 24.

Maëve perdit connaissance et Gwenc'Phel lâcha sa gorge, le visage exprimant la haine. Matt se releva avec difficulté, la saie cramée en plusieurs endroits. Il chercha de l'aide du regard, mais les Traqueurs semblaient très occupés. Il vit alors une Gargouille blessée. Ayant perdu une aile, elle ne cessait d'hurler l'alerte. Matt eut une idée qui ne la ravirait surement pas.

- Gargouille, je suis désolé de te demander ça, mais il faut détruire ce globe noir. Libéré, le Gorsedd pourra nous débarrasser de Gwenc'Phel. Je dois te demander… Mais la créature comprit. Matt n'eut pas fini sa phrase que la Gargouille bondit vers la sphère magique.
- Longue vie aux druides, lui lança-t-elle.
- Vous parlez ?
- Nul ne doit le savoir. C'est mon cadeau. L'explosion de magie fut impressionnante. La sphère ne résista pas et le Gorsedd profita de l'occasion pour s'évader.
- NON ! Non ! cria le traître fou de rage. Les ennemis du Sanctuaire battirent en retraite, le moment d'affronter ses pairs n'étant pas venu. Les créatures de la nuit le couvrirent avec une brume épaisse. Pat leva son sceptre vers le ciel et le brouillard se dissipa aussitôt. Mais les assaillants avaient déjà disparu. Elodie aperçut cependant Rak-Kêr qui tentait d'effacer les traces derrière son Maître afin de les empêcher de le retrouver. Elle bondit sur lui par surprise et le poignarda juste au-

dessus du cœur. Le *treitour* (traître) arracha lui-même la lame en hurlant et trouva suffisamment de force pour assommer Elodie. Etourdie, elle ne put lui interdire la fuite.

**Autre Monde,
Brug Na Boïnne,
21 novembre 2008,
31 samonios 4576.**

Il y a des siècles, les Druides Primordiaux avaient conclu un pacte avec la forêt. L'âme collective des végétaux, les Fées, les Elfes et les Dryades, composaient cette union. En échange de l'apprentissage du langage des feuilles, des roches et des eaux, les druides leur obtenaient une place d'ambassadeur au Panthéon. Ainsi le petit peuple entra dans la cour des grands.

Une Dryade apparut près de la Fontaine de Santé et mit fin au pacte en libérant la Magie enfermée dans les sceptres des trois druides. Mais cela ravit Danann qui put se les approprier, cumulant ainsi une puissance supplémentaire. Désormais prête, la Mère des Tùathas laissa entrer les Créateurs, qu'elle tenait en respect jusqu'alors.

- C'est terminé Miach ! Nous savons ce que tu viens de faire, dit Eric'h qui fit exploser le corps d'un Tùatha, dont les morceaux de chair se répandirent sur le sol glacé.
- Ne touchez pas à mes enfants ! hurla Danann qui libéra une énergie colossale qui pulvérisa les murs de la pièce. Ne sachant comment elle était parvenue à ce résultat, les quatre Créateurs redevinrent humains. Plus inquiétant encore, ils furent privés de leurs pouvoirs.
- Est-ce que je suis le seul à me sentir vidé ? demanda Bron, inquiet.
- Je crois que j'ai perdu mes pouvoirs, répondit Tao.
- Tel est le prix pour avoir exécuté mes enfants, cracha Danann les yeux injectés de sang.
- Il manquait plus que ça ! Une mère éplorée ! s'énerva Elor'a. Les sceptres des Druides Primordiaux continuaient d'absorber leurs pouvoirs sans qu'ils ne puissent réagir. A mesure que le temps passait, ils s'affaiblirent et paniquèrent.
- Elwyn ! Dieux ! Venez à nous ! C'est un... or...dre, souffla Eric'h n'en pouvant plus. Elor'a s'écroula, Tao tomba à genoux et Bron vacilla. Eric'h fut le seul à la combattre avec sa volonté. Mais très vite, son corps chancela et il tomba au sol à son tour. Miach poussa un rire tonitruant. La situation était inespérée. Les Créateurs en personnes étaient à sa merci.

✶✶✶

195

JEUNESSE
PERDUE

Terre,
Sanctuaire de Lorient,
21 novembre 2008,
31 samonios 4576,
15 h 18.

Maëve passa de longues heures à tousser. Le drame qui s'était déroulé dans la matinée avait laissé de nombreuses traces. Sa gorge la faisait souffrir et son corps tout entier était différent, incapable de réagir aux ordres de son cerveau comme auparavant. Toute l'équipe était réunie au Temple.

- Nous avons longuement conversé. Tout d'abord, Maëve doit retrouver sa jeunesse, commença Gwenc'Ron qui revenait de la Tour d'Or où le Gorsedd s'était enfermé durant deux heures. Ils avaient décidé de la marche à suivre pour donner suite aux évènements, non sans hésiter et se disputer.

- Nous devons les trouver et… s'emporta Matt.

- Je te comprends. Mais sans Maëve, vous ne pourrez rien faire. Nous traquerons Gwenc'Phel mais il nous faut d'abord penser nos blessures.

- Cela me rappelle trop la Fête de Samain il y a sept ans. Quel désastre ! Nous remettre de tout ça est bien trop long. Gwenc'Phel va encore s'en sortir ! Nous devons le trouver et l'attaquer ! continua finalement Pat qui venait de changer d'avis, sous l'acclamation de plusieurs druides ayant assisté au combat.

- Non Pat ! Nous ne savons pas où chercher. Il peut être n'importe où ! Maëve et son équipe se chargeront de lui, mais elle doit faire vite pour récupérer les années que son corps a perdu, le raisonna Ness.

- Bien. Mais sachez que je n'aurai de repos que lorsque ce *treitour* sera jugé et condamné ! cria-t-il en quittant la Cour, furieux.

- Je partage sa colère, Gwenc'Ron. Il faut qu'il paye ! Mais que sommes-nous devenus ? Ce n'est pas la première fois qu'il entre dans le Sanctuaire, parvient à nous neutraliser et exécute sa besogne ! A quel point ce Gorsedd a-t-il régressé ?

- Je sais, Bann. Mais je te rappelle qu'il triche ! Il n'aurait jamais pu nous attaquer sur nos propres terres toutes ces années sans l'aide d'un Créateur ! Là, réside son atout. N'oublie pas qu'après la défaite d'Eningann, nous n'avons subi aucune attaque durant cinq ans ! Et celle-ci est pour moitié, l'œuvre du Créateur déchu.

- Cela ne me rassure qu'à moitié, Gwenc'Ron. Il me tarde de lui montrer notre puissance dans un face à face qu'il n'oubliera pas de sitôt ! termina le Grand Druide en partant tout aussi furieux.

- Maëve ! Pour retrouver ta jeunesse, tu dois te rendre sur plusieurs sites de dolmens afin d'y concentrer les énergies telluriques. L'explosion de notre cromlec'h a précipité ces énergies sur toi. Il faut que ton corps soit à nouveau surchargé jusqu'à atteindre le même niveau qu'avant l'explosion. Ce sera extrêmement douloureux. Mais même si ton corps subit de tels chocs, sache qu'une fois redevenue toi-même, tu n'en garderas aucune séquelle. Il s'agit seulement d'équilibre magique. Matt, Ben et Elodie, je veux que vous l'accompagniez.

- Où allons-nous ? demanda Ben, prêt à partir.

- En Irlande !

Terre,
Irlande,
Burren,
Comté de Clare,
21 novembre 2008,
31 samonios 4576,
17 h 12.

Le dolmen de Poulnabrone était l'un des plus célèbres du pays et l'est encore aujourd'hui. Fermement implanté sur un monticule pierreux depuis cinq mille huit cent ans, il était perdu dans la montagne rocailleuse d'Ailwee et faisait face aux rigueurs du temps. Protégé au milieu du Sanctuaire d'Irlande, dirigé par Goff depuis cinq ans, le mégalithe trônait au milieu de la Cour Centrale. Sa structure se composait de sept blocs de pierre imposants, culminant sur deux mètres de haut. Matt observa les pierres avec respect. Avec Ben, ils installèrent Maëve au pied de l'édifice et s'éloignèrent. Elodie sortit le Livre des Elément d'un sac en tissu rouge et l'ouvrit à la page de la Grande Incantation.

- Comment faire maintenant ? Elle ne peut fonctionner que si Eric'h et ses amis la prononcent ! fit remarquer la jeune druidesse.

- C'est pas faux, réagit Ben.

- Pourquoi croyez-vous que je sois votre chef ? balbutia Maëve, fatiguée.

- Que veux-tu dire ?

- J'ai appris il y a quelques temps, par Gwyon'Bach, que j'ai été choisie par les Eternels, tout comme Eric'h, Elor'a, Tao et Bron. Il m'a dit qu'il fallait que quelqu'un de confiance puisse utiliser la Grande Incantation sur Terre en l'absence des nouveaux Créateurs. Ceux qui devaient les remplacer devaient aussi pouvoir utiliser les cromlechs pour se déplacer. Cela faisait partie du plan de Gwyon depuis le début. Il m'a confié la plus puissante formule magique que nul autre ne peut utiliser.

- Toi ! s'exclama Elodie, surprise.

- Oui. Grâce à moi, cette équipe peut désormais pleinement remplacer celle d'Eric'h sur Terre. Le seul ennui, c'est que, comme à leurs débuts, je dois apprendre à la maîtriser.

- Mais tu es seule alors qu'ils étaient quatre ! fit remarquer Matt.

- Je sais. Ce n'est pas sans risques. Mais si les Eternels me font confiance, c'est qu'ils m'en croient capable.

Dubitatif, Matt lui présenta cependant le Livre des Eléments. Elle se redressa sur ses genoux et commença à lire.

En ce Temps et en cette heure,
En moi la Grande Incantation demeure !
En ce lieu j'implore les dieux,
Que ces pierres sacrées ouvrent le réseau sous mes pieds !

Les énergies telluriques se rassemblèrent autour des pierres. Elles se mirent à vibrer et Maëve remarqua un changement au bout de quelques minutes. Les énergies s'affolèrent et se concentrèrent sur la jeune druidesse, comme attirées. Des rides s'effacèrent sur sa peau. Ses cheveux blancs devinrent gris et son arthrite la fit moins souffrir. Mais elle poussa soudain un hurlement qui fit bondir Matt. Avant que Ben ne le retienne, il avait déjà franchi le périmètre de sécurité. Au lieu d'ouvrir une porte vers l'Autre Monde ou de se connecter avec un autre cromlec'h sur Terre, les énergies telluriques se dispersèrent avec violence, fissurant les pierres par endroits mais ne parvenant toutefois pas à les faire exploser comme celles du Sanctuaire de Lorient. Lorsque la poussière se dissipa, Elodie sentit son cœur faire un bond dans sa poitrine. Maëve était nue dans la chambre mégalithique en portique formée de deux pierres dressées soutenant une couverture faite d'un bloc énorme. Elle était couverte de bleues, d'éraflures, et trois plaies sur le torse la firent gémir. Ben retira sa saie la couvrit, se retrouvant en tenue de ville. Maëve tremblait, ne disait mot et sanglotait. Elodie la serra dans ses bras et Matt se défoula sur un arbre qu'il pulvérisa.

- Maudits *treitours* ! Gwenc'Phel paiera cet affront ! Je le jure devant les Créateurs ! Goff arriva derrière lui et salua l'équipe.

- Ceci est un jour sombre mes très chers frères et sœurs.

- Oui Goff. Ravi de vous revoir malgré tout, répondit Elodie.

- Doit-elle souffrir autant à chaque fois, jusqu'à ce qu'elle redevienne normale ?

- Ce n'est hélas que le début. Elle va devoir rassembler toujours plus d'énergies. Et je ne sais même pas si les pierres résisteront. Regardez l'état du Poulnabrone ! C'est terrible. Ces pierres se remettront, mais les prochaines…

- Risquons-nous de perdre des portes du réseau ?

- C'est possible, Ben.

- C'est Maëve qui m'importe ! Pas les *taol vaen* (dolmens) !

- Je te comprends. Maëve, je sais que c'est risqué, mais il vaut mieux que tu souffres beaucoup une seule fois que comme ceci à plusieurs reprises. Réuni beaucoup plus de puissance la prochaine fois.

- Non ! Elle n'a qu'à rester vieille !

- Tu n'es pas raisonnable Matt.

- Je vous assure que le premier treitour que je vois, je le démembre !

- Calme-toi mon garçon. Gwenc'Phel sera un jour jugé et condamné. Pas aujourd'hui, mais cela se produira. Vous devez vous occuper en priorité de Maëve car elle seule peut maîtriser la Grande Incantation. Et quand les *treitours* apprendront cela, il vaut mieux que Maëve puisse se défendre.

- Sinon, Eningann s'appropriera ce pouvoir ?

- Exactement Ben.

Autre Monde,
Brug Na Boïnne.

Danann marcha près des Créateurs allongés sur le sol, impuissants, privés de leurs pouvoirs.

- Ils ne sont pas si impressionnants que cela finalement, Miach ! Nul ne peut désormais s'opposer à moi.

- A nous, corrigea Miach tout à coup inquiet.

- Si tu veux. Je me sens si puissante ! s'étira-t-elle, galvanisée par tant de Magie.

Tandis que Danann profitait de sa réussite, les murs de la pièce tremblèrent et une lumière éblouissante apparut près de la Fontaine de Santé. Les guerriers brandirent leurs armes. Aussitôt, ceux-ci devinrent cendres en un instant. Danann hurla et paniqua.

- Mes enfants ! Mes bébés ! Qui ose ? Je suis une Créatrice maintenant ! Elle se concentra et parvint à contrôler ses nouveaux pouvoirs. Mais avant qu'elle ne distingue qui se cachait derrière le voile de lumière, les sceptres des druides primordiaux furent carbonisés. Aussitôt, le lien entre les sceptres et Danann étant rompu, elle perdit les pouvoirs de Créateurs qui retournèrent à leurs propriétaires et la lumière s'estompa aussi rapidement qu'elle était apparue.

- Je suis l'Enfant Miracle ! Je te condamne à mort pour les actes odieux que tu viens de commettre.

Mais avant que Tara n'agisse, Gwyon'Bach apparut et s'interposa.

- Tara ! Non ! Je ne peux pas te laisser faire !

Au même instant, les Créateurs se levèrent et retrouvèrent leur rang.

- Le décès de la Mère des Tùathas créerait une rancœur impossible à résorber. L'enjeu est trop grand.

- Gwyon ! Si Tara n'intervient pas, nous la reverrons ! Elle montera les Tùathas contre nous de toute façon ! Mettons-la à Caër Sidi !

- Cette prison n'est pas une solution à tous tes problèmes Eric'h ! Bien entendu, elle tentera de libérer ses « enfants » de Meath, l'île du Milieu. Vous l'en empêcherez ! Elle ne doit pas mourir !

- C'est à moi d'en décider ! s'emporta Tara.

- Non ! Je suis un Eternel et tu vas m'obéir, Tara Madec !

- Mon nom ! Ca fait des années que je ne l'ai entendu dit-elle en baissant la voix, prise de nostalgie.

- Oui, je sais. Ta vie d'enfant et de druide sont loin aujourd'hui. Tu es devenue si importante Tara ! Tu représentes l'espoir et tu peux faire tant de choses que même les Créateurs ne peuvent faire ! J'ai fait en sorte que vous cinq soyez complémentaires. Vous régnez tous sur ce Monde. Mais vous avez beaucoup à apprendre ! Je me souviens quand j'étais jeune, du temps qu'il m'a fallu pour me remettre de ma chute dans le chaudron de Cerridwen, mon ancienne maîtresse. Je disposais de pouvoirs hors normes et je devais les maîtriser avant qu'ils ne me consument. Il ne s'agit pas seulement de pouvoir, mais surtout de responsabilités. Tara, il te faut du courage.

- Je veux renter. Tim et Othon me manquent. Même le Gorsedd ! C'est dire !

- Je comprends. Mais ta vie d'être humain est terminée, comme pour vous, les Créateurs. Vous êtes devenus bien plus.

- Gwyon, tu as tout organisé depuis des années. Je ne suis pas certaine que tu ais évalué tous les risques et toutes les conséquences des choix que tu nous as imposé ! Dès que nous avons tenté de prendre des libertés, tu étais là pour soi-disant nous guider. En réalité, tu venais t'assurer que nous suivions bien le chemin que tu avais tracé ! Tu devras un jour répondre de tes actes, reprocha Elor'a.

- Non ma belle. Je suis un Eternel et à ce titre, je ne vous dois aucune justification.

- C'est faux ! Tu n'étais pas un Eternel quand tu as commencé à comploter. Je te rappelle que tu es même allé jusqu'à imposer à tes pairs de prendre place à leurs côtés, continua Tara.

- Pour sauver deux Mondes en perdition ! S'agit-il d'un procès ? Dois-je vous laisser vous débrouiller ?

- Je ne sais pas, répondit Eric'h qui soutint son regard.

- Danann ! Tu es sous surveillance rapprochée. Je t'ordonne d'aller sur Meath et d'y rester. Saches que je saurais si tu organises une guerre contre nous. Tu resteras pour l'éternité sur cette île dès que tu lèveras une armée. Me suis-je bien fait comprendre ? ordonna Tao.

- Je n'ai aucun ordre à recevoir de…

- Si j'étais toi, j'obéirai avant que Tara ne se mette vraiment en colère, lui conseilla Gwyon'Bach ne masquant plus son exaspération. La Mère des Tùathas tourna les talons et Elor'a lui ouvrit un passage menant directement sur Meath.

- Eric'h, j'ai des informations importantes pour toi. Des dieux fidèles à Eningann en fuite se sont unis aux Grandes Familles. Une immense armée marche en ce moment vers *Mag Tured*. L'avantage est qu'il ne vous faut plus les traquer séparément. Mais la situation devient vraiment inquiétante.

- Tu m'impressionneras toujours Tara. Tu sais à quel point je t'aime, dit Bron en aparté.

- Moi aussi oncle Bron. Depuis qu'il l'avait libéré des griffes de son père, le druide s'était toujours comporté avec elle comme un oncle, voir un second père.

- Merci pour tout Tara, termina Elor'a avant que l'enfant ne disparaisse une fois encore sans dire où elle allait.

***

196

La
Matriarche

Terre,
Côtes-d'Armor,
Saint-Duzec,
21 novembre 2008,
31 samonios 4576,
19 h 23.

L'équipe de Maëve poursuivit son périple et retourna en France où la jeune druidesse parvint à reprendre dix ans de sa vie en réunissant les énergies telluriques (courants d'énergies créés par la Terre, nécessaire à l'activation des « portes » du réseau de dolmens). Mais elle subit à nouveau des violences, se retrouvant avec une plaie à la tête assez dangereuse. Mais curieusement, une fois la mission en ce lieu achevée, le corps de Maëve devint intact, les blessures s'effaçant rapidement.

- Tu es sûre de vouloir continuer ? Chaque fois, ta santé se détériore. Et je ne parle pas de l'extérieur. D'après Goff, tes organes internes aussi subissent des chocs. Tu peux en mourir !
- Je sais Matt. Mais si je ne vais pas jusqu'au bout, je redeviendrais la vieille femme que Gwenc'Phel tentait d'étrangler ce matin. Je n'ai pas le choix ! Ou je réussi, ou je meurs.

Matt renonça à lui tenir tête et resta à ses côtés pour la soutenir.

Autre Monde,
Mag Tured.

Des légions entières marchaient en rangs serrés depuis des jours. Une richissime femme, vêtue de pierreries et de bijoux, se dressa au milieu de ce qui fut, il y a cinq ans, un champ de bataille. Cheftaine emblématique des Grandes Familles depuis mille ans, elle était surnommée la Matriarche. Crainte et admirée de tous, elle savait mieux que nul autre naviguer dans les sphères du pouvoir et manipuler les dieux pour attirer leurs faveurs. Même ces derniers avaient souvent besoin d'elle pour s'allier à des peuples avant qu'ils ne cessent de les vénérer. D'apparence toujours jeune, la Matriarche avait obtenu d'Eningann l'immortalité. Elle fut longtemps sa maîtresse et garda le Créateur comme allié.

Tara apparut à cent mètres de la femelle la plus protégée de ce Monde et s'éleva très haut dans le ciel. Sans un mot, elle envoya une foudre sur la Matriarche pour la désintégrer. Ses soldats et sorciers attaquèrent l'enfant sans l'atteindre, incapables d'éviter le pire. Le tas de cendres plongea ses fidèles dans la stupeur. Tara repartit, laissant derrière elle des légions déprimées. Perdues, les Grandes Familles firent demi-tour et se dispersèrent. Désorganisées, les armées désertèrent, privées de généraux pour les commander.

Terre,
Malte,
Hal Safliéni,
21 novembre 2008,
31 samonios 4576,
21 h 33.

Maëve avait l'apparence d'une femme de cinquante ans à ce moment de la journée. Malte était la dernière destination prévue par le Gorsedd. Epuisée, elle devait cependant faire face à une dernière épreuve pour redevenir la jeune femme qu'elle était encore la veille. Près d'un tout petit cromlec'h par lequel ils avaient accédés à l'île, une imposante statue les intrigua. Faite de granit, elle s'étalait sur plusieurs mètres de longueur et s'élevait à huit mètres vers le ciel.

- C'est elle, dit Matt en réprimant un bâillement. La journée avait été longue et elle n'était pas encore terminée.
- La Dame endormie, chuchota Elodie comme si elle pouvait l'entendre. L'œil droit de la statue sembla trembler avant de s'ouvrir, dévoilant le bleu de son regard.
- Qui vient d'utiliser la *dor* (porte) !
- Moi. Je te demande de me rendre la jeunesse. Dame, la Fontaine de Santé n'est pas sur Terre. Il n'y a que toi qui peux m'aider. J'ai suivi le rituel à la lettre. Ce fut… douloureux.
- Sans nul doute. Je vais te rendre ton apparence originelle, mais permes-moi de te prévenir. Ta vie sera courte et ta mort sera très violente.

La prophétie plongea l'équipe dans la stupeur et le désarroi. Les paroles de la célèbre Dame Endormie étaient réputées pour leurs véracités et toujours écoutées avec la plus grande attention. Vénérée depuis des siècles, elle donnait rarement des prédictions et les peuples la considéraient presque comme une déesse et la traitaient comme telle.

- …Après tout, je devais m'y attendre ! Avec la vie de fou que l'on mène ! dit-elle à ses amis après avoir hésité.

- Méfie-toi des Mages, jeune femme. Un jour prochain, tout comme leur Premier, les ténèbres auront raison d'eux. Souviens t'en si tu veux vivre un peu plus longtemps.

- C'est une menace ? Que cela signifie-t-il ? C'est moi le Premier des Mages ! Et je n'ai pas l'intention de mal finir, s'emporta Matt.

- Les prédictions ne peuvent souffrir d'erreurs. Ce sont les Hommes qui les commettent, termina-t-elle en fermant les yeux pour des siècles.

- Elle ne dira rien de plus. Bann m'a dit qu'après que Maëve aura retrouvé son état naturel, la Dame Endormie ne reprendra pas vie avant des générations.

- Il ne s'est encore rien passé ! s'insurgea Matt.

- Je sais pourquoi. Je dois activer la porte une dernière fois… la plus douloureuse sans doute.

De retour en France, Maëve récita à nouveau la Grande Incantation et son hurlement s'entendit à des centaines de mètres. Elodie pleura, impuissante en entendant son amie gémir. Matt devint rouge de colère et ses nerfs lâchèrent. Ben dut le retenir pour qu'il ne fasse aucune bêtise. La druidesse s'écroula au milieu de la Cour du Sanctuaire de Lorient, au pied du Gorsedd, le corps inerte et en sang, couvert de plaies. Les médecins se hâtèrent pour la guérir. Mais cette soirée n'était heureusement pas la dernière de sa vie.

Autre Monde,
Tréhoranteuk,
Palais Divin.

Les Créateurs s'installèrent dans la Salle des Audiences où le Thésauriseur les attendait.

- Vous avez bien œuvré. L'Alliance est à vos côtés. J'ai reçu une confirmation écrite de leur engagement. Ils obéiront désormais aveuglément et se mettront à votre service dès que nous le leur demanderons. En outre, leur soutien n'est pas suffisant.

- Oh ! J'en ai assez ! Mais quand tout cela prendra-t-il fin ? s'énerva Elor'a, qui impressionna les serviteurs plus qu'elle ne le désirait.

- Mais ils ne représentent qu'une petite partie des peuples de ce Monde ! Même si cette union est un énorme pas en avant dans la reconnaissance de votre rang, vous devez encore en convaincre d'autres de s'allier à vous pour affirmer votre autorité. Je vous suggère de rencontrer des déesses assez particulières. Leur plaire facilitera sans nul doute leurs faveurs. Mais…

- Quoi donc ? dit Tao sèchement, tout aussi exaspéré.

- Elles sont… Disons que… Je pense qu'il vous faudra faire vos preuves.

- C'est clair comme de la boue ce que tu dis, répondit Eric'h.

- Bron, tu dois trouver les trois Grâces. Aglaé Agapeta, Thalie Théonia et Euphrosyne Irène sont sûrement près du Lac d'Avallon. Elles auront chacune une exigence. Satisfait-les et elles signeront le Traité d'Alliance. Dans le cas contraire, elles seront perdues et, soit elles ne prendront pas partie, ou pire, s'opposeront à vous. Bron n'attendit pas. Il ferma les yeux et quand il les rouvrit, il se trouvait sur les berges d'un lac aux eaux de cristal.

Lac D'Avallon.

Trois vieilles femmes étaient debout devant Bron. Elles le saluèrent comme l'on fait une révérence à un souverain et la plus petite, Aglaé Agapeta, lui adressa la parole d'une voix tremblante, érodée par le temps.

- Créateur, nous te souhaitons la bienvenue sur les rives de ce lac de légende. Nous savons pour quelles raisons tu nous rends visite. Nous ne signerons pas le traité d'Alliance. Sans vouloir te manquer de respect, tu perds ton temps.
- C'est à moi seul de décider comment utiliser mon temps !
- Bien entendu. Des bruits en direction du Nord se firent entendre. Un cheval avançait, poursuivit par des Trolls. Les Grâces hurlèrent de peur, ce qui le surprit.

- Ce sont des plaies ! Kozh (infâmes) Trolls ! Bron souffla dans leur direction et une tornade emporta la moitié d'entre eux. Le cheval poussa un hennissement, un poignard près à lui percer la peau.
- Il ne faut pas qu'elle meure ! Créateur ! Sauve-la et nous signerons ton traité ! Bron profita de cette chance. Il se déchaîna sur les Trolls et les extermina jusqu'au dernier. Les Grâces poussèrent un cri de soulagement et prirent quelques minutes pour se remettre de leurs émotions. Pendant ce temps, Bron caressait le cheval.
- Je ne comprends pas…
- Regarde sa tête, suggéra Thalie.
- Mais… C'est une Licorne !
- La dernière. Après la *3ème Bataille de Mag de Tured*, il ne restait plus beaucoup de survivants. Elle est la dernière de son espèce. Nous te sommes tellement reconnaissantes de l'avoir sauvée d'une mort certaine.
- Si vous acceptez de faire partie de l'Alliance, je donnerai vie à trois cent mille Licorne et j'en ferai mon armée personnelle. Cent mille autres resteront en réserve et cinquante mille, en sécurité, pour la survie de l'espèce dans un lieu que vous choisirez.
- Ta sagesse nous émeut. Nous t'accordons notre soutien. Mais toutefois, nous exigeons de toi de te défaire de ton corps humain. La dernière Licorne devra se nourrir de ta chair pour sceller notre pacte.
- Quoi ?
- Cela nous prouvera que tu appartiens désormais à notre Monde, et non plus à la Terre. Tu ne peux régner ici si ton cœur reste là-bas.
- Mais…

- L'être que tu aimes vit de l'autre côté. Nous le savons. Mais je crois qu'il t'a été rapporté il y a peu que tu devais rompre avec lui et tu ne l'a pas fait. Il est hélas trop tard maintenant.

- Non ! Il doit y avoir un moyen !

- Ce n'est pas négociable, Créateur.

Bron était déchiré. Il n'avait plus la possibilité de revoir Ben, ni de disposer de son corps humain. Il hurla vers le ciel qui se zébra de lumière. Des milliers de Licornes galopèrent autour du lac, provoquant des remous dans ces eaux habituellement paisibles. Son corps tomba au sol, inerte et la créature lécha sa peau déjà froide. Lorsqu'il devint pure énergie, avec une forme divine, il vit ses os laissés à l'abandon, sa chair déjà dévorée jusqu'au dernier morceau. Un nouveau cri plus tard, il ne restait rien du corps de Bron Delorme. Cependant, il ne put s'empêcher de défier les Grâces en prenant malgré tout l'apparence qui fut toujours la sienne. Il ne s'agissait plus d'un corps physique mais plutôt semblable à celui d'un fantôme.

- Je n'ai plus de corps, mais vous ne pouvez exiger de moi de renoncer à prendre l'apparence qui me plaît aux yeux de ceux qui me voient, lâcha-t-il en retournant au Palais.

***

197

LES FURIES

**Terre,
Sanctuaire de Lorient,
22 novembre 2008,
1er dumaannos 4576,
19 h 23.**

L'équipe de Maëve, Othon et le Gorsedd se réunirent en urgence au Temple. Après le combat de la matinée, les visages étaient fermés, les bleus et blessures encore visibles. Les druides avaient passé la nuit et la toute journée au chevet de Maëve, dans un état critique. Elle avait repris connaissance en milieu d'après-midi et avait insisté pour être présente à cette réunion. Un brancard fut donc installé au pied de l'autel.

Maëve toussa et inspira profondément avant de prendre la parole.

- Eh oh ! Je ne suis pas morte ! Faites pas cette tête ! Il faut organiser une riposte et vite.
- Avec quels effectifs, Maëve ? Les Sentinelles ont été exterminées, les Gargouilles ne sont plus assez nombreuses pour protéger le Sanctuaire, nous devons l'accalmie au renfort des Traqueurs elfes. Tu n'es pas en état de poursuivre les *treitours* (traîtres) jusqu'à leur repère. Et les Créateurs sont bien trop occupés pour venir nous aider.
- Nous n'avons pas besoin d'eux, Ness ! Et puis quel message envoyons-nous ces dernières années ? Nous sommes des druides ! Nous avons le pouvoir ! Il ne faut pas faire appel à l'extérieur trop souvent.
- Matt à raison, intervint Gwenc'Ron.
- Merci ! lâcha-t-il avec un geste d'exaspération soulagé.
- Nous devons agir nous-mêmes. Les Traqueurs peuvent rester quelques temps. Goff nous envoie quelques-unes de ses Sentinelles d'Irlande et d'autres d'Espagne, ne tarderont pas à arriver. La sécurité étant assurée, il nous reste à déterminer la manière dont nous devons réagir face à cette attaque. Gwenc'Phel est parvenu à nous neutraliser uniquement parce qu'il a utilisé un sort qu'il est incapable de créer lui-même.
- Alors qui ? demanda Elodie.
- C'est Eningann qui lui a fourni ce pouvoir. La Sphère Obscure, c'est son nom, appartient seulement aux Créateurs. Ce sont les Eternels qui le leur avaient confié dans le but d'emprisonner Mandragoria à l'époque. Depuis, elle n'a jamais été utilisée. Je tiens cette information de Gwyon'Bach. Gwenc'Phel voulait un coup

d'éclat et peut-être en profiter pour prendre le contrôle du Sanctuaire si l'occasion se présentait.

- Mais il ne peut pas, il savait qu'à un moment ou un autre, nous aurions des renforts extérieurs !

- C'est juste Ben, mais il a essayé. Il est resté jusqu'au dernier moment. Il a été surpris par l'explosion du cromlec'h et l'état de Maëve l'a réjoui. Il a eu une opportunité. J'en ai assez de voir ces treitours débouler ici, tout saccager et repartir sans châtiment ! s'emporta Pat.

- Il faut intervenir ! Ils ont kidnappé Ronan ! Attaquons la Chambre Souterraine de front ! Le jeu du chat et de la souris a assez duré ! Finissons-en ! ordonna Maëve.

- Mais tu as vu ton…

- Je peux me tenir debout donc, je peux me battre ! Je me fous de ce que disent les médecins ! En route ! dit-elle en se levant. Elle chercha l'équilibre quelques secondes, puis elle prit la tête du groupe.

- Que faites-vous ? adressa-t-elle au Gorsedd, arrivé à la porte.

- Que veux-tu dire ? demanda Ness, surprise.

- Vous venez ! J'ordonne à tous les druides présents au Sanctuaire et apte au combat de me suivre ! Les Traqueurs se chargeront de la sécurité en notre absence. Vous en avez assez de voir ce lieu sacré saccagé, Pat ? Alors venez détruire leleur !

- Mais les mortels… Ils vont nous voir ! bafouilla Ness.

- Peu importe ! Nous règlerons cela plus tard ! EN AVANT ! hurla-t-elle en brandissant son sceptre. Matt, Elodie, Ben et les membres du Gorsedd crièrent avec elle, galvanisant les troupes réunies. Six Traqueurs les suivirent de leur propre initiative.

Une véritable légion grandit à mesure de l'arrivée de druides volontaires. Les maisons des Maîtres Druides se vidèrent, associant ainsi des experts en Magie, aux côtés des apprentis Mages. Bann leva les bras vers le ciel et une centaine de druides disparurent pour se rendre directement à l'Université de Brest en un instant.

Terre,
Université de Brest,
22 novembre 2008,
1er dumaannos 4576,
19 h 45.

En cette soirée hivernale, peu d'étudiants étaient présents sur le campus, mais Grég Trémazon, le journaliste du quotidien « Le Prophète » faisait partie de ceux qui restaient. L'arrivée d'une centaine de druides en tenue de combat ne manqua pas de faire effet. Ils se dirigèrent vers un immeuble à l'écart, à Sud du parc. Dès lors, les treitours sonnèrent l'alerte et trois d'entre eux reculèrent face à la légion. Toutes les entrées furent attaquées et aucune sortie ne fut disponible pour une retraite.

- Aucun de ces chiens ne doit sortir ! hurla Maëve furieuse. La jeune femme avait enfin retrouvé ses traits mais son corps était endolori et meurtri. Des bleus sur tout le visage, de petites plaies sur tout le torse la firent grimacer sous l'effort, mais elle tint bon. Gwenc'Phel fut pris de panique et Gaël se précipita vers son fils.
- Toi ! lança Gwenc'Phel à Maëve.
- A nous deux ! Si mes prédécesseurs ont dut reculer face à tes stratagèmes, apprend que ce n'est pas mon cas. Mêmc à demi-morte j'enfoncerai mes dents dans ta chair ! Treitour !
- Quelle audace ! Je crains que tu ne sois pas très en forme. Mais qu'est-ce que…
- J'ai invité des amis à notre fête, ça ne te dérange pas j'espère ?

Dès lors, la pièce centrale, de plusieurs dizaines de mètres carrés, fut envahie de druides réclamant justice. Les premiers sorts furent jetés et quelques treitours ne tardèrent pas à déserter. Matt attaqua cinq ennemis à lui seul, usant d'une formule de distorsion. Lorsque ce sort fut lancé, le druide parvint à tordre et à déformer les sceptres en bois de ses ennemis, les rendant inoffensifs. Une fois les cinq armes détruites, Matt se contenta de leur briser les os des deux jambes. Elodie en massacra trois autres en jetant le sort « altérations », qui consistait à faire chuter la température dans la zone où se trouvait ses adversaires jusqu'à les piéger dans la glace. Une fois congelés, elle les pulvérisa en brisant les corps gelés d'un coup de sceptre. De son côté, Ben s'occupa de Gaël. Elodie parvint à récupérer Ronan et elle sortit le mettre à l'abri. Ness le prit dans ses bras et disparut pour l'emmener Sanctuaire. Pat, Bann et Gwenc'Ron aidèrent Maëve en attaquant le chef mais celle-ci se retrouva en fâcheuse posture, piégée entre le Gorsedd et le traître. Gaël associa ses pouvoirs à ceux de son acolyte et Maëve se retrouva à la croisée de multiples énergies lancées. Elle se rendit vite compte de sa situation et au lieu d'essayer de les encaisser, elle préféra les rejeter.

Un traître attaqua Pat avec un sort appelé « invocation animale ». Il eut pour effet de faire jaillir de la pointe de son sceptre la tête d'un lion aux babines retroussées, qui fonça vers sa victime pour la dévorer. Le Grand Druide effectua un geste de la main qui eut pour conséquence de changer la tête de l'animal en celle d'un poussin. Le traître eut l'air ridicule et préféra ne pas déchaîner davantage la colère de Pat. Celui-ci affronta un autre sbire de Gwenc'Phel et se débarrassa de lui avec le sortilège « Nuée d'insectes ». Des centaines de frelons s'abattirent sur le treitour jusqu'à le tuer.

Le combat prit des proportions démesurées. Des incendies ravagèrent les entrées et les murs. Les énergies mortelles envoyées par les sceptres s'intensifièrent. Maëve fit des efforts pour se concentrer et chercha un moyen de ne pas mourir sous les assauts. Il était trop tard pour que ses supérieurs retiennent les sorts lancés. La multiplication des magies qui l'entouraient fut rejetée en une seule fois, ce qui eut un résultat désastreux. Les druides les plus faibles perdirent la vie. Mais la bataille resta acharnée.

- Rend-toi Gwenc'Phel ! Tu as perdu ! Reconnaît-le ! cria Gwenc'Ron, tentant de se faire entendre malgré le vacarme et les sirènes de police qui retentirent. Mais les membres du Gorsedd, l'équipe de Maëve, Gwenc'Phel, Gaël et leurs sbires écarquillèrent les yeux lorsque la gigantesque explosion souffla la Chambre Souterraine. L'immeuble s'écroula sur lui-même. Les poussières et les gravas s'étalèrent sur des centaines de mètres. Le parc tout entier fut carbonisé ainsi que les spectateurs présents. Une colonne de fumée s'éleva sur douze mètres de haut. Les voitures de police garée trop près de l'immeuble furent soufflées avec leurs occupants. Aucun druide n'était sorti de la Chambre Souterraine avant le drame.

Un fugitif instant avant l'explosion, Maëve se souvint de sa lecture des archives des « Chroniques des Maîtres Druides ». Elle avait lu comment Eric et son équipe avaient fait pour échapper à une situation similaire dans un entrepôt (voir saison 1, épisodes 1 et 2).

Une tranchée au sol leur avait permis d'échapper au souffle de feu. D'une main tremblante, Maëve relâcha les forces incontrôlables et de l'autre, elle créa une fosse suffisamment large pour permettre à son équipe et ses druides d'y trouver refuge. Tous se précipitèrent à temps sauf plusieurs traîtres. Bann, avec l'aide de Pat, créa un bouclier protecteur. Hélas, Maëve ne put empêcher Gwenc'Phel d'y accéder. L'Université toute entière trembla alors que la druidesse regardait Matt dans les yeux, sachant qu'elle ne pouvait pas les rejoindre à temps. Le souffle passa devant les yeux de son ami, impuissant.

Autre Monde,
Palais Divin.

- Qui t'a mis ça dans la tête ? dit Eric'h dont la voix raisonna dans la Salle des Audiences, s'adressant à Bron.
- Je sais ce que je dis. Quand j'arrive elle le cache.
- Mais non, tu te fais des idées.
- Chaque fois que je viens le voir, elle dit qu'elle vient justement le chercher.
- Faut la comprendre, tu l'as lâché.
- C'est faux ! C'est lui qui a sauté. Il a tellement gigotté qu'il m'a échappé des mains. Je me suis excusé ! Et puis comment j'aurais pu lui faire du mal ? Il a dû tomber de 50 centimètres ! Ça arrive fréquemment, ce n'est pas si grave ! On m'a lâché au moins 10 fois quand j'étais petit !
- Ca explique beaucoup de choses.
- Mais, ce n'est qu'un bébé Lutin !
- Comment veux-tu convaincre des peuples de rejoindre l'Alliance si tu fais tomber l'héritier du trône ? On a frôlé l'incident diplomatique !

- Oui, le Thésauriseur s'est rependu en excuses. Son front touchait le sol tellement il faisait des courbettes.

- Et tu trouves ça drôle ! Au fait, où est Elor'a ?

- Elle accomplit sa mission. Je crois qu'ils lui ont donné les Furies à combattre. Elle doit les envoyer chez Ed, en Enfer.

- C'est pas un cadeau ! finit Eric'h inquiet pour sa femme.

Terres de Mag Tured.

Trois ombres passèrent dans le ciel avant de fondre sur la déesse. Elor'a était consciente de la mission que lui avait confié le Thésauriseur. Elle se demandait parfois s'il faisait exprès de les mettre en danger pour se débarrasser d'eux, ou si ses intentions étaient sincères. Ce personnage était difficile à cerner. Mais elle pensa qu'il serait temps de s'occuper de son cas en temps utile. Au moindre faux pas, elle se chargerait de lui faire payer ses excès.

Pour l'instant, son attention était concentrée sur une forme affreuse et gigantesque. Toutes griffes dehors et ailes déployées, Alecto, l'une des trois Furies, parvint à la maîtriser en la plaquant au sol. Pendant ce temps, Tisiphone, représentant la vengeance et la destruction, se posa près de sa tête. Une fumée rouge s'échappa de sa gueule et malgré les gestes de désespoir d'Elor'a, pénétra ses narines et sa bouche. Suffocant, elle reprit ses esprits et les repoussa à plusieurs mètres, arrachant une aile d'Alecto. Elor'a profita de la situation et utilisa l'envie de vengeance qui la tiraillait contre ses ennemies. La Créatrice tenta de se protéger. Elle créa un mur de feu, un rideau magique de couleur ambre, chatoyant. Toute chose tentant de le traverser fut instantanément réduit en cendres. Le mur opaque dura autant de temps qu'Elor'a put se concentrer. Mais l'une des Furies parvint à la distraire, faisant tomber la protection.

Afin de les empêcher de se poser au sol, elle utilisa la « mort rampante », un sort qui consiste à recouvrir le sol d'une masse de cinq cent à mille araignées et myriapodes venimeux ou piquants. Cette masse forma un essaim sur simple commande de l'ancienne druidesse. Hélas, il fut facile pour les trois Furies de se débarrasser des insectes en un battement d'ailes, le vent les dispersant au loin.

- Non ! Elle ne devait pas réagir comme ça ! hurla Alecto, du sang coulant abondamment de sa plaie à l'endroit où se trouvait son aile quelques minutes auparavant. Mégère, détentrice du pouvoir de rancune et jalousie, se rua sur Elor'a avant qu'elle ne réagisse. La Créatrice lança des éclairs, obligeant son adversaire à reculer et vriller dans le ciel. Le monstre effectua des courbes et une danse effrénée avant de reprendre le combat. Mais Elor'a réussit la prouesse de faire en sorte que les deux Furies indemne se crashent dans le ciel l'une contre l'autre. Mégère et Tisiphone tombèrent au sol et Elor'a profita de l'occasion pour les envoyer chez Ed. Alecto, déchaînée, tenta un dernier assaut. Elle vola très bas, puis bondit en avant une griffe pointée vers Elor'a. Cette dernière plongea, se releva à côté d'elle à son passage et saisit sa griffe à pleine main. Elle planta alors l'arme sur l'abdomen de la Furie qui hurla de rage. Le souffle court, elle supplia la Créatrice de la laisser vivre. Mais elle reçut pour toute réponse un allé simple chez Ed.

Elor'a cria pour montrer sa puissance à tous les peuples et son visage apparut dans le ciel sur tout l'Autre Monde. Le calme revint, sa mission terminée.

Antalia,
Capitale Gnome,
22 novembre 2008,
1er dumaannos 4576.

Tim venait de tirer le Tarot quand il entendit un chant venu de la maison de Luna. Ses cartes représentaient pour la première, un petit gnome à la barbe blanche, une canne à la main, une capuche bleu et une tunique marron. Assis au milieu de la neige, il tendait une main vers un ciel dégagé. Sur la seconde, deux guerriers s'affrontaient à la dague. La troisième montrait le chef assis sur un furet, brandissant une coupe à l'adresse de son peuple. Les trois autres, des cartes mineures, étaient nommées « Gli Amanti », « Le Stelle » et « Il sole ». Chacune portait un dessin, deux arbres aux branches entrelacées ; une Gnome se prenant pour une sorcière ; et un soleil flamboyant.

Tim se dirigea vers la musique et écouta les paroles. Il regarda par la fenêtre. Luna pleurait à la fin de son chant. La musique raisonna dans toute la Cité. Cette chanson était issue de la création de la Capitale. Elle invitait les Gnomes à se rendre à Avalon, l'île d'où ne l'on revient pas, pour y mourir lorsque tout espoir est perdu. Il vit une mare de sang près d'elle et un petit corps allongé. Son fils venait de perdre la vie à la suite d'une hémorragie après une mauvaise chute d'un lièvre. Une fois de plus, les Gnomes détestèrent les lapins.

Un Gnome au regard triste avança vers la porte de la maison de Luna. Ses pieds étaient légèrement rentrés, lui permettant de courir à toute allure dans les hautes graminées. Tim comprit ainsi qu'il s'agissait d'un chasseur. L'inconnu saisit une tenue de camouflage sur un tabouret tout proche, avant de s'éloigner sans entrer. Les Gnomes avaient le même teint que les Hommes, des joues en pomme d'api et un nez droit ou légèrement retroussé. D'un regard pénétrant, le Gnome sondait l'âme des gens qu'il rencontrait. Il y lisait la connaissance qu'il avait acquise au fil de sa vie. Il sondait le « moi » des gens. Les Gnomes n'avaient pas de secrets les uns pour les autres. Lorsqu'ils regardaient quelqu'un ou quelque chose de loin, ils savaient depuis longtemps ce qui se passait. Il repérait les Trolls de loin ainsi que ses prédateurs. Mais Luna n'avait rien vu arriver. Elle s'en voulait d'avoir laissé un simple accident de la vie quotidienne prendre la vie de son fils. Sa plainte et son chagrin retentit dans le cœur de tous les Gnomes, conscients d'avoir déjà beaucoup perdu ces dernières années.

198

LES PARQUES
(1)

Autre Monde,
Tréhoranteuk,
Palais Divin,
23 novembre 2008,
2 dumaannos 4576.

Le Thésauriseur était occupé à la comptabilité. Les richesses du Palais étaient étalées sur un immense bureau trônant au centre de la Salle d'Audience, pour l'occasion, interdite d'accès. Eric'h et Tao entrèrent et virent les billets entassés en désordre.

- Un peu d'aide ? demanda Tao en riant. La posture du Thésauriseur, visiblement perdu dans ses calculs amusait les deux Créateurs.
- Si cela vous plait tant que ça, Eric'h, comptez les billets de 20 Druis (monnaie de l'Autre Monde fabriquée par les druides) et Tao, ceux de 50.

Tao fut impressionné par ce trésor colossal. Mais selon le Thésauriseur, il ne s'agissait que d'une infime partie des richesses du Palais. Le billet de 5 Druis était à l'effigie des Licornes. Celui de 10 Druis valorisait les Dragons. Sur ceux de 20 Druis, l'un des druides primordiaux, Fochmarcus s'appuyait sur son sceptre. Enfin, les billets de 50 Druis, la plus forte monnaie, avait été émise en l'honneur des Sirènes.

- Tao, je crois que vous n'avez pas encore effectué votre dernière tâche ! Les Parques vous attendent au Nord des Terres de Mag Tured.
- Chouette ! J'ai toujours rêvé d'un tête à tête avec le passé, le présent et le futur.
- Arrête avec le Temps ! Je fini toujours par souffrir d'une migraine.

Nord de Mag Tured.

Une petite fille, une femme et une vielle dame était affairées à leur tâche, présider à la destinée de tout être de l'Autre Monde.

- Vous êtes les Parques sans doute ? Je viens vous demander de bien vouloir signer le Traité d'Alliance des nouveaux Créateurs.
- Nous avons toujours été attachées aux divinités qui gouvernent ce Monde. Cela ne saurait changer, dit la plus jeune.

- J'ai votre signature ? dit-il surpris de l'obtenir avec tant de facilité.

- Si vous nous sauvez et avec nous, ce Monde, prévint la vieille femme.

- Vous sauver de quoi ? A cette question, nulle réponse ne vint à part un cri de frayeur. Un redoutable guerrier magicien du nom de Manannan MacLir, portant un casque flamboyant, une armure invulnérable, un manteau qui le rendait invisible et connu comme étant un champion métamorphe, kidnappa les trois Parques. Tao n'avait pas vu venir l'attaque et n'a donc pas réagi. Le guerrier sourit en détruisant le célèbre métier à tisser, laissant le hasard présider la destinée de tous, chamboulant du même coup toutes les prophéties. Clotho Scribunda, la fillette chargée de filer la destinée, Lachesis Ananka, la Dame qui tisse chance et hasard et Atropos Morgana, la vieille femme qui habituellement coupe de fil de la vie, assistèrent impuissantes au désastre. Tao intervint trop tard. Le métier à tisser brûla et les trois Parques disparurent avec lui.

Tao retourna au Palais Divin annoncer son échec. Cependant, il présenta au Thésauriseur la tête de Manannan MacLir sur une pique.

- Comment avez-vous fait pour le vaincre ? Nul ne peut… Pas même un Créateur ! Ce qui me surprend le plus est qu'il soit devenu votre ennemi.

- Etait, corrigea Tao.

- J'ai mal au crâne, se plaignit Eric'h alors que bien entendu cela était devenu physiquement impossible.

- Tao, tu as échoué. Les Parques ne signeront pas le traité puisqu'elles n'existent plus. Et cela va mettre une belle pagaille dans ce Monde.

**Terre,
Université de Brest,
23 novembre 2008,
2 dumaannos 4576,
5 h 14.**

La fumée s'échappait encore des décombres de l'immeuble qui abritait la Chambre Souterraine. Un homme d'âge mûr descendit d'une voiture de police. La pluie n'avait cessé de tomber par intermittence toute la nuit. Il avait fallu des heures pour que les secours interviennent sur les lieux. Les druides du Sanctuaire n'avaient hélas pu prendre en charge la situation et éloigner les mortels d'un périmètre de sécurité au préalable établi par leurs soins.

- Monsieur le Maire. Nous avons trouvé quatorze corps carbonisés. Ils ont été projetés dans tous les sens, au parc. L'immeuble s'est écroulé sur lui-même. Nous pensons qu'une bombe…

- Vous pensez ou vous êtes sûrs ? demanda le Doyen T-Rex devenu Maire de Brest l'année précédente.

- Nous ne savons pas exactement ce qu'il s'est passé. Il y a peu de témoins directs. Les étudiants présents sont blessés. Un certain Grég Trémazon pourrait toutefois nous éclairer.

- Ce journaliste ! fulmina-t-il. Où est-il ?

- Près de l'ambulance derrière la barrière de sécurité, Monsieur le Maire. Il n'a rien.

Le Maire se précipita sur Grég à la recherche d'une explication. Le journaliste prenait déjà des notes, assuré de faire la « Une » de son propre quotidien.

- Monsieur Trémazon ! Je veux savoir exactement ce qui s'est passé ! hurla l'ancien Doyen à gorge déployée, postillonnant en tous sens par la même occasion.

Ben, Matt et Elodie furent retrouvés dans les décombres sains et saufs et surtout conscients. Ils titubèrent à la recherche de l'équilibre. Leurs oreilles bourdonnaient suite à la déflagration trop proche d'eux. Un policier vint à leur rencontre pour obtenir des informations pour l'enquête.

- Quel est votre nom ?

- Matt. Mes amis sont Ben et Elodie.

- Vous êtes en état d'arrestation tous les trois ! Des témoins affirment que des gens vêtus comme vous ont attaqué des hommes présents dans l'immeuble.

- Y a-t-il d'autres survivants ?

- C'est moi qui pose les questions !

- Maëve ! Avez-vous trouvé une femme… Maëve ! cria Matt en échappant au policier, à la recherche de la jeune femme.

- Arrêtez-le ! Etiez-vous armés ? D'où vient l'explosion ? Qui sont vos complices ? La tête de Matt se mit à tourner et les paroles des policiers s'éloignèrent avant qu'il ne perde connaissance. Elodie aperçut Gwenc'Phel, Gaël et Ronan sortir du parking dans une camionnette noire. Elle les désigna du doigt à Ben.

Nous sommes coincés. On ne peut rien faire pour l'instant. Simule une amnésie. Tant que nous serons dans ce guêpier, il ne faut rien dire.

- Une femme est vivante ! Il y a une femme là-dessous ! Venez m'aider ! hurla un pompier. Une heure plus tard, Maëve fut sorti des gravas dans un très mauvais état. Un médecin urgentiste diagnostiqua un coma profond et la surnomma la « miraculée ». Heureusement, il travaillait pour le Sanctuaire et l'envoya ainsi en sécurité, loin de la curiosité de tous. Il profita de son autorité pour prendre en charge Elodie, Matt et Ben, malgré les réticences de la police.

Au Sanctuaire, Matt se leva dès qu'il put et se précipita vers Maëve. Ben était parti chercher le Livre des Eléments, pensant y trouver une aide. En fin de matinée, il trouva une solution.

- J'ai trouvé une formule. C'est la seule qui puisse l'aider.

- Qu'attends-tu alors, Ben ?

- Il y a un problème. Je peux la sortir du coma mais… Le sort ne peut excéder un an. Gwenc'Ron a consulté les médecins. C'est notre seul recours.

- Un an ? C'est tout !

- Matt. Elle mourra avant la soirée si je ne fais rien.

- Eric'h ! Il peut…

- Non. Il sera trop tard. Je suis désolé.

- Il doit y avoir un autre moyen.

- La Dame Endormie de Malte a déjà réparé une fois son corps très endommagé. Cette fois-ci, elle a été beaucoup plus maltraitée. Elle lui avait dit qu'elle aurait une vie courte et que sa mort serait particulièrement violente. C'est ce qui s'est produit. Nous ne pouvons que rallonger sa vie d'une courte période. Dans un an à la seconde près, l'énergie vitale que je vais lui insuffler s'éteindra et Maëve, avec elle.

- Non ! Je t'interdis… dit-il en le frappant au visage.

- Matt ! cria Elodie qui s'interposa.

- Je ne peux rien faire d'autre ! Les membres du Gorsedd ont épuisés toutes leurs ressources en énergie pour la sortir du coma. Un an, pas plus, Matt.

Entrée Principale du Sanctuaire.

Un Traqueur Elfe demanda la présence du Gorsedd. Ness répondit à son appel et se rendit à la grille.

- Grég, je crois.

- C'est juste madame. Je suppose que vous êtes le chef des druides ? Je viens vous poser des questions…

- Je t'arrête tout de suite ! Il me semble que le Ministre de l'Occulte t'as interdit de mettre les pieds ici et de poser « des questions » comme tu dis.

- J'écrirai un article sur ce qui s'est passé à l'Université. Vous n'avez pas été discrets cette fois et vous allez le payer cher. Il vaut mieux, je pense, que ce soit moi qui écrive un article plutôt qu'un autre. Je peux vous être utile.

- Tu veux me faire croire que tu n'écriras pas un mot sans nôtre aval ? Tu serais notre pantin de l'information ? Je n'y crois pas une seconde.

- C'est vrai, je ne garantis pas quelques écarts mais… Je minimiserai les dégâts.

- Non. Pas un instant nous ne t'accorderons nôtre confiance. Pars maintenant et ne reviens pas ! Je te rappelle que tu n'as rien vu et rien entendu !

Grég s'éloigna et fit quelques kilomètres en voiture avant de sortir du coffre un ordinateur qu'il démonta. Il trouva le mouchard du Ministère et le déconnecta. Il avait peu de temps avant l'intervention des militaires et il le savait. Il se pressa d'écrire son article.

***

199

LES PARQUES
(2)

**Autre Monde,
Tréhoranteuk,
Palais Divin,
23 novembre 2008,
2 dumaannos 4576.**

Le Thésauriseur ruminait toujours la défaite de Tao à qui il le fit bien sentir. Finissant par s'énerver, l'ancien moine chinois quitta le Palais pour se changer les idées. Eric' s'attendait à recevoir son ordre de mission sous peu. Et la quête ne tarda pas à lui être confié.

- Créateur, permettez-moi de vous conseiller d'aller voir les neuf Muses afin de…
- Signer mon Traité, oui.
- Je leur ai demandé de se rendre à Mag Tured. Rappelant ainsi que ce lieu est hautement symbolique.
- Très bien. Puisqu'il le faut.

Neuf belles jeunes femmes vêtues d'une robe bleue ciel rigolaient entre elles. Eric'h les connaissaient déjà grâce à des gravures qu'il avait mémorisées quelques années plus tôt lors de ses missions pour le Sanctuaire.

- Demat (bonjour) Créateur. Je me nomme Thalie, Muse de la Comédie. Je sais que tu viens nous demander de signer ton Traité d'Alliance. Si j'ai bien compris, il s'agit d'un engagement éternel voué à ton service.
- Oui, je vous demande votre soutien lors des votes au Palais, et d'entrer dans mon armée au besoin. Plus j'aurai de peuples et de dieux à mes côtés, plus mon autorité grandira. Vous connaissez mieux que moi le jeu politique de ce Monde.
- En effet. Ton Traité permettra d'établir une paix durable et cela nous plait. Cependant, tu te doutes bien que sans épreuves tu n'obtiendras pas notre appui. Tu dois nous prouver que cette offre vaut la peine de se sacrifier. C'est ainsi que fonctionnent les choses ici.
- Je sais, dit Eric'h en baisant la voix. Presque comme du regret.
- Je souhaite entendre le Thésauriseur chanter.
- C'est tout ? A ces mots les autres *Muses* rirent aux éclats.
- Ma requête n'a rien d'anodine ! Les choses en apparences futiles sont à prendre avec précaution. Tu vas t'en rendre compte par toi-même. Bon courage !

Eric'h râla. Il devait retourner d'où il venait, au Palais de Tréhoranteuk. Et cela ne l'enchantait guère. Il n'avait pas de temps à perdre, surtout s'il devait effectuer neuf tâches, une pour chacune des Muses. Il attendait impatiemment de voir son Traité entrer en vigueur. De retour dans la Salle des Audiences, Le Thésauriseur était encore dans ses comptes.

- Chantez !
- Quoi ? Vous avez perdu la raison ?
- C'est un ordre ! Chantez !
- Par tous vos dieux ! Thalie ! C'est… c'est bien elle n'est-ce pas ? Qui qui qui vous a demandé de me faire cette farce ? bafouilla-t-il à en faire rire Tao.
- Oui. Dépêchez-vous !
- Comme vous voudrez. Mais sachez que si Thalie vous a demandé cela en épreuve, je trouve que c'est cruel !
- Je ne comprends pas. Où est le problème ?
- Il doit y avoir un piège Eric'h. Méfie-toi, l'avertit Tao.
- C'est trop tard. L'ordre m'a été donné.

♪Anges des Cieux ! ♫
♪Déchainez-vous sur le dieu ! ♫
♪Qui règne sur l'Enfer ! ♫
♪Afin de faire taire, ♫
♪Les pouvoirs des Ténèbres ! ♫

Dès qu'il eut finit sa chanson, une horde de milliers d'Anges s'engouffrèrent dans le Cythraul, le territoire infernal d'Ed.

- Que se passe-t-il ? demanda Tao en regardant à l'extérieur sur le balcon.
- Il ne fallait pas Créateur ! Il ne fallait pas me demander cela ! Je ne peux pas chanter. Vous savez bien que je me trouvais au Château de Carboneck avant sa destruction par Méduse, j'avais alors la garde du Graal ! Mais je commandais aussi les Anges, par le chant. C'est mon pourvoir. Ils vont attaquer Ed et saccager Cythraul. N'avez-vous donc jamais entendu parler du Chant de Lumière ? Qui déchaîne les Anges ! finit-il en écarquillant les yeux, un nouveau drame venant de commencer.
- Non. Ed… pensa Eric'h, une fois l'erreur commise.

Cythraul,
Enfers Celtes.

Les parois des salles jouxtant celle du trône se mirent à vibrer puis à trembler. Les monstres de toutes natures peuplant ce lieu se mirent à sauter de joie. Comme si elles n'attendaient que l'affrontement. Ronger leur frein depuis la 3ème

Bataille de Mag Tured fut long. Pressées de reprendre du service, elles sentirent l'odeur de l'ennemi approcher. Une nuée de formes ailées s'abattit sur le Monde souterrain. Les morsures, les coups d'épées de lumière se succédèrent en tous sens. Ed réagit rapidement et s'engagea lui-même dans la cohue. Debout sur son surf volant, le maître des lieux commença à chasser les intrus. Les Anges furent prit d'assaut à leur tour sur le flanc droit. Nullement contrariés pour autant, ils fondirent sur Ed. Concentrant tous ses pouvoirs, l'ancien druide parvint à les chasser de son domaine cinq heures plus tard, cependant dangereusement diminué.

Eric'h, furieux d'avoir été pris au piège, rappela ses troupes et envoya les Anges sommeiller sur les ruines du Château de Carboneck pour longtemps. Le Thésauriseur prit congé et ravala sa colère envers Thalie.

Mag Tured.

- Thalie !
- Créateur, il ne fait aucun doute pour moi. Je signerai ton Traité.
- Je me nomme Polymnie, Muse des chants sacrés. Ma demande sera plus aisée à accomplir. Depuis la Bataille qui a eu lieu ici, les âmes perdues n'ont pas été célébrées. Vous convoquerez Coipre, que vous avez vous-même nommé, afin qu'elle entonne le chant funéraire pour honorer les sacrifices faits ce jour tragique.
- C'est juste. Beaucoup l'ont fait pour moi, sans même me connaître. Coipre ! cria Eric'h qui fit apparaître sa déesse.
- Seigneur.
- Honore les âmes perdues. Elles méritent le plus beau de tes chants.
- Bien entendu Eric'h.

Les Muses furent émues par l'hommage rendu aux peuples qui ont disparu. Après une belle cérémonie organisée dans les règles de l'art, Polymnie ajouta sa signature du Traité, une larme coulant sur la joue.

Terre,
Commissariat de Brest,
23 novembre 2008,
2 dumaannos 4576,
15 h 17.

- Monsieur le Maire ! Que me vaut cette visite ? Un café peut-être ?
- Non Henry. Je viens aux nouvelles. Où en es-tu ?
- A vrai dire… Les pompiers n'ont jamais vu se produire une telle explosion de toute leur vie. Pour eux, ce qui s'est produit est impossible. Elle aurait tout d'abord eu lieu au centre d'une pièce du sous-sol et se serait brusquement dispersée comme une onde de choc. Mais la concentration d'énergie qu'il a fallu générer en un seul point est… colossale et impossible à créer. Ils ignorent le genre de bombe qui a fait cela.

- En gros, vous ne savez rien ? Et que vais-je dire à mes administrés ? A la presse ?

- Il est trop tôt, Monsieur le Maire.

- Bien sûr, prenez votre temps pendant que ces… vautours me dévorent jusqu'à gober mes yeux ! Savez-vous que ma Mère était très fière de mes beaux yeux ?

- Non Monsieur.

- Vous n'imaginez pas ce qu'elle peut faire du haut de son mètre quarante ! Si mes yeux sont abîmés par votre faute, elle… Non, mieux vaut ne pas vous le dire. Je ne voudrais pas vous affoler.

- Monsieur, je vous assure que je fais tout ce que je peux pour…

- Ce n'est visiblement pas suffisant ! Vous avez quarante-huit heures pour me donner tous les détails. Je veux des noms ! Je veux des preuves ! Je veux des témoins ! Faites votre boulot, bon sang ! partit l'ancien Doyen de l'Université surnommé « T-Rex » par ses étudiants. Le Commissaire essuya la sueur qui dégoulinait de son front à grosses gouttes, avant de se ruer sur ses inspecteurs.

Autre Monde,
Mag Tured.

Euterpe, la Muse du je jeu de flûte, envoya Eric'h sous le Palais Divin pour aller chercher un instrument de musique. Comme d'habitude, la mission semblait facile mais, dans ce Monde, rien n'est aisé. Il y trouva une porte de dix-huit mètres de haut donnant sur une pièce tout aussi grande. Le sol était recouvert d'un damier qu'il devait traverser pour atteindre un socle sur lequel était déposé l'objet convoité. Un avertissement lui fit comprendre que s'il marchait sur la mauvaise case noire, une réplique de Mandragoria se déchaînerait dans la pièce. Or, il savait que seule cette créature avait le pouvoir de vaincre un Créateur. Dans cette pièce, il devait conserver une forme physique. Bien évidemment, c'est une apparence humaine qu'il revêtit.

Eric'h avança comme un escargot. Il ne tenait pas particulièrement à faire revenir Mandragoria, ne serait-ce qu'une réplique. Il choisit les cases au hasard, car il n'y avait, de toute façon, pas d'indication sur l'emplacement des cases à éviter. Les vingt premières furent empruntées sans réaction. A la suivante, une gigantesque racine sortit du mur à sa droite. Il fallait apparemment se tromper plusieurs fois pour libérer le monstre. Respirant à grand bruit, il se ressaisit avant d'avancer. Trois mauvaises cases plus tard, la créature tentait désespérément de traverser le mur, mais elle était semblait-il, retenue de l'autre côté. Il suffisait alors d'une seule erreur supplémentaire pour que le drame se produise. Heureusement, Eric'h parvint à approcher du socle et prit la flûte avec hâte. Aussitôt, la réplique de Mandragoria s'évapora, et avec elle, la menace de sa libération. Euterpe signa à son tour le Traité d'Alliance.

Terre,
Larmor Plage
23 novembre 2008,
2 dumaannos 4576,
15 h 21.

Maëve avait donné rendez-vous à ses amis près de la plage. Elle était en pleine forme mais elle savait que cela cachait en réalité le peu de temps qui lui restait à vivre. Un an, jour pour jour, et Maëve s'éteindrait comme une bougie ayant épuisé la cire qui la maintenait vivante.

- J'ai retrouvé leur trace. Je sais où sont les treitours, tous les treitours, dit-elle en indiquant le large, la fatigue s'entendant dans la voix.
- Je ne comprends pas… commença Elodie.
- Groix. L'île de Groix. Les ordures ! Ils ont investi l'île où Mandragoria a commis ses atrocités.
- Ils sont là-bas. Je ne sais pas comment l'expliquer mais je sens une force… immense.
- Ne me dit pas qu'Enningan est avec eux ? trembla Elodie.
- C'est pourtant logique. Ils se sont réunis là-bas et je pense que ce que l'on voit au large est une tempête perpétuelle. Elle entoure l'île et la protège à la fois de la Magie, mais aussi des intrus.
- Les mortels ne peuvent sans doute pas approcher l'île. Comment allons-nous nous y rendre ? Il n'y a plus de cromlec'h intact, ni de dolmen. Pour les raccourcis, c'est foutu.
- Ronan est avec eux. Nous ne pouvons pas l'y laisser, continua Maëve.
- Elor'a n'a pas été prévenue. Les Elfes disent qu'elle est injoignable. Enfin… C'est à peu près la traduction, poursuivit Ben.
- Il faut trouver une solution. Je n'attendrais pas un an sans agir ! Vous m'entendez bande d'assassins ! Vous ne tuerez plus un insecte sans que vous m'ayez sur le dos ! Si vous pensez représenter la terreur, attendez de me voir en face ! C'est moi qui ai détruit votre domaine ! Et s'il faut que je fasse couler cette île pour vous vaincre, que les dieux m'entendent ! Les poussins boufferont vos restes ! hurla Maëve en direction de Groix.

Autre Monde,
Mag Tured.

- Clio, Muse de l'Histoire, c'est à ton tour. Que veux-tu que je fasse pour que tu signes le Traité ?
- Répondre à mes questions sans la moindre erreur.
- Je t'écoute.
- Je vais t'interroger sur l'Histoire des Celtes. Réfléchis bien. A la moindre erreur, je deviendrai ton ennemie.

- A ce point ! Tu ne te conteras pas de refuser de signer ?

- Réponds. Qui a vaincu les Tùathas lors la seconde Bataille de Mag Tured ? Tu as le temps que ce sablier t'autorise pour répondre, dit-elle en sortant l'objet de sa poche.

- Les Milésiens. Ils m'ont aidé il y a cinq ans, ici même.

- C'est juste. Comment briser le sceau d'Ernest gravé sur la porte de Caër Sidi, la prison de ce Monde crainte de toutes les créatures, même les plus redoutables ?

- Je… Eric'h réfléchit longuement. Il savait qu'il ne pouvait se permettre de perdre le soutien des Muses. Tao avait échoué, il devait réussir.

- Ernest était un esprit malfaisant mais qui s'est rétabli ensuite dans la bonté. Un sort permet de manipuler le sceau sans le toucher, grâce aux forces auculaires, sans exprimer le sens du toucher, comme le faisait Ernest. Il faut réciter la formule qui permet de bouger les pointes du sceau et stopper le Temps autour de la prison. Seul un Créateur peut briser le sceau.

- Enonce la formule sans arrêter le Temps autour de la prison. Cela garantira qu'elle n'aura aucun effet. Je souhaite seulement m'assurer que tu la connaisses. Eric'h hésita. Se souvenir de cette légende n'était déjà pas facile. Alors réciter la formule mots pour mots…Après une longue attente, le sablier sur le point de sonner sa défaite, Eric'h se lança, croisant les doigts dans son dos.

Ernest, je t'invoque.
Toi qui es ange et démon,
Je te demande d'ouvrir ce sceau,
Par la grâce de ces mots.

- Bien. Tu auras mon paraphe.

- Je te remercie. Calliope, Muse de la poésie épique, que veux-tu ?

- Je… Je te trouve tellement beau que je signe tout de suite.

- Pardon ? demanda Eric'h alors que toutes les Muses s'esclaffèrent.

- Je suis Erato, Muse de la poésie érotique. Je te demande d'assurer notre sécurité, quoique l'on fasse dans l'avenir.

- Y a-t-il un piège ?

- C'est à toi de juger des possibilités.

- Tu réclames une immunité ? Cette demande est elle-même le piège. C'est une carte blanche pour toute action de votre part. J'accepte. Si j'obtiens en échange la signature des trois Muses qui ne m'ont pas encore testé. Cette négociation aboutira à la signature de vous neuf. Vous validerez les amendements sans poser de question.

Les Muses se regardèrent sans sourire. L'enjeu politique devenait colossal. Les deux parties risquaient gros au terme de l'échange.

- C'est d'accord, lâcha Eric'h.

- Nous signons toute, conclut Erato. Permets-moi de t'offrir l'un de mes poèmes érotique, Créateur.

- Je te remercie.

Le Thésauriseur entra dans une rage démesurée en apprenant les termes de l'accord. L'autorité des Créateurs fut reconnue par tous. Ils ne tardèrent pas à crouler sous le travail. Plusieurs heures plus tard, un Satyre demanda audience. Elor'a en avait assez. Si elle ne pouvait plus ressentir ni fatigue, ni faim, ni soif, elle ne supportait cependant plus les jérémiades de ses sujets. Eric'h reçut toutefois le Satyre avant de lever la séance.

- Les terres des fées furent les miennes autrefois. Avant la seconde journée noire de Mag Tured, cinq Satyres se partageaient le domaine. Les fées ont profité du désordre d'après-guerre pour nous spolier nos terres. Votre prédécesseur Mew les a toujours protégées. Je vous demande de ne pas reconduire cet outrage.

- Je vous rappelle que vous devez plaire aux fées. Mais perdre les Satyres est également dangereux, insista le Thésauriseur à voix basse.

- Je ne reviendrais pas sur la décision prise par Mew dans le passé. Je vous trouverai des terres…

- NON ! Nous avons déjà des terres ! Elles doivent nous être rendues !

- SILENCE Satyre ! Parle-nous sur un autre ton ! Tu oublies à qui tu parles ! réagit Tao en le remettant à sa place.

- Seigneur, je voulais juste…

- Non ! Nous sommes à ton écoute mais, n'oublie pas que tu es notre sujet ! Tu nous dois le respect !

- Oui, Créateur, lâcha le Satyre en serrant les dents.

- Les fées garderont les terres qui sont devenues les leurs avec le temps. Si j'ai su créer une île pour les Tùathas, je saurai te trouver une parcelle qui te conviendra.

- Je regrette. Vous risquez la guerre, Créateur. Tao se leva d'un bond, mais Elor'a posa sa main sur son bras pour le calmer. Les quatre Créateurs se mirent debout et Eric'h répondit à l'outrage.

- Tu oses nous menacer, Satyre ?

- Oui. Et vous le regretterez, finit l'ambassadeur qui quitta la pièce en bousculant les gardes.

- J'y crois pas ! s'exclama Elor'a. Pendant qu'ils débattaient avec le Thésauriseur de la réaction qu'il aurait fallu avoir pour éviter cet affrontement, Bron sentit son esprit envahi d'une vision violente. Cela faisait longtemps qu'il n'avait plus eu de visions et celle-ci le surprit. Il assista au Crépuscule des dieux comme s'il y était. Il ressentit une douleur indescriptible à la mort de chaque dieu, et la même souffrance lors de la déchirure du voile séparant la Terre de l'Autre Monde. Il « vit » ensuite la « fusion » mal tourner et le système solaire tout entier de se déstabiliser. La vision prit fin aussi rapidement qu'elle s'était manifestée et il regarda ses amis sans pouvoir reprendre son souffle, des larmes coulant sur son visage, alors que cela ne devait pas être possible depuis qu'il est devenu un Créateur, censé être au-dessus de l'expression de ses sentiments.

A SUIVRE...

« Les responsabilités qui me sont confiées me dépassent. Je me comporte comme si rien ne m'affectait, mais lorsqu'il s'agit de Maëve, je perds tout contrôle, toute raison. Les sentiments qui m'habitent me sont étrangers. Et en cette période trouble, il m'est difficile de réfléchir sur cet attachement. Je ne mesure pas encore l'ampleur de la tâche qui m'attend. La force intangible installée à Groix menace de nous mener à l'extinction, si nous ne lui faisons pas obstacle. Mais je me demande parfois s'il n'est pas possible de transmettre cette quête à d'autres druides. Un an. C'est tout ce qu'il reste à Maëve. Et l'envie de vivre cette année différemment avec elle me pousse à lui avouer ce que je ressens pour elle. Amis comment pourrais-je être si égoïste ? Ne penser qu'à mon bonheur et laisser bruler le Sanctuaire, mes frères et sœurs s'éteindre ? Non, il me faut trouver une solution. Pour elle, pour moi, pour nous. Si seulement il pouvait y avoir un « nous » ! »

Matt, Premier Mage.

NOTE DE L'AUTEUR

Tout a commencé en 2000, lorsque j'ai passé une année à faire des recherches sur l'histoire des druides et sur la mythologie celte.

En 2001, j'ai commencé l'écriture de la saison 1 de la « *Légende des Maîtres* ». A raison de 4 épisodes par saison d'environ 50 pages chacun, j'écris actuellement (février 2013) la saison 7.

Ainsi, prochainement, les saisons 6 et 7 seront disponibles chez ILV Editions en un seul volume.

Merci à vous, chers lecteurs, pour l'intérêt que vous portez à cette histoire. Et mon objectif est de vous en compter bien d'autres.

Que continue la « *Légende des Maîtres* ».

www.ingramcontent.com/pod-product-compliance
Lightning Source LLC
Chambersburg PA
CBHW080951020726
47505CB00009B/2161